Ales S. Judge

Tödliche Vergebung

TÖDLICHE VERGEBUNG

ALEX S. JUDGE

KRIMI

1. Auflage 2018

Verfasser: Alex S. Judge

Umschlaggestaltung: HollandDesign
www.facebook.com/HollandDesign -287252451694729
Umschlagfotos:
depositphotos ©kevron 2002; ©Willard
Lektorat: Sheila McLane
Korrektorat: Annette Engel
Satz: www.benisa-werbung.de
Beratung: credo conzept.communication GmbH & Co KG
Gesamtherstellung:
Offset- und Digitaldruck G. H. Hofmann,
97737 Gemünden a. Main, Telefon 09351-3237
Printed in Germany
ISBN: 978-3-932737-81-7

01

»Ich will nicht sterben«, wimmerte Timo Sommer unter Tränen, während er auf den Stuhl und von dort auf den Esszimmertisch aus poliertem Olivenholz kletterte. »Ich kann das nicht!« Er wankte und stieß dabei gegen die Deckenleuchte, die wie eine Spinne am Faden vom Giebel der Dachwohnung herabhing. Gespenstisch huschte das gedimmte Licht über die Wände.

»Wirklich?« Ich saß auf einem Barhocker an der Küchentheke und schaute ihm ungerührt zu.

Wie ein Zuschauer, der darauf wartet, dass sich der Vorhang hebt und das Drama beginnt. – Ein makaberes Schauspiel, gestand ich mir ein.

Endlich war es soweit. Lange hatte ich auf diesen Tag gewartet. Nun wollte ich jede Sekunde auskosten. Doch meine Stimme war mir fremd. *Was ist nur aus mir geworden? Wollte ich ihnen nicht einmal ihre Tat verzeihen?*

Ich trank den Espresso und schob die Tasse auf der Granit-Arbeitsplatte direkt neben einen dieser kleinen gelben Notizblöcke. Mein Blick blieb daran haften. Etwas störte mich, doch ich konnte es nicht greifen.

Timos Armanihemd klebte am Körper und die braunen Haare auf der schweißbedeckten Stirn. Die Panik hatte seinen Blutdruck hochgetrieben und die Pupillen der aufgerissenen Augen geweitet. Er fasste sich an den Kopf, in dem wahrscheinlich das Adrenalin ebenso rauschte wie in meinem Schädel. In mir keimte etwas wie Mitgefühl auf.

»Bitte! Haben Sie doch Erbarmen!«

Hat er sie gespürt? Meine Zweifel?

Ich schaute weg. Er durfte mein Zögern nicht sehen. Mein Hadern, ob das wirklich der rechte Weg war. Ich hörte Gottes Stimme: ›… wie auch wir vergeben unseren Schuldigern.‹

Herr, vergib mir meine Schuld, denn ich kann meinen Schuldigern nicht vergeben.

Eine Fliege attackierte mich so hartnäckig, als wolle sie Timo Sommer verteidigen. Ich schlug nach ihr und verfehlte sie.

In Timos Gesicht spiegelten sich seine Gefühle in rascher Folge: Reue, Hoffnung, Verzweiflung. Vielleicht dachte er an seine Frau Sigrid. Vielleicht wollte er sie noch anrufen; ihr sagen, wie leid es ihm tat und dass alles wieder gut werden würde. Dann ein Schatten der Trauer. Vielleicht darüber, es nicht getan zu haben? Oder die Erkenntnis, dass es zu spät war? Zu spät für alles, was er jemals für die Zukunft geplant hatte?

Timo Sommer würde sterben.

Oder hoffte er auf eine Chance?

»Erbarmen? Mitleid?«, fauchte ich. »Du hattest damals auch keines.« Ein Lachen, das den gequälten Lauten eines rostigen Fahrrades ähnelte, entwich meiner Kehle und erfüllte das Dachgeschoss. Ungelenk erhob ich mich und lockerte meine steifen Beine. »Wir haben eine Abmachung. Wenn du dich nicht daran hältst, weißt du, was passiert.«

»Das ist nicht meine Vereinbarung!«, schrie Timo und stieg vom Tisch auf den Stuhl herab.

»Was?« Meine Stimme reduzierte sich zu einem gefährlichen Flüstern: »Das könnte dir so passen.«

Ich trat gegen den Stuhl, auf dem er bereits mit einem Bein stand. Er fiel, schlug mit dem Oberkörper gegen die Tischkante und stürzte hart zu Boden. Bevor er nach Luft schnappen konnte, kniete ich auf seinem Brustkorb und drückte den Unterarm auf die Kehle.

Timo Sommer röchelte, wand sich. Doch schlagartig lag er reglos unter mir. Er schloss die Augen, bereit zu sterben.

Nein, das darf er nicht! Nicht so!

»Nein, so wirst du nicht sterben«, flüsterte ich und lockerte den Griff. Ich zog Fotos aus meiner Tasche und hielt sie ihm unter die Nase. »So einfach mache ich es dir nicht! Hier, schau!«

Timo Sommer sah hin. Er begann zu zittern. Ich genoss seine Panik, als er erkannte, wo die Fotos aufgenommen worden waren. Gleichzeitig widerte er mich an. Hatte er nicht all die Jahre ein tolles Leben geführt? Nicht nur in materieller Sicherheit. Er hatte alles gehabt, was sich ein Mensch wünschen konnte. Und er hatte seine Tat verdrängt und schließlich vergessen.

Bis ich ihn gefunden hatte.

»Nein!«, schrie er. »Sie haben nichts damit …« Die Worte rissen ab und blieben in seiner Kehle hängen. Er japste nach Luft.

Die Bilder zeigten seine Eltern in ihrem Haus. Und seine Frau Sigrid unter der Dusche. Bestimmt fragte er sich, wie ich diese Aufnahmen machen konnte. Ich lächelte. Er wusste nun, dass ich seine Liebsten jederzeit finden konnte; dass sie sich nicht vor mir verstecken konnten.

»Sie haben nichts damit zu tun?«, beendete ich seinen Satz. »Das ist wahr. Nur du bist schuldig! Das weißt du. Deshalb sollst du sterben, nicht sie. Zwing mich nicht, meinen Plan zu ändern. Ich weiß, wo ich alle finde, die du so liebst: Sigrid und deine Eltern. Wenn du nicht zuschauen willst, wie sie erst vergewaltigt und anschließend zerstückelt werden, dann füge dich in dein Schicksal. Sterben wirst du auf jeden Fall. Nur wie, das kannst du dir aussuchen. Ob qualvoll oder freiwillig, das entscheidest du. Ansonsten wirst du die Schreie deiner Liebsten noch im Grab hören.« Wieder klang mein Lachen wie eine rostige Fahrradklingel. »Wenn du sie wirklich liebst, stirbst du für die deinen. Dann verspreche ich, sie nicht anzurühren. Aber nur dann.« Ich richtete mich auf und steckte die Bilder zurück in die Tasche des Sweatshirts. »Oder bist du ein noch größerer Feigling und Versager geworden als damals?«

Timo griff sich an den Hals und hustete. »Nein.« Tränen rannen ihm über die Wangen. »Bitte lassen Sie sie in Ruhe!

Ich tue alles, was Sie sagen! Bitte! Aber helfen Sie mir! Ich schaffe es nicht allein!«

»Ich? Bestimmt nicht.« Ich schüttelte langsam den Kopf. »Den Weg musst du alleine beschreiten. Also beeile dich! Ich habe nicht ewig Zeit.« Ich hob den Stuhl auf und stellte ihn wieder so hin, dass er problemlos auf den Tisch steigen konnte.

Er humpelte zum Stuhl, stieg erneut darauf und dann mit allen Vieren auf den Tisch. Langsam richtete er sich auf. Wie in Trance stand er da. Wahrscheinlich sah er sein Leben am inneren Auge vorbeiziehen. Die Hochzeit mit Sigrid, ihr letzter Streit; sämtliche Missverständnisse, die ihr gemeinsames Leben überschattet hatten. Was würde er ändern, wenn er nochmals eine Chance bekäme? Ob er ihr von damals erzählt hatte?

Timo wischte sich die Tränen aus den Augen. Zögernd griffen seine bebenden Hände nach dem Seil. Dann straffte sich sein Körper und es schien, als wolle er, dass seine Frau stolz auf ihn ist.

Das gab mir zu denken.

Mein Blick fiel auf den Abschiedsbrief, den ich bereits auf die Anrichte neben eine fette Ballerine gestellt hatte. Dann sah ich auf den Notizblock, auf den er vorhin den Brief nach meinem Diktat geschrieben hatte.

Wieder beschlich mich das Gefühl, dass etwas nicht stimmte.

Als ich mich umdrehte, griff Timo Sommer nach der Schlinge. »Ich hoffe, du hast keine anderen Botschaften für die Polizei bei dir? Ich würde ungern deine Familie töten, nur weil du ungehorsam warst«, warnte ich ihn aus einer Ahnung heraus.

Mit bebenden Lippen schloss Timo den Mund und schluckte. Inzwischen rann ihm der Schweiß in Rinnsalen an der Schläfe hinunter. Nervös wischte er ihn mit dem Finger weg.

Meine Ahnung hatte mich nicht getrogen. Ich streckte ihm meine behandschuhte Hand hin und winkte fordernd mit den Fingern.

Er schluckte und würgte und sah aus, als würde er sich gleich übergeben.

Ich hab es gewusst!

Die einzige Möglichkeit, Sigrid und der Welt von dem Verbrechen zu berichten, war nun missglückt. Mit fahrigen Händen griff er in die Hosentasche, zog einen gelben Zettel heraus und gab ihn mir.

Ich warf einen Blick darauf und schüttelte den Kopf. »Hast du wirklich geglaubt, du bist schlauer als ich?«

»Bitte verschonen Sie meine Familie!«

»Du hättest dich an unsere Abmachung halten sollen. Aber nun …«

»Bitte! Bitte! Ich tue es ja! Wenigstens hören dann meine Albträume auf.«

»An deinen Träumen bist du selbst schuld.« Wie an den Gebetstuhl in der Kirche lehnte ich mich an die Küchentheke und faltete die Hände. »Also leg schon das Seil um den Hals. Ich gestehe dir ein letztes Gebet zu. Vielleicht vergibt dir der Herr, denn ich werde es nicht tun. Meine Vergebung ist der Tod. Na los, und dann hüpfst du bei drei vom Tisch. Ich habe heute Abend noch einen Termin.«

Ich wartete, bis Timo Sommer die Hände faltete, und betete mit ihm gemeinsam: »Vater unser, der du bist im Himmel …«

»Dafür wird mich Sigrid hassen«, murmelte Timo Sommer und sprang.

02

Nina Schätzlein nahm all ihren Mut zusammen und lehnte sich an die Glastür. Klebefolie versperrte ihr den Blick in das Innere des Ladengeschäftes. Sie erinnerte sich noch daran, wie es sich vor acht Wochen angefühlt hatte, als sie zum ersten Mal den Sexshop betreten und dabei Angie kennengelernt hatte; an die Berührungen in der Umkleidekabine und an das heiße Wiedersehen im Club ›White Palace‹.

Das war eine einmalige Sache gewesen und sollte es auch bleiben.

Nina holte tief Luft und verscheuchte die Gedanken, die ihr als Kind katholischer Eltern die Röte ins Gesicht trieben. Seit jener Nacht im Club hatte sie Angie nicht mehr gesehen.

Und nun das hier.

Erneut las Nina die Botschaft, die ihr der diensthabende Polizeimeister an der Pforte überreicht hatte:

**›Bitte komm um 14.00 Uhr zu mir in den Shop.
Ich brauche deine Hilfe! Angie‹**

Also gut.

Schwungvoll drückte Nina die Tür auf. Ein junger Mann wollte gerade den Shop verlassen und blieb nun stehen. Sein extravagantes Rasierwasser nahm Nina den Atem.

Gierig glitt sein Blick über Ninas Körper.

»Hallo, schöne Frau«, säuselte er.

Angewidert verzog Nina den Mund, griff nach ihrem Dienstausweis und hielt ihn dem Mann vor die Nase.

»Letzte Chance zum Verschwinden, ich mache hier gleich ´ne Razzia.«

»Oh!« Das wirkte. Der Mann riss ungestüm die Tür auf und verließ eilig den Shop.

»Er hat recht, du siehst wirklich gut aus. So verändert.« Angie trat hinter einem Regal hervor. »Seit wann bist du bei der Sitte?«

Nina war froh, dass sie sich heute Morgen für ihre blaue Carmenbluse und die weiße Leinenhose entschieden hatte.

Ihr neuer Stil war immer noch ungewohnt für sie, denn bis vor zwei Monaten hatte sie Schlabberhose und Sweatshirt getragen. Aber die Wirkung hatte sie überzeugt. Sie verschränkte die Arme vor der Brust. »Moment mal! Spionierst du mir nach?«

Angie strich sich die dunklen Haare aus der Stirn. »Komm mit nach hinten.« Sie griff nach Ninas Arm.

Nina entzog sich ihr. »Warum sollte ich?«

»Weil hier alle zuhören!«

In diesem Moment spähte ein Mann mit offenem Mund um das Regalende mit den Pornofilmen.

»Mund zu«, schnauzte Nina. »Lass den Porno ja nicht deine Frau sehen.«

Klappernd fiel die DVD zu Boden.

Im Vorübergehen wedelte Nina mit dem Dienstausweis. »Alles schön wieder aufheben.«

»Hör auf meine Kunden zu verscheuchen!«, fauchte Angie. Sie schob Nina in einen vollgestopften Lagerraum und zog den Vorhang zu.

»Du wolltest doch, dass ich komme, schon vergessen?«

»Um zu helfen und nicht … ach, hätt' ich doch nichts gesagt. Es war ein Fehler!«

»Dein Fehler war, mir nachzuspionieren. Also sag: Woher weißt du, dass ich bei der Kripo arbeite?«

»Kannst du dir das nicht denken?«, flüsterte Angie. »Ich wollte dich gerne wiedersehen und habe dich gesucht. Dabei bin ich nur auf eine Nina Schätzlein gestoßen – und die ist Kommissarin bei der Mordkommission.« Sie sah Nina traurig an und ihre Unterlippe bebte. »War ich damals nur Teil deiner Ermittlungen bei dem toten Clubbesitzer?«

In Ninas Brust verstärkte sich ein maues Gefühl. Sie wandte sich ab. »Nein. Das mit uns hatte nichts mit dem Fall zu tun. Aber jetzt …« Sie rang nach den richtigen Worten. »Es war toll, nur vergiss es bitte wieder.«

»Was ist schon dabei?« Angie zuckte mit den Schultern. »In den amerikanischen Filmen hat fast jedes Mädchen auf dem College solche Erfahrungen gemacht.«

»College? Dann bin ich aber spät dran.« Nina schüttelte den Kopf. »Warum brauchst du meine Hilfe?«

»Nicht ich, sondern Horst.«

»Wer ist Horst? Jetzt lass dir nicht alles aus der Nase ziehen. Du bist ja schlimmer als unsere Zeugen.«

»Horst ist Kunde und hat mir erzählt, dass er Probleme hat.«

»Ach so.« Nina suchte etwas zum Sitzen. Doch auf dem einzigen Stuhl stapelten sich Unmengen Kartons mit riesigen fleischfarbenen Vibratoren, die eher an Bohrhämmer erinnerten als an Lustspender. Nina lehnte sich an die Wand. »Probleme hat fast jeder, den ich kenne.«

Mich eingeschlossen.

Angie schaute sie aus feucht schimmernden Augen an. »Ich glaube, es steckt mehr dahinter. Er wird erpresst.«

»Erpresst?«

»Psst! Nicht so laut.« Angie zog den Vorhang zurück und schaute in den Verkaufsraum. »Wie es scheint, hast du alle Kunden vergrault.«

»War er bei der Polizei?«

»Scheiße, natürlich nicht!« Angie ließ den Vorhang los und drehte sich zu Nina um. »Wenn er bloß ›Polizei‹ hört …«

»Dann kann es nicht so schlimm sein.«

Angie winkte ab. »War eine blöde Idee, dich zu rufen. Aber ich wollte ihm helfen. Er schien mir so verzweifelt.«

»Sag ihm, solange er selbst keine Anzeige erstattet, sind uns die Hände gebunden.«

»Sag du es ihm.«

»Ich?«

»Er kommt gleich. Vielleicht hört er auf dich.«

»Ach Angie!«

Angie zog erneut den Vorhang beiseite. »Da ist er schon. Hilf ihm. Du bist der einzige Bulle, den ich kenne! Und dir vertraue ich.«

03

Kriminalhauptkommissar Peter Pfeiffer inhalierte den Tod. In diesem Fall war der Tod bereits über eine Woche anwesend.

Hängend.

Dicht neben einem Esszimmertisch aus uraltem Olivenbaumholz, von dem er anscheinend gesprungen war, baumelte der Mann von einem um den Deckenbalken geschlungenen Seil herab; die Beine nur einen halben Meter über dem Hochflor-Velourssteppich, der bereits mit herabgefallenen und teilweise verpuppten Maden übersät war.

Obwohl inzwischen die Dachfenster und die Loggiatür der Dachgaube geöffnet waren, stand der Geruch nach Verwesung und Fäkalien in der überhitzten Wohnung wie eine Wand. Heute würde er lange duschen müssen, um diesen Geruch loszuwerden. Sein Hemd war durch das Treppensteigen in das Dachgeschoss verschwitzt und der Geruch kroch durch das Gewebe und setzte sich in Poren und Haaren fest.

Er zog ein Taschentuch hervor und bedeckte damit Mund und Nase. Er musste nicht den coolen Beamten vor den Mitarbeitern der Spurensicherung markieren. Außerdem hatte er erst an der Pommesbude zu Mittag gegessen und wollte den Tatort nicht mit Erbrochenem kontaminieren.

Komisch. Der Tisch war nicht verrutscht.

Im Todeskampf versuchten die meisten Menschen, sich wieder mit den Füßen abzustützen, um der Strangulation zu entgehen. Aber hier stand der Tisch exakt mittig auf dem Teppich. Pfeiffer kniete sich hin. Keine Abdrücke im Flor, die darauf hindeuteten, dass der Tisch verschoben wurde. Er hätte es leicht geschafft, seine Füße abzustützen. Wahrscheinlich jemand, der nicht im letzten Moment Zweifel bekam. Jemand, der wirklich sterben wollte.

Er würde sich nie daran gewöhnen, dem Ableben eines Menschen auf diese Weise zu begegnen. Zu einem verwesten Leichenfund gerufen zu werden, gehörte neben der Schreibtischtätigkeit zu den von ihm meistgehassten Tätigkeiten bei der Mordkommission.

Doch heute war noch etwas anders als sonst.

Er spürte die Einsamkeit des Mannes.

Ein Kollege von der Spurensicherung bemerkte sein Zögern und reichte ihm eine mit Menthol getränkte Atemschutzmaske, die er dankbar überzog. Sollte der doch ruhig glauben, dass es ihm um den Geruch ging.

Alles andere ging die nichts an.

Pfeiffer bedankte sich mit einem Nicken. »Was macht eigentlich die KTU hier?«

»Wir waren gerade in der Seitenstraße bei einem ED. Da dachten wir, wir schauen es uns mal an.«

»Danke.« Einbruchdiebstahl. Da wurde die Spurensicherung benötigt. Doch bei einem offensichtlichen Suizid war das nicht die Regel.

Pfeiffer ließ den Blick über die Einrichtung schweifen.

Die offene Küche war aufgeräumt - kein Topf auf dem Herd, kein benutztes Geschirr in der Spüle, kein Fleck verunstaltete die glänzende Granit-Arbeitsplatte.

»Typisch für Männer. Die wollen alles ordentlich hinterlassen.« Pfeiffer schlug nach einer der Fliegen, die um ihn herumschwirrten.

»Ich finde, er hat´s übertrieben.« Ein kleiner, schmächtiger Kollege von der Spurensicherung, den Pfeiffer als Gerd in Erinnerung hatte, ging in die Küche und zog die verchromte Tür der Spülmaschine auf. »Er hat sogar noch die

Spülmaschine angestellt, bevor er den Abgang gemacht hat. Die war die ganze Zeit an.«

Pfeiffer räusperte sich. Dieser respektlose Umgang - naja, manchmal war es ein Schutz vor dem Leid, das sie nicht an sich heranlassen durften. Wie sollten sie sonst solche Anblicke verkraften?

»Er hätte lieber vorher das Obst entsorgen sollen.« Obstfliegen sammelten sich in einer gläsernen Schale mit braunen Bananen und Pfirsichen, auf denen sich bereits ein dicker weißer Pelz gebildet hatte.

Pfeiffer zog den Geschirrkorb heraus: drei Tassen, vier Gläser, eine Espressotasse, unten standen drei Teller, eine Schüssel, zwei Sektgläser und etwas Besteck. Das Geschirr war sauber, der Innenraum jedoch roch muffig.

Da war wieder dieses Gefühl.

Nichts anmerken lassen!

Pfeiffer sah in den Mülleimer. Leer.

Im Kühlschrank hingegen wellten sich Salamischeiben auf einem Teller, ein angeschnittener halbherzig eingewickelter Camembert trocknete an den offenen Stellen vor sich hin und Wurstaufschnitt schillerte verdächtig grün.

Im Getränkefach der Tür standen eine Flasche Tomatensaft und eine angebrochene Flasche Champagner, Marke Aldi.

Pfeiffer fragte sich, was sein Kühlschrank über ihn aussagen würde, wenn er mal ...

Scheiße!

Er verscheuchte den Gedanken und konzentrierte sich wieder auf den Fall.

»Was sagte nochmal die Ehefrau, wo sie war?«

»Bei ihrer Mutter.«

»Gibt es einen Abschiedsbrief?«

»Hier drüben«, rief einer der Techniker. Er fotografierte die Leiche, das Seil und den Knoten von allen Seiten. Bei einem diagnostizierten ›nicht natürlichen Tod‹ die übliche Vorgehensweise.

Pfeiffer ging am Esszimmertisch vorbei. Dabei vermied er den Blick auf den madenbehafteten aufgeblähten Toten, der nun in eine Leichenwanne gelegt wurde; bereit für den Abtransport zum Bestatter.

Stattdessen beäugte er den Flatscreen, der an einer Wand hing. Sechzig Zoll schätzte er. »Echt chic die Hütte.«

»Ich komm mir vor wie in einem Einrichtungshaus.« Gerd wischte mit der im Schutzanzug steckenden Schuhspitze über den echten Dielenboden.

Auf einem Sideboard lagen akkurat gestapelte, aktuelle Mode-Hochglanzzeitschriften neben einer kleinen Figur, die eine dicke Tänzerin darstellen sollte.

An der Figur lehnte ein Briefumschlag mit der Aufschrift: ›Sigrid‹.

»Könnt ihr mal?«, fragte Pfeiffer. Auch wenn er Handschuhe trug, wollte er keine zusätzlichen Spuren hinterlassen. Eine reine Vorsichtsmaßnahme. Ebenso wie der Handschriftvergleich, der noch durchgeführt werden musste.

Gerd zog den Brief heraus und steckte ihn in eine Klarsichtfolie.

»Anscheinend hatte die Ehefrau den Brief nicht in der Hand?«

»Wohl anzunehmen. Beim Anblick der Leiche ist sie schreiend rausgerannt. Sie liegt mit einem Nervenzusammenbruch im Krankenhaus. Die Nachbarn unten haben uns verständigt.«

Pfeiffer blickte auf. »Gleich ins Krankenhaus?«

Gerd zeigte Verständnis. »Naja, bei dem Anblick und dem Gestank.«

Pfeiffer nickte und richtete sein Augenmerk auf den Brief. Seine Lippen formten stumm die Worte, die mit schnellen Strichen auf das Papier geworfen worden waren. Dann zog er die Brauen hoch. »Immer das Gleiche - Scheiß Weiber.«

***

Das also war Horst.

Der Mann sah aus, als würde er glühen. Nina spürte seine Hitze. Seltsamerweise schien er trotz der sommerlichen Außentemperaturen und der inneren Wallung nicht zu schwitzen. Das karierte Kurzarmhemd roch frisch gewaschen und zeigte keinerlei Schweißspuren.

Horst, der mit verkniffenem Mund vor Nina stand, war ein Durchschnittstyp mit gescheitelten glatten Haaren und langer Nase. Weder wirkte er attraktiv noch unansehnlich, weder stylisch noch altbacken. Er war einfach ein Mann, an den man sich später kaum erinnerte.

Eher, fand Nina, war sein Verhalten auffällig. Und seine Körpertemperatur. Unweigerlich trat sie einen Schritt zurück.

Horst rastete aus, als Nina sich mit »Nina Schätzlein, Kriminalpolizei« vorstellte. Etwas anderes hatte Nina auch nicht erwartet. Sie wäre ebenfalls stinksauer, wenn sie ihrer Freundin etwas anvertraut hätte und diese sie dann mit einem Bullen überrumpeln würde.

Nina rechnete damit, dass Horst augenblicklich den Sexshop verließ. Doch stattdessen trat er zu Angie und blieb kurz vor ihr stehen.

»Spinnst du, die Bullen mitzubringen? Ich war betrunken und weiß noch nicht mal mehr, was ich dir für Märchen erzählt habe!« Seine Blicke wanderten wachsam zwischen Angie und Nina hin und her. »Glaubst du alle Geschichten von besoffenen Pennern wie mir? Ich wollte mich bloß wichtigmachen.« Er lachte gestelzt.

Angie wich keinen Zentimeter zurück. Sie reckte das Kinn und schaute zu dem großen Mann auf. Flehend legte sie die Handflächen aneinander, als würde sie zu einem höheren Wesen sprechen. »Horst! Nina kann dir helfen!«

»Ich brauch doch keine Hilfe! Das bildest du dir alles nur ein!« Er wandte den Kopf zur Seite. In seinem Blick lag Reue, Angie von seinem Problem in einem Anflug von

Schwäche und zu viel Alkohol erzählt zu haben. Und da war noch etwas anderes. Etwas, das sofort verschwand, bevor es Nina benennen konnte.

»Sie können es mir ruhig erzählen, dann …«

»Es gibt nichts zu erzählen!«, unterbrach er Nina jäh.

»Dann erklären Sie es mir“, flehte Nina.

»Oh Mann, was erzählt man nicht alles für einen guten Fick!«

Eh er sich versah, hatte Angie mit der flachen Hand ausgeholt. Sie reichte ihm nur bis an die Brust, doch die Wut verlieh ihr eine Kraft, mit der er nicht gerechnet hätte.

Entsetzt wich er zurück. »Sind Sie jetzt zufrieden?« Horst stampfte durch die Regalreihen zum Ausgang. Die Tür knallte ins Schloss und die gesamte Fensterfront schepperte.

Angie starrte Nina mit Tränen in den Augen an.

Nina schluckte. »Tut mir leid. Seine Angst ist größer.«

***

Pfeiffer hasste Krankenhäuser.

Der beißende Geruch von Desinfektionsmittel war allgegenwärtig und schwappte ihm bereits am Haupteingang entgegen. Es erinnerte ihn an die schwere Zeit, die seine Mutter wegen einer Herz-OP im Krankenhaus verbracht hatte, und löste ein grummelndes Gefühl in der Magengegend aus.

An der Aufnahme fragte er nach dem Zimmer von Sigrid Sommer und wurde in den ersten Stock geschickt.

Eine der vorbeieilenden Schwestern sah seinen suchenden Blick.

»Ich möchte zu Sigrid Sommer. Zimmer einhundertelf«, sagte Pfeiffer.

»Sind Sie ein Verwandter?«

Er holte seine Marke hervor. »Nein, ich bin von der Kripo.«

»Oh. Kommen Sie mit«, sagte diese bedrückt und ging mit ihm zu Zimmer einhundertelf. Sie klopfte und steckte vorsichtig den Kopf hinein. »Frau Sommer, hier ist Besuch für Sie, von der Kriminalpolizei«, fügte sie leise hinzu und ließ ihn alleine auf dem Flur stehen.

Der Krankenhausaufenthalt eines Privatpatienten hat den großen Vorteil, dass er nur die Geräusche hört, die er selbst verursacht. Wenn eine Frau jedoch ihren Mann aufgebläht und mit Maden übersät neben dem Esszimmertisch hängend fand, war es für ihre Psyche nicht förderlich, allein in einem Raum zu sein.

Sigrid Sommer hatte Zeit zum Grübeln. Ruhe konnte weh tun, Einsamkeit schmerzen.

Sigrid Sommer lag steif im Bett, die Rückenlehne aufgestellt, die Hände auf der glattgestrichenen Bettdecke liegend. Die kurzen grauen Haare waren perfekt gestylt und fransig in das überraschend junge Gesicht frisiert. In ihren Ohren steckten Perlenohrringe. Mit leerem Blick starrte sie an die gegenüberliegende Wand.

Pfeiffer straffte den Rücken und betrat das Krankenzimmer.

Mama hätte ein Einzelzimmer auch gutgetan. Doch sie musste sich das Krankenzimmer mit einer gefühlt zehnköpfigen Großfamilie teilen.

Er stellte die schmerzhafte Erinnerung zurück.

»Danke, dass Sie mit mir sprechen«, begrüßte er Sigrid Sommer und schloss die Tür hinter sich.

Frau Sommer reagierte nicht. Selbst als er einen Stuhl geräuschvoll ans Bett zog und sich setzte, verzog sie keine Miene.

Sie hat wohl etwas zur Beruhigung bekommen. Macht es überhaupt Sinn, mit ihr zu reden?

Vom Flur her waren Stimmen zu hören. Dann trat wieder Stille ein.

»Ihr Verlust tut mir sehr leid«, begann Pfeiffer zögernd.

»Wieso Ihnen? Sie kannten Timo doch überhaupt nicht.« Sigrid Sommers erste Worte klangen kalt und unnahbar. Weiterhin starrte sie mit leerem Blick auf die Wand. Allein ein Zucken des linken Mundwinkels zeugte von Regung.

Pfeiffer war entsetzt und würgte die Bemerkung herunter, die ihm spontan in den Sinn kam. Stattdessen fragte er ruhig: »Was glauben Sie, war der Grund für seine Tat?«

»Er hat alles zerstört!«

»Sie wussten Bescheid?«

Pfeiffer beobachtete, wie ihr unbewegliches Gesicht blasser wurde. Ihre manikürten Finger krallten sich so fest in die Bettdecke, dass die Knöchel weiß hervortraten.

Auf eine Antwort musste er lange warten.

»Er hat mich betrogen und ich wollte mich von ihm trennen«, sagte Frau Sommer schließlich.

»Waren Sie deshalb …«, Pfeiffer suchte nach dem richtigen Wort, »verreist?«

Sie schaute zum Fenster hinaus. Dort jagten sich Vögel laut zwitschernd durch die in voller Blüte stehende Kastanie. Die Vögel flogen davon, Ruhe trat ein. Bis jemand im Schwesternzimmer gegenüber etwas fallen ließ und laut fluchte.

»Timo bat um einen Neuanfang, aber ich war noch nicht so weit.«

Pfeiffer sah auf einen Fleck im Linoleum. »Waren Sie es heute Morgen, als Sie zurückkamen?«

Sigrid Sommer schwieg. Eine Träne lief ihr über die Wange.

»Ihr Mann hat einen Abschiedsbrief hinterlassen. Haben Sie ihn gelesen?«

Sie schüttelte den Kopf.

Pfeiffer wartete. Doch sie fragte nicht, was im Brief stand. Die letzten von ihrem Mann an sie gerichteten Worte weckten keinerlei Interesse. Oder kannte sie die bereits?

Pfeiffer schob den Stuhl wieder an den kleinen Tisch zurück. »Wenn Ihnen noch etwas einfällt, können Sie mich gerne anrufen.«

Er legte seine Visitenkarte auf das Nachtschränkchen und ging zur Tür. Als er die Tür öffnete, wandte sie sich ihm zu. »Was meinen Sie, bekomme ich den Gestank wieder aus der Wohnung?«

***

Pfeiffer betrat sein Büro, schmiss die Akte auf den übervollen Schreibtisch und stützte sich auf die Stuhllehne. Er ließ den Kopf hängen. Das Hemd klebte kalt auf seinem Rücken.

Nina schaute vom Bildschirm auf. »Welche Laus ist dir über die Leber gelaufen?«

Dir entgeht aber auch nichts.

»Nur ein Suizid. Jemand hat die Trennung von seiner Frau nicht verkraftet. Er ist in seiner Wohnung vergammelt, weil seine Frau eine Auszeit brauchte.« Er sah an sich herab und roch angewidert an seinem Ärmel. Leichengeruch hatte sich festgesetzt.

»Warum Auszeit?«

»Hm.« Er zuckte mit der Schulter.

»Warum Auszeit?«

»Oh, Nina!«

»Was?«

Pfeiffer schnaufte. »Sie sagt, er hätte sie betrogen.«

Nina zog die Augenbrauen hoch. Sie hob die Hände mit der Handfläche nach oben, als läge das Offensichtliche darauf. »Also *hatte* sie einen Grund ihn zu verlassen. Wieso ergreifst du dann Partei für das Opfer?«

»Verdammt! Es ist die Art, wie sie trauert. Nämlich gar nicht.«

»Das weiß du doch nicht. Vielleicht ist es ihr Naturell, ganz still in sich hinein zu weinen. Schon mal daran gedacht?«

»Nein!« Er dachte an den letzten Satz von der Witwe. »Das kann ich mir bei ihrer … kalten Art nicht vorstellen. Ich hab nicht das Gefühl, die Frau wäre es wert gewesen.« Erschöpft ließ sich Pfeiffer auf den Stuhl fallen und wischte sich über das Gesicht. Er war heute weiß Gott nicht dazu aufgelegt, Ninas kritische Fragen zu ertragen. Sie gingen in die falsche Richtung.

Nina schüttelte den Kopf. »Hatten die beiden Kinder?«

»Soweit ich weiß, nicht.« Froh, dass Nina den Fokus ihrer Fragen änderte, richtete sich Pfeiffer auf.

»Ich frage mich, wie jemand so verzweifelt sein kann, diesen Ausweg zu wählen.«

Nicht schon wieder.

Pfeiffer seufzte. »Anscheinend sehr verzweifelt. Als Kirsten von mir die Scheidung verlangte, war ich wütend. Ich habe überlegt, das Auto von dem Typen anzuzünden. Aber an Selbstmord hätte ich nie im Leben gedacht.«

»Du bist ein anderer Mensch. Du hast schon zu viel Elend gesehen. Außerdem tickt man anders mit Kindern.«

Kinder. Noch so eine Baustelle.

Nina stutzte. »Auto anzünden? Echt jetzt?«

Pfeiffer verzog den Mund und nickte. »Allein die Tatsache, dass ich nach Familie und Haus auch noch meinen Job verlieren würde, hielt mich davon ab.«

»Da bin ich aber froh. Ich hätte dich ungern im Ringpark auf der Bank besucht.«

»Bank?« Pfeiffer runzelte die Stirn.

»Na, wo hättest du sonst geschlafen ohne Job? Ohne Geld keine Wohnung und kein Bett.«

Pfeiffer nickte. »Ja, so ähnlich waren meine Gedanken auch. Nur bis zur Parkbank bin ich nicht gekommen.«

»Wie weit seid ihr eigentlich mit dem Hausverkauf?«

»Erinnere mich nicht daran. Kirsten kann sich mit ihrem Lover nicht einigen, ob sie das Haus behalten und mich auszahlen oder neu bauen sollen.« Er drückte den

Kugelschreiber zwischen seinen Fingern, als könne er ihn stellvertretend für seine Exfrau erwürgen.

»Hört sich erneut nach Stress an.«

Pfeiffer winkte ab. »Ich habe die Schnauze gestrichen voll.«

Sie schwiegen. Im Nebenzimmer fluchte Andi.

»Peter?« Nina sah mit zusammengekniffenen Augen zu ihm. »Wieso heute?«

»Was meinst du?« *Scheiße.* Er wusste, was sie meinte.

»Na, wieso hat dich das heute so mitgenommen? Du hast doch schon viele Tote gesehen.«

Ja, zu viele Tote.

Pfeiffer kratzte es im Hals. »Ich kann doch mal für einen Mann mitfühlen!«, fuhr er auf.

»Nee! So nicht!« Sie hob die Hand und richtete den Zeigefinger auf ihn. »Ich kenne dich zwar erst ein halbes Jahr, aber so hast du noch nie reagiert.«

Pfeiffer schwieg. Was sollte er sagen? Die Wahrheit?

Ninas Blick ging ihm unter die Haut. Konnte sie es ihm ansehen? Er hoffte nicht. Hitze stieg ihm den Rücken hinauf.

Ich darf keine Schwäche zeigen. Was sollen meine Leute von mir denken?

Er räusperte sich. »Ich bekomm bestimmt nur eine Erkältung.«

»Bestimmt.« Sie nickte.

Doch in ihren Augen stand, dass sie ihm nicht glaubte.

Sie war schlau. Er durfte sie nicht unterschätzen.

04

Einige Tage später hatte Pfeiffer den Ärger mit der Ex und den Suizid des Mannes, oder sollte er sagen, dessen trauriges Ende, vergessen. Die Leiche war inzwischen freigegeben und beerdigt worden. Nur das Gefühl der Hilflosigkeit war geblieben.

Mit dem Oberarm auf dem Schreibtisch liegend, stützte Pfeiffer den Kopf mit der Hand ab. Er fühlte sich ausgebrannt und musste aufpassen, um nicht in Selbstmitleid zu verfallen.

Ach Scheiße! Was soll das? Ich doch nicht!

Bloß weil sich ein Mann erhängt hat, der verlassen wurde? Und einsam war? Das traf ja auf ihn nicht zu. Er wurde ja nicht verlassen. Er wollte allein sein!

Okay, damals von Kirsten, schon. Aber das war Schnee von gestern. Aktuell bestimmte er sein Leben und wollte keine …

Vom Flur waren laute Schritte zu hören. Harte Absätze. *Ellen!* War sie schon aus dem Urlaub zurück? Er sprang auf, schaute an sich herunter und entfernte einen Fussel vom Hemd.

»Morgen, Chef«, sagte Nina in einem ungewohnt bekümmerten Ton.

»Nina? Du?«

Nina sah hinter sich. »Wen hast du erwartet?«

Pfeiffer starrte auf die Tür und seine Beine gaben nach. Er ließ sich auf den Stuhl fallen und schloss die Augen.

Nina trat ein und warf ihre Umhängetasche auf die Fensterbank. »Du musst mit ihr reden, wenn sie nächste Woche kommt. Lade sie doch zum Essen ein.«

»Wen?« Pfeiffer stellte sich dumm.

Nina verdrehte die Augen. »Du weißt genau, wen ich meine. Oh Mann! Ich wünschte, sie wäre hier. Dann könntest du mit ihr essen gehen.«

Pfeiffer wurde ernst. »Das kann ich nicht.«

»Warum?«

»Das verstehst du nicht!«

»Komm mir doch nicht so. Du weißt anscheinend selber nicht …« Nina hielt die Finger vor dem Mund. »Oh, entschuldige bitte«, flüsterte sie. »Das steht mir nicht zu.«

Pfeiffer grinste. Er musste nicht den Vorgesetzten herauskehren. Sie meinte es nur gut.

»Können wir endlich das Thema wechseln? Mir von dir Küken Lebensweisheiten sagen zu lassen, ist nicht gerade das, was mich heute Morgen aufbaut.«

»Ich bin kein Küken«, antwortete Nina noch recht kleinlaut.

»Warum nicht? Du könntest meine Tochter sein.«

»Fast. Da hättest du nämlich ziemlich jung anfangen müssen.« Nina lächelte. »Ansonsten keine schlechte Idee. Du bist cooler als mein Vater.«

Was nicht schwerfällt, nach allem, was ich von ihm weiß. Pfeiffer schwieg, um nicht noch mehr Salz in Ninas Wunde zu streuen.

»Übrigens, der Lieblingsbruder meines Vaters ist gestorben. Ich muss kurz weg«, sagte Nina beiläufig. »Heute ist Beerdigung.«

»Mein Beileid.«

»Onkel Anton war sein Liebling, nicht meiner. Er war ein sturer Mann, der nur seinen Prinzipien treu war. Von ihm kam auch die katholische Erziehung, mit der ich drangsaliert wurde.«

»Übertreibst du nicht ein wenig?«

»Naja, wegen ihm müssen wir alle in die Kirche.« Nina hörte sich an, als gäbe es nichts Schlimmeres.

»Müssen?«

Nina lächelte. »Wie man´s nimmt.«

Sie drehte sich mit dem Stuhl und signalisierte, dass sie das Thema für beendet erachtete. Sie kramte in der Handtasche. »Schau mal, ich habe die Post mitgebracht. Hier, für dich.«

Sie reichte Pfeiffer eine Postkarte aus Mallorca.

»Eine Karte von Ulf von der Kreuzfahrt. Die kann nur von ihm sein. Er ist so altmodisch …«

»Und doch nett. Wann bekommt man heutzutage noch eine handgeschriebene Karte?«

Pfeiffer grinste. Das von einem jungen Menschen zu hören, der mit einem Smartphone statt Schnuller aufgewachsen war, erstaunte ihn.

»Wie recht du hast.«

Er las die Karte. Lange hatte er nicht mehr an seinen alten Kollegen gedacht. Wie schnell war man doch vergessen. Am Anfang des Jahres war Nina für den pensionierten Ulf gekommen. Und Nina war … anders.

Er sah zu ihr.

Wegen der Beerdigung trug sie trotz der heutigen Hitze eine schwarze Hose und ein graues Seidentop. Ihr schulterlanges bernsteinfarbenes Haar fiel offen auf die Schultern. Kein wirrer Zopf, kein altes Haargummi verunstaltete wie noch vor einigen Monaten ihre Haare.

Pfeiffer lächelte. Daran, dass Nina keine ausgetretenen Turnschuhe und Schlabbershirts mehr trug, musste er sich erst gewöhnen. Und ihr Schritt mit den Pumps hörte sich an wie der von Ellen.

Ellen.

Nein, Schluss damit. Ich muss sie aus dem Kopf bekommen.

Ellen weiß, dass das alles nur zu ihrem Schutz ist!

***

Die Sonne brannte unbarmherzig. Das Pflaster des Parkplatzes und die Autos hatten sich aufgeheizt. Die Luft flirrte. Nina schirmte mit der Hand die Augen ab und suchte in der Reihe der parkenden Fahrzeuge ihr Auto.

Nach ihrem Unfall im Frühjahr hatte sie sich einen neuen Skoda gekauft, den sie sich eigentlich nicht leisten konnte. An die Farbe musste sie sich erst noch gewöhnen. Immer wieder ertappte sie sich dabei, wie sie nach einem blauen Punto Ausschau hielt statt nach dem roten Fabia mit weißem Dach.

Den Punto hatte sie zum bestandenen Führerschein erhalten. Damals hatte ihr Vater feierlich erklärt, der Punto sei das perfekte Auto für eine Fahranfängerin.

Zwei Jahre vorher bestand ihr Bruder Markus den Führerschein und erhielt einen 5er BMW. Zwar wie der Punto aus zweiter Hand, aber es machte deutlich, welchen Unterschied der Vater zwischen ihnen machte.

Schon allein aus diesem Grund heraus hatte Nina beschlossen, den Punto zu verkaufen. Es wurde Zeit, Erinnerungen abzulegen.

Zwischen den Fahrzeugen stand eine Gestalt.

Wer war das?

In der flirrenden Luft konnte Nina die schmale Gestalt nicht erkennen. Warum stand jemand freiwillig in der Hitze herum?

Aber das hatte sie nicht zu interessieren. Sie musste sich beeilen. In fünfzehn Minuten fand die Beerdigung statt und Vater würde ungehalten auf eine Verspätung reagieren.

Wo war nur ihr Auto? Nina streckte den Arm aus und aktivierte blindlings die Fernbedienung.

Am siebten Auto auf der linken Seite leuchteten die Lampen auf.

»Ach, da ist er ja.« Nina war erleichtert. Die Angst, sich zu verspäten, hatte zu der Hitze einen zusätzlichen Schweißausbruch angefacht. Während sie zum Auto eilte, klebte die Hose bereits an ihren Beinen.

»Hi, Nina.«

Nina fuhr herum. »Angie?«

Ihr wurde flau, als sie die Angestellte von dem Sexshop sah.

»Ich hatte schon Angst, dich zu verpassen.«

»Warum? Was gibt`s?«

»Naja, es ist wegen Horst.«

»Horst?« Erleichtert atmete Nina auf. Es ging also nicht um sie.

»Ja, er geht nicht mehr ans Telefon.«

Nina öffnete die Fahrzeugtür. »Der wird noch sauer auf dich sein, weil du dich eingemischt hast.«

»Nein, du kennst ihn nicht. Er war zwar verärgert, würde aber ans Telefon gehen und mir die Meinung geigen. Und nicht so!«

Nina sah auf die Uhr. »Tut mir leid, Angie. Ich muss los. Ruf mich morgen an, okay?« Sie kramte in der Umhängetasche nach einer Visitenkarte und reichte sie Angie. Dann stieg sie ein.

Angie hielt die Tür fest, bevor Nina sie schließen konnte. »Was kann wichtiger als ein Menschenleben sein?« Vorwurfsvoll sah Angie sie an.

»Wenn *du* wüsstest.« Nina riss an der Tür. »Lass los!«

»Nina, nein! Du kannst nicht einfach wegfahren!«

»Doch, ich muss! Du kennst meinen Vater nicht.«

***

Nina schritt an den Reihen der vollbesetzten Kirchenbänke vorbei. Hin und wieder nickte sie den älteren Herrschaften zu, die sie argwöhnisch beobachteten.

Sie wunderte sich, dass so viele Leute Onkel Anton gekannt hatten. Oder lief gerade keine Folge von ›Rote Rosen‹?

Den dichten dunklen Haarschopf ihres Vaters konnte sie bereits von weitem in der ersten Reihe ausmachen. Sie fröstelte trotz des schwarzen Blazers, den sie sich übergezogen hatte, um der Etikette einer Beerdigung zu entsprechen.

Nur gut, dass auch Oma Lotte dabei ist.

Oma Lottes kleiner schwarzer Hut war neben dem Kopf ihrer Mutter zu erkennen. Außer Markus war Oma Lotte ein weiterer Lichtblick in ihrem Familienalltag. Ihr Bruder war heute nicht erschienen, da er in München lebte.

Nina rutschte auf der Kirchenbank neben Oma Lotte, die sie in den Arm nahm und auf die Stirn küsste. Der beruhigende Duft von Seife und Lakritzlikör stieg Nina in die Nase.

»Wo bleibst du nur?«, zischte Michael Schätzlein.

»Ich hatte noch eine Zeugenbefragung«, log Nina. »Ich kann froh sein, dass ich überhaupt wegkonnte.«

»Und was für eine Ausrede hat dein Mafia-Freund?«

Nina schluckte die abfällige Bemerkung.

»Er muss arbeiten. Die Leute rennen *seinem Eiscafé* die Türe ein.« Sie betonte ›seinem Eiscafé‹ um klarzustellen, dass Ritchy Geschäftsmann war und nicht wie ihr Vater ein Angestellter.

Michael Schätzlein schüttelte den Kopf. »Er vertickt mit Sicherheit Drogen. Wie konntest du nur einen Itaker nehmen?«

Nina rieb sich über das Gesicht. »Wieso fängst du jetzt damit an?«

»Naja, bei *deinem* Beruf, was will man da verlangen? Da hast du es ja nur mit Verbrechern zu tun.« Mit einem Seitenblick musterte er ihre Garderobe. Seine Augenbrauen zuckten verdächtig, doch er verkniff sich diesbezüglich jegliche Bemerkung.

»Hättest du auf mich gehört und Medizin studiert, dann müsstest du dich nicht mit solchem Abschaum abgeben.«

»Nicht hier!«, mischte sich nun Oma Lotte ein und bedachte ihren Schwiegersohn mit einem tadelnden Blick.

»Ich bezweifle, dass ich dann hier wäre«, erwiderte Nina. »Dort gibt es auch Notfälle.«

»Widersprich nicht dauernd.«

»Dann hack nicht immer auf mir herum.«

»Nicht hier!«, bat nun auch Ninas Mutter. Verlegen schaute sie sich um.

Doch entweder waren die umliegenden Trauergäste wahrlich in Gedanken und Trauer um Anton Schätzlein versunken oder sie besaßen den Anstand wegzuhören.

Nina ballte die Fäuste, um nicht laut loszuschreien. »Warum muss ich immer ruhig sein?«

»Weil du deine Füße unter unseren Tisch steckst«, antwortete ihr Vater.

»Nicht mehr. Falls es dir nicht aufgefallen ist: Ich komme schon lange nicht mehr zum Essen runter!«

Er kniff die Augen zusammen. »Wir geben dir ein Dach über dem Kopf. Keinen Pfennig musst du dafür zahlen. Nur die Nebenkosten.«

»Wir haben seit fast zwei Jahrzehnten den Euro.«

»Werde nicht frech! Du zahlst keinen Cent für deine Wohnung.«

»Sag nicht, du würdest sie an Fremde vermieten wollen.« Als Nina keine Antwort erhielt, fügte sie verbittert hinzu: »Das hast du Markus nie vorgeworfen.«

Die kleinen Falten um Michael Schätzleins Mund färbten sich weiß. Nina kannte dieses Vorzeichen. Was er dann sagte, war viel schlimmer, als sie es erwartet hatte. »Markus hat mich auch nie enttäuscht.«

Nina stand auf. Die bunten Bleiglasfenster kreisten und das Kirchengewölbe drohte auf sie herabzustürzen. Sie hielt sich an der hölzernen Lehne der Bank fest, um nicht zu wanken. Dann rannte sie zur Tür.

»Nina!«, rief ihre Mutter, doch der Bariton des Vaters ließ sie verstummen.

Mit Mühe öffnete Nina die schwere Holztür der Kirche. Tränen verschleierten ihren Blick und sie rannte gegen den Pfarrer, der sich vor der Kirche mit einer Frau unterhielt.

»Nina, wohin gehst du? Ich fang gleich mit der Predigt an.« Dann entdeckte der Pfarrer die Tränen. »Nicht schon wieder. Glaub mir, er meint es nicht so.«

»Doch, er meint es so. Genauso. Schon immer.«

»Mein Kind, es tut mir so leid.« Er strich sich erst über das Ohrläppchen und dann über den Mund. Offensichtlich überlegte er, was er ihr Tröstliches sagen konnte.

Aber es gab nichts, das er Nina nicht schon gesagt hätte.

Nina sah zu der Frau. Verlegen ließ diese ihre Goldkette mit dem gekreuzigten Jesus durch die Finger mit den rotlackierten Nägeln gleiten. »Ich werde mich melden.«

Nina hörte im Weglaufen noch ein geflüstertes, aber entschiedenes: »Nein!« vom Pfarrer und als Antwort ein forsches »Das werden wir sehen!« von der Frau.

Um sich darüber Gedanken zu machen, hatte Nina keine Zeit. Sie musste aufpassen, damit sie nicht die Treppen herunterfiel. Denn vor lauter Tränen sah sie die Stufen nur verschwommen.

Nur schnell weg hier.

Nina wollte ihren Vater nie mehr wiedersehen.

05

Am nächsten Morgen fühlte sich Nina beschissen. Wie sie nach dem Desaster in der Kirche nach Hause gekommen war, konnte sie nicht sagen. Nach Hause! Welch Ironie!

Sie hatte noch nie ein gutes Verhältnis zu ihrem Vater gehabt. Im Gegensatz zu Markus. Doch seit Markus nach München gezogen war, hatte sich die Beziehung zu ihrem Vater nochmals verschlechtert. Unverhohlen bedauerte er, dass sie geblieben und Markus ausgezogen war.

In jeder Familie gab es ein Mama- oder Papakind; den Liebling eines Elternteils. Nina war niemandes Liebling. Mutter versuchte krampfhaft, keines der beiden Kinder zu bevorzugen, und Vater zeigte bei jeder Gelegenheit sehr deutlich, wen er von den Geschwistern mehr schätzte.

Solange Markus im Dachgeschoss gewohnt hatte, hatte er als Puffer zwischen Nina und ihrem Vater fungiert. Er nahm sie in Schutz. In seinem Beisein hatte sich Vater immer gezügelt. Doch seit Markus´ Auszug war Nina allein auf sich gestellt.

Ihr Leben lang hatte Nina um Liebe und Aufmerksamkeit des Vaters gebettelt. Vergebens. Was sie auch tat, es war ihm nie genug. Ob Fahrradfahren, Sport oder Klavierspielen – sie hatte sich nie so gut angestellt wie ihr zwei Jahre älterer

Bruder. Selbst ihre Einsen waren nicht so viel wert wie die Zweien ihres Bruders.

Nachdem Markus am Numerus clausus gescheitert war, sollte wenigstens Nina Vaters Traum erfüllen, einen weiteren Mediziner in der Familie zu haben. Doch sie brach das Studium ab und fügte ihm damit eine neuerliche Enttäuschung zu.

Vielleicht würde er mich lieben, wenn ich Medizin studiert hätte?

In Gedanken verneinte sie die Frage. Das würde er nicht. Und sie wäre noch unglücklicher, weil sie in einem ungeliebten Beruf gefangen wäre.

Um nicht jeden Tag Vaters immer verletzenderem Verhalten ausgesetzt zu sein, zog sie schließlich in die Dachgeschoss-Wohnung.

Eine Zeitlang versorgte Mutter sie noch mit Essen, dann nur noch hin und wieder und heimlich. Irgendwann ließ auch das nach. Für Nina erfand sie Ausreden und verschwieg Vaters Verbot. Doch Nina hatte seine harsche Anweisung und Mamas Weinen gehört.

Ach Mama, du konntest dich noch nie gegen Papa durchsetzen. Es ist, als hätte er dich in der Hand.

Und nun blieb ihr nur eins: Auszug.

Zu Ritchy?

Nina lächelte, als sie an ihren heißblütigen italienischen Freund dachte, mit dem sie seit über zwei Jahren zusammen war. Ritchy wollte schon lange mit ihr zusammenziehen, doch sie schob ihre Unabhängigkeit vor, ihre Freiheit.

Aber was war das für eine Freiheit?

Einen Einzug bei ihm hatte sich Nina anders vorgestellt - festlicher, spezieller. Nicht aus einer Notlage heraus, sondern aus freien Stücken.

Oder gab es einen anderen Grund? Hatte sie Angst, ihre Beziehung würde sich dadurch verändern? Die unterschiedlichen Arbeitszeiten störten sie nicht. Im Gegenteil, dadurch wurde jede gemeinsame Minute kostbarer und intensiver.

Auch bei Oma Lotte könnte sie unterkommen. Doch wie gut Nina sich auch mit der immer noch flotten Frau verstand, bei einem Einzug würde sie unausweichlich in die ausufernden Canasta-Runden von Oma Lotte und ihren Freundinnen mit eingebunden werden.

»Verdammtes Geld!« Okay, seit diesem Jahr verdiente sie endlich gut, doch sie wollte auch Oma Lotte unbedingt das Geld zurückzahlen, mit dem sie Nina in der Ausbildung unterstützt hatte. Außerdem musste sie ja noch die Raten für den Skoda abzahlen.

Das Handy klingelte und riss Nina aus ihren Grübeleien. Angies Nummer erschien auf dem Display, Nina drückte sie weg. So, wie sie heute bereits mehrere Anrufe einer unbekannten Nummer weggedrückt hatte. Sie wollte sich jetzt nicht auch noch mit Angies Vorwürfen wegen Horst auseinandersetzen; dafür fehlte ihr die Kraft.

Was sollte sie auch machen?

Eine Fahndung nach einem Mann herausgeben, Suchtrupps mit Hunden losschicken und quadratkilometergroße Flächen durchkämmen lassen? Wer weiß, wo er war? Horst hatte sich bestimmt abgesetzt, war untergetaucht.

Vielleicht wollte er sich mit der Erpressungsgeschichte nur wichtigmachen, und nachdem Angie nun Nina eingeweiht hatte, wuchs sie ihm über den Kopf. Jetzt war es ihm peinlich und er wartete ab, bis Angie die Sache nicht weiterverfolgte.

Nina rollte mit den Augen. Ihre Erklärung hörte sich so unglaubwürdig an. Jemand, der lieber untertauchte, als seinen Freunden klaren Wein einzuschenken, war kein Freund. Zudem war Horst nach Angies Aussage ein zuverlässiger Familienvater.

»Genau, das ist es!« Nina war erleichtert. »Wieso macht sich seine Familie null Sorgen und meldet sich nicht, sondern nur Angie?« Zufrieden lehnte sie sich im Bürostuhl zurück und grinste die Decke an.

»Frau Schätzlein?«

Nina erschrak.

Eine Frau, nur wenig älter als sie selbst, betrat das Büro. Auf dem Arm trug sie ein strampelndes Baby mit Jeanslatzhose, das nach den kurzen schwarzen Haaren der Mutter griff.

»Wie sind Sie hier raufgekommen?« Nina korrigierte ihre Sitzhaltung.

»Ihr Kollege war so nett und hat mich an der Pforte aufgelesen.«

»Welcher Kollege?«

»Na, die Sahneschnitte, die so aussieht, als würde sie für ein Männermagazin den urigen Holzfäller markieren?«

Nina grinste. »Sie meinen Hauptkommissar Pfeiffer?«

»Kann sein, dass er so heißt.«

»Sein Rasierapparat ist seit Wochen kaputt.«

»Das erklärt einiges. Geben Sie ihm doch eine Machete.«

Nina lachte bei der Vorstellung. »Wo ist er hin?«

»Er war mit mir auf dem Weg nach oben, dann musste er plötzlich zu einem Einsatz, wie er sagte.«

»Einsatz? So plötzlich?« Nina runzelte die Stirn. »Und was kann ich für Sie tun?«

»Ich bin Saskia Kohlhepp, die Tochter von Horst Kohlhepp. Angelika Hornung gab mir Ihre Handynummer, aber Sie haben meine Anrufe ständig weggedrückt.«

Gedankenübertragung!

»Das hatte seinen Grund.« Nina versteifte sich. »Ich war in Besprechungen. Außerdem habe ich bereits Angie gesagt, dass uns in diesem Fall die Hände gebunden sind.«

»Er ist verschwunden.«

»Ich weiß.«

»Und Sie unternehmen nichts?«

»Wie ich bereits sagte, uns sind die Hände …«

»Verschonen Sie mich mit Ihren Floskeln! Denken Sie, er ist Zigaretten holen gegangen?«

Der kleine Fratz auf dem Arm verzog erschrocken sein Gesicht und setzte zu einem herzzerreißenden Schrei an.

Saskia Kohlhepp drückte ihm kurzerhand den Nuckel in das aufgerissene Mäulchen und schunkelte den Kleinen auf dem Arm auf und ab. Sie senkte die Stimme: »Mein Vater ist seit zwei Tagen verschwunden.«

»Frau Kohlhepp, Ihr Vater ist erwachsen. Ich streite ja nicht ab, dass er tatsächlich Probleme gehabt haben könnte. Aber es kann auch sein, dass er mit einer Frau durchgebrannt ist und ein neues Leben anfangen will.«

Saskia schaute sie mit aufgerissenen Augen an. »Ich weiß nicht, von was Sie da reden.« Sie blickte von Nina zu dem Baby. »Das ist Karl.« Sanft streichelte sie über seine Wange. »Er hatte gestern Geburtstag.« Sie verstummte. »Dass ich Vati zum Opa gemacht habe, war für ihn das Größte. Er hat mich seit Wochen gefragt, was wir an Karls Geburtstag machen sollen. Er wollte unbedingt Urlaub nehmen und den Tag gemeinsam mit uns verbringen.«

Sie sah Nina an und Tränen glitzerten in ihren Augen. »Überrascht es Sie, wenn ich Ihnen sage, dass er noch nicht einmal angerufen hat? Ich kann ihn auch nicht erreichen. Sein Handy ist aus.« Ihre Stimme brach.

Nina schluckte.

Scheiße!

»Vermuten Sie, er könnte sich etwas angetan haben?«

»Nein! Um Himmels willen. Warum sollte er?«, rief Saskia.

»Wegen der Erpressung.«

»Welche Erpressung?«

»Sie wissen von nichts?«

»Was sollte ich wissen?«

»Angie bat mich um Hilfe.«

»Angie? Woher kennen Sie eigentlich Angie?«

Nina durchfuhr es heiß. »Das war reiner Zufall und tut nichts zur Sache.« Sie hoffte, Saskia Kohlhepp würde ihre Verlegenheit nicht bemerken. »Jedenfalls hatte sie von seinen Geldproblemen erfahren und …«

»Mein Papa hatte keine Geldprobleme.« Saskia legte die Stirn in Falten.

Nina zog das Kinn an die Brust. »Mir gegenüber hat er es auch abgestritten. Aber zu Angie sprach er von einer Erpressung.«

»Und das kommt Ihnen nicht spanisch vor?«

»Jetzt hab ich aber genug!« Nina sprang auf. Sie hatte es satt, sich ständig rechtfertigen zu müssen. »Wenn einer Schuld hat, ist es Ihr Vater selbst, weil er mir gegenüber seinen Mund gehalten hat. Er hat mir untersagt, irgendetwas zu unternehmen, verstehen Sie? Was sollen wir ermitteln, wenn alles einvernehmlich ist? Es besteht für uns kein Tatbestand. Und bei seinem Verschwinden ebenso!«

Saskia Kohlhepp wich zurück, das Baby fing erneut an zu schreien. Im letzten Moment fing sie den herunterfallenden Nuckel auf.

»Gut!«, zischte sie. »Sie brauchen eine Handhabe? Hier bekommen Sie eine! Ja, er drohte mit Selbstmord!«

»Sie lügen!«

»Beweisen Sie mir das Gegenteil! Und jetzt suchen Sie ihn gefälligst!«

***

Der Mazda fuhr langsam den Waldweg entlang, immer den Schlaglöchern und der Fahrrinne der Forstfahrzeuge ausweichend. Schließlich blieb er seitlich an der Böschung stehen.

»Wo sind wir hier überhaupt?«, fragte Renate und schaute durch die Frontscheibe nach oben. »Hier ist es ja finster wie die Nacht; man sieht keinen Himmel, nur Bäume.«

Simone grinste. »Ein Geheimtipp. Keine Menschenseele ist hier. Wenn, dann parken alle Spaziergänger auf dem großen Wanderparkplatz einige Kilometer davor.«

Sie stiegen aus. Simone öffnete die Heckklappe. Ein Golden Retriever sprang heraus, schnüffelte am Boden und verschwand im Unterholz.

»Na, wenigstens ist es hier noch etwas kühler. Die Hitze ist ja in diesem Frühsommer kaum auszuhalten. Hoffentlich wird es nicht so heiß wie letztes Jahr.« Renate stemmte die Arme in die Hüfte. »Von wegen Geheimtipp. Da hinten steht ein Auto.«

»Eins statt zwanzig. Sammy kann sich nicht frei entfalten, wenn uns ständig ein anderer Hund attackiert.«

»Frei entfalten? Die sind alle nicht erzogen.«

»Du immer mit deiner Erziehung.«

»Das ist nun mal wichtig. Ich weiß auch nicht, was ich bei dir falsch gemacht habe. Du warst mal so ein liebes Kind.«

»Mama!« Simone lachte und Renate rang sich ein schiefes Lächeln ab.

Sie gingen einige Minuten schweigend den Forstweg entlang, als plötzlich etwas im Unterholz knackte.

»Sammy?« Simone horchte auf. Doch nun war es ruhig. »War bestimmt ein Eichhörnchen.«

»Ich hoffe für dich, dass Sammy nicht seine Spur aufgenommen hat. Wo ist er überhaupt? Ich finde es nicht gut, ihn so ohne Aufsicht durch den Wald streifen zu lassen. Wenn er nun einen Hasen reißt?«

»Quatsch.« Doch Simone sah sich um. »Sammy!«

»Ach, jetzt hast du doch Angst.«

»Das ist nur vorsorglich. – Sammy!«

»Typisch. Er hört überhaupt nicht. Das ist deine Erziehung und da willst du Kinder?«

»Das kannst du überhaupt nicht vergleichen!«

»Und ob ich das kann! Wenn der Hund macht, was er will, werden es die Kinder auch so handhaben.«

»Kinder müssen sich entfalten können.«

»Entfalten? Wie dein Hund? Kinder müssen Grenzen gesetzt bekommen, sonst tanzen sie dir und der Umwelt auf dem Kopf herum. Du bist doch schon bei dem Hund nicht konsequent.«

»Wo steckt er nur?«

»Siehst du, das ist, was ich meine. Der Köter macht, was er will!«

»Nenn ihn nicht immer Köter!«

»Ach, verletze ich damit seine Gefühle?«

»Mama!«

»Bestimmt jagt er dem Hasen hinterher. Oder einem Reh.«

»Reh? Die sind ja so schnell, die kann er eh nicht fangen«, beruhigte Simone sich selbst.

»Egal. Er ist weg. Den siehst du erst in ´ner Stunde wieder. Ich sag doch immer: Er gehört an die Leine.«

»Er kommt immer zurück.«

Renate zog die Brauen hoch. »Bis jetzt.«

»Jetzt mach mir keine Angst. Sammy!«

Aus der Ferne hörten sie Bellen.

»Da! Hast du das gehört? Sammy! Hierher!«

»Genauso wirst du auf dem Spielplatz nach deinen Kindern rufen und sie werden die Ohren auf Durchzug stellen.«

»Hör jetzt auf. – Sammy!«

Wieder schallte Bellen durch den Wald.

»Das hört sich nicht so an, als würde er dir entgegenrennen.«

»Mama!«

»Simone!«

Sie sahen sich an und lachten.

Wieder Bellen. Sofort verstummten sie.

»Da stimmt was nicht.« Simone sprang ins Gesträuch.

»Kind! Du kannst mich doch hier nicht allein lassen!«

»Dann komm mit!«

»Aber …«

»Mach schon!«

Widerwillig folgte Renate ihrer Tochter. »Alles nur wegen dem Köter!«

»Mama! Hör endlich auf zu motzen!«

»Aua!« Renates Kleid verhedderte sich in den Ranken eines Brombeerstrauches. Sie blieb stehen, um sich zu befreien. »Ach, schau nur, jetzt habe ich ein Loch in meinem Kleid.« Als sie aufsah, war sie alleine. »Simone? Wo bist du? Simone!«

»Hier!«, drang die Stimme aus dem Dickicht.

»Ich bringe den verdammten Köter um. Simone, warte!«

Plötzlich hörte sie einen Schrei.

Renate erstarrte. »Simone!«

Stille.

Zitternd vor Panik hastete Renate durch das Unterholz, zerriss sich das Kleid im Gesträuch, zerkratzte sich die Waden an den Ästen. Atemlos stolperte sie auf eine kleine Lichtung. Vom Sonnenlicht geblendet blieb sie stehen. Sie beschattete ihre Augen und da sah sie es.

»Simone!«

Ihre Tochter saß wimmernd auf der Erde und umklammerte Sammys Hals, das Gesicht in sein Fell gedrückt.

»Simone! Was ist passiert? Geht es dir gut? Du hast mir einen Schrecken eingejagt …«

Heulend sah Simone auf. Der Hund schleckte über ihr Gesicht. Sie ließ es geschehen.

»Kind! Jetzt red doch endlich!«

Statt zu antworten, deutete Simone auf eine knorrige Eiche am Rande der Lichtung.

An einem Ast hing ein Mann.

***

Pfeiffer betrat das Büro. Sein Hemd zeigte unter den Achseln verräterische dunkle Flecke. »Der Hund einer Spaziergängerin hat eine Männerleiche im Gramschatzer Wald gefunden. Erhängt an einer Eiche.«

»Schon wieder ein Suizid? So viele Deprimierte gibt es doch nur zwischen den Jahren, oder?«

»Wahrscheinlich ist das heiße Wetter schuld. Ich fahre jetzt zu seiner Tochter und überbringe ihr die schreckliche Nachricht.«

»Tochter?« Nina rutschte auf ihrem Stuhl herum. »Woher weißt du, dass er eine Tochter hat?«

»In seinem Abschiedsbrief erwähnt er eine Saskia.«

»Saskia?« Nina schlug die Hände vor den Mund.

»Was ist?«

»Saskia Kohlhepp?«

»Kennst du sie?«

»Du auch! Sie war vor zwei Stunden mit dem Baby im Kommissariat. Du hast sie mit raufgenommen.«

»Scheiße. Die war das? Deshalb kam mir der Name so bekannt vor.«

»Und ich habe gerade nach dem Telefonat mit dem Staatsanwalt die Suchaktion nach ihrem Vater eingeleitet.«

Pfeiffer stützte sich auf die Lehne vom Bürostuhl. »Was hast du gemacht? Ohne Absprache mit mir?«

Nina zog den Kopf ein. »Ich konnte nicht warten. Sie hatte Angst um ihn. Du siehst ja, es war sowieso schon zu spät.«

Pfeiffer schüttelte den Kopf.

»Und er hat tatsächlich Suizid begangen?«, fragte Nina.

»Wieso?«

Nina hob die Hand. »Ich traf ihn vor knapp einer Woche. Da sah er nicht aus, als ließe er sich einschüchtern. In der Zeit kann aber viel passieren …«

»Sag nicht, du hast Zweifel?«

Nina schaute zu Pfeiffer, als müsse sie erst die Worte sortieren. »Er war extrem aufgebracht und hat eine gemeinsame Freundin angepfiffen, als hätte sie ein Staatsgeheimnis verraten. Ihr gegenüber erwähnte er zwar, er würde erpresst. Aber nicht, dass er es finanziell nicht stemmen konnte und damit einen Suizid rechtfertigt.«

»Im Brief steht aber, er konnte mit den hohen Schulden nicht mehr leben.«

»Nein, nein.« Sie schüttelte vehement den Kopf. »Er hat seinen Enkel angebetet. Da bringt man sich nicht an dessen erstem Geburtstag um. Dadurch wird es immer der Todestag vom Opa sein. Sowas tut man seinem Enkel nicht an. Das ist geschmacklos. Er hätte seine Tochter fragen können oder Freunde, ob sie ihn finanziell unterstützen.«

»Falscher Stolz?«

»Wie dumm wäre das?«

»Sehr dumm«, gab Pfeiffer zu. »Soll aber vorkommen.«

Nina starrte Pfeiffer an, der in der Akte blätterte.

»Ist er das?« Als Pfeiffer nickte, kam sie um den Schreibtisch herum und schaute ihm über die Schulter. »Hm.«

»Was?«

»Nichts.«

»Ich kenn mittlerweile dein Nichts.«

»Ich will ja nicht als Klugscheißer dastehen, aber das ist doch seltsam.«

»WAS? Ist dir langweilig? Willst du mit aller Gewalt einen Fall konstruieren?«

»Siehst du, das ist es, was ich meine! Ach, hätte ich doch nichts gesagt.« Nina stutzte. »Das waren genau Angies Worte, als ich ihren Verdacht abtat und nicht ermitteln wollte.«

»Bei dir melden sich die Schuldgefühle. Du kannst nichts dafür.«

»Doch.«

»Nina, wer sich umbringen will, plant einige Zeit voraus.«

»Eben drum, dann müsste man ja vielleicht etwas auf seinem PC finden. Oder die Rechnung vom Seil.«

»Seine Tochter hatte doch Angst um ihn«, stelle Pfeiffer klar.

Nina polierte mit den Fingern die Tischplatte. »Das mit dem Suizid hat sie doch nur gesagt, damit wir endlich handeln.«

»Nina!!«

»Was sollte ich denn tun?«

»Das war eine Falschaussage!«

»Dann verhafte sie! Mir jedenfalls leuchtete es ein, als sie sagte, er hätte den Geburtstag vom süßen Karl verpasst. Da wusste ich, dass was nicht stimmt!«

»Von wem?«

»Na, vom Baby! Horst hätte ihn nie vergessen!«

»Da ist was dran.«

»Siehst du. Und seine Tochter lässt uns bestimmt seinen PC überprüfen.«

Pfeiffer senkte den Kopf und schaute sie von der Seite an.

»Guck nicht so. Diese Saskia wird dir den Suizid sowieso nicht abnehmen. Glaub mir, ich habe mit ihr gesprochen. Es gibt zu viele Ungereimtheiten. Erst wird er erpresst und später ist er tot. Es ist, als wolle jemand einen Zeugen aus dem Weg räumen.«

»Falsch. Warum soll der Erpresser nach erfolgter Zahlung töten? Er hat sein Geld erhalten und das Opfer schweigt. Er hätte keine Veranlassung, die goldene eierlegende Gans zu töten.«

»Vielleicht befürchtete er, Horst würde später reden. Nein!« Nina schlug sich mit der Hand an die Stirn. »Er hat mich mit ihm gesehen. Oh nein! Deshalb hatte Horst Angst und wollte nichts mit der Polizei zu tun haben. Dann war das einer der Typen im Sexshop. Angie kennt sie bestimmt.«

»Bestell sie her.«

»Angie? Muss das sein?«

Pfeiffer runzelte die Stirn. »Willst du, dass wir ermitteln? Dann brauchen wir ihre Aussage und die Informationen, die sie hat.«

Nina schluckte. Ja, sie wollte ermitteln. Aber sie hatte kein Verlangen, Angie in die Dienststelle zu bringen, zu ihren Kollegen. Vielleicht würde Angie dann versehentlich ihr gemeinsames Geheimnis ausplaudern. »Ich fahre zu ihr hin. Sie kann bestimmt nicht weg.«

»Auch gut. Ich fahre zu der Tochter. Vielleicht gewährt sie mir wirklich einen Blick in seine Finanzen.«

»Lass deinen Charme spielen, der wirkt.«

»Welchen Charme?« Pfeiffer rieb sich verlegen die Hände.

»Genau den. Also bis später. Heute Abend haben wir einen Mordfall.«

***

Die Hitze hing bereits wie eine Glocke über Würzburg. Pfeiffers Hoffnung, vor der Wochenend-Rushhour loszukommen, erfüllte sich nicht. So reihte er den Golf in den blechernen Konvoi ein und quälte sich von einer roten Ampel zur nächsten. Er musste durch die halbe Stadt, um zu Horst Kohlhepps Haus zu gelangen, wo auch seine Tochter gemeldet war.

Trotz Klimaanlage klebte Pfeiffer das Hemd am Rücken. Er hob die Arme und schnüffelte unter den Achseln. Gott sei Dank steckte neben einem Taschenmesser, einem Feuerzeug und anderen Dingen, die Nina für unnötig empfand, ein Axe in der Fahrertürablage.

Pfeiffer klingelte an der Tür. ›Horst, Saskia und Klein-Karl Kohlhepp‹ stand auf dem Namensschild. Ein gewaltiger Kloß drückte Pfeiffer im Hals.

Wieder einmal musste er die schlimmste aller Nachrichten überbringen: Ein geliebter Mensch war gewaltsam zu Tode gekommen.

Es war fürchterlich. Wie viele Menschen hat er schon durch seinen puren Anblick in Tränen ausbrechen sehen?

Als Saskia Kohlhepp öffnete, zeigte er seinen Dienstausweis und stellte sich vor. Sie trat zur Seite, ließ ihn wortlos ins Haus eintreten.

Nachdem Pfeiffer ihr die bittere Nachricht überbracht hatte, erwartete er einen Zusammenbruch. Doch Saskia Kohlhepp starrte ihn nur mit verweinten Augen an.

Sie hat etwas geahnt, ging es Pfeiffer durch den Kopf. Er schwieg und wollte sie reden lassen.

»Möchten Sie etwas trinken? Es ist heiß«, begann sie schließlich.

»Nur, wenn Sie auch etwas zu sich nehmen.«

»Ich bekomme nichts runter.«

Saskia Kohlhepp holte eine Flasche Wasser und füllte ein Glas.

»Sie müssen!«, sagte Pfeiffer, nachdem er das Glas mit einem Schluck geleert hatte.

»Ich muss gar nichts!«

»Was ist passiert?«

Sie stieß die Luft durch die Nase aus. »Als ich Ihre Kollegin überzeugt hatte, nach meinem Vater zu fahnden, wusste ich es.«

»Dass er tot ist?«

Sie nickte. »Ja.«

»Verstehe.«

»Nein, tun Sie nicht.«

Stimmte, tat er nicht. Aber er hatte keine andere Antwort parat. Pfeiffer fühlte sich immer hilflos gegenüber trauernden Familienangehörigen.

»Ihre Kollegin sprach von Erpressung. Daraufhin habe ich seine Papiere durchgesehen.« Sie rieb sich über die verschränkten Unterarme. So, als ringe sie mit sich, ihm ein Resultat mitzuteilen, das sie frösteln ließ. »Kommen Sie mit.«

Pfeiffer stellte das Glas ab.

Während sie zu einer Holztreppe gingen, die in den oberen Bereich führte, erhaschte Pfeiffer einen Blick in das Wohnzimmer. Ein Laufstall gefüllt mit bunten Rasseln und Plüschtieren thronte mitten im Raum. Auf dem Couchtisch stand eine leere Babyflasche. Reste von Milch waren zu erkennen.

Saskia war bereits die Stufen emporgestiegen. Pfeiffer beeilte sich, ihr zu folgen. Sie sollte nicht mitbekommen, wie er die Wohnung in Augenschein nahm.

Im Obergeschoss angekommen ging sie zu einer angelehnten Tür und legte den Finger an den Mund. Pfeiffer verstand nun, warum Klein-Karl bisher so ruhig war. Sie schob die Tür auf, blickte hinein und nickte zufrieden. Pfeiffer sah ein liebevoll eingerichtetes Kinderzimmer. Eine Tür weiter betraten sie das Arbeitszimmer, normaler Standard: ein Schreibtisch aus Pressspan, Computerflachbildschirm, Bürostuhl, CD-Wand und ein Regal mit Aktenordnern, die sorgsam mit Versicherung, Bank, Haus, Finanzamt und Motorrad beschriftet waren. Der grau-blau gesprenkelte Teppichboden war mit Zetteln und Kontoauszügen bedeckt. Saskia bot Pfeiffer den Stuhl vor dem Schreibtisch an. Sie selbst setzte sich auf einen freien Fleck zentral im Zettelchaos.

»Ich habe gezielt gesucht«, begann sie.

»Was haben Sie gefunden?«

»Nichts.«

»Hm.« Pfeiffer zog die Brauen hoch. »Nichts?«

»Zumindest keine Schulden. Er hat viel Geld in bar abgehoben. Könnte für die Erpressung gewesen sein.«

»Wieviel?«

»Fünfzigtausend.«

Pfeiffer stieß vernehmlich die Luft aus.

»Unterschiedliche Beträge von verschiedenen Konten.« Sie reichte ihm einen der Kontoauszüge.

Pfeiffer massierte sich die Stirn. »Das verstehe ich nicht. In seinem Abschiedsbrief schrieb er …«

»Das war gelogen. Er verfügte über genug Geld.« Ihre Stimme klang plötzlich rau. Ein Schatten legte sich über ihr Gesicht, als hätte jemand den Vorhang zugezogen. »Er hätte mir mit Leichtigkeit Geld für meine kleine Wohnung in der Ernst-Reuter-Straße geben können. Dann hätte ich nicht wieder hier einziehen müssen. Doch …« Sie brach ab und wischte sich über die Augen.

Pfeiffer sah das Namensschild und das liebevoll eingerichtete Kinderzimmer vor sich. »Vielleicht ging es ihm gar nicht um das Geld?«

»Wie meinen Sie das?«

»Er wohnte hier vor Ihrem Einzug alleine?«

»Ja.«

»Dann hat er Ihnen kein Geld gegeben, damit Sie hier einziehen und bei ihm leben. Er wollte Ihre Gesellschaft, Sie in seiner Nähe haben.«

Saskia schüttelte den Kopf. »Nee!«

»Was sollte sonst der Grund gewesen sein? Das hier ist ein Paradies für den Kleinen und ein Liebesbeweis an Sie. Das Haus hat auf Sie gewartet.«

»Oh Papa!« Saskia presste die Hand auf den Mund, als wolle sie ihren eigenen Aufschrei mildern, damit Karl nicht wach würde. »Das kann ich nicht glauben.«

»Aber es deutet alles darauf hin. Hatte Ihr Vater eine Freundin?«

Saskia schüttelte den Kopf.

»Hatte er Kontakt zu Ihrer Mutter?«

»Nein. Sie hat ihn … uns verlassen, als ich neun war, und mich samt Sorgerecht ihm überlassen. Sie kam mit der Enge der Stadt nicht zurecht und ist ausgewandert, hat mir Papa erzählt. Haushalt, Kind und Job – das war nichts für sie.« Sie schniefte und wischte sich die Tränen aus den Augen.

»Hatte er seitdem Freundinnen?«

»Selten. Er hat immer gesagt, er sei zu schwierig und finde keine Frau, die all seine Macken erträgt.«

»War es so?« Pfeiffer reichte ihr ein Päckchen Tempo, das auf dem Schreibtisch lag.

Saskia zuckte mit den Schultern. »Ich empfand es nicht so. Aber eine fremde Frau sieht das vielleicht anders als die eigene Tochter.«

»Durchaus möglich. Haben Sie Namen für mich?«

»Buh, da fragen Sie mich was. Ich kann mich eigentlich nur an eine Silvia erinnern. Und als ich klein war, an eine Yvonne oder so. Warum wollen Sie das wissen?«

»War nur so eine Idee.« Pfeiffer winkte ab. »Wir müssen allen Spuren nachgehen. Falls Ihnen doch noch Namen einfallen, dann können Sie sie mir durchgeben. Hier ist meine Karte.« Er reichte sie Saskia über das Chaos hinweg.

»Und nun? Wie geht es weiter?« Saskias Blick schweifte von der Visitenkarte auf die Unterlagen am Boden.

»Wir ermitteln.«

»Was ermitteln?«

»Tja.« Pfeiffer fühlte sich unwohl. Er wäre gerne aufgestanden. Doch so umzingelt von Kontoauszügen fühlte er sich wie ein Spion im Verhörraum - angekettet an einem Stuhl. »Suizid fällt in die Kategorie ›Nicht natürliche Todesursache‹. Durch die vielen Ungereimtheiten ist es zudem noch unklar. Die falsche Bemerkung in seinem Abschiedsbrief ist vielleicht ein Hinweis auf ein Vergehen. Der Staatsanwalt entscheidet über die weitere Vorgehensweise. Wahrscheinlich wird er ein Todesermittlungsverfahren einleiten«, erklärte Pfeiffer sachlich.

»Todes was?«

»Unter anderem Obduktion.«

»Papa wird zerschnippelt?« Wieder hielt sie sich die Hand vor den Mund.

»Es besteht auf Grund der neuen Erkenntnisse die Möglichkeit, dass der Suizid nur vorgetäuscht wurde.«

»Sie glauben, er wurde ermordet?« Sie schaute ihn mit rehbraunen Augen an.

Pfeiffer wich ihrem Blick aus und konzentrierte sich auf die Papiere am Boden. Er erinnerte sich an Ninas Worte und wiederholte sie: »Ihr Vater hat alles getan, damit Sie bei ihm wohnen. Er hat den Kleinen vergöttert und soll sich dann an Karls erstem Geburtstag das Leben genommen haben? Und das wegen Schulden, die er überhaupt nicht hatte?«

»Ich habe also recht«, hauchte Saskia.

»Leider.«

»Danke für Ihre Anteilnahme. Es fühlt sich gut an zu wissen, dass man einen Freund hat.« Sie beugte sich zu ihm und griff nach seiner Hand.

Pfeiffer erschrak und wollte die Hand zurückziehen, ließ es dann aber geschehen. Er wollte Saskia nicht mit seiner Reaktion vor den Kopf stoßen.

»Herr Kommissar«, sagte Saskia zaghaft und strich sich die Haare hinter das Ohr. Ihre Stimme klang wie eine Frühlingsmelodie.

Pfeiffer straffte die Schulter. Er war auf der Hut.

Was kommt jetzt?

»Ja?«

»Ich muss Ihnen etwas zeigen.« Saskia stand auf und stieg über die Papiere.

Pfeiffer hielt den Atem an.

Saskia reckte den Arm in seine Richtung und griff … an ihm vorbei zum PC, bewegte die Maus und der Bildschirm leuchtete auf.

Erleichtert stieß Pfeiffer die Luft aus.

Ich eingebildeter Bock!

Mit feuchten Handflächen rieb er sich über die Oberschenkel. Doch im gleichen Moment stockte ihm das Herz. Er starrte auf den Bildschirm. »Was ist das?«

»Der PC meines Vaters und das habe ich im Browserverlauf gefunden.«

»Oh, mein Gott.«

06

Pfeiffer war in die Dienststelle zurückgekehrt und berichtete Nina von seinem Gespräch mit Saskia Kohlhepp.

»Und du meinst, der falsche Grund in seinem Abschiedsbrief war ein versteckter Hinweis an uns?« Nina wischte sich über die Stirn.

»Anscheinend wollte er uns wissen lassen, dass etwas faul ist. Das war die einzige Möglichkeit, einen Hinweis zu geben.«

»Das bedeutet, der Täter bekam den Brief vorher quasi zur Zensur zu lesen«, überlegte Nina.

»Denke ich auch. Und der Mörder kannte seinen finanziellen Background nicht, sonst hätte er das nicht akzeptiert.« Pfeiffer setzte sich und rollte mit dem Stuhl zum Schreibtisch. »Nina, ich muss sagen, du hattest eine gute Nase. Obwohl sich alles sehr abenteuerlich und spektakulär anhört, besagen die Fakten, dass sich dieser Suizid doch zu einer ausgewachsenen Mordgeschichte mausert.«

»Wer hätte das gedacht. Kohlhepp hat dem Erpresser das Geld gegeben und ist dennoch von ihm getötet worden. Nur um zu vermeiden, dass er zur Polizei geht.«

»Der Staatsanwalt hat einer Ermittlung zugestimmt.«

»Wie hat es der Mörder geschafft, dass sich Kohlhepp erhängte?«

»Wir werden seine Leiche auf Klebereste und Toxine untersuchen lassen. Vielleicht wurde er gefesselt oder betäubt. – Was ist?«

»Mir fällt gerade der Suizid von letzter Woche ein. Ob es da einen Zusammenhang gibt?«

Pfeiffer blies die Wangen auf. »Die Witwe hat nichts erwähnt. Aber wir werden der Sache nachgehen. Die Urnenbeisetzung war bereits, doch wir haben noch sein Blut. Deshalb werden ja die Proben entnommen«, erklärte Pfeiffer.

»Bin gespannt, was die beiden schlucken mussten. Denn freiwillig springt keiner für einen anderen.«

Pfeiffer sah auf.

»Was?«, fragte Nina.

»Ach nichts, war nur so ein Gedanke. Wie war eigentlich dein Besuch bei dieser Angie?«

»Sackgasse. Kohlhepp hat weder gesagt, von wem er erpresst wurde, noch warum.«

Die Typen, denen Nina bei ihrem letzten Besuch begegnet war, kannte Angie seit Jahren als Stammkunden und Konsumenten von Sexutensilien und Pornos ohne Ambitionen auf Höheres. Angie traute ihnen kein solch heimtückisches Unternehmen wie eine Erpressung zu.

»Wir werden sowohl Kohlhepp als auch Sommer durch den Computer jagen. Sucht alles raus! Wenn sie die gleiche Datingseite hatten, die gleiche Selbsthilfegruppe, den gleichen Supermarkt, dann will ich das wissen.«

Das Telefon klingelte. »Ja, Andi, was gibt´s?«

»Chef, ich bin fertig. Ihr könnt rüberkommen.«

»Beweg dich bloß nicht zu viel, Andi.« Pfeiffer legte auf. »Ich frage mich, wie es Andi schafft, so schlank zu bleiben, obwohl er sich kein bisschen bewegt, geschweige denn Sport macht«, sagte er zu Nina, während er aufstand.

Nina folgte Pfeiffer auf den Flur. »Ich bin voll neidisch. Wenn ich nicht regelmäßig joggen gehen würde, ginge ich auseinander wie ein Hefekloß.« Sie betraten Andreas Reimers Büro, das er sich sonst mit Ellen teilte.

Andi griff gerade in eine Erdnussdose und stopfte sich eine Handvoll Nüsse in den Mund. Dabei legte er die im Frühjahr frisch gebleichten Zähne offen. »Tja, dafür bewege ich mich nachts.« Er grinste anzüglich und schob seine Nickelbrille den Nasenrücken hinauf. Dann drehte er sich zu seinem Schreibtisch um. Sein Pferdeschwanz wackelte hin und her. »Voilà.«

Nina sah den fremden PC. »Du hast Kohlhepps PC mitgebracht? Warum hast du nichts gesagt?«

Pfeiffer schmunzelte. »Ich wollte dich überraschen.«

»Und was hast du für uns?«, wandte sie sich neugierig an Andi.

»Was ganz Heißes. Ich musste ja in meinem Leben schon einiges im Internet recherchieren: Kinderpornoringe, Mädchenverschleppungen, Zwangsprostitution, Autoschieberringe, aber das hier ... das ist mal was anderes ... das ist echt der helle Wahnsinn!!!« Seine Stimme driftete vor Begeisterung ins Schrille ab.

»Andi?«

»Alles gut.« Er räusperte sich und sprach eine Oktave tiefer weiter. »Ich bin hier auf eine Art ›Autoscout 24‹ geraten. Klasse Fahrgestelle und viel Lack – nur ohne Autos! Für diese Branche hätte ich keine derartige Seite erwartet.« Er machte eine Pause, um seine Worte sacken zu lassen.

»Mach´s nicht so spannend!«, schalt ihn Nina.

»Lass ihn doch.«

Nina schaute Pfeiffer ungläubig an. »Du unterstützt ihn noch? Ach sooo, du weißt, was kommt.«

Pfeiffer zog schmunzelnd die Brauen hoch. »Ich wollte Andi auch mal eine Freude bereiten. Und wenn ich sehe, wie er hier gerade ausflippt, hat sich die Sache gelohnt.«

»Du weißt, wie man mir eine Freude bereiten kann, Chef.«

»Wirklich?« Als Pfeiffer Andis Gesicht sah, lachte er und schlug ihm auf die Schulter. »Okay, nun schieß mal los, Großer.«

»Euer Horst Kohlhepp hat so einiges gesucht. Aber hauptsächlich eine Domina. Auf der Seite hier war er am häufigsten.«

»Eine Domina?«, fragte Nina ungläubig.

Pfeiffer verzog angesäuert das Gesicht, da er an einen speziellen Fall im Frühjahr erinnert wurde. Doch Andi sprach weiter und er konzentrierte sich auf die neuen Fakten.

»Den ersten Kontakt nahm er Ende Mai auf. Da schrieb er vier Würzburger Dominas an, die diese überregionale Seite anbietet.«

»Woher …?«

»Ich habe sein Postfach geöffnet. Zwei sagten gleich, sie sind ausgebucht. Die anderen wollten sich mit ihm treffen.«

»Denen werden wir einen Besuch abstatten.«

»Echt jetzt?« Nina verzog das Gesicht.

»Keine Lust?«

»Auf ne Domina? Nicht wirklich.«

»Oh, lass mich mit!« Andi schob seine Nickelbrille den Nasenrücken hinauf. »Du, die haben sogar ein Prüfsiegel.« Andi schmachtete die geöffnete Webseite an. »Ich habe den falschen Job!«

»Das höre ich zum ersten Mal von dir. Du liebst doch den Moment, an dem du den Verbrecher vom PC aus an den Eiern packen kannst.«

»Nichtsdestotrotz: Ich will zum TÜV der Dominas! Das ist mein Traumjob. Lies doch nur: ›In meiner Welt wirst du kriechen und dafür auch noch dankbar sein!‹ Oh, ich will so dankbar sein.«

»Krieg dich wieder ein!« Pfeiffer ging lachend zur Tür.

»Und ich würde gerne mal den Prüfer sehen«, meinte Nina stirnrunzelnd. »Was der wohl prüft?«

»Ob die Handschellen der DIN entsprechen und richtig funktionieren.«

»Und ob die Dominas sich die Safewords merken können.«

Pfeiffer stand in der offenen Tür und schaute auf den Gang. Gerade schritt eine blonde Frau mit Ellens schlanker Figur den Flur entlang und verschwand im Kopierraum.

Ellen? Jetzt spinn ich wirklich schon.

Er wandte sich an Andi und Nina. »Bis wir wissen, mit wem sich Kohlhepp da getroffen hat, suche ich Frau Sommer auf. Vielleicht ist ihr inzwischen was eingefallen, was uns weiterbringt.«

»Denkst du an die Sektion von Kohlhepp um zwei?«

Nicht schon wieder Leichengeruch.

»Werde ich nicht schaffen«, erwiderte Pfeiffer. »Aber du kannst dich doch sicher mal vom PC losreißen!«

***

Sigrid Sommer begrüßte ihn ausgesprochen höflich und zuvorkommend. Sie bat ihn in das superschicke Wohnzimmer und bot ihm ein Wasser an. Doch die aufgesetzte Freundlichkeit täuschte nicht über ihren Kummer hinweg, der sich in den Augen und den hohlen Wangen niedergelassen hatte. Sie sah aus wie ein Geist. Traf sie der Verlust ihres Mannes doch tiefer, als sie anfangs zugeben wollte?

Hat Nina recht? Trauert sie doch um ihren Mann und ich habe ihr Unrecht getan?

In Gedanken formulierte Pfeiffer eine Entschuldigung.

Dann sah er zum Esszimmer. Der große Olivenbaumtisch fehlte, die Stühle standen am Fenster und der Platz, auf dem vor zehn Tagen noch ein vor Maden wimmelnder Teppich lag, war leer. In der ganzen Wohnung brannten Duftlichter, um den immer noch wahrnehmbaren Geruch von Tod und Verwesung zu überdecken.

»Frau Sommer, haben Sie den Abschiedsbrief gelesen?«

Die Flasche Apollinaris verharrte in der Schwebe, dann goss sie ein, stellte die Flasche auf den Tisch und nahm Pfeiffer gegenüber Platz. Sie strich über ihre Beine, als müsste sie sich die Hände trockenreiben. Durch den dünnen Hosenstoff stachen spitze Kniegelenke hervor.

»Nein.« Sie massierte ihren rechten Ringfinger, als drehe sie den nicht mehr vorhandenen Ring.

Pfeiffer kannte das Gefühl. Es war wie ein Phantomschmerz. Er selbst hatte erst nach der Scheidung den Ehering abgezogen und es war ihm unendlich schwergefallen. Ständig hatte er an die Stelle gegriffen und gerieben. Ihm war nie bewusst gewesen, dass er das tat, als er ihn noch trug.

So muss es auch bei ihr sein. Es ist, als würde man aus einem Albtraum erwachen, wenn man endlich den Ring spüren würde.

Doch für Pfeiffers Gefühl hatte Frau Sommer den Ehering sehr schnell abgenommen. »Sie wissen also immer noch nicht, was im Brief steht?«

»Was soll da schon stehen?«

»Abschiedsworte an Sie.«

Um ihren Mund zuckte es. »Worte, so falsch … so falsch, wie … alles andere auch.«

Pfeiffer faltete die Hände und tippte mit den Zeigefingern gegen den Mund. »Woher wollen Sie das wissen, wenn Sie den Brief nicht gelesen haben?«

»Ach, hören Sie doch auf mit Ihrem scheinheiligen Getue. Sie kannten Timo doch überhaupt nicht. Niemand kannte ihn! Selbst ich nicht!«

»Und deshalb glauben Sie, seine letzten Worte sind falsch?« Pfeiffer rief sich den Brief ins Gedächtnis. Aber er erinnerte sich an nichts, das so eine Reaktion hätte auslösen können. Nur Timo Sommers beteuerte Liebe zu seiner Frau.

»Überlassen Sie das mir.«

»Und wenn etwas ganz anderes darin steht?« Pfeiffer nahm die Kopie des Briefes aus der Mappe, die er neben sich auf das beige Ledersofa abgelegt hatte.

Sigrid Sommer erstarrte. »Warum ermitteln Sie dann erst jetzt?« Ihre Stimme kratzte.

Was meint sie damit?

Die wässrigen Augen der Frau wanderten von Pfeiffers Gesicht zu dem Brief und zurück. Ihr Arm schoss vor und sie entriss ihm über den Tisch hinweg den Brief. Sie trat wie zur Sicherheit ein paar Schritte zur Loggia und blieb mit dem Rücken zu ihm stehen. Hastig überflog sie die Worte.

»Sie verdammter Hurensohn, Sie! Sie haben mich absichtlich getäuscht!«

Trotz seiner Überraschung über den plötzlichen Ausbruch mimte Pfeiffer den Entrüsteten und fasste sich mit den Händen wie zum Schwur an die Brust. »Ich? Nein. Sie haben mich getäuscht! Sie wissen, dass da noch etwas anderes ist, aber schweigen. Was vertuschen Sie?«

»Nichts! Ich vertusche nichts.«

»Sie sind eine schlechte Schauspielerin.« Pfeiffer hatte die Schnauze voll.

Frau Sommer wich zurück, stieß gegen die Anrichte. Die dort stehende Duftlampe schwankte bedrohlich.

»Gut, dann kommen Sie jetzt mit mir in die Dienststelle und ich nehme Ihre Aussage zu Protokoll. Den Rest überlasse ich dem Haftrichter. Von Ihnen lasse ich mich nicht verarschen.« Er war sich bewusst, dass der Satz aus einer billigen US-Krimiserie stammen könnte. Aber er wusste nicht mehr weiter. Vielleicht schüchterte das Frau Sommer ein. Pfeiffer stand auf und griff nach seiner Mappe.

»Was? Nein. Bitte bleiben Sie doch. Es tut mir leid. Ich … ich bin momentan nicht ganz ich selbst. Es ist alles sehr schwer für mich. Erst der … Anblick … die Maden auf seinem Gesicht! Überall diese Maden! Und der Gestank.« Sie presste den Handrücken auf den Mund, als befürchte sie, sich allein durch die Erinnerung daran zu übergeben. »Wie soll ich das verkraften? Ich bekomme das Bild nicht mehr aus meinem Kopf! Ich schlafe nicht. Und wenn ich doch mal einschlafe, träume ich. Ich liege in einem Grab und mein Körper ist über und über mit Maden bedeckt. Ich spüre ihr Krabbeln! Wenn ich aufwache, rieche ich diesen Geruch. Dann weiß ich, dass ich nicht geträumt habe. Selbst die Reinigungsfirma hat den Geruch nicht rausbekommen.« Zornig hob sie das Kinn. »Und glauben Sie nicht, ich sei pietätlos. Aber das ist nun mal MEIN Zuhause, das Timo mir zerstört hat! Wie konnte er nur so gemein sein! Timo wusste, was mir die Wohnung bedeutet, und es war ihm egal! Er hat wieder nur an sich gedacht. Hätte er sich nicht irgendwo im Wald umbringen können?« Frau Sommer schaute ihn aus großen, feucht schimmernden Augen an.

Pfeiffer schluckte. Bevor er etwas erwidern konnte, sprach sie schon weiter.

»Die Lebensversicherung will nicht zahlen und ich stehe plötzlich mit Schulden da, von denen ich nicht weiß, woher sie kommen. Sie müssen verstehen, Herr Hauptkommissar, dass ich nicht gut auf meinen Mann zu sprechen bin. Und ... für meinen Ton vorhin Ihnen gegenüber möchte ich mich entschuldigen.«

»Schulden? Wie hoch?«

»Verschissene fünfzigtausend Euro!« Tränen kamen hoch. Frau Sommer kam zurück und ließ sich auf das Sofa fallen.

»Sie haben keine Ahnung, für was er das Geld benötigte?«

»Nein, verflucht nochmal! Er hat sich einfach von dem Konto der Kanzlei das Geld *geliehen* und ich muss es zurückzahlen.« Ihr Blick sagte, Pfeiffer solle sie nun gefälligst in Ruhe lassen, doch das konnte er nicht. Hier stimmte etwas genauso wenig wie bei dem Tod von Horst Kohlhepp.

Pfeiffer nahm den Brief und las ihn. »Ist bei dem Brief alles in Ordnung?«

Wie aus einer Trance gerissen, schaute Frau Sommer ihn mit gerunzelter Stirn an. »Abgesehen von der Liebe, die er mir vorgaukelt?«

Pfeiffer überlegte, wie viel er preisgeben konnte, ohne den Ermittlungen zu schaden.

Nichts.

Dazu kam das untrügliche Gefühl: Diese Frau verheimlichte etwas.

»Kommt Ihnen etwas seltsam vor? Wortwahl, Formulierung oder Schrift?«

»Nein.«

»Ist Ihnen etwas an seinem Verhalten aufgefallen, bevor Sie gingen?«

»Außer unserem Streit? Nein.«

»Um was ging es dabei?«

»Was wollen Sie hören?!«

»Die Wahrheit.«

»Wollen Sie jedes verletzende Wort hören?«

»Nein.«

»Oh. Danke«, meinte sie sarkastisch.

»Ich bin nicht der Böse, Frau Sommer.«

»Wer dann?«

»Das wollen wir herausfinden.«

Als verstünde sie es erst jetzt, starrte sie ihn an.

»War etwas in der Wohnung ungewöhnlich?« Pfeiffer bemerkte zu spät seine unglückliche Wortwahl. »Entschuldigung. Ich meine: Stand etwas nicht an seinem gewohnten Platz? Oder fehlt etwas?«

Sigrid Sommer überlegte konzentriert. »Nichts. Nur …« Sie biss sich auf die Unterlippe.

»Was?«

»Ach, das ist nichts.«

»Überlassen Sie mir die Entscheidung.«

»Die Espressotasse in der Spülmaschine. Timo trank keinen Espresso.«

»Warum haben Sie uns das damals nicht gleich gesagt? Ihnen ist doch sicherlich die Tasse in der Spülmaschine sofort aufgefallen.«

»Ich dachte, er hätte Besuch gehabt.«

Pfeiffer dachte an die Flasche Champagner im Kühlschrank. »Wegen der Sektgläser?«

Sie nickte.

»Frau Sommer, Sie verschweigen noch etwas!«

Sie drehte sich um und vergrub das Gesicht in den Händen. Erst nach langen Sekunden nahm sie die Hände herunter. »Ich dachte, SIE wäre wieder da gewesen und seine Reue wäre nur eine Lüge!«

»Wissen Sie, wer diese Frau war?«

»Nein.«

»Haben Sie einen Verdacht?«

Sigrid Sommer schüttelte den Kopf.

»Sie lügen schon wieder, Frau Sommer!«

Ihre Augen blitzten ihn zornig an. »Ich wollte es nicht wissen! Es ist demütigend, wenn der eigene Mann fremdgeht! Ich wollte mir nicht ausmalen, was er mit ihr treibt und wie sie es treiben. Dass sie ihm etwas gibt, das ich ihm nicht geben konnte. Und dann auch noch eine Domina!« Sie biss sich auf die Lippe.

Pfeiffer seufzte. *Nicht schon wieder eine Domina!*

»Sie wussten es also doch.«

»Nein, ich weiß von nichts!«

»Ich glaube mittlerweile, Sie wollen gar nicht, dass wir den Mord aufklären?«

»Mord? Welchen Mord?«

»Glauben Sie tatsächlich noch immer an einen Suizid?«

***

Als Pfeiffer beladen mit Timo Sommers Sachen sein Büro betrat, begrüßte er die Kollegen mit den Worten: »Ihr werdet nicht glauben, mit wem der Sommer laut seiner Frau ein Verhältnis hatte.«

»Mach es nicht so spannend!«, sagte Andi, der neben Nina Platz genommen hatte. »Mit dem Weihnachtsmann?«

»Besser – mit `ner Domina.«

»Ich glaube es nicht! Unser Bindeglied!« Nina sprang auf und drehte das Whiteboard um, auf dem bereits die beiden Tatortfotos und die Namen prangten. Links Sommer, neben dem Esszimmertisch hängend, rechts Kohlhepp im Wald. Unter Kohlhepp klebten bereits die Kontoauszüge mit den Barabhebungen, die Pfeiffer von Saskia mitgebracht hatte.

»Du warst fleißig.«

Pfeiffer sah, wie Nina die Schulter straffte und lächelte.

Sie verband beide Namen mit Strichen und schrieb darunter ›Domina‹. Der Marker quietschte auf der Tafel.

»Anscheinend besuchte ihn besagte Domina kurz vor seinem Tod und hat Sekt mit ihm getrunken«, ergänzte Pfeiffer. Er berichtete von den Sektgläsern und der Espressotasse in der Spülmaschine. »Deshalb ist die Ehefrau dermaßen angepisst, dass sie seine Liebesbekundungen im Abschiedsbrief nicht glauben wollte.«

»Naja, kann man ihr nicht verdenken, oder?« Nina legte den Stift zurück und setzte sich wieder.

»Nicht wirklich«, gab Pfeiffer zu und reichte Andi einen Laptop. »Nun kooperiert sie. Das Passwort für sein Mailfach kennt sie nicht. Er hat es regelmäßig geändert. Aber du schaffst das?«

»Logo. Hast du auch sein Handy?«

»Das ist etwas problematischer. Sie behauptet, sie hätte es weggeworfen, weil sie durch nichts an sein Verhältnis erinnert werden wollte.«

»Gleich das ganze Handy?« Nina zog die Brauen hoch.

Pfeiffer wiegte mit dem Kopf und dachte an den entsorgten Esszimmertisch. »Geldmangel ist nicht wirklich ihr größtes Problem. Obwohl sie mir von fünfzigtausend Euro Schulden erzählt hat, die sie nicht zuordnen kann. Er hat sich einfach vom Konto seines Arbeitgebers bedient. Allerdings fand die Kontobelastung vor Kohlhepps

Abbuchungen statt.« Er reichte Nina die Belege, die sie sofort unter Sommers Namen an die Tafel klebte.

»Vielleicht hat alles mit Timo Sommer angefangen«, überlegte sie laut mit Blick auf das Datum. »Eine Woche vor Kohlhepps erster Barabhebung.«

»Durchaus möglich. Die Frage ist doch: Was ist so schlimm, dass beide dafür fünfzigtausend Euro zahlten?«

»Und trotzdem starben«, ergänzte Pfeiffer tonlos.

Andi stand auf, klemmte sich den Laptop unter den Arm und schlenderte zur Tür. »Ich mach mich dann mal an die Suche. Hoffentlich hat er seine Liebesbriefe gelöscht.« Er grinste. »Dann darf ich ein großes Domina-Shooting in die Wege leiten.«

07

Pfeiffer kehrte mit einer Flasche Sprudel aus der Kantine zurück und blieb im Türrahmen stehen. Vorhin hatte er doch Ellen gesehen. Der kurze Haarschnitt war ihr Markenzeichen, genau wie die Jeans und die enge weiße Bluse. Daran würde er sie überall erkennen.

Ellen stand mit dem Rücken zu ihm. Mit einer Hand in der Gesäßtasche, in der anderen einen Kuli, studierte sie den Ermittlungsstand an der Tafel.

»Hier stimmt etwas nicht.« Sie sprach, ohne den Blick von der Tafel abzuwenden. »Wenn eine Domina die gemeinsame Konstante ist, finde ich den Betrag für eine Erpressung zu hoch. Wie wir inzwischen wissen, ist heutzutage ein Domina-Besuch angesagt.« Mit dem Kuli klopfte sie auf die Kontoauszüge. »Weshalb Fünfzigtausend für ein Schweigen zahlen, wenn mir die Wahrheit hohes Ansehen bei meinen Kollegen und Kumpels einbringen würde?« Sie schüttelte den Kopf. »Nein, ich glaube, wir müssen bei den Opfern suchen. Da gibt es noch mehr Gemeinsamkeiten als die Domina.«

»Hi Ellen. Hattest du nicht noch Urlaub?«

Sie winkte ab. »Ich hab gehört, ihr braucht mich.«

»Ja ... vor allem deine Objektivität.«

Ein Lächeln huschte über ihr Gesicht. Ein stecknadelkopfgroßer Leberfleck verschwand in der kleinen Lachfalte am Mund. Sie drehte sich zu ihm und versuchte, das Lächeln zu verbergen. Doch ihre zuckenden Mundwinkel verrieten sie. »Na, dann ran an die Arbeit.«

»Jetzt scheuch mich nicht.« Pfeiffer spielte den Empörten. Froh, dass sich Ellen trotz der privaten Probleme mit ihm weiterhin professionell verhielt.

»Guten Morgen.« Nina zwängte sich an Pfeiffer vorbei in das Büro, den Blick unverwandt auf die Unterlagen in ihren Händen geheftet. »Ich hab die Ergebnisse der Spurensicherung vom Wald.« Sie sah auf und erblickte Ellen. »Oh Ellen, wieder da? Toll, wir können Hilfe gebrauchen. Wie war die Klassenfahrt deiner Tochter? Solltest du nicht noch zwei Tage bleiben?«

»Erinnere mich bitte nicht daran.« Sie verdrehte die Augen. »Das war eine totale Katastrophe. Ich frage mich dauernd, was mich geritten hat, mich als Aufsicht anzubieten. Zu guter Letzt hat Gabrielle festgestellt, dass sie ein Loserhandy hat, und hasst mich nun noch mehr. Ich bin ihr peinlich, hat sie vor ihren Freundinnen verkündet.«

»Gabrielle?«

»Loserhandy?«

»Ja, ihr Handy ist nicht gut genug. Ihre Freundinnen jagen Pokemons und sie verliert, weil ihres immer abstürzt. Und *Gab* darf ich nicht mehr sagen. Sie hat jetzt die französische Variante ihres Namens entdeckt.«

»Auf Französisch hört sich das doch toll an. Und dann bist du abgehauen?«

Ellen wurde rot. »Du musst mir nicht noch ein schlechtes Gewissen einreden, Peter.«

»Das muss ich nicht, das hast du sowieso schon.« Pfeiffer lächelte versöhnlich. »Ich dachte, ihr habt wieder ein tolles Verhältnis?«

»Mal so, mal so. Wie es bei einem ›Pubertier‹ so ist«. Sie verwendete das neue Wort, welches durch den Spielfilm populär wurde. »Mal hassen sie ihre Eltern, mal akzeptieren sie, dass wir mit ihnen leben und ihre Luft verpesten.«

Pfeiffer dachte an seine Kinder. Bei Kati und Jacob hatte er nie Probleme gehabt. Oder verdrängte er das nur? Seit fast zwei Jahren lebte er nicht mehr bei ihnen. Inzwischen war der Kontakt von einem wöchentlichen Wechsel auf einmal im Monat – wenn überhaupt – gesunken.

Naja, mit dem riesigen Pool, den der neue Lover von Kirsten in den Garten gesetzt hat, kann ich mit meiner kleinen Wohnung in der Innenstadt nicht mithalten.

Er hatte die Ausreden der Kinder schnell durchschaut. Doch was sollte er sonst tun? Für den Zoo waren sie zu alt und für teure Freizeitparks fehlte ihm das Geld. In ihrem Alter hatten sie eigene Interessen und langweilten sich bei ihm. Hinzu kamen die schulischen Anforderungen. Wenn sie mal bei ihm waren, büffelten sie für Klassenarbeiten. Dann hatte er auch nichts von ihnen.

Er schnaufte. Wenn er ehrlich war, hatten sie vorher auch nicht viel von ihm gehabt. Damals nahm er jeden erdenklichen Dienst an, damit er schnell das Haus abzahlen konnte. Und heute hatte er zwar mehr Zeit, dafür weniger Geld. Wahrscheinlich fanden sie ihn ebenso peinlich wie Gabrielle ihre Mutter.

Um das Thema zu wechseln, nahm er Ninas Bericht entgegen und setzte sich. »Haben wir eine neue Spur?«

»Nö.« Nina ließ sich in ihren Bürostuhl fallen und rollte zur Tafel. »Der Waldweg ist hart wie Beton und hat keine Abdrücke aufgenommen. Nur an einer kleinen Stelle haben wir einen Hauch von einem Profil. Nicht vielversprechend, solange wir kein Vergleichsmuster vorweisen können. Das

Seltsame ist, dass das Auto von Kohlhepp ordnungsgemäß geparkt und abgeschlossen war. Den Autoschlüssel hatte er in der Hosentasche.«

»Was der Mörder alles bedenken musste«, überlegte Pfeiffer. »Er hat sein eigenes Fahrzeug weiter weg geparkt und ist zu Fuß gelaufen.«

Ellen lehnte sich an die Wand. »Vielleicht gibt es keinen Mörder und die beiden Opfer waren Mitglieder einer Sekte, die durch Suizid Erlösung zu finden hofften«, überlegte sie.

»Dann ergibt es aber mit den falschen Informationen auf dem Abschiedsbrief keinen Sinn. Warum sollten sie das machen?«

»Vielleicht haben die Sektenführer das geschrieben, um uns irrezuführen«, beharrte Ellen.

Pfeiffer verdrehte die Augen. »Das finde ich sehr weit hergeholt.«

»Genau wie deine Theorie.«

»Mag sein, Ellen. Aber Horst Kohlhepp besaß noch Haus und Geld. Also war er definitiv in keiner Sekte.«

»Das würde heißen, Kohlhepp ist allein in den Wald gefahren?« Ellen deutete mit dem Kugelschreiber auf sein Foto.

»Er hat sich mit seinem Mörder dort getroffen!« Nina federte in ihrem Stuhl nach vorne.

Pfeiffer pfiff anerkennend. »Sehr gut, Ellen. Du hast die richtige Frage gestellt.«

***

Den Text der Anzeige, auf die Horst Kohlhepp geantwortet hatte, kannte Andi inzwischen auswendig.

Wisse: Deine Persönlichkeit wird von mir jederzeit geachtet. Wenn Du es wünschst, werde ich Dich erniedrigen,

entwürdigen, unbarmherzig benutzen und - für die Dauer unseres Zusammenseins - Dich in die absolute Devotion zwingen. Wage den ersten Schritt.

Dann folgte die Telefonnummer.

»Lasst mich doch auch mal mit«, jammerte Andi vehement.

Andi hatte zwar die Termine bei den in Frage kommenden Dominas ausmachen dürfen, doch da er selbst dabei total ausgeflippt war, verzichtete Pfeiffer auf seine Begleitung. Er hatte keine Lust, bei den Terminen in den Dominastudios auf Andi aufzupassen. »Hör bloß auf. Die Domina braucht nur mit der Peitsche zu knallen und du gibst unsere Ermittlungsergebnisse bekannt.«

»Nein, ich ...«

»Keine Widerrede. Nina kommt mit. Sie ist immun gegen so etwas.«

»Na, danke auch«, brummte Nina.

Pfeiffer lächelte. Doch wenn er gewusst hätte, was er sich damit einhandelte, hätte er sich lieber für Andi entschieden.

***

Die Adresse des Dominastudios wurde ihnen per SMS mitgeteilt. Es war in der Nähe, dennoch gab Pfeiffer die Straße ins Navi ein. Er hatte keine Lust sich in dem Industriegebiet *Neuer Hafen* zu verfahren und eine der sich dort feilbietenden Nutten nach dem Weg fragen zu müssen.

Bei dem weißen Flachbau angekommen, dachten Pfeiffer und Nina erst, es wäre die falsche Adresse. Nichts wies darauf hin, dass hinter der unscheinbaren Fassade ein Tempel der SM-Szene von Würzburg zu finden war.

»Dein Schnürsenkel ist offen.« Nina zeigte auf Pfeiffers Schuh, während sie klingelte.

»Oh.« Pfeiffer kniete sich hin und schnürte seinen schwarzen Lederschuh neu.

Die Tür ging auf und eine rothaarige Frau mit einer Frisur so hoch wie die von Marge Simpsons öffnete. In dem kühl dreinschauenden Gesicht dominierten rote Bongolippen. Sie trug ein ultraknappes Schwesternkostüm und an ihren Haaren klammerte sich ein Schwesternhäubchen fest. In der Hand hielt sie eine Spritze mit dem Fassungsvermögen einer Wasserflasche.

»Ah! Eine Verbeugung - er weiß, was sich gehört. Gute Erziehung.« Die Domina wandte sich an Nina. »Sie möchten zusehen?«

Was? Pfeiffer wollte sich aufrichten, seinen Ausweis zeigen und dieses Missverständnis aufklären, doch Nina drückte ihn hinunter.

»Schweig!«, fuhr sie ihn an und zur Domina gewandt: »Ja, er gehorcht immer weniger. Ich möchte, dass Sie ihm das austreiben.«

Die Domina lächelte wie ein Pitbull, der sein Fressen kommen sah. »Tretet ein. Willkommen bei Lexa Lacore - Tempel der Lust. Hier seid Ihr richtig. All eure Wünsche werden erfüllt.«

Eine Frau stolzierte an ihnen vorüber. An einer mit Nieten besetzten Leine führte sie einen grauhaarigen Mann auf allen vieren, der bellte.

Auf ein Zeichen von Nina richtete sich Pfeifer auf. Obwohl es nichts brachte, durchbohrte er Ninas Rücken mit seinen Blicken, während die neben Lexa Lacore einherschritt.

Pfeiffer sah sich um. In der rechten Ecke des Vestibüls saßen drei Dominas beim Essen. Bedient wurden sie von nackten Herren mit erigiertem Penis und versteinerten Gesichtern. Fast wäre er bei diesem Anblick über seine eigenen Füße gestolpert.

»Sie sind sehr jung, im Gegensatz zu ihm.« Lexa machte eine kurze Kopfbewegung über die Schulter Richtung

Pfeiffer, als wäre er nur ein lästiges Mitbringsel und nichts wert.

»Das ist nicht das Problem«, sagte Nina mit erhobenem Kopf. »Er hat eher zu großen Gefallen an meinen Züchtigungen gefunden.«

Lexa lächelte. »Das kommt öfters vor. Aber kein Problem, das können wir ändern.«

»Wie?«

»Wir bieten ein reichhaltiges Angebot.«

Pfeiffer riss die Augen auf.

Das darf doch nicht wahr sein! Nina! Was hast du vor?

»Sehen Sie seine Augen? Das erregt ihn bereits«, sagte Nina ernst.

Nein! Pfeiffer hustete. *Was zum Teufel machst du da?*

»Vielleicht braucht er die neunschwänzige Peitsche?«

Nina winkte ab. »Das hab ich schon versucht.«

»Die Schwanzklemme?«

Autsch!

Allein die Vorstellung bereitete Pfeiffer Schmerzen. Instinktiv hielt er sich die Hände vor den Schritt.

Die Domina klatschte trotz der Spritze in die Hände. »Wie erfreulich. Da haben wir für Ihren Sklaven etwas Passendes gefunden.«

»Nein!« Pfeiffer wollte die Farce beenden, hatte jedoch die Rechnung ohne Nina gemacht.

»Klappe!«, fauchte sie ihn an.

»Wir können sofort anfangen. Ich habe einen Raum für euch vorbereiten lassen. Bitte folgen Sie mir.«

08

»Wo bleibt nur Nina?« Ellen beobachtete Andi, der versunken auf seinen Bildschirm starrte. »Andi!«

»Was?«

»Wo Nina bleibt, frage ich. Quincy hat angerufen. Kohlhepps Obduktion steht an.«

»Mist, das wird sie vergessen haben. Peter hat sie zum Dominastudio mitgenommen.«

»Na super. Jeder kneift hier. Okay, dann fahr ich schnell rüber.«

***

Der dunkle Raum hatte etwas Bedrückendes.

Als Pfeiffer dem Andreaskreuz gegenüberstand, brach ihm der Schweiß aus allen Poren. Er taumelte und hielt sich den Hals.

»Nein, das kann ich nicht.« Er spürte bereits die kalten Nieten des Gurtes am Hals, der ihn schon vor Monaten zum Keuchen gebracht hatte.

Nina verstand. In ihren Augen glomm der Funke der Erkenntnis auf. Sie schritt durch den Raum und inspizierte die Geräte, als prüfe sie die Tauglichkeit für ihren Sklaven.

»Ich habe von der Domina Jalina gehört. Steht sie zur Verfügung?«, fragte Nina beiläufig und strich über das Leder eines Bocks, über den die Sklaven zum Auspeitschen gelegt wurden.

Pfeiffer atmete auf.

Lexa Lacore zog die linke Augenbraue hoch, während der Rest des Gesichtes unbewegt blieb.

Pfeiffer fragte sich, ob sie diese Miene vorm Spiegel übte.

»Jalina? Was wollen Sie von ihr?«

»Sie wurde mir empfohlen. – Sie wäre unerbittlich gegenüber aufmüpfigen Sklaven«, fügte Nina schnell hinzu.

Domina Lexa Lacore legte die Spritze aus der Hand. Die Fältchen um den Mund vertieften sich, der Mundwinkel zuckte, doch für ein Lächeln fehlte den roten Lippen jegliche Motivation.

»So, so«, sagte sie schließlich. »Wer sind Sie wirklich?«

***

Ellen beeilte sich, pünktlich in der Uniklinik Würzburg zu erscheinen. Doch die Straßen waren wie üblich verstopft und die für Polizei und deren Einsatzwagen vorbehaltenen Parkplätze von verzweifelten Besuchern in Beschlag genommen worden. Ellen parkte an der Rampe für die Leichenanlieferung.

Anschließend rannte sie durch die Gänge und riss die Schiebetür für den Sektionsraum auf. Dort war bereits alles für die Obduktion vorbereitet. Eine Frau und ein Mann, beide Anfang Zwanzig und in der Schutzmontur der Institution gekleidet, richteten die Tische mit den Instrumenten. Anscheinend hatte Professor Queißner heute mal wieder Studenten dazugeholt.

»Dann sind wir endlich vollständig«, stellte der Professor fest, ohne sich zu Ellen umzudrehen. Der glatzköpfige Rechtsmediziner zog sich die Gummihandschuhe über.

»Guten Tag, Professor Qu…eißner.« Beinahe wäre Ellen sein Spitzname ›Quincy‹ über die Lippen gerutscht.

›Quincy‹ war die berühmteste Gerichtsmediziner-Serie der achtziger Jahre und hatte den Boom der ›ermittelten Gerichtsmediziner‹ wie Crossing Jordan, CSI, Bones ausgelöst, der bis heute anhielt.

Durch die Namensähnlichkeit wurde dem gebürtigen Nürnberger auch gleich der Spitzname verliehen. Leider war der Seriendarsteller Quincy Ellen wesentlicher sympathischer als Professor Queißner. Gefühlt jeden Tag jammerte er darüber, in der Provinz gelandet zu sein. Über den Grund seiner Versetzung nach Würzburg kursierten die wildesten Gerüchte. Doch darauf gab Ellen nichts. Sie wusste nur eins: Nach Queißners Nörgelei zu urteilen, war die Versetzung nicht freiwillig gewesen.

»Guten Tag, Frau …«

»Müller. Ich springe für Kommissarin Nina Schätzlein ein. Sie wurde bei einem Termin aufgehalten.«

»Wie üblich … Ja, ja. Entschuldigen Sie, ich kann mir einfach nicht die ganzen Namen merken.«

»Wie üblich.« Ellen lächelte. »Ich hab ja auch so einen verdammt komplizierten Namen.«

Bei den letzten Leichenöffnungen war Ellen ebenfalls anwesend gewesen; Nina hatte mit Fieber das Bett gehütet und Pfeiffer hatte sich gedrückt. Dass Queißner ihren Namen immer noch nicht kannte, nahm Ellen persönlich. Diese Art der Höflichkeit war dem Professor anscheinend nicht geläufig.

Ellen vermied seinen Blick und nickte den beiden Studenten zum Gruß zu.

Stumm reckte Queißner das Kinn nach vorn, wobei sein langer, bereits grau werdender Kinnbart nach vorne abstand.

Er hatte Ellens kleine Spitze verstanden.

»Hallo. Ich bin Lisa.« Die Studentin verkniff sich mit Mühe ein Kichern; wohlweislich, dass es ihrem Studium abträglich wäre, die Belustigung gegenüber dem Professor offen zu zeigen.

Um die Situation zu überspielen, reichte Ellen ihr das Döschen mit Menthol-Balsam. Sie hatte es immer dabei, um gegen die Gerüche in der Gerichtsmedizin gewappnet zu sein.

Lisa wehrte lächelnd ab. »Ich habe zwei Brüder. Wenn Sie bei denen im Zimmer waren, ist Ihre Nase trainiert.«

Professor Queißner winkte die beiden Studenten näher heran, damit sie das Tuch von der Leiche entfernten. Er zog den Mundschutz hoch und bedeckte damit seinen Bart. »Nicht so zaghaft. Der tut Ihnen nichts mehr.«

Lisa wurde rot.

Der Mitstudent feixte.

Ellen wich zurück.

Der Körper lag nackt vor ihr, doch das Gesicht war an Augen, Nase, Zunge und Lippen zerhackt. Um den Hals hatte er immer noch das Seil geschlungen, an dem er sich erhängt hatte. Mitsamt abgesägtem Ast. So konnte der Gerichtsmediziner kontrollieren, ob die Hämatome am Hals mit dem Muster des Seils übereinstimmten.

Die Hände waren zur Sicherung von Spuren in Papiertüten verpackt, um die Asservierung von Untersuchungsmaterial für kriminaltechnische, insbesondere Faseruntersuchungen und molekularbiologische Untersuchungen nicht zu beeinträchtigen.

Kohlhepps Schambehaarung hatte die Länge eines Stoppelbarts. Anscheinend verwendete er in den letzten Tagen vor seinem Tode weniger Zeit darauf, dieser Art der Körperpflege zu frönen.

»So, prima! Legen Sie das Tuch da drüben hin. Was sehen wir?« Professor Queißner sprach mehr mit sich selbst als zu den Anwesenden. Er rieb sich die Hände. Seine Augenbrauen zogen sich zusammen und endeten in steilen Falten über der Nasenwurzel, während er die Wunden im Gesicht betrachtete. »Er sieht nicht ganz so gut aus. Die Ausfransungen und Zahnmuster stammen von Vögeln und Nagern. Sie haben den Speichel und die Stauungsblutungen gerochen und aufgehackt. Noch einen Tag im Wald und von seinem Gesicht wäre nichts mehr übrig gewesen.« Er zog die blaue Zunge etwas heraus und tastete mit den Fingern die Mundhöhle ab. »Keine Fremdstoffe im Mund.«

Dann war er bereits darin vertieft, den Körper zu betrachten und abzufühlen. Er griff nach dem Mikrofon und diktierte mit knappen Worten Größe, Gewicht und Ernährungszustand. Monoton und emotionslos leierte er den Text herunter.

»Jegliches Fehlen von Narben oder Tätowierungen. Totenflecke im Bereich der Beine. Das bestätigt die vertikale Lage beim Eintreten des Todes. Tierfraß an Gesicht und Füßen. Mund und Rachen frei von Fremdstoffen. Turnschuhe waren nicht mehr am Körper, sodass Tiere an den Zehen reißen konnten. Dem linken Fuß fehlen drei Zehen. Rechter Fuß ist unversehrt. Dieser war noch durch eine Sportsocke geschützt. Die Fingerspitzen beider Hände waren im Seil verkeilt und hielten die Hände vom Boden fern.« Queißner stellte das Mikrofon aus und richtete sich an Ellen. »Das ist typisch für Suizid. Ein Reflex. Im letzten Moment versuchen sie sich Luft zu verschaffen.«

»Ich weiß«, antwortete Ellen. »Allerdings kann es auch bedeuten, dass er sich nicht selbst töten wollte.«

Der Professor presste die Lippen zusammen und nickte. »Diesem Aspekt darf man sich nicht verschließen.«

Ellen lächelte. So, wie er jetzt versuchte, seine Unhöflichkeit von vorhin wettzumachen, fand sie ihn um Welten sympathischer.

Dann schaltete er das Mikro wieder an. »Ansonsten keine Wunden oder beschädigte Haut. Außer dem Strangulationsabdruck vom Seil keine Hämatome am Körper sichtbar, auch nicht an den Hand- und Fußgelenken.« Er zog sich ein Vergrößerungsglas heran und hielt das Seil passend zu den Hämatomen an den Hals. Er hielt den Knoten am Hinterkopf und kontrollierte jedes einzelne Muster.

So konnte er ausschließen, dass das Opfer postmortal aufgehängt wurde.

»Es gibt zwei übereinanderliegende Strangulationsmuster. Das erste ist passend zum Seilabdruck; das zweite entstand, als das Seil beim Todeskampf höher rutschte und der Tod eintrat. Beide sind identisch und stammen eindeutig von dem Seil, an dem er aufgefunden wurde.«

Durch die Lupe kontrollierte er die Armbeugen, Handgelenke und wiederholte das Prozedere an den Füßen. Queißners kahler Schädel glänzte ebenso im grellen Licht wie das Glas der Riesenlupe.

»Keine Einstichstellen an den Extremitäten«, resümierte er, richtete sich auf und wandte sich an die Studenten. »Was schließen Sie daraus?«

»Keine Drogenabhängigkeit?«, antwortete Lisa verunsichert.

»Kann man das wirklich ausschließen?«, fragte Professor Queißner nach.

Lisa überlegte. »Man kann Drogen auch oral einnehmen, rauchen oder schnupfen.«

Der Professor zeigte auf den jungen Mann mit dem Designerhaarschnitt.

»Anderweitige Betäubung?«, antwortete dieser.

Queißner zog die linke Augenbraue hoch. »An was denken Sie?«

»KO-Tropfen. Zum Beispiel GHB - Gamma-Hydroxybuttersäure.« Der junge Mann streckte die Schultern durch.

Professor Queißner wackelte mit dem Finger. »Wird man diese noch feststellen können?«

Der Medizinstudent unterdrückte ein Lächeln. »Nach dem Tod wird im Körper nichts mehr abgebaut, kein Alkohol, keine Drogen, es bleibt alles unverändert erhalten. Es sei denn, die Verwesung hat schon eingesetzt oder durch Verfaulen findet eine Umwandlung statt. Allerdings sind die zugeführten Substanzen noch vorhanden, nur der Nachweis wird schwieriger.«

»Da hat jemand seine Schulaufgaben gemacht.«

Jetzt konnte der junge Mann ein Grinsen nicht zurückhalten.

Queißner richtete sich an Ellen. »Der toxikologische Befund wird die Tage vorliegen. Aber ich gehe davon aus, dass das für Ihre Ermittlungen keinen großen Unterschied machen wird, nicht wahr, Frau Müller?«

»Wie?« Ellen fühlte sich ertappt. »Ach ja. Nicht wirklich. Es gab einen versteckten Hinweis in seinem Abschiedsbrief. Das wäre nicht nötig gewesen, wenn er sich freiwillig erhängt hätte.« Ellen strich sich die Haare aus der Stirn. »Es sei denn, er hätte nicht mehr gewusst, was er tat. Da er aber mit dem Auto selbst in den Wald fuhr, können wir das ausschließen. Unter Drogen hätte er das nicht gekonnt.« Ellen machte eine Pause. »Wenn er allerdings die Betäubung erst im Wald bekommen hätte ... Sie verstehen?«

Queißners wohlwollendes Nicken erinnerte Ellen an den Oberschullehrer Bömmel der Oberprima aus dem Film ›Die Feuerzangenbowle‹.

Er richtete sich an den Studenten. »So, junger Mann. Nun beweisen Sie Ihre Standfestigkeit. Sie wissen, was jetzt kommt?«

»Ja, Herr Professor.«

»So? Was?«

»Der Ypsilon-Schnitt.«

»Sie haben es aber eilig.« In Queißners Stimme schwang ein Hauch von Überheblichkeit mit. »Nein, zuerst drehen wir die Leiche, damit ich die Rückseite begutachten kann.«

Eine leichte Röte überzog die Wangen des Studenten, aber er schluckte gekonnt den angekratzten Stolz herunter. Er stellte sich auf die andere Seite des Sektionstisches und griff über den Körper hinweg nach dem Arm des Toten. Mit einiger Anstrengung drehte er den Leichnam zu sich herum. Der Professor zog das Vergrößerungsglas zum Körper und suchte die Rückseite mit Akribie ab. »Keine Einstichstellen, Hämatome und Leichenflecke. Gut. Legen Sie ihn wieder zurück.«

Er richtet sich auf und sah zu Lisa. »Warum sind am Rücken keine Leichenflecke?«

Die Studentin erkannte die Fangfrage und lächelte. »Weil sie an seinen Beinen sind.«

Quincy schüttelte den Kopf. »Warum?«

»Das Blut sammelt sich aufgrund der Schwerkraft immer an den tiefsten Stellen des Körpers.«

»Hm … Ich wollte auf etwas anderes hinaus. Lassen Sie mich die Problematik anders formulieren. Was wäre, wenn sich auf dem Rücken Leichenflecken befänden?«

Ellen sah auf die Uhr. Es war ja schön und gut, wenn sich der Professor Zeit für seine Studenten nahm, aber sie musste bald wieder in die Dienststelle. »Bis zu zwölf Stunden nach Todeseintritt sind die Leichenflecke nur noch unvollständig umlagerbar«, antwortete Ellen an Stelle der Studentin. »Das heißt, der Mann war mindestens zwölf Stunden tot, bevor er aufgefunden und hingelegt wurde. Wäre die Zeit kürzer gewesen, hätten sich zusätzlich Flecken auf dem Rücken gebildet.«

Queißner warf Ellen einen Blick zu, den sie nicht einschätzen konnte. »Spielverderberin.«

Ellen zuckte unschuldig mit der Schulter. »Lassen Sie doch mal die Flecken wegdrücken.«

Der Rechtsmediziner feixte. »Sie haben es gehört«, sagte er zu Lisa.

Lisa rieb sich nervös die Hände. Sie trat vor und starrte auf die bläulich grauen Extremitäten. Zaghaft griff sie mit den behandschuhten Händen nach einem Bein und drückte mit dem Daumen auf die Totenflecken.

»Fester. Sie sollen ihn nicht streicheln.«

Lisa schluckte und umfasste nun die Wade mit der ganzen Hand. »Es wird heller«, stellte sie fest.

»Sie lassen sich wegdrücken. Und was bedeutet das?«

»Dass er mindestens zwölf Stunden, aber nicht länger als zwei Tage tot ist.«

»Sechsunddreißig Stunden«, korrigierte der Student.

Lisa bedachte ihn mit einem zornigen Blick.

»Nun dürfen Sie.« Der Professor nickte wohlwollend und hielt ihm das Skalpell entgegen.

Ellen dachte, er würde einen Rückzieher machen, wurde jedoch enttäuscht.

Stolz, als erhalte er einen Pokal für den gewonnenen Buchstabierwettbewerb in der ersten Klasse, griff der junge Mann nach dem Skalpell und beugte sich über die Leiche.

»Ich führe vom Schlüsselbein zum Brustbein und hinunter zum Schambein.«

»Sie sollen schnippeln, nicht reden.«

»Ja, Herr Professor. Ich dachte nur …«

Mit einer unwirschen Handbewegung brachte er den Studenten zum Schweigen. Dabei rutschte der Ärmel von seinem Kittel hoch und entblößte etwas Dunkles, Rundes.

Was war das? Ellen begegnete dem beunruhigten Blick des Professors. Schnell zog er den Ärmel wieder herunter und bedeckte die Stelle.

Er weiß, dass ich es gesehen habe. Und das passt ihm ganz und gar nicht.

Das Knacken der Rippen riss Ellen aus den Gedanken und erinnerte sie an den eigentlichen Grund ihres Hierseins. Aus dem geöffneten Brustraum wurden nacheinander Herz, Lunge und die übrigen Organe entnommen, gewogen und nach Größe, Form und Farbe beurteilt; ebenso Gewebe- und Blutproben für die spätere toxikologische Untersuchung. Für Ellen war das der langweiligste Teil einer Sektion, da es dabei nur selten Hinweise auf eine Tötung mit Fremdeinwirkung gab. Es sei denn, der Gerichtsmediziner stellte eine unheilbare Krankheit fest, die das Opfer letztendlich zu einem Suizid trieb. Doch in diesem Fall? Nichts.

Zwei Stunden später verließ Ellen grübelnd die Rechtsmedizin.

***

Pfeiffer und Nina stiegen in das Auto. Hinter ihnen schloss eine wütende Lexa Lecore die Tür.

»Das Gesicht war unbezahlbar!« Nina legte lachend den Kopf in den Nacken.

»Du meinst hoffentlich ihr Gesicht?« Pfeiffer sah in den Rückspiegel. Sein Gesicht war immer noch kalkweiß.

Nina beugte sich zu ihm hinüber und sah demonstrativ mit in den Spiegel. »Selbstverständlich!« Sie kicherte.

»Hör auf.« Er schob sie weg.

»War das ein Kick.«

»Nina! Was ist nur mit dir los?«

»Wieso? Darf ich nicht auch einmal etwas Spaß haben? Es hätte ja auch gut gehen können. Woher soll ich wissen, dass sie so argwöhnisch ist? Hättest du gleich mit deinem Ausweis gewedelt, wären uns diese vielen tollen Eindrücke entgangen und du hättest kein Druckmittel gegen sie gehabt.« Nina startete den Wagen. »Zumindest wird die gestrenge Lexa in der nächsten Zeit ihre Kunden besser überprüfen, bevor sie sie reinlässt. Es schadet ihrem Ruf, wenn in ihrem Studio die Polizei ein und aus geht.«

»Komisch.« Pfeiffer schüttelte den Kopf. »Kohlhepp schrieb Lexa an, erscheint aber nicht zum Termin.«

»Naja, vielleicht hatte er kein Interesse mehr und nur vergessen abzusagen?«, überlegte Nina und blieb an einer roten Ampel stehen.

»Das führt doch alles zu nichts.« Pfeiffer schnaufte resigniert. »Timo Sommer kannte auch keiner in dem Laden. Ich frage mich, mit welcher Domina er sich getroffen hat.«

»Lass uns wenigstens noch diese Jalina aufsuchen. Ich finde es komisch, dass Lexa Lecore auf den Namen Jalina reagierte, aber sie angeblich nicht kennt.«

Zwischenzeitlich waren sie zu ihrem zweiten Termin in der Zellerau angekommen. Das Studio befand sich in der Nähe der Polizeidienststelle; in einer Straße, die von Wohnblöcken dominiert wurde und in der Kleinbetriebe, Geschäfte und Arztpraxen für ein Mischgebiet sorgten. Pfeiffer fragte sich, wen sie dafür bestochen hatte.

Im Gegensatz zu Lexa Lecores Studio betraten Pfeiffer und Nina bei Mistress Jalina ein biederes Zweifamilienhaus im Stile der achtziger Jahre. Nach einem nüchtern eingerichteten Eingangsbereich überraschte sie der Salon, den sie im Erdgeschoss vorfanden. Nichts wies auf ein Dominastudio hin. Genauso gut hätte es sich auch um den Empfangsraum einer eleganten Zahnarztpraxis handeln können.

Nur Mistress Jalina passte nicht in das Bild einer braven Arzthelferin. Sie begrüßte die Kommissare mit reservierter Miene und wies mit einer Reitgerte auf die Sitzecke. »Fassen Sie sich kurz. Mein nächster Kunde kommt gleich.«

Ihr makelloser Körper steckte in einem schwarzen Lederdress und aus dem tiefen Ausschnitt quollen ihre Brüste wohldosiert heraus. Das grandios geschminkte Gesicht mit den tiefrot nachgezogenen Lippen verlieh ihr etwas Geheimnisvolles, das die Illusion von etwas Mysteriösem aufrechterhalten sollte. Das blonde Langhaar war am Hinterkopf hochtoupiert und dann in einem geflochtenen Pferdeschwanz zusammengefasst, der sich wie der Riemen einer Peitsche über ihre Schulter schlängelte.

»Nächster Termin? Wir haben doch jetzt einen Termin mit Ihnen.«

Jalina nahm ihnen gegenüber Platz. Elegant schlug sie die Beine übereinander, die in hohen Pumps mit Metalldornen endeten. Die Gerte legte sie neben sich.

Sie weiß, wie man sich in Szene setzt, dachte Pfeiffer.

Die Domina lachte. »Ich ahnte bereits, dass es sich um einen Fake-Termin handelt. Der Anrufer, der den Termin vereinbarte, hörte sich ziemlich seltsam an.« Sie wurde ernst. »Mit der Polizei habe ich jedoch nicht gerechnet. Nur mit einem Typen, der sich vor Angst in die Hosen macht und nach zehn Minuten wieder verschwindet.

Und da meine Zeit kostbar ist, kommt gleich der nächste Kunde.«

»Der wird warten müssen.«

Jalina versteifte sich.

»Aber um Ihre kostbare Zeit zu schonen, Mistress Jalina«, nur mit Mühe riss sich Pfeiffer vom Anblick der langen Beine los, »komme ich gleich auf den Punkt: Kennen Sie diese beiden Männer?«

Ohne die Fotos zu beachten, die er ihr hinhielt, lehnte sie sich zurück. »Tut mir leid, aber auch ich unterliege der Schweigepflicht, Herr Kommissar. Ich gebe grundsätzlich keine Auskünfte über meine Kundschaft. Das ist für das Geschäft schädlich.«

»Dafür habe ich allergrößtes Verständnis.« Er sah auf die Fotos in seiner Hand. Dann legte er sie auf die Glasplatte des Tisches. Der bronzene Sockel des Möbelstücks stellte einen nackten Mann mit riesigem erigierten Penis dar.

Pfeiffer grinste. »Natürlich können Sie auf einen Durchsuchungsbeschluss bestehen. In dem Fall sollten Sie sich umziehen und etwas für die Nacht einpacken. Wir nehmen Sie mit, bis wir die Anordnung vom Staatsanwalt erhalten. Und da er heute an einem Seminar teilnimmt, versiegeln wir bis dahin Ihr Studio.« Um die Wirkung seiner Worte zu unterstreichen, stand er auf.

»Was?« Jalina griff nach der Gerte. »Nein, das geht nicht. Ich kann meine Kundschaft nicht vor der Tür stehen lassen«, protestierte sie.

»Darauf können wir keine Rücksicht nehmen. Allerdings, wenn Sie kooperieren …« Pfeiffer setzte sich wieder.

Wütend blitzte Mistress Jalina ihn an. »Sie wollen wohl bei einer Domina den starken Mann spielen?«

»Ich spiele nicht und bei mir müssen Sie auch nicht mit der Gerte rumfuchteln. Dagegen bin ich immun.«

»Kein Mann ist immun.« Sie lächelte süffisant. »Ich habe Ihren Blick auf meinen Beinen gespürt.«

»Ja, Ihre Beine … aber gegen alles andere schon.« Pfeiffer griff sich an die Kehle. Erneut glaubte er, den Gurt an der Kehle zu spüren.

Nina bemerkte seinen Flash und griff ein. »Kennen Sie die beiden Männer?«

Langsam wandte Mistress Jalina ihr Augenmerk von Pfeiffer ab. Ihr rotglänzender Mund zuckte. Dann blickte sie auf die Fotos, die Nina ihr über die Glasplatte hinschob.

»Die beiden?« Mistress Jalina schob das Kinn vor und fuhr mit ihren langen lackierten Fingernägeln über das Papier. »Ja, die kenne ich. Horst ist erst seit Kurzem mein Kunde und Timo ist bereits ein braver Sklave. Er macht alles, was ich sage.«

»Auch Geld an Sie zahlen?« Pfeiffer hatte sich wieder in Griff.

»Ich mache nichts umsonst. Mein Job ist eine Dienstleistung wie jede andere auch. Was sollen die Fragen?« Gedankenverloren spielte sie an einer Kette, deren Anhänger unerkannt zwischen ihrem Busen verschwand.

»Wann haben Sie die beiden Männer das letzte Mal gesehen?«

»Oh, das ist eine Weile her.« In ihrer Stimme schwang ein wachsamer Ton mit.

Pfeiffer wurde hellhörig. »Wann genau?«

Mistress Jalina stand auf und stolzierte zu einem Stehpult, auf dem ein Buch lag. Sie blätterte hin und zurück, verharrte, blätterte weiter und wieder zurück. »Jetzt, wo Sie es sagen, fällt mir auf, dass die beiden letzte Woche nicht zu ihrer Session erschienen sind und auch nicht abgesagt haben.«

»Kam das öfters vor?«

»Wo denken Sie hin? Meine Sklaven wissen um die Bestrafung, wenn sie ungehorsam sind.«

Pfeiffer verkniff sich eine Bemerkung, stattdessen fragte er: »Haben sie Ihnen etwas erzählt, woraus sich eine Gemeinsamkeit schließen ließe?«

»Nein! Nicht, dass ich wüsste. Wir reden hier nicht viel. Was soll eigentlich die ganze Fragerei?«

Trotz der schroffen Antwort glaubte Pfeiffer, ein Zittern in ihrer Stimme herausgehört zu haben. »Horst Kohlhepp und Timo Sommer sind tot.«

»Wie bitte?!« Ihre kühle Überlegenheit war wie weggeblasen. Panik stand in Mistress Jalinas Augen. »Warum kommen Sie da zu mir?«

»Das wissen Sie doch.« Pfeiffer rutschte zur Kante des Sessels.

Unter all der Schminke in Jalinas Gesicht zeichnete sich Blässe ab »Warum soll ich meine Kunden töten?«

»Aus dem gleichen Grund, weshalb Sie Ihre Kunden erpressen.«

»Das ist eine unverschämte Unterstellung!« Sie knetete die Gerte.

Wie es wohl ist, wenn sie ihre Wut an anderen auslässt?

Pfeiffer räusperte sich. »Was finden wir, wenn wir Ihre Finanzen durchleuchten?«

»Nichts!«

»Weil Sie Schwarzkonten haben? Oder einen Sparstrumpf unter der Matratze?«

»Sie können mir nicht drohen. Ich habe bereits genügend Steuerprüfer am Hals gehabt, die versucht haben, mir etwas anzuhängen. Und das nur, weil mich die Konkurrenz aus dem Weg räumen will. Wenn das Finanzamt nichts findet, finden Sie erst recht nichts! Und jetzt sage ich ohne meinen Anwalt nichts mehr!«

»Kein Problem, Sie können gerne im Revier auf Ihren Anwalt warten.«

Sie schnappte nach Luft, ließ sich gegen die Lehne fallen und verschränkte die Arme. »Also gut, was wollen Sie noch wissen?«

»Wir suchen den gemeinsamen Nenner; die Person, die beide Opfer kannte.«

»Und Sie denken, ich bin das? Dass ich nicht lache!«

»Was verband Sie mit Timo Sommer?«

»Er war mein Kunde.«

»War er Ihnen verfallen?«, fragte Nina.

»Kleine, mir verfällt jeder. Ich bin gut in dem, was ich tue. Sehr gut sogar.«

»Machen Sie auch Hausbesuche?«

»Selten. Ich bin lieber in meinem eigenen Studio. Da kenn ich mich aus. Ich mag keine Überraschungen.«

»Bei Sommer haben Sie eine Ausnahme gemacht.«

»Wie kommen Sie darauf?«

»Er hat es seiner Frau gebeichtet«, log Pfeiffer.

»Niemals!«

»Niemals, dass Sie da waren? Oder niemals, dass er es gebeichtet hat?«

Ertappt. An Mistress Jalinas Miene erkannte Pfeiffer, wie sie die Antwort abwägte. »Dass er es ihr gebeichtet hat.«

»Was macht Sie da so sicher?«

Sie überlegte. »Er hat seine Frau geliebt.«

»Und da …?«

»Ich weiß, was Sie sagen wollen«, unterbrach sie Pfeiffer. »Wie kann er sie lieben und dann zu mir kommen? Doch in seinem Körper lebten zwei Seelen. Nein, besser gesagt, kämpften zwei Seelen. Eine, die seine Frau liebte, und eine, die ihn zwang, zu mir zu kommen. Timo fühlte sich schrecklich. Er wollte ihr nicht weh tun. Deshalb hätte er ihr nie gebeichtet, dass ich da war.«

»Was wollten Sie dort?«

»Timo wollte reden.«

»Ich denke, Sie reden nicht?«

»Ja, hier!« Sie verdrehte die Augen. »Aber er war im Zwiespalt. Sigrid drohte ihn zu verlassen, wenn er mich nicht aufgab.«

»Zu was haben Sie ihm geraten?«

»Zu überlegen, was ihm wichtiger ist.«

Pfeiffer nickte anerkennend.

Mistress Jalina drehte die Gerte in der Hand. »Ich bin nur ein Traum, eine Obsession, ein sexuelles Verlangen für meine Kunden. Mit seiner Frau aber lebte er den Alltag.«

Nina war überrascht. »Sie haben auf ihn verzichtet?«

»Freilich wäre es für mich ein Leichtes gewesen, die Domina zu spielen. Er hätte sofort meine Stiefel geleckt und mich um Bestrafung angefleht. Doch was hätte ich davon gehabt? Er hätte mir ewig die Ohren vollgejammert, wenn er sie verlassen hätte. Und für mich war er ein Kunde wie jeder andere auch.«

»Wie spät war es, als Sie seine Wohnung verließen?«

»Siebzehn Uhr, glaube ich. Ja, doch, ich erinnere mich. Ich hatte Sonntagabend achtzehn Uhr noch eine wichtige Session.«

»In welcher Verfassung war Timo Sommer, als Sie ihn verließen?«

»Er wollte später seine Frau anrufen und ihr sagen, dass alles gut werden würde. Er wollte sie bitten, nach Hause zu kommen.«

»Er hat Ihnen Champagner angeboten?«

»Ja, niedlich, nicht? Er wusste, wie gern ich Champagner trinke. Er hat ihn extra für mich gekauft.«

»Ich hätte Sie eher als Espresso-Trinkerin eingeschätzt«, unterbrach Nina.

Jalina zog die Stirn kraus. »Nein, den mag ich überhaupt nicht. Wie kommen Sie darauf?«

Nina schaute zu Pfeiffer.

Das ergibt keinen Sinn! Warum soll sie den Espresso abstreiten und gleichzeitig zugeben, in der Wohnung gewesen zu sein? Die gleiche Frage las er in Ninas Miene.

Wer war noch in der Wohnung?

09 | Pfeiffer schloss die Augen. Er wusste, was das Problem war: Er hatte Angst.

Nicht Angst davor, Ellen zu verletzen, nein. Er hatte Angst, jemand anderes …

Scheiße!

Er riss die Augen auf und schüttelte den Kopf; er wollte die Bilder der Vergangenheit verscheuchen, die sich eingebrannt hatten und ihn verfolgten.

Was hat Nina gesagt? Er soll mit Ellen essen gehen?

Genau das wäre verkehrt. Dann würde sich Ellen zusätzlich Hoffnung machen.

Was habe ich da nur angestellt?

Pfeiffer schlug gegen den Türpfosten. Hinter dieser Tür stand Ellen und er wagte es nicht, sie zu öffnen. Die Geräusche im Büro verklangen. Ahnte Ellen, dass er davorstand?

Fast wäre ihm heute herausgerutscht, dass er sie vermisst hatte. Mit ihrem Lächeln, ihrer Haltung hatte sie ihm gezeigt, dass sie auch so schon Hoffnung schöpfte.

Er musste das hier und heute beenden.

Aber wie sollte er das machen? Er liebte sie doch!

Pfeiffer drückte die Stirn gegen die Tür. Na, zumindest konnte er sich das eingestehen. Selbst dafür hatte er eine Weile gebraucht.

Die Tür wurde aufgerissen und Ellen stand ihm gegenüber. Sie starrte ihn an, machte den Mund auf und schloss ihn, ohne etwas zu sagen.

Verlegen sah Pfeiffer sie an. Er schnupperte ihr frisches Parfüm. ›Zoe‹ glaubte er, mal gehört zu haben. Wie gerne er es roch. Es war unaufdringlich sexy; so wie die ganze Frau.

»Warum kommst du nicht rein?« Ellen ging zurück an ihren Schreibtisch.

Zu gerne wäre er der Aufforderung gefolgt. Doch er zwang sich, im Türrahmen stehen zu bleiben.

Er durfte nicht erneut schwach werden. »Ich …«

»Ja?« Sie schaute auf.

Wieder glomm Hoffnung in ihren Augen.

»Ich habe dir doch gesagt, dass es mit uns nicht gutgehen wird.«

»Warum nicht?«

»Wir arbeiten in einer Abteilung. Das ist nicht gut für uns. Und …«, er schaute an ihr vorbei. »Ich fühle mich zwar allein, doch nicht so sehr, um mit dir zusammen sein zu wollen.«

»Was?« Ellens schmales Gesicht wirkte plötzlich eingefallen.

Pfeiffer fühlte den Schmerz und wollte flüchten, doch er musste das jetzt durchziehen.

»Nicht bös sein, Ellen. Ich liebe dich nicht. Ich dachte es zwar, aber ich verwechselte Einsamkeit mit Liebe. Es wäre unfair, wenn ich was mit dir anfangen würde und du mehr erwartest, als ich dir geben kann.«

Was sage ich da?

Pfeiffer kniff sich in die Nase und zwang sich, langsam zu atmen. Nachdem er sich einigermaßen im Griff hatte, fuhr er fort: »Ent … ent … schuldige bitte, wenn ich falsche Signale gesetzt habe. Ich dachte …«

Quälend langsam winkte sie ab. »Vergiss es. Du musst dich nicht entschuldigen. Meine eigene Schuld, wenn ich dein Lächeln und alles andere falsch interpretiert habe.« Ihre sonst so ruhige Stimme kratzte.

»Ich hätte das schon längst richtigstellen sollen, aber ich hatte Angst, dich zu verletzen.«

»Nein, das hast du nicht«, antwortete sie teilnahmslos.

»Ich geh dann mal wieder.« Pfeiffer wollte nur fort von hier. Hätte Ellen ihn angeschrien, getobt – doch mit dieser Reaktion wusste er nicht umzugehen.

»Ja, geh.«

Pfeiffer wandte sich ab.

»Peter!«

»Ja?«

»Schließ bitte die Tür.«

***

Pfeiffer kämpfte sich durch die Menge zum Eingang vom »Käuzle«. Studenten, Rentner und Paare drängten sich vor dem Eingang der gemütlichen Kneipe, glücklich und sorglos. Leute, in denen sich Pfeiffer bis vor Kurzem selbst wiedererkannt hätte. Inzwischen war es die dritte Kneipe an diesem Abend. Oder war es bereits die Vierte? Pfeiffer konnte es nicht mit Sicherheit sagen. Es war auch unwichtig. Hauptsache, es gab etwas zu trinken.

Obwohl die Tür offenstand, schlug ihm eine von Bier und menschlichen Ausdünstungen triefende Wolke entgegen. Er würgte. Doch der Drang nach einem weiteren Seelentröster war größer als der Widerwille einzutreten.

Er hatte es in seinen vier Wänden nicht mehr ausgehalten. Seit Stunden durchstreifte er bereits die Würzburger Kneipenszene auf der Suche nach Trost und Vergessen.

Er hatte Ellens Weinen gehört. Wie sollte er damit leben?

Ich bin ein Arschloch. Warum habe ich nur so lange damit gewartet?

Er hatte es für sie getan. Nur für sie. Wenn er ihr das nur sagen, begreiflich machen könnte. Aber dann würde er alles zunichtemachen. Er könnte es nicht verantworten, wenn ihr wieder etwas passieren würde ...

Erneut würgte er. Er hielt sich gerade so an einer Stuhllehne fest. Vorsichtshalber rückte der Mann darauf etwas zur Seite. »He, ich gläbb du hasd scho genuch!«

Hatte er das? Pfeiffer hörte in sich hinein. Er hörte nichts. Nur ein gewaltiger Rülpser brach sich seinen Weg in die Freiheit.

»Iiiiihhh!«, rief eine junge Frau. »Wie eklig.«

Ja, ich bin eklig. Und einsam.

Er taumelte zum Ausgang. Raus! Er wollte nur noch raus hier. Momentan lief aber auch alles schief.

Als wäre das mit Ellen nicht schon genug, kam das noch mit Sommers Leiche. Als er den Mann in der Aluschale liegen sah - so einsam und aufgebläht - fühlte er sich wie ein Stück Brot, das unter den Autositz gerutscht war. Alt, vergessen und vergammelt.

Er wollte nicht sterben. Nein! Ganz im Gegenteil. Er hoffte ja, sein Leben würde besser werden; aufwärtsgehen. Irgendwann. Doch heute war es die Einsamkeit, die ihm zu schaffen machte. Und das Gespräch mit Ellen.

Es war die Angst vor einem einsamen Sterben. Ihm war bewusst geworden, was aus ihm werden würde. Wer würde seine Leiche finden? Ein Nachbar, der sich nach Wochen über den Gestank beschwerte?

Es begann zu gewittern und Regentropfen prasselten nieder. Die Passanten rannten fluchtartig auseinander. Pfeiffer torkelte einige Schritte zu den am Straßenrand stehenden Autos. Der Regen spülte endlich den gelben Pollenbelag von den Fahrzeugen herunter.

Pfeiffer stützte sich auf einem Kofferraum ab, kniete sich zwischen die Fahrzeuge und kotzte sich die Seele aus dem Leib.

Jetzt fühlte er sich schon besser. Etwas zumindest.

Pfeiffer hielt Ausschau nach einem Taxi. Um diese Zeit und bei dem Wetter schien es unmöglich, eins zu ergattern. Jeder wollte nur noch schnell und trocken nach Hause.

Da! Ein Taxi fuhr vor. Noch während die ältere Dame ausstieg und ihr Reisegepäck vom Fahrer erhielt, hechtete Pfeiffer auf den Beifahrersitz und nannte dem Fahrer die Straße. Als das Taxi fuhr, stutzte Pfeiffer.

Warum habe ich die Adresse genannt? Saskia? Es gibt so viele Frauen. Warum muss es sie sein? Ich hätte auch zu …

Er überlegte krampfhaft, doch außer Ellen fiel ihm niemand ein. Die One-Night-Stands vom Winter waren inzwischen irreal. Alle Frauen hatten das gleiche schmale Gesicht mit blauen Augen und einem kleinen Leberfleck am Mund.

Und jetzt lande ich bei der Tochter eines Opfers!

Das war ein Fehler.

Der Fahrer bremste vor Saskia Kohlhepps Haus.

»Fahren Sie zurück!«, brüllte Pfeiffer panisch.

»Wie Se wollen«, knurrte der Fahrer und wendete abrupt. Wasser spritzte über den Bordstein und ein junges Paar sprang schimpfend zur Seite.

Pfeiffer klammerte sich am Haltegriff über der Tür fest, sonst wäre er dem Fahrer auf den Schoß gefallen. »Nicht so schnell! Mir wird schlecht!«

»Kodze Se mir fei bloß ned nei mein Auto! Naus da! Unn dann bezahl: Zwäazwanzich neunzich griech ich vo Ihne!«

Pfeiffer griff nach der Brieftasche und zahlte. Erst dann öffnete er die Tür und stieg wankend aus. Das Taxi fuhr davon. Im Regen stehend sah er auf die andere Straßenseite.

Dort stand sie: Saskia. Mit einem Regenschirm in der Hand sah sie zu ihm herüber, lächelte.

Wo kam sie her? Was machte sie auf der Straße?

Pfeiffer verfluchte den Taxifahrer. Hätte er ihn doch nur nicht hier aus dem Wagen geworfen.

Was sollte er machen?

Er schaute zu ihr hinüber. Sie winkte.

Pfeiffer rülpste. Scheiße. Er war betrunkener, als er dachte. Dazu die frische Luft … ja, die frische Luft war schuld.

Er wankte über die Straße.

Saskia hielt den Schirm mit beiden Händen. »Können Sie auch nicht alleine sein? Was ist Ihr Grund?«

»Muss es immer einen Grund geben?«, knurrte er. Es klang eher wie ein Lallen.

»Es gibt immer einen Grund. Ich bin nicht Ihr Typ, zu jung und habe dazu noch ein Baby. Das bedeutet Ärger. Trotzdem sind Sie hier.«

Pfeiffer blieb stehen. Er hatte das Gefühl, als müsse er einen Güterzug abbremsen und zweihundert Waggons schoben ihn vorwärts. Direkt in Saskias Arme.

»Jetzt schaun Sie nicht so. Sie sind pitschnass.« Sie hakte sich bei Pfeiffer unter. Auf dem Weg zum Hauseingang stützte sie ihn.

»Ich mach erstmal Kaffee. Ich mag keine Besoffenen. Und keine Angst: Ich suche keinen Vater für Karl.« Saskia sah ihm tief in die Augen. »Schluss mit den Fragen. Von jetzt an will ich nur noch genießen.«

Es dauerte, bis Pfeiffers alkoholgetränktes Hirn den Sinn der Worte erfasste …

***

Pfeiffer rieb mit den Fäusten die Augen. Langsam wich der dämpfende Schleier einem schier unerträglichen Kopfschmerz. Sachte schälte er sich aus der Bettdecke und richtete sich in Zeitlupe auf. Jede schnellere Bewegung brachte seinen Kopf zum Bersten. Im Mund breitete sich ein säuerlicher Geschmack aus. Blitze zuckten hinter den Augen. Er kniff sie zusammen, um den grellen Lichtern zu entkommen, doch es wurde nur heftiger.

Oh Mann, was hatte er gestern bloß alles getrunken?

Langsam öffnete er wieder die Augen.

Die hellblauen Wände des Zimmers entsprachen nicht dem dunklen Zimmer, in dem er sonst schlief. Nein, das war nicht sein Schlafzimmer. Das hier war richtig chic und heimelig. Hier konnte man frohgelaunt aufwachen und einen sonnigen Tag beginnen.

Wenn einem nicht gerade der Schädel explodierte.

Geschirr klapperte. Wo war er? Und wer machte da draußen Frühstück?

Er versuchte angestrengt, den vorigen Abend zu rekonstruieren. Dieses Mal erreichten die Erinnerungslücken eine Intensität, die er in diesem Ausmaß bisher nicht kannte. Aber das musste an dem Stress liegen, dem er privat ausgesetzt war. Oder machte er sich da gerade etwas vor?

Nein, natürlich nicht!

Grübelnd schaute er an sich herunter.

Verdammt!

Er war nackt!

Okay, nicht ganz. Seine rot-schwarz gestreifte Boxershorts trug er noch. Aber hatte er seine Sachen ausgezogen? Sein Blick fiel auf das französische Bett. Zwei zerwühlte Kopfkissen, eine Bettdecke. Wer auch immer hier mit ihm gelegen hat, sie hatten im wahrsten Sinne des Wortes unter einer Decke gesteckt!

»Alter Knabe, was hast du nur wieder angerichtet?«, murmelte er vor sich hin.

Langsam wurde die Tür aufgeschoben. »Nichts.«

Pfeiffer brauchte einen Moment, dem Gesicht einen Namen zuzuordnen. »Frau Kohlhepp?«

»Ja, ich bin es nur. – Und eigentlich waren wir schon beim Du und Saskia.«

»Äh…« Pfeiffer räusperte sich und versuchte, den schalen Geschmack auf der Zunge zu verdrängen. »… so war das nicht gemeint.«

Mit einem nachsichtigen Lächeln, gerade so, als würde Klein-Karl den Brei ausspucken, verließ sie das Schlafzimmer. Pfeiffer setzte sich auf das Bett und ließ den Kopf sinken. Er wollte sich nicht vorstellen, was für ein dummes Gesicht er gemacht hatte.

»Kommst du!? Das Frühstück ist fertig!«

Frühstück?

Ein Ruck ging durch Pfeiffer. Bisher hatte er es vermieden, bei seinen One-Night-Stands zu frühstücken und die Frauen verlassen, bevor sie aufwachten. Er wollte bei ihnen nicht den Eindruck erwecken, er wäre zu einer längeren Beziehung bereit.

Wie komme ich bloß aus der Situation raus?

»Herr Kommissar!«

Pfeiffer suchte nach seiner Jeans. »Wo …?«

»Hier draußen!«, antwortete Saskia, bevor er die Frage fertig formuliert hatte.

Auch das noch.

Barfuß tappte er in die Küche. Saskia Kohlhepp legte gerade Klein-Karl in die Kinderwippe. Glucksend versuchte er abwechselnd, seine blauen Socken auszuziehen und mit der über ihm hängenden Rasselkette zu spielen. Das Klappern dröhnte hinter Pfeiffers Stirn wie das Geläut des Würzburger Doms.

»Espresso oder Kaffee? Die Maschine steht auf der Theke. Bedien dich.«

Pfeiffer fiel ein Stein vom Herzen. Gott sei dank machte Saskia keinen auf ›Familie‹. Er schielte zu ihr hinüber. Saskia lief mit einem weißen T-Shirt und rosa Ringelsöckchen zum Couchtisch und räumte die Gläser auf. Sie schenkte ihm keinerlei Aufmerksamkeit. Als sie sich bückte, sah er ihren wohlgeformten Po. Ohne Slip.

Pfeiffer stieß gegen den Barhocker und fiel samt Hocker gegen die Theke.

Immer noch gebückt schaute Saskia zu ihm und lächelte. Sie wollte, dass er es bemerkte.

Luder.

Pfeiffer sah schnell weg. Er spürte, wie ihm die Hitze in den Kopf fuhr. Und zwischen die Beine. Zusammen mit dem Kater ergab das eine grausame Mischung. Er ging um die Theke, stellte eine Tasse unter die Auslassstelle der Maschine und drückte auf ›Große Tasse‹. Das Mahlwerk ratterte los. Stöhnend hielt sich Pfeiffer die Ohren zu.

Saskia schüttelte den Kopf. Sie stand auf und ging hinaus.

Was hat sie vor?

In der Küche verbreitete sich der Duft von frisch gebrühtem Kaffee. Saskia trat neben Pfeiffer und legte ihm eine Schachtel Aspirin auf die Küchenplatte.

»Hier.«

Er bemerkte ihren traurigen Blick.

»Danke. Ich bin gleich weg.« Er drückte zwei Tabletten aus dem Blister und hielt den Kopf unter den Wasserhahn.

»Nein. Bleib noch.«

»Aber ...«

»Das hat nichts mit dir zu tun. Die hat immer Vater genommen. Es ist schon seltsam, welche Kleinigkeiten Erinnerungen auslösen können.«

Pfeiffer wusste nicht, was er antworten sollte. Schweigend goss er sich Milch in den Kaffee und nippte daran. Das Koffein tat gut. Die Müdigkeit und die Kopfschmerzen ließen nach, der schale Geschmack im Mund verschwand.

Saskia setzte sich neben der Babyschaukel auf den Boden. Sie zog das T-Shirt über die angewinkelte Knie, so dass alles sittsam verdeckt war. »Ich vermisse Vater.«

Pfeiffer starrte in seinen Kaffee, als könne er darin eine passende Antwort finden.

»Hast du noch Eltern?«

Er wischte sich über die Lippen. »Meine Mutter ist vor zwei Jahren nach einer OP an Lungenentzündung gestorben und mein Vater ist schon länger tot.«

»Das tut mir leid.«

»Muss es nicht. Ist schon lange her.«

»Hört der Schmerz jemals auf?«

Er schaute auf. Ihre Blicke trafen sich. »Er wird schwächer; so, wie es leider auch die Erinnerungen werden.«

Saskia fing an zu weinen.

Nein, nicht weinen!

Pfeiffer fand keine tröstenden Worte. Was sollte er sagen? Mit weinenden Frauen konnte er noch nie umgehen. Nur schnell weg hier. Er griff nach seinem Hemd und erschrak. Es war voller Flecken. Wie peinlich. So war er gestern hier aufgekreuzt? Er knüllte das Hemd zusammen. »Kann ich duschen?«

»Na klar.« Saskia wischte die Tränen fort. »Die letzte Tür rechts.«

»Danke.« Er griff nach der Jeans, die über einem Sessel lag, und den ordentlich danebenstehenden Schuhen und ging in das Bad. Unter dem kalten Wasser kamen seine Lebensgeister zurück. Dann drehte er die Temperatur hoch und die Haut brannte unter dem heißen Wasser.

»Das ist unfair. Du verbrauchst das ganze heiße Wasser.«

Pfeiffer sah auf. Gebannt starrte er auf Saskia, die ihr Shirt über den Kopf zog und zu ihm in die Dusche trat.

10

»Peter ist da«, verkündeten Ellen und Nina wie aus einem Munde.

»Dann können wir ja endlich anfangen.« Ellen konzentrierte sich auf die Akten. Sie hatte ihre Augenringe mit dicker Schminke übertüncht, trotzdem konnte Pfeiffer die Schatten sehen.

Tut mir leid, Ellen.

Pfeiffer fühlte sich noch beschissener und ignorierte den unterschwelligen Rüffel seiner Untergebenen. Was sollte er auch sagen? Sie hatten recht. Es war Samstag und die Kollegen arbeiteten bereits seit Stunden an dem Fall.

Und er? Er kam viel zu spät.

Den Grund konnte er unmöglich nennen. Abgesehen von der Sache mit Saskia hatte er vergessen, an welcher Straßenecke er sein Auto abgestellt hatte und musste es erst suchen.

Ellen starrte mit versteinerter Miene auf sein Hemd. Die Zeiten, in denen er ein Ersatzhemd im Kofferraum deponiert hatte, waren lange vorbei. Damals hatte er es sich angewöhnt, damit seine nächtlichen Eskapaden nicht zu augenfällig wurden.

Um Zeit zu sparen, hatte er Saskias Vorschlag akzeptiert, ein Hemd ihres Vaters anzuziehen.

Von einem Mordopfer!

Schon allein bei dem Gedanken rebellierte sein Magen und Sodbrennen stieg die Kehle hinauf.

»Chic, das Hemd.« Andi schaute vom PC auf und grinste. Er schob seine Nickelbrille den Nasenrücken hinauf. Ein Zeichen, dass er eine seiner großen Weisheiten verkünden wollte. »Ich wusste, kariert steht dir.«

Pfeiffer zog seine Oberlippe empor.

»Müssen wir alle mitbekommen, was für ein toller Hecht du bist?«, fiel Ellen mit ein.

»Hä?« Pfeiffer konnte ihr nicht folgen. Sein Kopf dröhnte.

»Wem gehört das Hemd?«

»Mir!«

»Das glaube ich dir nicht. Sind dir die Hemden im Auto ausgegangen?«

Woher weiß sie davon?

»Ist mir egal.« Pfeiffer stopfte das Hemd tiefer in den Hosenbund, um damit die Weite zu kaschieren. »Also, fangen wir an?«

Andi zuckte mit der Schulter und Nina starrte in die Ferne, als wäre sie mit den Gedanken weit weg.

»Dann fang ich an«, sagte Ellen mit zusammengepressten Lippen und vor Wut funkelnden Augen. »Durch meine Sekten-Theorie bin ich auf die Idee gekommen, im IGVP nach vergleichbaren Todesursachen zu suchen. Und was soll ich sagen? Im benachbarten Main-Tauber-Kreis in

Baden-Württemberg gab es vor vier Wochen einen Polizisten, der sich mit der Dienstwaffe erschossen hat. Ich habe seine Akten angefordert, doch den Kollegen dort ist es gar nicht recht. Sie wollen vermeiden, dass Fremde rumschnüffeln.«

»Kann ich verstehen, wollten wir hier auch nicht.« Sonst lobte er seine Mitarbeiter, wenn sie Eingebungen nachgingen. Jetzt blieben ihm die Worte im Hals stecken.

Wie soll das hier weitergehen? Ich muss aufpassen, dass die Arbeit nicht unter meinen Problemen leidet.

»Woher willst du wissen, dass der Polizist etwas mit unserer Sache zu tun hat?«, fragte Nina.

»Ich habe nach Gemeinsamkeiten gesucht. Tja, was soll ich sagen? Er ging auf die gleiche Schule wie unsere beiden anderen Opfer.«

»Wow!«

»Trotz der Tatsache haben sie dir die Akten nicht gegeben?« Pfeiffer kniff die Augen zusammen. Das Sonnenlicht bahnte sich den Weg durch die Fensterscheibe in seinen Sehnerv und schmerzte.

Ellen warf trotzig den Kopf zur Seite. »Ich habe es ihnen nicht gesagt. Ich wollte, dass du ihre Reaktion siehst, wenn du dort persönlich erscheinst.«

»Du willst, dass ich sie selbst anpisse?«

»Ich dachte, du hast eine tolle Nacht gehabt? Mit welchem Fuß bist du heute aufgestanden?«

»Mit dem Fuß, mit dem man am besten Leute anpissen kann.«

***

Auf der Fahrt über die A81 nach Tauberbischofsheim fing es wieder an zu regnen und der Scheibenwischer mühte sich ab, als das Spritzwasser eines LKWs die Windschutzscheibe traf. Das sommerliche Wetter der letzten Tage hatte sich mit dem gestrigen Gewitter verabschiedet und war einem Aprilwetter gewichen, das seinem Namen alle Ehre machte.

»Ich hätte die Witwe anrufen und uns ankündigen sollen.« Nina stellte die höchste Stufe des Scheibenwischers ein. »Ich hasse es, jemanden nach so langer Zeit zu überrumpeln.«

»Keine Sorge, wir stören sie erst, wenn es nicht anders geht. Wir hören uns erstmal so um.«

Nina krauste die Stirn und schwieg.

Pfeiffer wusste, was sie dachte: *Es ist Samstag. Wie kommen wir an die Akten?*

Ohne Anmeldung würden sie keinen Vorgesetzten am Wochenende antreffen. Doch Pfeiffer hatte eine Idee. Er schaute auf die Uhr und wurde ungeduldig. Er hoffte, sie würden nicht zu spät kommen.

Sie stellten das Auto auf dem Kundenparkplatz der Metzgerei gegenüber dem Polizeirevier in einer scharfen Kurve ab.

Die Polizeidirektion war seit vielen Jahren in dem alten Schulgebäude von Tauberbischofsheim untergebracht. Seit der Polizeireform im Jahr 2014, besser bekannt unter »Schrumpfkur«, beherbergte es nun das Polizeirevier mit den kleineren Außenstellen des Präsidiums und das Kriminalkommissariat. Durch den Umzug des Kommissariats in die ehemalige Polizeidirektion waren nun alle wieder ›unter einem Dach‹. Die großen Fälle liefen sowieso über Heilbronn, denn Tauberbischofsheim war zu einer kleinen Außenstelle degradiert worden.

»Auf wen wartest du?«, fragte Nina, als sie aus dem Wagen stiegen.

»Auf jemanden, den ich von früher kenne.«

Nina grinste. »Hab ich mir gedacht.«

Da sah Pfeiffer die von ihm gesuchte Person in ein Auto steigen. »Wer sagt´s denn.«

Er sprang über die Straße auf das Auto zu, das sich aus dem abgeschirmten Parkplatzgelände hinter der Dienststelle herausschälte.

***

Fritz Heise sah ihn entgeistert an. »Ja, wen hawe mer denn da? Soch mer net, du kamst wechen unnere Leberkäsweggle hier nach Bischeme!«

Nach dem Austausch der üblichen hartgesottenen Floskeln und alten Erinnerungen fragte Pfeiffer: »Was kannst du mir zu Frank Reuß erzählen?«

»Ja, der Reuß - der hat scho immer sei Probleme ghabt«, fing Heise an und winkte einem anderen Kollegen zu, der ebenfalls Feierabend hatte und den Parkplatz verließ.

»Inwieweit?«

»Er is nie uwer sei Streifedienst nauskomme, war oft krank und sei´ psychologische Test, so munkelt mer, soller net bestanden ham.

In de letzte Wochen vor seim Tod esses noch schlimmer gworde. Er is teilweise nimmer zum Dienst komme, weil er sei Sauferei nimmer in Griff griecht hat. Er sollt´ dienstunfähig geschriebe werde.«

»Und deshalb erschießt man sich?« Pfeiffer lehnte sich an den Wagen und schaute Fritz skeptisch an.

»Naja, die Schmach wär zu viel für ihn gewese. Du waast ja, wie die Leut sin.«

»Hast du es geglaubt?«

Fritz druckste. Pfeiffer sah ihm an, wie schwer ihm das Eingeständnis fiel. Reuß war schließlich ein Kollege von ihm gewesen.

»Eichentlich scho. Ich hab ja sei Vorgschichte gkannt.«

»Und wenn´s passt, dann passt´s.«

»Du musst mer net vorwerfe, i hätt die Aache verschlosse!«, brauste Fritz auf. »Schließlich gabs a gründliche

Untersuchung. Die kame auch zu dem Ergebnis, dass es ko Fremdeinwirkung gegewe hat.«

»Genau das ist das Problem bei den Fällen: Keinerlei Gewaltanwendung von außen.« Pfeiffer drosselte im letzten Moment seine Lautstärke, er wollte sich nicht mit dem alten Kollegen streiten.

»Und wie kamst dann drauf, es könnt sich um a Tötungsdelikt handele?«

»Falsche Inhalte im Abschiedsbrief eines Opfers, außerdem haben beide kurz vor ihrem Tod fünfzigtausend Euro in bar abgehoben. Und alle drei sind auf die gleiche Schule gegangen.«

Fritz pfiff wissend. »Des hört sich verdächtich aa.«

»Ich brauche mehr Informationen. Uns wurde die Akteneinsicht verwehrt.«

Fritz schüttelte den Kopf. »Dafür bin i der Falsche, Peter. – Awer i kenn sei Fraa gut. Ä ganz liebe. I kann mikomme, dann verliert die Gschichte den offizielle Datsch.«

»Oh nee! Ich hab es gewusst!« Nina trat gegen den Reifen.

Pfeiffer seufzte. »Genau das, was ich vermeiden wollte. Wir haben uns nicht angemeldet.«

Fritz winkte ab. »Ko Problem. Sie hat mich schon seit langem auf nen Kaffee einglade. Wartämal.« Er holte ein iPhone heraus und drückte umständlich auf den Tasten herum. »Hallo Dagmar, wie geht´s der so? Hm … Hm … wenn du´s mer persönlich erzählst? Bin in fünf Minute bei der.« Er riss die Augen auf und hielt das Telefon vom Ohr weg. »In zehn Minute. I bring jemand mit.« Heise drückte schnell auf die Taste. Als befürchte er, die Witwe könne es sich anders überlegen. »Alles klar.«

Nina presste die Hände an den Kopf und murmelte etwas, das Pfeiffer nicht verstand, doch erahnte. Er hatte die Witwe nicht belästigen wollen. Doch was war besser, als mit ihr persönlich zu reden?

»I wohn ä Ortschaft weiter. Am beste fahrt ihr hinner mer her«, sagte Fritz und stieg in seinen Wagen.

***

›Flürlein 23‹ war ein kleines, einfaches Haus im alten Neubaugebiet von Hochhausen; einer kleinen Gemeinde nahe Tauberbischofsheim und direkt an der Tauber gelegen. Unkraut überwucherte die vor langer Zeit liebevoll angelegten Rabatten im Vorgarten.

Sie brauchten nicht zu klingeln, die Tür stand bereits einen Spaltbreit offen.

»Dagmar?«, rief Fritz und wartete auf Antwort.

»Geht schon mal rein! Ich brauche noch ein paar Minuten!«

Pfeiffer folgte Fritz in das Haus und war überrascht, wie verhältnismäßig ordentlich der Wohnbereich aussah. Einzig eine flauschige Fellimitat-Decke lag zerwühlt auf der Couch, als wäre sie hastig zur Seite geschlagen worden. Darunter lugte eine einzelne Socke hervor. Vor der Couch stand ein niedriger Holztisch mit Krümeln, die auf dort eingenommene Mahlzeiten hindeuteten.

Nach dem Schicksalsschlag hatte Pfeiffer eine verwahrloste Wohnung erwartet. Nun war er erleichtert, die Frau nicht bloßzustellen. In der Küche war das Geschirr schnell in die Spüle gestellt worden. Trotz allem: Das große Chaos war auch hier nicht zu erkennen. Das war ein kleiner Trost für Pfeiffer.

»Guten Tag.« Eine große Frau mit blassem Gesicht betrat das Wohnzimmer, ohne von Pfeiffer bemerkt zu werden. Die Jeans schlotterte an den Beinen und wirkte, wie die über die Schultern gerutschte Bluse, als wäre die Frau geschrumpft. Das lange, dunkle Haar war feucht und hinterließ auf der grünen Seidenbluse dunkle Flecke.

Sie begrüßte Fritz mit einer langen Umarmung. Den unbekannten Gästen gab sie die Hand. Pfeiffer erwartete kalte Hände, doch sie waren warm und fest.

»Verzeihen Sie bitte, dass wir Sie so überrumpelt haben. Wir können gerne ein anderes Mal wiederkommen.«

»Jetzt, wo ich frisch geduscht bin? Nein, nein! Sie bleiben auf jeden Fall. Die Aktion erinnert mich daran, dass ich mich nicht gehen lassen darf. Es kann ja jederzeit jemand an der Tür klingeln.« Ihre Stimme klang abgehetzt. »Mir war das nur entfallen, da der letzte Besuch der Kollegen meines Mannes bereits Wochen her ist.« Sie bedachte Fritz mit einem vorwurfsvollen Blick, der ihn erröten und angestrengt die vertrockneten Blumen auf der Fensterbank betrachten ließ.

»Ich bekomme so selten Besuch, da lasse ich doch niemanden wieder gehen, nur weil ich mich nicht im Griff habe.«

Die Trauer in ihren Worten war für Pfeiffer greifbar, auch wenn sie es wie einen Scherz klingen ließ. »In Anbetracht der Umstände durchaus verständlich«, meinte er behutsam.

»Welche Umstände meinen Sie? Dass ich eine arme trauernde Witwe bin? Oder dass mich die Kollegen und die Leute im Ort meiden, als wäre Franks Selbstmord ansteckend? *Das* sind Umstände, die …«, sie stockte und ihre Stimme brach, »die ich nicht verzeihen kann.«

»Dagmar, des tut mer leid, wenn des bei dir so rüwerkommt.« Fritz suchte nach den richtigen Worten. »Awer net jeder weiß, wie er damit umgehe soll. Mir wollte dir a bissle Ruhe gönne. Aber wenn du des net willst, sach ichs de Kolleche.«

»Vergiss es«, zischte Dagmar Reuß und legte die Felldecke zusammen. Den einzelnen Socken darunter starrte sie einen Moment an und packte ihn kurzerhand wieder unter die Decke. »Ich bettle nicht, damit man mal nach mir sieht«, nahm sie den Faden wieder auf. Sie wandte sich ihren Gästen zu und bat sie, sich zu setzen.

Fritz hielt Abstand und setzte sich etwas abseits auf einen der Esszimmerstühle.

»Nun zu Ihnen«, Dagmar Reuss sah zu Nina und Pfeiffer. »Sie sind keine Kollegen meines Mannes, die kenn ich zur Genüge. An der Beisetzung habe ich sie alle zu Gesicht bekommen. Und an Sie beide würde ich mich erinnern. Also erzählen Sie: Wer sind Sie und was wollen Sie ausgerechnet von mir?«

Ihre Direktheit imponierte Pfeiffer. Er wollte etwas sagen, räusperte sich, doch ein Kloß, der ihm trocken wie ein alter Keks in der Kehle steckte, und erneut einsetzendes Sodbrennen ließen ihn verstummen.

Scheiß Sauftour!

Nina sprang ein. »Sie haben recht. Wir sind von der Kripo Würzburg.«

»Kripo?«

Pfeiffer zückte seinen Dienstausweis. Das Kratzen im Hals wollte einfach nicht aufhören. »Haben Sie vielleicht ein Glas Wasser für mich?« Seine Stimme war rau und er verzog das Gesicht, weil erneut ein Schwall Magensäure in der Kehle brannte.

»Oh, natürlich. Fritz, bist du so gut. In der Küche steht der Kasten. Da müsste noch ´ne Flasche sein. Und Gläser stehen oben im Schrank.«

Fritz schlurfte widerwillig in die Küche. Anscheinend wollte er nichts verpassen.

In der Zwischenzeit ging die Hausherrin in den Flur und kramte in einer Schublade. Zeitgleich mit Fritz kam sie zurück und legte Pfeiffer eine Packung Rennie auf den Tisch. »Gegen das Sodbrennen.«

Pfeiffer sah verwirrt von der Packung zu ihr. »Woher …?«

»Mein Mann hatte auch öfters das Problem.«

Zum zweiten Mal nahm er heute Tabletten von Angehörigen der Toten an, damit er seinen Job machen konnte.

»Danke.« Verlegen nestelte Pfeiffer eine Tablette aus dem Blister. Dabei hoffte er inständig, dass Dagmar Reuß sein Sodbrennen und nicht den Alkohol gemeint hatte.

»Also ein offizieller Besuch«, stellte sie fest, als Fritz das Wasser eingeschenkt und wieder Platz genommen hatte. Sie selbst setzte sich auf die Sessellehne.

»Wie man es nimmt. Wir haben einige Fragen an Sie und möchten uns im Voraus dafür entschuldigen, dass wir erneut in der Wunde Ihres Verlustes rühren«, sagte Nina.

Pfeiffer sah, wie es hinter Dagmar Reuß´ Stirn arbeitete. Ihr Gesicht war noch bleicher geworden.

»Es geht um meinen Mann? Was ist passiert? Was hat er getan?«

»Getan? Wir dachten, Sie könnten uns das beantworten.«

»Ich?«

Pfeiffer holte tief Luft. »Wir hatten in den letzten drei Wochen zwei Suizide.«

Ihre wachsamen Blicke wechselten von Nina zu Pfeiffer. »Und was hat das mit Frank zu tun?«

»Das wissen wir noch nicht. Aber wir fanden eine Gemeinsamkeit, die uns zu Ihnen führte: Alle drei Männer gingen auf dieselbe Schule.«

Ihre Finger zitterten, als sie diese auf die Lippen presste. »Ich verstehe immer noch nicht.«

»Kennen Sie die beiden Männer?«

Sie nahm die Fotos entgegen, sah sie an und schüttelte den Kopf. »Nein. Aber ich bin auch nicht von Zellingen und wir haben uns erst nach der Schulzeit kennengelernt.«

»Und Sie haben nie ihre Namen gehört: Horst Kohlhepp und Timo Sommer?«

Dagmar Reuß verneinte. »Ich habe ein schlechtes Namensgedächtnis.«

Pfeiffer öffnete den Mund und schloss ihn wieder, als er die Angst in ihrem Blick sah.

»Was ist noch?«, wandte sie sich an Nina.

»Die beiden anderen wurden erpresst.«

Dagmar Reuß sprang auf. »Unterstellen Sie meinem Mann, er hätte die Männer erpresst?«

Damit brachte sie Pfeiffer auf eine Idee, der sie auf alle Fälle nachgehen würden. »Wir hatten eher den Verdacht, er wäre auch erpresst worden.«

Erleichtert setzte sie sich wieder. »Wir haben kein Geld. Und warum sollte man Frank erpressen?«

»Wir dachten, vielleicht hätten Sie eine Ahnung?«

Von innerer Unruhe getrieben, massierte sie ihre Hände. »Tut mir leid.«

»Bei den zwei Männern handelt es sich aller Wahrscheinlichkeit nach um Tod durch Fremdeinwirkung.«

»Mord?«

»Aller Voraussicht nach ja.«

»Sie sagten doch eben noch Suizid?« Das Zittern verstärkte sich. »Glauben Sie, Frank hat sich nicht …« Sie lachte hysterisch, was in ein Schluchzen überging.

»Das wollen wir herausfinden. Die Zeiträume liegen so nah beieinander, dass es wie ein Muster aussehen könnte und kein Zufall sein kann.«

»Wissen Sie, was das für mich bedeuten würde? Ich wäre nicht länger die Frau eines Selbstmörders, der sich im Suff die Waffe in den Mund steckte.« Sie stand auf und wandelte durch den Raum wie jemand, der einem Engel folgte. »Ich wäre eine angesehene Witwe, die Ansprüche auf Rente und Versicherung hätte. Ach Gott!«, presste sie hervor und lachte und weinte abwechselnd. »Die Beisetzung! Der Priester müsste noch mal eine andere Rede halten. Eine schönere! Stolzere!« Plötzlich brach sie ab und fuhr herum. »Warum wurden die beiden Männer getötet?«

Der schnelle Wechsel überrumpelte Pfeiffer. »Das wissen wir noch nicht.«

»Aber Sie haben eine Vermutung?«

»Naja.« Pfeiffer rieb sich die Stirn. Die letzte Nacht war eindeutig zu kurz gewesen, der Alkohol verlangte seinen Tribut. Wenigstens ließ das Sodbrennen nach. »Für Vermutungen ist es nach dem jetzigen Stand der Ermittlungen zu früh. Die einzigen Anhaltspunkte sind, wie gesagt, die gemeinsame Schulzeit und die Erpressung.«

»Hat er Ihnen etwas aus dieser Zeit erzählt?«, fragte Nina.

Dagmar Reuß überlegte und zuckte dann entschuldigend mit den Schultern. »Ich kann mich an nichts Besonderes erinnern. Wir haben uns kennengelernt, als er schon auf der Polizeischule in Wertheim war. Ich stamme gebürtig von hier, müssen Sie wissen. Wir wohnten bei ihm in Zellingen in einem Hinterhof einer Bäckerei. Frank schraubte da immer an alten Autos rum. Eines Tages eröffnete er mir, dass ihm alles zu eng werden würde und er eine angebotene Stelle in Bischeme, also Tauberbischofsheim, antreten will.

Ich war damals wie vor dem Kopf geschlagen. Okay, es war abzusehen gewesen, dass er keine Stelle in Bayern bekommt, wenn er die Ausbildung in Baden-Württemberg macht. Aber deshalb gleich umziehen? Er riss mich von meinen neuen Freunden weg. Es ist ja nicht so, dass man an jeder Ecke Freunde kennenlernt. Es hat lange gedauert, bis ich in Zellingen Fuß gefasst hatte. Und das Schlimme war, er hat es nicht einmal für nötig gehalten, mich zu fragen, ob ich das überhaupt wollte. Er hat es einfach vorausgesetzt!« Sie wischte sich erneut Tränen aus den Augen. »Ich war kurz davor mich zu trennen. Konnte es jedoch nicht, ich liebte ihn so sehr. Und hier? Hier wurde er auch nicht glücklich. Er hatte Angstzustände und fing an zu trinken. Er taumelte von einer Therapie zur nächsten. Dann schien er endlich geheilt und wir hatten viele Jahre eine schöne Zeit, bis er vor zwei Monaten einen Rückfall erlitt. Schlagartig kehrte der Verfolgungswahn zurück. Im Restaurant setzte er sich mit dem Blick zur Tür. Beim Autofahren und Spazierengehen drehte er sich ständig um; faselte davon, beobachtet zu werden. Eines Tages kam ich heim und er war weg. Dachte ich. Stattdessen lag er tagelang im Gartenhaus.« Bei den Erinnerungen verzog sie gequält das Gesicht und schluchzte.

»Hat niemand den Schuss gehört?«

Sie schniefte. »Das fragten wir uns auch. Allerdings hat der Nachbar am vermutlichen Todestag Holz gehackt.«

»Haben Sie das Grundstück nicht abgesucht?«

»Doch! Ich habe an der Hütte gerüttelt, aber sie war abgeschlossen. Also bin ich davon ausgegangen, dass er nicht drin war.«

»Er war eingesperrt?«, fragte Pfeiffer mit vibrierender Stimme.

»So kann man das nicht sagen. Der Schlüssel steckte von innen.«

»Nein!«, schrie Nina auf.

Dagmar Reuß´ Augen weiteten sich. Sie wankte. »Heißt das, er war es doch selbst?«

Ich verdammter Idiot!

Pfeiffer fuhr sich durch die Haare. Wie konnte ihm so ein Fehler unterlaufen? Er war so auf eine Beziehung zwischen den Opfern fixiert gewesen, dass er vergessen hatte, sich abzusichern und nach Tatort und Tathergang zu fragen.

»Ich … ich muss mich bei Ihnen entschuldigen«, stotterte Pfeiffer.

Steif stand Dagmar Reuß auf und winkte ab, als handelte es sich nur um ein Versehen. »Zu glauben, er hätte es nicht getan, hat sich gut angefühlt. Zu denken, er sei kein Feigling gewesen. Richtig gut. Umso entsetzlicher kommt mir jetzt die Wahrheit vor.«

»Frau Reuß, wir wissen …«

»Hören Sie auf, sich und mir etwas vormachen zu wollen. Am besten verschwinden Sie jetzt aus meinem Haus. Und saufen Sie weniger. Das bekommt Ihrem Atem, Ihrem Aussehen und Ihrem Denkvermögen besser.«

***

»Wie peinlich«, stöhnte Pfeiffer und stieg in den Wagen. *Ganz abgesehen von den Konsequenzen, sollte sich Frau Reuß über mich beschweren.*

»Du kannst doch nichts dafür, wenn sie gleich etwas hineininterpretiert.«

»Doch! Das war ein typischer Anfängerfehler! Ich hätte Fritz fragen müssen.«

»Fritz hätte dich informieren müssen! Das waren Informationen, die mit Sicherheit auch der Familie und Freunden bekannt waren. Der Idiot! Der weiß genau, warum er nicht mit uns gegangen ist. Ich hätte ihm hier draußen den Kopf …« Nina umklammerte das Lenkrad, als wolle sie es jeden Moment herausreißen.

Pfeiffer legte beschwichtigend seine Hand auf das Lenkrad. »Nein, ich bin der Idiot. Ich suhlte mich in der Vorstellung, ich, Pfeiffer, könne das Leid der Frau verringern, weil ich ihr Scheiß-Märchen erzähle!«

Nina schaute stirnrunzelnd zu ihm herüber. »Warum hast du gestern überhaupt getrunken?«

Er seufzte. »Lange Geschichte.«

***

Zurück im Büro erzählten sie vom Besuch bei Dagmar Reuß. Beiläufig erwähnte Pfeiffer das Fiasko. Er stand zu seinen Fehlern, doch heute fühlte er sich nur noch beschissen.

»Fällt euch was auf? Bei allen dreien war die Ehe kaputt.« Andi räkelte sich.

Pfeiffer war froh, dass niemand auf seinem Fehler herumhackte. ›*Was würde das bringen?*‹, glaubte er in Andis Blick zu lesen. Ein Mann verstand ihn.

»Oder die Gesundheit«, meinte Ellen abwesend. Sie war in den PC vertieft.

Andi schob die Brille hoch. »Ich würde sagen, jeder von denen hatte ´ne Macke.«

»Was sagst du da?« fuhr Pfeiffer auf.

»Naja, sorry, wenn …« Andi hob erschrocken die Arme.

»Nein! Du hast ja recht!« Pfeiffer schlug mit der Hand auf seinen Oberschenkel und stand auf. »Frank Reuß war Alkoholiker und paranoid, Timo Sommer schlich sich unterwürfig zu seiner Domina und Horst Kohlhepp sagte von sich, keine Frau wolle ihn, weil er zu viel Macken hätte.«

»Was er wohl damit gemeint haben könnte?«, fragte Nina.

Pfeiffer überlegte laut. »Vielleicht das Gleiche wie bei Sommer, er ging schließlich auch zur Domina.«

»Und was willst du damit sagen?« Ellen fragte leise, als fürchtete sie sich davor, sich direkt an ihn zu wenden.

Pfeiffer zuckte mit der Schulter. »Ich weiß auch nicht, war nur so ein Gedanke.« Er setzte sich wieder. »Es ist eine Gemeinsamkeit.«

»Ich habe das Gefühl, wir hangeln uns von einem Wunschgedanken zum anderen.«

»Das ist schon alles sehr seltsam.«

»Was wissen wir eigentlich von diesem Kohlhepp?«, fragte Nina. »Reuß war Polizist und Sommer Anwalt«

Andi blätterte die Akte auf. »Sogar Teilhaber von Stocker & Sommer, einer erfolgreichen Anwaltskanzlei hier in Würzburg. Da konnte er sich die tolle Wohnung leisten.«

»Welches Gebiet?«

»Verkehrsrecht und Familienrecht.«

»Naja, da kann man nicht richtig reich werden.«

»Über Kohlhepp finde ich nichts Besonderes. Er war Handelsvertreter für Wasserfiltersysteme. Seine Kontoauszüge zeigen seinen Erfolg. Er hatte mehr Geld als unser Anwalt. Der war ja gezwungen, für die Erpressung heimlich das Geschäftskonto zu beleihen.«

Andi lehnte sich zurück. »Sommer hat damit viel riskiert. Ausschluss aus der Kanzlei und so.«

»Du spielst auf sein Motiv an?«, fragte Ellen.

»Ja. Ich mach doch nicht so nen Scheiß, wenn ich nicht größere Angst vor etwas anderem habe.«

»Vielleicht dachte er, dass er das Geld gleich zurückgeben kann und es dann nicht auffällt?«, überlegte Pfeiffer.

»Möglich.«

»Wissen wir, woher Kohlhepps Geld kommt?«

»Nein, außer den Lohn- und Provisionszahlungen der letzten Monate kann ich keine Geldeingänge finden.«

»Fragen wir doch seine Tochter.«

Pfeiffer seufzte. »Wenn sie es wüsste, wäre sie nicht so überrascht gewesen, dass er ihr kein Geld gab und sie gezwungen war, bei ihm einzuziehen.«

»Auch wieder wahr.« Andi schloss die Augen und überlegte.

Jeder hing seinen Gedanken nach. Das Schweigen empfand Pfeiffer als bedrückend. Er hasste diese Momente, wo der Fall ins Stocken kam.

»Ich hab hier was«, unterbrach Ellen die Stille und drehte den Monitor, damit die anderen die Resultate lesen konnten. »Eine weitere Gemeinsamkeit.«

Pfeifer umrundete den Schreibtisch. »Was hast du gefunden?«

»Sommer ist Mitte fünfundneunzig von Himmelstadt nach Stuttgart gezogen und kam zweitausendsechs zurück nach Würzburg. Kohlhepp ist Ende fünfundneunzig von Zellingen in die Sanderau gezogen und Reuß Oktober fünfundneunzig von Zellingen nach Tauberbischofsheim.«

»Täusche ich mich, oder sieht es so aus, als wären sie regelrecht aus der Gegend geflohen? Vielleicht ist neunzehnhundertfünfundneunzig etwas vorgefallen.«

»Wir müssen dringend mit jemandem aus der Zeit sprechen. Jemand, der Ahnung hat, was damals passiert ist.«

»An wen denkst du?« Nina stand auf. »An den Lehrer von damals?«

Pfeiffer nickte bedächtig. »Gute Idee. Mach ihn ausfindig. Ich schau derweil, ob dein Vorgänger endlich wieder von seiner Kreuzfahrt zurück ist.«

11

Nach dem fünften Anruf gab Pfeiffer auf. Über Festnetz unterhielt er sich nur mit Ulfs Anrufbeantworter und unter der Mobilnummer war er ebenfalls nicht erreichbar. Gab es tatsächlich jemand, der sein Handy im Urlaub ausschaltete? Anscheinend ja. Jemand, dessen Ehefrau die Fahrt ohne Störungen genießen wollte. Die ständige Erreichbarkeit war immer ein Streitpunkt in der Ehe seines Kollegen gewesen.

Pfeiffer steckte gerade sein Samsung in die Hosentasche zurück, als es zu vibrieren begann. Bevor die ersten Töne von Star Wars erklangen, ging er dran.

»Hi Nina, ich bin gleich da.«

»Immer noch Wochenenddienst?« Er hatte nicht auf die Nummer geachtet und war überrascht, die Stimme seiner Exfrau zu hören.

»Was interessiert es dich?«

»Oh, sind wir heute wieder aggressiv?«

Das liegt nur daran, dass ich deine Stimme höre. »Was willst du?«

»Hast du schon was gegessen?«

»Hä?« War das jetzt eine neue Masche? Er sah auf die Uhr. Fast zwölf und er hatte noch nicht gefrühstückt.

Doch er hatte schon mit Nina einen Besuch bei Saskia Kohlhepp vereinbart. Nach der vergangenen Nacht wollte er nicht alleine mit Saskia reden. »Ich kann nicht.«

»Und später?«

»Wo?«

»Bei dem schönen Wetter möchte ich draußen sitzen.«

Pfeiffer wusste, was das hieß. In ›ihrem‹ Lieblingsbiergarten: dem ›Würzburger Hofbräukeller‹ mit idyllischem Biergarten und flotten Bedienungen.

Er war nicht abgeneigt. Seit ihrer Trennung war er nicht mehr dort gewesen, um eine Begegnung mit Kirsten und ihrem Lover zu vermeiden.

Pfeiffer massierte sich den schmerzenden Nacken. Sein Körper signalisierte ihm, was er im Innersten fühlte: Das war keine gute Idee. Kirsten machte nie etwas ohne Hintergedanken.

Sie schien sein Zögern zu spüren. »Ich bringe dir auch ein paar Kartons mit.«

»Was für Kartons?«

»Sie standen auf dem Dachboden.«

Das Zeug hatte er die letzten zwei Jahre nicht vermisst, also konnte es nichts Wichtiges sein. »Ach, ich weiß nicht. Ich habe keinen Platz bei mir.«

»Ich hätte sie auch wegschmeißen können. Doch da sind noch einige Sachen von Christa drin.«

»Von meiner Mutter? Finger weg! Ich bin 13.30 da!«

***

Saskia Kohlhepp schien zwar gestresst, aber nicht überrascht, als sie die Tür öffnete und sich den beiden Kommissaren gegenübersah. In der einen Hand hielt sie eine hellblaue Schnabeltasse, in der anderen einen Plastiklöffel. »Schließt die Tür hinter euch«, sagte sie und entschwand wieder in Richtung Küche, wo das Schreien von Klein-Karl leiser wurde.

Pfeiffer und Nina folgten ihr. »Wenn es ungelegen ist, können wir auch später wiederkommen.«

Klein-Karl musterte die Besucher mit großen Augen und breiverschmiertem Mund.

»Nein, passt schon. Er mag es nur nicht, wenn er warten muss.«

»Er hat dich im Griff«, meinte Pfeiffer lächelnd.

Saskia zog die Augenbrauen hoch und Pfeiffer wurde verlegen.

Nina schaute ihn verwirrt an.

»Und habt ihr schon was herausgefunden?«, überging Saskia seine Bemerkung.

»Nichts Gravierendes. Wir durchforsten gerade die Finanzen der Opfer. Weißt du mittlerweile, wie dein Vater zu dem Geld kam?«

»Er hatte es geerbt.« Sie füllte den Löffel mit Brei. Karl streckte ihr den geöffneten Mund entgegen. Das, was wieder zwischen den Lippen hervorgepresst wurde, fing Saskia mit dem Löffel auf und schob es ihm erneut in den Mund.

Fasziniert schaute Pfeiffer zu, wie der Kleine mit leuchtenden Augen seinen Brei verschlang.

»Mein Großvater war Schuldirektor auf dem Gymnasium in Karlstadt. Er wollte immer, dass Papa Lehrer wird, obwohl ich glaube, der wollte lieber Arzt werden.«

»Arzt? Und da hat er als Vertreter gearbeitet?«

»Was hast du gegen Vertreter?«, fragte sie trotzig.

»Nichts. Es wundert mich nur, was aus ihm geworden ist, wenn er andere Ambitionen im Kopf hatte.«

Saskia hielt den Arm von Klein-Karl fest, der nach dem Löffel greifen wollte. »Er war durch das Abitur gerauscht, da war es aus mit seinem Traum.«

»Wann war das?«

»Fünfundneunzig.«

»Kurz danach zog er weg«, stellte Nina fest.

»Kein Wunder, er wurde gehänselt. Vater Rektor und der Junge schafft das Abitur nicht. Auch Opa hat es schwer mitgenommen. Vor Scham ist er von seinem Amt zurückgetreten und hat sich in den Bayrischen Wald versetzen lassen, wo ihn keiner kannte. Bis zu seinem Tod haben sie nicht mehr miteinander gesprochen.«

»Hat das dir dein Vater erzählt?«

»Um Gottes willen, nein. Meine Mutter, bevor sie uns verlassen hat.«

Pfeiffer empfand Mitleid mit Saskias Vater und sah Parallelen zu Ninas Leben.

Nach Ninas Miene zu urteilen, gingen ihr dieselben Gedanken durch den Kopf.

»Merkwürdig. Obwohl er ihm nie verziehen hat, hat er ihm alles vererbt?«

»Papa hat Opas Geld nie angerührt, bis auf die Fünfzigtausend Euro, die er in bar abhob.«

»Wie hat er sich das Haus hier leisten können?« Nina schaute aus dem Fenster. Draußen war es ruhig. »Eine tolle Gegend für ein Kind.«

»Sie sind auf dem Holzweg. Hier wohnte noch seine Oma. Papa ist bei ihr eingezogen, als Opa in den bayrischen Wald ging.«

»Was ist mit dem Haus in Zellingen passiert?«

»Verkauft.«

»Und von dem Geld wusstest du nichts?«, rutschte es Pfeiffer heraus.

Saskia setzte sich. »Was wollt ihr mir unterstellen? Glaubt ihr, die Renovierung der alten Bude hier hat nichts gekostet?«

Scheiße! »So haben wir das nicht gemeint.«

»Nein? Dann ist´s ja gut. Aber trotzdem möchte ich jetzt, dass ihr geht. Ich muss mich um Karl kümmern.«

Nina ging langsam zur Tür. »Darf ich Sie noch etwas Persönliches fragen?«

Saskia öffnete ihnen die Eingangstür. Erst als sie draußen standen, fragte sie: »Was?« Sie schien auf der Hut.

»Wie alt waren Sie, als Ihre Mutter Horst Kohlhepp kennenlernte?«

***

»Donnerwetter, Nina! Wie bist du darauf gekommen?«

»Seit wann seid Ihr per du?« Nina stemmte die Arme in die Hüfte.

»Seit gestern Nacht.«

»Nein!« Sie schürzte die Lippen. »Das darf doch nicht wahr sein!«

»Wo ist das Problem? Ich bin nicht verheiratet.«

»Von der Sache mit Ellen abgesehen, könnte Saskia Kohlhepp auch eine Verdächtige sein.«

»Schmarrn. Und das mit Ellen hat sich erledigt. Das habe ich beendet.«

»Warum?«

»Das geht dich nichts an!«

»Deshalb sah Ellen gestern so übernächtigt aus.«

»Der eine schläft nicht, der andere säuft. Jetzt weißt du es. Wir sehen uns morgen früh in Karscht im Gymnasium.«

***

Der Parkplatz vom ›Hofbräukeller‹ war voll.

Kirsten stand bereits da und hatte mit zwei bunt vollgestopften Kartons einen Stellplatz reserviert. Sie winkte Pfeiffer hektisch zu.

Pfeiffer hätte sie fast nicht erkannt. Die Haare waren kürzer als bei ihrem letzten Treffen und die roten Strähnen waren auch neu. Die Hose spannte am Bauch. Sie hatte einige Kilos zugenommen.

Dass sie für ihn einen Parkplatz so energisch verteidigte, missfiel Pfeiffer. Es gab ihm erneut zu denken.

Kirsten zog die Kartons zur Seite, damit er einparken konnte. »Da bist du ja endlich.« Sie steckte sich eine Strähne hinter das Ohr.

Pfeiffer stieg aus und öffnete den Kofferraum. »Ich bin ja da.« Er roch ihr Parfüm. Früher mochte er es, jetzt juckte die Nase. Pfeiffer rieb sich mit dem Finger unter der Nase. Vergebens. Er musste niesen.

»Gesundheit.«

Das »Danke« kam ihm schwer über die Lippen. Er lud die Kartons in seinen Kofferraum.

Andenken an seine Mutter. Es waren weniger als gedacht.

Er widerstand der Versuchung, Kirsten auf dem Parkplatz stehen zu lassen und zu fahren, um den Inhalt der Kartons in seiner Bleibe zu sichten.

Also folgte er ihr in den vollen Biergarten und ergatterte an einem Vierertisch zwei freie Stühle. Die Gläser der beiden jungen Frauen, die dort saßen, waren bereits leer. Sie würden bald zahlen.

Als eine der Frauen nach der Bedienung rief, beugte sich Kirsten zu ihm und lächelte. »Du hast einen guten Blick.«

»Den hatte ich damals auch, nur hast du das nie an mir geschätzt.«

»Oh doch, das habe ich. Wenn du DA warst. Aber lass uns nicht streiten.«

»Nein, das will ich auch nicht«, murmelte er.

Pfeiffer bemerkte, wie ihn die Frau links von ihm ständig musterte und lächelte. Während die Freundin zahlte, schrieb sie etwas auf einen Zettel.

Eine Bedienung mit blondem Dutt und feschem Dirndl nahm ihre Bestellung auf. Pfeiffer hatte Lust auf Schweinshaxe und Weizenbier. Kirsten bestellte einen Salat und Bier.

Dann standen die Frauen auf. Der Brünetten neben Pfeiffer fiel die Handtasche in den Kies.

Pfeiffer bückte sich, um sie aufzuheben. Die Frau ebenfalls. Ehe er es sich versah, steckte sie ihm den zusammengefalteten Zettel zu.

»Oh vielen Dank, wie freundlich von Ihnen. Einen schönen Tag noch.« Sie lächelte.

Pfeiffer durchflutete es heiß. »Äh, ja, Ihnen auch«, konnte er nur stammelnd hinter ihr herrufen.

Kirsten schüttelte den Kopf. »Hat sie dir tatsächlich ihre Telefonnummer zugesteckt?«

Pfeiffer warf den Zettel ungelesen auf den Tisch.

»Das wird sich nie ändern. Naja, jetzt kannst du es ja genießen.«

Pfeiffer seufzte. »Du weißt, ich habe nie während unserer Ehe …«

Kirsten legte ihre Hand auf die seine. Eine vertraute Geste. »Peter, das war auch nie das Thema. Ich hatte immer Vertrauen zu dir.«

Er zog seine Hand weg.

»Hast du wieder eine Freundin?«

»Was geht es dich an?«

»Ach nur so. Ich denke in letzter Zeit oft an dich. Du warst letztens so männlich, so stark. So kannte ich dich gar nicht mehr. Das hatte ich vermisst.«

»Kriselt es in deiner Beziehung?«

»Was? Nein!«

»Warum baggerst du mich dann an?«

»Ich baggere dich nicht an. Ich habe nur öfters an dich gedacht. An die guten Zeiten mit uns. Mehr nicht. Darf man das nicht mehr?«

»Ach, die gab es auf einmal?«

»Du musst nicht sarkastisch werden. Ich habe nie abgestritten, dass es schön mit uns war. Doch dann … Ich war nicht alleine schuld an all dem, hörst du?« Sie schaute in ihr Glas, als könne sie darin eine andere Vergangenheit sehen.

»Ich weiß. Wie geht es dir?«

»Gut. Warum?«

»Du machst mir so einen traurigen Eindruck.«

»Oh, das bildest du dir nur ein.«

»Wirklich? Warum wolltest du mich tatsächlich sprechen?«

Sie spielte mit der Serviette, riss sie an der einen Seite ein.

»Na, raus mit der Sprache«, forderte Pfeiffer sie auf.

»Ich weiß nicht, wie ich es dir sagen soll, aber … wir brauchen noch etwas Zeit.«

»Was? Warum auf einmal?«

»Rainer geht das alles zu schnell.«

»Aber ficken konnte er mit dir, das ging ihm nicht zu schnell?«

»Peter! Bitte, so ordinär kenne ich dich gar nicht.«

»Ich dachte, dir gefällt es, wenn ich so männlich bin.«

»Bitte, nicht so laut!«

Das Paar am Nachbartisch schaute neugierig zu ihnen.

Pfeiffer sprach das Paar an. »Ja, schauen Sie nur. So geht es einem, wenn man zu viel arbeitet. Dann sucht sich die Frau einen anderen fürs Bett und anschließend zockt sie einen ab.«

Tuschelnd wandten sich die Leute ab.

»Sag mal, spinnst du jetzt?«

»Ich? Nein. Ich war noch nie so normal. Aber ich glaube, dein Typ spinnt. Solange er sich ins gemachte Nest setzen konnte, warst du gut genug. Und nun wird es ihm zu heiß? Nicht mit mir. Ich bleibe bei meiner Frist. Wenn ihr mich nicht auszahlt, dann wird das Haus eben verkauft.«

»Und die Kinder?«

»Komm mir nicht wieder auf die Tour. Ich war dumm genug und die letzten beiden Jahre mehr als großzügig. Ich habe dir das Haus überlassen, nur damit es den Kindern gut geht. Hat nur einer von euch mal einen Moment an mich gedacht? Die Kinder wussten genau, wie ich lebe. Nee, mit mir jetzt nicht mehr! Such dir nen Job, dann kannst du dir auch ne Wohnung leisten. Oder du kannst in meine ziehen.«

Die Bedienung kam mit der knusprigen Schweinshaxe. Pfeiffer stand auf.

»Mir ist der Hunger vergangen.«

***

Das Klingeln riss Ellen aus ihren trüben Gedanken.

»Oh Mann, Gabrielle! Ständig vergisst du den Schlüssel.« Widerwillig stand sie vom Sofa auf und öffnete die Tür.

Gabrielle stand vor ihr, den schlanken Körper abwehrend nach hinten gebogen, den Kopf schräg gelegt und die Augen trotzig zusammengekniffen.

Noch bevor Ellen etwas sagen konnte, drückte Gabrielle ihr die Reisetasche in die Hand. »Du brauchst gar nicht so zu gucken. Du hast gesagt, ich soll keinen Schlüssel mitnehmen. – Ich könnte ihn ja verlieren.« Sie zog den letzten Satz in die Länge.

»Stimmt.« Ellen ärgerte sich, dass Gabrielle ihren Unmut bemerkt hatte. Versonnen betrachtete Ellen ihre Tochter, die an ihr vorüber in die Wohnung schritt. Voll unbewusstem Selbstbewusstsein.

Stolz durchflutet Ellen. Und Liebe. »Bist du schon wieder gewachsen?«, entfuhr es Ellen. Ihr kam es wie eine Ewigkeit vor, seit sie ihre Tochter zum letzten Mal gesehen hatte.

Bevor ich unter einem falschen Vorwand die Klassenfahrt verlassen habe.

»Mama, du machst dich lächerlich!«

Mach ich mich? Schon wieder?

Sie konnte doch auch nichts dafür, dass die Gene oder Hormone so ausgerichtet waren, dass eine Mutter ihr eigen

Fleisch und Blut liebte. Egal, wie es einen behandelte. – Okay, vor dem Klassenlehrer hatte sie sich aller Wahrscheinlichkeit nach wirklich lächerlich gemacht, wenn er ihr nicht abgekauft hatte, dass sie dringend auf der Dienststelle benötigt wurde, gestand sich Ellen ein.

Obwohl? Der junge Mann hatte sie mit Blicken regelrecht verschlungen. Sie hatte seine Enttäuschung über ihre vorzeitige Abreise gespürt. Bei ihm hatte sie scheinbar gepunktet.

Im Gegensatz zu meiner Tochter.

»Bitte Mama, ich brauche ein neues Handy. Jeder in der Klasse spielt ›Pokemon go‹ und ich lose ab. Weißt du, wie das ist, ein Loser zu sein?«

»Wir sind heute aber sehr theatralisch.«

»Wie du willst, dann frage ich Vati.«

»Nein! Das wirst du nicht tun!«

Gabrielle schaute erschrocken auf. »Von ihm bekomme ich bestimmt ein iPhone 6 in Roségold.«

»Das verbiete ich dir!«

»Dich soll einer verstehen. Sei doch froh, wenn er bezahlt. Das entlastet dich dann.«

Ellen neigte den Kopf zur Seite. »Das verstehst du nicht.«

»Dann erkläre es mir. Ich bin schließlich keine fünf mehr.«

Ellen seufzte und setzte sich. Was sollte sie machen? Ihr die Wahrheit sagen? Sie war ja wirklich kein kleines Kind mehr. Ein Stück weit Verantwortung übernehmen tat Gabrielle bestimmt gut. Vielleicht brachte es sie einander näher, wenn ihre Tochter verstand, warum sie es nicht wollte. Ellen holte tief Luft. »Also gut. Ich möchte es nicht, weil er sich freut, dass es ohne ihn nicht geht und es mir dann ständig vorhält.«

Gabrielle fummelte an ihren Händen. »Hasst ihr euch meinetwegen?«

Ellen zog sie heran. Sie wollte, dass sich Gabrielle auf ihren Schoß setzte. So wie früher, als sie klein war und

Ellen die aufgeschrammten Knie begutachten sollte. Doch das Mädchen schlüpfte unter ihren Arme hindurch und setzte sich auf den anderen Stuhl. Die gebräunten Arme legte sie auf den Tisch. Doch dann verschränkte Gabrielle sie vor der Brust.

»Nein, meine Kleine. Das hat nichts mit dir zu tun. Wir Erwachsenen sind manchmal dumm. Genauso wie Klassenkameraden, die wegen eines veralteten Handys ein tolles Mädchen hänseln.« Ellen strich über die Tischplatte; dort, wo gerade noch Gabrielles Hand gelegen hatte, als liebkose sie die noch warme Stelle.

Gabrielle lächelte. Es war ein Leuchten in ihren Augen.

Sie ist so hübsch, wenn sie nicht immer so ernst dreinblicken würde. Fast bitter. Warum ist sie so? Was hat sie für Sorgen? Liegt es an mir? Oder daran, dass ihr Vater nicht bei uns wohnt? Dass er mit seiner neuen Frau und den Zwillingen glücklich ist?

Dass Gabrielle zu ihm zog, hatte Ellen im Frühjahr abwenden können. Für eine kurze Zeit war das Verhältnis zwischen ihnen auch toll gewesen. Freundschaftlich, liebe- und respektvoll. Es hatte Spaß gemacht. Sie hatten gemeinsam gekocht, was vorher ein ständiger Streitpunkt zwischen ihnen gewesen war. Doch seit drei Wochen hatte sich etwas verändert. Das ›Pubertier‹ war wieder zum Vorschein gekommen. Aber warum? Was hatte sie falsch gemacht?

»Ich schau, was ich machen kann, okay? Aber erst einmal muss ich weg.«

»Hast du Wochenenddienst?« Das Leuchten verschwand.

Ist es das? Fühlt sich Gabrielle alleine? Vernachlässigt?

Ellen biss sich auf die Unterlippe. »Wir haben eine Mordserie und tappen total im Dunkeln. Uns läuft die Zeit davon.« Es klang wie eine Rechtfertigung und das wollte Ellen eigentlich vermeiden. Schließlich liebte sie ihren Beruf und er ernährte sie beide.

»Ich schau, dass es nicht so spät wird, ja?«

Wortlos stand Gabrielle auf und ging in ihr Zimmer.

***

12 | Pfeiffer kannte das Johann-Schöner-Gymnasium in Karlstadt von einem früheren Fall und fand die bauliche Erweiterung gelungen.

Bei der Sekretärin des Schulleiters fragten sie nach dem damaligen Klassenleiter von Horst Kohlhepp und wurden gebeten, sich einen Moment zu gedulden. Überraschend wurden sie direkt zum Rektor Gimmler hineingerufen.

Nachdem sie ihr Anliegen vorgebracht und von dem Tod der drei ehemaligen Schüler berichtet hatten, schien Herr Gimmler sehr betroffen.

»Wer erinnert sich nicht an Horst Kohlhepp? Der Sohn des Rektors! Auch wenn ich sehr wohl nachempfinden kann, wie sich sein Vater damals gefühlt haben muss, als er durch die Prüfung flog, war sein Weggang für einige eine Wohltat.«

Pfeiffer rutschte im Sessel vor. »Kohlhepp war nicht beliebt?«

Gimmler räusperte sich. Die Verlegenheit verschwand nur langsam aus seiner Miene. »Das war jetzt vielleicht etwas unpassend in Anbetracht seines Todes.«

»Reden wir jetzt vom Junior oder vom Senior? Schließlich sind beide tot.«

»Ich meinte den Vater, aber in Anbetracht der Dinge …« Gimmler schwieg, dann setzte er erneut an. »Rektor Kohlhepp verglich uns bei jeder Gelegenheit mit seinem brillanten Sohn. Wir waren es leid. Wir konnten es nicht mehr hören. Die Nachricht, Horst sei durch die Prüfung gerauscht, verbreitete sich damals auch ohne Facebook und Twitter in Windeseile. Unvorstellbar, wie es heute wäre. Statt ehrfürchtig in den Klassenzimmern zu verschwinden, wenn der Rektor vorüberschritt, wurde nun auf den Fluren getuschelt. Das Leben hatte sich für ihn verändert – Kohlhepp hatte seine Machtposition verloren. Den Machtverlust verzieh er seinem Sohn nie. Er hatte viele Jahre hart dafür gearbeitet. Das Gymnasium stände ohne Rektor Kohlhepp nicht so wie jetzt da, doch eine einzige verpatzte Prüfung vernichtete sein Lebenswerk.«

»Er hat sich daraufhin versetzen lassen, hab ich gehört.«

Gimmler lachte auf. »Wo haben Sie denn das her? Wenn es das nur gewesen wäre, hätte er es ja noch verkraften können.«

»Was war dann der Grund?«

»Das Kultusministerium hat ihm die Versetzung nahegelegt.«

Pfeiffer stieß die Luft aus.

»Anscheinend sah man die Tatsache als Anlass, dass hier nicht mehr die gewohnte Ordnung herrschte, und änderte die Altersstruktur. So ist es nun einmal, ein Fehler und man ist weg vom Fenster.«

»Wie überall«, setzte Pfeiffer seufzend hinzu. Dabei dachte er an seinen Schnitzer in Tauberbischofsheim.

»Was ist aus Horst geworden?«, fragte Nina.

»Der wurde nie mehr gesehen.«

Nina schaute skeptisch. »Keine Ambitionen, die Prüfung erneut abzulegen?«

»Nein, als hätte er aufgegeben. Armer Junge, sein Vater hatte ihm nie verziehen.«

»Was sagten seine Klassenkameraden und Freunde?«

Gimmler zuckte mit den Schultern. »Das entzieht sich meiner Kenntnis.«

Pfeiffer verfolgte einen Gedanken. »Ist Ihnen bekannt, ob noch jemand außer Horst durch die Prüfung gerauscht war, von dem man es nicht erwartet hätte?«

»Kann ich nicht sagen. Er war der Sohn vom Rektor, nur deswegen vergisst man sowas nicht.«

»Fällt Ihnen etwas zu Timo Sommer und Frank Reuß ein?«

»Sommer? War das nicht der Blasse?«

»Keine Ahnung, als ich ihn das letzte Mal sah, war er extrem blass.«

Gimmler räusperte sich. »Der ist später Anwalt geworden. Seine Freundin hat ihn sehr unterstützt. Er brauchte hin und wieder mal einen Tritt, damit er sich an die Schule erinnerte und lernte. Und ihr gelang es.«

»War seine Freundin auch hier auf der Schule?«

»Ja. Ich glaube, sie ist später auch Anwältin geworden.«

Pfeiffer richtete sich an Nina. »Mir war ganz entgangen, dass Sigrid Sommer Anwältin ist.«

»Nein, nein.« Gimmler fuchtelte mit den Armen durch die Luft, als wollte er eine Mücke erschlagen. »Sie hieß nicht Sigrid. Die hatte was Besonderes. Den Namen gab´s damals noch nicht so oft.«

Nina folgte einer inneren Eingebung. »Vielleicht Jalina?«

»Nicht Jalina! Aber ... jetzt weiß ich es wieder: Alina!«

***

Pfeiffer und Nina mussten das erst einmal verarbeiten. Die Tatsache, dass Mistress Jalina - oder sollten sie nun Alina sagen? - gelogen und ihnen die Bekanntschaft mit Kohlhepp und Sommer verheimlicht hatte, trug nicht zu der Glaubwürdigkeit ihrer Aussagen bei.

Noch während der Fahrt auf der B26 nach Würzburg erstattete Pfeiffer seinem Vorgesetzten Kriminaloberrat Alfred Baumann per Telefon Bericht. Er hoffte auf einen Durchsuchungsbeschluss. Schließlich war die Domina Jalina der gemeinsame Nenner in dem Fall der zwei Toten. Er beließ es bewusst bei zwei Toten, denn an Reuß wollte Pfeiffer vorerst keinen Gedanken verschwenden. Auch wenn es ein seltsamer Zufall war, dass der dritte der Schulfreunde zu Tode kam. Egal ob Mord oder Suizid - auch Reuß war tot.

Und alle Fäden liefen bei der Domina zusammen.

»Was?« Baumanns röhrende Stimme spiegelte selbst durch das Telefon seine Größe von zwei Meter drei wider.

»Aufgrund der neuen Erkenntnisse müssen wir Alina Gehrsitz dem kompletten Programm unterziehen.« Das bedeutete: Erlangen der Telefondaten, um an Informationen zu gelangen, und überprüfen des Geldflusses.

Die Möglichkeit von Verschleierung und Fluchtgefahr wuchs von Tag zu Tag. Sollte sie die Erpresserin sein, konnte sie sich schon wer-weiß-wohin abgesetzt haben. Baumann versprach, sich um die Formalien zu kümmern und danach sofort eine Mannschaft zum Haus von Alina Gehrsitz zu schicken. Sie selbst wollten nach der Beisetzung dazustoßen.

Pfeiffer fluchte innerlich. Warum hatte er nicht schon früher die Domina unter Beobachtung gestellt? Aber wie sollte er das auch ahnen? Jalina war so überzeugend gewesen.

Oder hatte er wieder seinen Schwanz denken lassen?

Pfeiffer kam mit Nina überein, nun den nächsten Termin wahrzunehmen: Horst Kohlhepps Beisetzung.

Von Karlstadt nach Würzburg benötigten sie über die Nordtangente über Grombühl und dann zum Berliner Ring nur dreißig Minuten.

Pfeiffer ging auf den Hauptfriedhof voraus und überließ es Nina, sich unter die Trauergäste zu mischen. Er hasste Beerdigungen - doch Friedhöfe mit den alten Bäumen, den nostalgischen Metall-Kreuzen und dem Klang von schlurfenden Schritten auf den Kieswegen wirkten beruhigend auf ihn. Er hatte bereits vor der Trauerfeier die Angaben von der Friedhofsverwaltung erfragt, um vor Ort zu sein, wenn die Zeremonie begann. Er postierte sich 3 Grabreihen entfernt. Lieber wartete er abseits des Hauptweges und beobachtete das Geschehen, als gesehen zu werden.

Inzwischen war Nina mit den Trauergästen in die Aussegnungshalle verschwunden.

Nach einer Weile kündigten die Glocken der alten Kapelle die Beisetzung an. Die Trauergesellschaft zog den breiten Kiesweg entlang, vorbei an der Phalanx von Gräbern.

Außer Saskia, die still neben dem Pfarrer schritt und den Kinderwagen schob, erkannte Pfeiffer keinen der Anwesenden. Er war sich sicher, dass sie ihn gesehen hatte. Auf ihrem Gesicht blitzte verhaltene Freude auf, aber da war noch etwas anderes.

Er rief sich zur Ordnung und konzentrierte sich auf die Trauergäste. Alle schienen sie in ihre Trauer vertieft zu sein und folgten dem Sarg zur Abteilung sechs, Feld eins, ohne sich auffällig zu benehmen.

Gerade als Pfeiffer dachte, Zeit zu vergeuden, entdeckte er eine elegante Frau in einem figurbetonten schwarzen Kleid und mit schwarzweiß karierter Handtasche. Der breitkrempige Hut mit Schleier verdeckte ihr Gesicht. Kurze, schwarze Haare und große Goldkreolen blitzten hervor. Sie beanspruchte seine gesamte Aufmerksamkeit.

»Was machen Sie hier?«, krächzte es hinter ihm.

Erschrocken fuhr Pfeiffer herum. Eine ältere Frau stand hinter Pfeiffer und fuchtelte mit einer leeren Gießkanne.

Oh je. Die musste er schnell loswerden, bevor jemand aus dem Trauerzug auf ihn aufmerksam wurde. »Ich suche nur was. Bitte gehen Sie weiter.« Dann schaute Pfeiffer wieder gebannt auf die Menschen.

Nina löste sich von der Gruppe der Trauernden. Doch anstatt zu ihm zu kommen, blieb sie stehen. Sie starrte auf die umgebenden Grabsteine und Kreuze.

Nina? Was ist los mit dir?

Pfeiffer winkte. Doch sie beachtete ihn nicht. Die sich in ihrer Miene spiegelnde Traurigkeit hatte Pfeiffer noch nie an ihr gesehen. Hatte die Beerdigung sie derart ergriffen?

So hatte er Nina nicht eingeschätzt. Oder war sie durch ihre familiären Reibereien angespannter als sonst?

Die letzten Trauergäste verließen die Aussegnungshalle. Nina wandte sich ab und schloss die Augen.

Pfeiffer lehnte sich an einen der großen Bäume und beobachtete weiter. Ninas Mimik wechselte ständig von schmerzlich bis traurig. Plötzlich straffte sie ihre Haltung, als hätte sie neue Energie erhalten. Als sie bemerkte, dass Pfeiffer sie die ganze Zeit im Visier gehabt hatte, errötete sie und ging langsam über den Kiesweg zum Grab.

Die Träger hoben den Sarg über die Grube. Der Pfarrer wartete, bis alle Gäste um das Grab herum ihren Platz gefunden hatten. Dann wurde der Sarg herabgelassen.

Saskia, die den kleinen Karl nun auf dem Arm trug, warf Erde und eine Lilie auf den Sarg. Sie trat zurück und andere taten es ihr nach.

Die Frau mit dem Hut trat vor. Sie wollte gerade ihre Blume in die Grube fallen lassen, als sie Pfeiffer bemerkte. Ihre Hand hielt die Blume einen Moment länger, bevor sie diese fallen ließ. Dann entfernte sich die Frau langsam von der Trauergesellschaft.

Nach der Zeremonie unterhielt sich ein Teil der Trauergäste mit Saskia, der Rest verstreute sich.

Pfeiffer ging in die Richtung, in die sich die Frau mit Hut entfernt hatte. Als er sie wieder im Blick hatte, lief sie Richtung Hauptausgang. Dann war sie auf einmal zwischen den Bäumen und Grabsteinen verschwunden. Was sollte das? Warum lief sie so schnell?

Nina kam auf Pfeiffer zu.

»Die haut ab.« Er schob sie zur Seite.

»Wer?«

»Die Schwarze Witwe!« Pfeiffer rannte los, umrundete Gräber mit Blumen und Buchshecken. Doch plötzlich trat hinter einer zwei Meter hohen Engelskulptur aus weißem

Marmor die ältere Frau mit Gießkanne und Blumenkiste im Arm hervor.

Ausweichen war unmöglich. Pfeiffer rannte in sie hinein und beide stürzten zu Boden.

»Hilfe, Überfall! Vergewaltigung! Mord!«, kreischte die Frau hysterisch, während Pfeiffer sich aufrappelte, abrutschte und erneut auf ihr landete. Dabei stieß er gegen die Gießkanne, die sich über den Kopf der Frau ergoss. »Lüstling!«, ging in ein Gurgeln über. Die sorgfältig frisierten grauen Löckchen kräuselten sich in einem wilden Afrolook.

»Tschuldigung.«

»Das darf doch wohl nicht wahr sein!«, keuchte sie und stieß Pfeiffer herunter. »Schauen Sie, was Sie gemacht haben! Wie sehe ich denn jetzt aus? So kann ich doch nicht mehr unter die Leute!«

»Tut mir schrecklich leid, aber ich habe Sie nicht gesehen.« Pfeiffer stand inzwischen, reichte ihr die Hand und half ihr auf.

»Das ist hier ein Friedhof und kein Sportplatz. Was haben Sie hier zu rennen?«

Pfeiffer sah sich um. Wo war die Schwarze Witwe? Sie war wie vom Erdboden verschluckt. Nur von weitem sah er eine Blondine mit weißer Bluse, die vertrocknete Blüten von einem Grab abzupfte. »Verdammt!«

Pfeiffer wandte sich dem ›Unfallopfer‹ zu. Ihre gestreifte Bluse spannte nass und mit Erde verschmiert über dem Busen. Die Spitze eines altmodischen Spitzen-BHs schimmerte durch. Fast hätte sie an der Seniorinnen-Version von Miss-Wet-T-Shirt teilnehmen können.

»Schauen Sie nur, was Sie angestellt haben!« Sie drehte sich um. An ihrem Rücken klebte nasse Graberde. Auf dem Kopf wackelten Locken, während die Haare an Nacken und Ohren nass tropfend herunterhingen.

»Wenigstens sind die Blumen heil geblieben.« Pfeiffer deutete auf die Kiste mit Tagetes, die nach alten Schuhen rochen.

Um die wärs auch nicht schad gewesen.

Die Seniorin holte aus. Überraschend kraftvoll prügelte sie auf ihn ein. »Sie ungehobelter Flegel, Sie!«

Pfeiffer hob schützend den Arm. »Seien Sie doch bitte leise, da drüben findet gerade eine Beisetzung statt.«

Empört riss sie die Augen auf, doch sie senkte die Stimme, als sie ihrem Ärger nochmals Luft machte. »Ich werde mich bei der Friedhofsverwaltung über Sie beschweren, Sie … Sie … «

Pfeiffer ergriff die Flucht.

Er erreichte Nina, die sich gerade von der Gruppe entfernt hatte. »Hast du einen neuen Fan?«, fragte sie mit Blick auf die davoneilende Frau.

Von der anderen Seite kam der Pfarrer mit würdevollem Gang. Sein rundes Gesicht wirkte auf vornehme Art freundlich, die Augen strahlten warm und verständnisvoll. »Nina, ich hab dich bei der Beisetzung gesehen. Was machst du denn hier?«

Pfeiffer starrte Nina an. »Du kennst ihn?«

Nina lächelte schwach. »Peter, darf ich dir Hochwürden Sebastian Heller vorstellen? Hochwürden, das ist Hauptkommissar Peter Pfeiffer, mein Chef.«

»Hauptkommissar? Seid Ihr im Dienst?« Obwohl die Gesichtsfarbe des Pfarrers nicht gerade gesund aussah, wurde er noch fahler.

»Ja, Hochwürden. Wir ermitteln wegen Mordes.« Pfeiffer ergriff die ihm dargebotene Hand.

»Mord? Also doch?« Pfarrer Sebastian Heller bekreuzigte sich. »Kohlhepps Tochter sagte mir so etwas in der Art, damit ich es bei der Trauerrede berücksichtige. Gott möge mir verzeihen, aber ich bezweifelte ihre Worte und habe ihren Verdacht auf die Trauer geschoben. Jeder gläubige Christ wünscht sich doch, dass der geliebte Mensch sich nicht an Gott versündigt hat und sucht nach einem Schuldigen, oder?«

»Verständlich. Doch bei Saskia ist es kein Wunschdenken«, bestätigte Pfeiffer und fügte hinzu: »Haben Sie es getan?«

»Was?« Röte überhauchte die Wangen des Pfarrers.

»Bei der Rede berücksichtigt, dass es kein Tod durch eigene Hand war.«

»Oh, ich hoffe doch.«

»Kannten Sie Horst Kohlhepp näher?«

»Nein.«

Die Antwort des Pfarrers kam schnell, zu schnell für Pfeiffers Geschmack.

»Er ist eines meiner vielen Schafe in einer sehr sehr großen Herde. Ihn genauer zu kennen ist fast unmöglich.« Pfarrer Heller sagte es in einem entschuldigenden, nach Verständnis heischenden Ton.

»Dennoch hielten Sie eine sehr emotionale Rede«, lobte Nina ihn.

Heller nickte. »Danke. Es ist eine Kunst, für die Hinterbliebenen eine Rede zu halten, die ihnen vermittelt, man hätte den Verstorbenen ebenso gut gekannt und geschätzt wie sie selbst.«

Nina lächelte. »Ich hatte bei der Rede den Eindruck, Horst Kohlhepp sei ein Freund für Sie gewesen.«

Der Pfarrer legte die Hand auf seine Brust. »Oh, das erfüllt mein Herz mit Freude. Gerade in solchen Fällen ...« Er verstummte und vergewisserte sich, keine ungebetenen Zuhörer zu haben. Dann sprach er weiter. »Wie bei Horst Kohlhepp, an dessen eingeschlagenem Weg die Hinterbliebenen große Zweifel hegen, ist es wichtig, dass der Verblichene in guter Erinnerung bleibt.«

»Das ist Ihnen gelungen.«

»Danke, mein Kind. Und was kann ich nun für Sie tun?« Pfarrer Heller lächelte gekünstelt. »Wie ich annehme, sind Sie nicht gekommen, um meine Rhetorik zu bewundern.«

»Wir suchen nach Antworten.«

»Was bestärkt Sie in der Annahme, Horst Kohlhepp habe doch nicht Hand an sich gelegt?«

»Sie verstehen sicherlich, wenn wir zu einer laufenden Ermittlung nichts sagen.«

Beschwichtigend hob Pfarrer Heller die Hände. »Verzeihen Sie meine Neugier. Eine meiner Schwächen, die mir Gott hoffentlich nachsieht.«

»Kein Problem.«

»Dann möchte ich Sie nicht länger aufhalten. War schön Sie kennenzulernen, Herr Kommissar.« Pfarrer Heller lächelte. Ein eigenartiges Funkeln glomm in seinen Augen.

»Danke, gleichfalls, Hochwürden.« Pfeiffer reichte ihm die Hand. Dann fiel ihm etwas ein. »Können Sie uns etwas über die Frau mit dem auffälligen Hut und Schleier sagen?«

Der Pfarrer verweilte kurz in der Bewegung, dann antwortete er: »Ach, diese Dame? Tut mir leid«, bedauerte er, »aber ich kenne sie nicht. Es waren nur zwei Mitglieder aus meiner Gemeinde bei der Beisetzung dabei.«

Pfeiffer und Nina dankten ihm.

Als sie gehen wollten, hielt der Pfarrer Nina am Arm zurück. »Wie geht es dir überhaupt? Alles wieder gut? Mit deinem Vater?«

Pfeiffer ging ein paar Schritte abseits und beobachtete Nina aus den Augenwinkeln heraus.

»Nein, aber danke der Nachfrage.« Nina drückte Pfarrer Hellers Hand. »Ich melde mich die Tage.«

»Tu das, Nina. Du weißt, meine Tür steht jederzeit offen.« Er strich ihr ein Kreuz auf die Stirn.

***

Auf dem Weg zum Parkplatz fragte Pfeiffer: »Du kennst den Pfarrer schon lange?«

»Seit der Erstkommunion. Warum?«

»Ich finde es seltsam: Eines seiner Schäfchen hat sich nicht versündigt und er ist darüber nicht erleichtert?«

Nina runzelte die Stirn. »Wieso? Tot ist tot. Außerdem, bei Mord hat dafür ein anderer gesündigt. Warum soll er sich da freuen?«

»Auch wieder wahr.« Sie gingen stumm nebeneinander her. »Fandest du seine Rede wirklich so persönlich?« Auf Ninas Spürnase konnte sich Pfeiffer verlassen.

»Ja, wieso?«

Pfeiffer sah sie an. »Du bist ja voreingenommen«, stellte er verwundert fest.

»Ich?«

»Ja! Sonst hätten bei dir sofort die Alarmglocken geschrillt.«

»Quatsch.«

»Nina, überleg mal! Er behauptet, Horst Kohlhepp nicht zu kennen, aber dessen Tochter spricht er mit Saskia an? So vertraut ist man nur, wenn man die Menschen länger oder, wie dich, von Kindesbeinen an kennt. Also, das ist für mich sehr verdächtig. Nur weil du ihn kennst, ist er nicht automatisch unverdächtig.«

»Ach nein?« Nina blieb stehen und stemmte die Hände in die Hüfte.

»Das sagt ausgerechnet der Mann, der mit der Tochter des Opfers pennt!«, warf Nina ihm vor. »Vielleicht hat sie ihn selbst getötet? Vielleicht will sie an das Geld ihres Vaters? Immerhin hat sie dir die Kontoauszüge auf einem goldenen Tablett serviert. Und wer hat die Spur zu der Domina ins Spiel gebracht? SIE!«

Was fällt dir ein! Pfeiffer wollte Nina in die Schranken verweisen. Doch dann sackte er zusammen. *Nina hat Recht, gestand er ihr zu. Ich bin schwanzgesteuert und merke nicht mehr, wenn ich an der Nase rumgeführt werde. Wie ein Idiot habe ich mich auf alles gestürzt, was Saskia mir gab. Zuletzt ihren Körper.*

Hatte er aus seinem letzten Verhältnis nichts gelernt?

Doch dass Saskia etwas mit dem Tod ihres Vaters zu tun haben sollte, wollte er nicht glauben. Aber niemand kann in einen Menschen hineinschauen.

Er suchte noch einmal mit Blicken die Reihen der Grabsteine nach der schwarzgekleideten Frau mit dem Hut ab. Nichts. »Schade, dass mir die Schwarze Witwe entwischt ist«, wechselte er das Thema. »Sie sah aus, als wäre sie direkt einem Hitchcock-Film entstiegen.«

»Ihr Outfit war sehr theatralisch, finde ich. Vielleicht eine Verflossene von Kohlhepp, die Aufsehen erregen wollte?«

»Das werden wir nicht mehr erfahren.«

***

Am Friedhofsparkplatz angelangt, öffnete Nina die Türen des Golfs, um die Hitze entweichen zu lassen. Pfeiffers Handy läutete.

»Was hast du mir heute Morgen verschwiegen?«, brummte Baumann in sein Ohr.

Pfeiffer ging gedanklich alle Vergehen der letzten Tage durch. Nur die Sache mit Saskia hatte er verschwiegen …

»Du hast dich ja nicht gerade mit Ruhm bekleckert, sagen die Kollegen aus Tauberbischhofsheim.«

Erleichtert strich sich Pfeiffer über den Bart. »Ich weiß! Leider hat Frau Reuß gleich etwas hineininterpretiert.«

Sie stiegen ein und Nina startete das Auto. Die Klimaanlage in dem überhitzten Auto lief auf Hochtouren.

»Mensch, du machst den Job nicht erst seit gestern. So was musst du vermeiden«, sagte Baumann.

»Verdammt! Ich weiß.«

»Aber du musst bei ihr etwas aufgerührt haben. Sie hat dafür gesorgt, dass die Kollegen nochmals über die Akten schauen. Die haben uns nun die Akte geschickt, da der

Kontakt mit unseren Opfern unübersehbar ist.«

Endlich ein Licht am Ende des Tunnels.

13

Nach einem kurzen Umweg zu der Pommesbude ihres Vertrauens beim naheliegenden REAL fuhren sie quer durch Würzburg zur Sedanstraße. Während Pfeiffer und Nina noch eine Parklücke direkt vor dem Haus der Domina erhaschten, mussten die nachkommenden Kollegen abseits parken.

Marco Horn klopfte mit dem Durchsuchungsbeschluss in die linke Handfläche. »Baumann hatte keinerlei Probleme, den zu bekommen. Laut Nachweis telefonierte Alina Gehrsitz sowohl mit Kohlhepp als auch mit Sommer.«

Pfeiffer gab ihm die Hand und nickte den übrigen Kollegen zu.

»Na, dann wollen wir mal.« Er klingelte, doch es rührte sich nichts. Dann hämmerte er an die Tür. »Alina Gehrsitz, machen Sie auf!«

Er lauschte. Er glaubte, Musik zu hören. Dann war es ruhig. Hatte er das Quietschen der Straba in der Frankfurter Straße mit Musik verwechselt und es sich nur eingebildet?

»Oh Mann! Sie ist nicht da. Wie lang willst du noch warten? Ich hab noch was vor«, maulte einer der Polizisten und lehnte sich missmutig an den Windfang.

»Verschieb´s, Ali!«, brummte Horn.

Nina zupfte Pfeiffer am Arm. »Siehst du den Typen drüben auf der anderen Straßenseite?« Sie machte eine unmerkliche Kopfbewegung in die Richtung.

»Welchen meinst du? Den alten oder den jungen?«

»Ich meine den jungen. Der alte scheint in dem Block zu wohnen. Den habe ich schon das letzte Mal gesehen. Bei dem jungen habe ich das Gefühl, er wartet auf etwas. Er schaut ständig zu uns und auf sein Handy.«

»Dann fragen wir ihn doch am besten, was er hier will.« Kurzentschlossen ging Pfeiffer schräg über die Straße. Nina folgte ihm.

Der Mann im Anzug, Pfeiffer schätzte ihn auf Ende dreißig, wirkte wie ein Banker und hier fehl am Platz. Er tippte mit dem Stift auf dem Smartphone herum und bemerkte Pfeiffer erst, als er direkt neben ihm stand. Noch bevor sich Pfeiffer vorstellen konnte, fuhr er erschrocken auf und rannte die Straße hinunter.

»Polizei! Stehenbleiben!«

Der Mann rannte noch schneller.

Verdammt!

Pfeiffer stürmte hinterher. An der Ecke zur Wilhelm-Dahl-Straße holte er ihn ein und hechtete auf ihn. Beide stürzten.

»Was soll das?«, schimpfte der Mann.

»Warum laufen Sie weg?« Schnaufend stand Pfeiffer auf. Der Sprint hatte ihn außer Puste gebracht.

Statt saufen sollte ich lieber mal joggen gehen, ging es ihm durch den Kopf.

»Ich dachte, Sie wollen mich überfallen!«

»Verarschen Sie mich? Sie haben mich da drüben mit den uniformierten Beamten stehen sehen.«

»Ich habe gar nichts gesehen. Sie können mir doch nicht vorschreiben, was ich gesehen haben soll.«

»Ach, halten Sie Ihre …«

Nina bremste Pfeiffer gerade rechtzeitig, indem sie dem Mann schwungvoll die Dienstmarke unter die Nase hielt. »Damit Sie später nicht behaupten können, wir hätten uns nicht ausgewiesen. Kripo Würzburg.«

»Ich habe nichts getan!«

»Das behauptet auch niemand. Beruhigen Sie sich.« Und zu Pfeiffer flüsterte sie: »Heute ist nicht dein Tag. Du liegst bereits zum zweiten Mal im Dreck.«

»Diesmal hab ich ihn aber eingeholt.« Er grinste.

»Du hast nur Glück gehabt. – Wie heißen Sie?«, richtete sie sich an den Mann.

Mit Blick auf sein zerschrammtes Smartphone entgleisten ihm die Gesichtszüge. »Sie haben mein iPhone auf dem Gewissen!«

»Nein, das haben Sie sich selbst zuzuschreiben. Sie sind weggelaufen«, erwiderte Pfeiffer. »Wie heißen Sie, hat Sie meine Kollegin gefragt!«

»Das darf doch wohl nicht wahr sein. Was wollen Sie von mir?«

Nina lächelte höflich. »Nur eine Auskunft. Zuerst Ihren Namen.«

»Echt jetzt? Fischer. Klaus Fischer.«

»War doch gar nicht so schwer. Haben Sie auf jemand gewartet, Herr Fischer?«

»Ja.«

»Auf wen?«

»Spielt doch keine Rolle.«

»Das beurteilen wir. Oder wollen Sie uns die Fragen lieber auf dem Kommissariat beantworten?«

Fischers Adamsapfel hüpfte. »Auf die Frau, vor deren Tür Sie stehen. Ich habe einen Termin.«

»Also haben Sie mich doch gesehen.« Pfeiffer grinste. »Sie sind ein Kunde von ihr?«

Der Mann errötete.

Pfeiffer sah sich bestätigt. »Warum gehen Sie nicht rein?«

Fischer zuckte mit den Schultern. »Sie ist nicht da.«

»Sie ist nicht da?«, vergewisserte sich Nina. »Seit wann warten Sie?«

Der Mann sah auf das gesprungene Display des iPhones. »Seit zehn Minuten.«

»Haben Sie sie angerufen?«

»Was glauben Sie denn? Mistress Jalina … sie …« Er verstummte beschämt.

»Mistress Jalina würde Sie bestrafen, kämen Sie zu spät. Wollten Sie das sagen?« Fischer hatte Pfeiffers Mitgefühl.

Der Mann presste die Lippen zusammen.

»Alles klar. Zeigen Sie mir Ihre Anrufliste.«

Fischer tippte den Entsperrcode in sein Smartphone ein und reichte es Pfeiffer.

Pfeiffer scrollte die Anrufliste ab und nickte. »Sie haben vier Mal bei ihr angerufen. Und niemanden erreicht?«

»Nur die Mailbox.«

»Kommen Sie. Meine Kollegen nehmen Ihre Personalien auf. Das Handy brauch ich mal kurz.« Pfeiffer drückte die Rufwiederholung und rannte zu den wartenden Kollegen. Das Freizeichen war zu hören. Viermal. Sechsmal. Mailbox. »Mistress Jalina ist gerade damit beschäftigt, jemand zu bestrafen. Wenn du der Nächste sein willst, hinterlasse eine Nachricht.« Dann knallte eine Peitsche.

»Hat im Haus was geklingelt?«, fragte Pfeiffer die Kollegen an der Eingangstür.

»Mir war, als hätte ich Musik gehört«, antwortete ein junger Kollege. Er schob die Schirmmütze aus der verschwitzen Stirn.

Pfeiffer drückte erneut die Wahlwiederholung. Ellie Gouldings ›Love Me Like You Do‹ aus dem Inneren des Hauses ließ ihn schmunzeln. »Diese Musik?«

»Das ist sie.«

»Danke.« Er trat beiseite. »Ich wäre fürs Aufbrechen. Gefahr im Verzug. Andere Vorschläge?«

»Und wenn sie nur unter der Dusche steht?«, fragte ein Kriminaltechniker aus der hinteren Reihe.

»Sie verpasst nicht ihren eigenen Termin. Nicht diese Domina.«

»Glauben Sie, ihr ist was passiert?«

»Haben Sie eine bessere Erklärung, wenn sie nicht ans Telefon geht?«

Ali grinste. »Ich höre da gerade so etwas wie ›Hilfe!‹«

»Wirklich?«

»Kann mich aber auch irren.« Alis Grinsen vertiefte sich.

Pfeiffer machte eine Handbewegung zur Tür.

Ohne zu zögern trat Ali dazwischen und holte das Werkzeug zum Öffnen der Tür hervor.

***

»Mistress Jalina! Sind Sie da?«

Pfeiffer lauschte in der offenen Tür. Nichts rührte sich. Kein Peitschenhieb, kein Stöhnen.

»Ich bin es, Hauptkommissar Pfeiffer.« Stille.

Er trat ein. Etwas war geschehen.

Der Inhalt einer Damentasche lag auf dem Boden. Eine Schampusflasche, die gleiche Marke wie in Sommers Kühlschrank, hatte ihren Inhalt über den Marmorboden des Foyers verteilt.

Mit Blicken suchte er den Raum ab. Dann sah er sie: Mit ungläubiger Miene und starrem, glanzlosem, zur Decke gerichtetem Blick lag Alina rücklings auf der Skulptur des Glastisches. Der Penis der Bronzefigur hatte sich in ihren Rücken gebohrt und die Skulptur selbst stand inmitten von Scherben in einer großen Blutlache.

Der Chiffon des schwarzen Kleides war hoch über Alinas Knie gerutscht und entblößte die langen Beine. Unter dem kurzen Jäckchen blitzte eine weiße Bluse hervor. Der Hut lag mitsamt Schleier und einer schwarzen Perücke auf dem Sofa.

»Sie wurde innerhalb der letzten zwanzig Minuten getötet.«

»Bist du jetzt schon Arzt, Peter?«, bemerkte Marco Horn und stierte auf die Leiche.

Pfeiffer ignorierte die Bemerkung und drängte den Kollegen zur Tür. »Das ist unsere Unbekannte vom Friedhof. Ruft die Spurensicherung.«

»Wenn ich nicht solchen Hunger gehabt hätte, würde sie noch leben«, flüsterte Nina.

»Das können wir nicht mit Sicherheit sagen. Mach dir keine Vorwürfe.« Dann wandte sich Pfeiffer an die Kollegen, die für die Durchsuchung zuständig gewesen wären. »So, Leute, Planänderung: Ihr dürft erst wieder rein, wenn das Haus freigegeben wurde. So lange heißt es für euch Nachbarschaftsbefragung. Ach, und haltet mir diesen Fischer auf. Vielleicht hat er was gesehen, während er vorm Haus auf sein Date gewartet hat.«

Nina zog ihre Handschuhe an und beugte sich über die Tote. »Wie zerbrechlich sie aussieht. Wie ein anderer Mensch. Ich würde sie nie mit der Domina in Verbindung bringen, die wir am Freitag gesehen haben.« Sie zog an der langen Kette und sah sich den Anhänger an. »Ein Kreuz mit Jesus?«

»Doppelleben.« Pfeiffer schob die Jalousie zur Seite. Das Zimmer lag zur Straßenseite hin.

»Naheliegend.« Nina verharrte.

Pfeiffer trat zu ihr. »Was ist?«

»Ach nichts.« Nina richtete sich auf. Ihr Gesicht war gerötet. »Sie ist wirklich schön.«

»Hm, sie hat was.« Schweigen breitete sich aus. »Nina, mit Vorwürfen kommen wir nicht weiter«, durchbrach Pfeiffer die beklemmende Stille.

»Ich weiß.«

Pfeiffer sah sie prüfend an. Was hatte Nina plötzlich? War da noch was anderes? Irgendwelche Erinnerungen? Er wurde nicht schlau aus ihr.

Nun ging Nina zum Fenster und sah hinaus. »Da bewegte sich gerade eine Gardine.«

»Wo?«

»Gegenüber im 4. Stock, rechts.«

»Behalten wir im Hinterkopf. Die Kollegen sollen sich den Namen besonders notieren, wenn sie im Haus nachfragen.«

***

Nina fuhr zurück zur Dienststelle. Sie fühlte sich schrecklich. Ihre feuchten Hände klebten am Lenkrad, dagegen war ihr Mund so trocken, als hätte sie eine Socke durchgekaut.

Was hatte sie nur getan?

Sie spürte, wie Pfeiffer sie hin und wieder von der Seite betrachtete. Ahnte er, dass sie ihm etwas vorenthielt? Durchschaute er sie? Oder glaubte er, sie sei paranoid? Aber sie hatte den Mann in der Wohnung gegenüber gesehen. Doch der eigentliche Grund für ihre Bestürzung war schwerwiegender.

Sie hatte Alina wiedererkannt!

Nicht die auffällig geschminkte Mistress Jalina, die sie mit Highheels und Gerte empfangen hatte. Nein, die Tote mit dem dezenten Make-up war die Frau, mit der sich Pfarrer Heller am Tag der Beerdigung ihres Onkels vor der Kirche gestritten hatte. Dafür würde sie die Hand ins Feuer legen. Zuerst war sie unsicher gewesen, aber dann hatte sie die Kette erkannt und das beseitigte die letzten Zweifel. Es war dieselbe, mit der die Frau damals herumspielte.

Und sie hatte es Pfeiffer gegenüber verschwiegen.

Das fiel unter Behinderung der Justiz. Erschwerend kam hinzu, dass sie Polizistin war …

»BREMS!«

Erschrocken stieg Nina auf die Bremse. Der Sicherheitsgurt griff und schnitt in ihren Brustkorb; Akten rutschten von der Rückbank in den Fußraum. Verwirrt sah sie auf die rote Ampel und die Bremslichter des Opels vor ihr. Nur wenige Zentimeter vor der Heckklappe kam der Dienstwagen zum Stehen.

Was ist los? Nina sah sich um. Sie waren schon fast in der Weißenburgstraße angelangt. An die letzten Minuten der Fahrt hatte sie keine Erinnerung.

»Verdammt, was ist los?«, brüllte Pfeiffer, nicht minder erschrocken. Dann senkte er die Stimme. »Alles klar?«

Nina spürte das Zittern in ihren Fingern. Das durfte Pfeiffer auf keinen Fall bemerken. Verbissen umklammerte sie das Lenkrad. »Ja, ja«, sagte sie schnell, atmete aus und wiederholte ruhiger: »Ja, alles klar.«

»Dann konzentriere dich auf den Verkehr.«

Nina presste die Zähne aufeinander. Die Ampel schaltete auf Grün und sie fuhr an.

Sie versuchte, sich auf den Verkehr zu konzentrieren – es gelang ihr nicht. Nicht nur ihr Verrat an Pfeiffer belastete sie. Auch der Verrat des Pfarrers an ihr wog schwer.

Nina kannte ihn bereits seit Kindertagen. Pfarrer Sebastian Heller war für sie immer mehr als ein Seelsorger gewesen. Er war ein Freund. Jemand, bei dem sie Rat, Zuflucht und Trost fand, wenn die Probleme mit ihrem Vater unüberwindlich schienen.

Warum hat er nicht gesagt, dass er diese Frau kennt?

Bestimmt klärte es sich auf. Ein Missverständnis eben. Sicherlich hatte er Alina wegen dem Hut und dem Schleier nicht erkannt.

Nina fädelte sich auf der zweiten Spur ein.

Und wenn doch? Hatte er nicht gezögert, als sie ihn nach der Frau gefragt hatte? Warum verschwieg er das? Wenn es kein Problem darstellte, konnte er doch mit ihr reden? Warum vertraute er ihr nicht? Oder war es, weil sie nicht alleine waren?

Sie würde Pfarrer Heller die Chance geben, ihr die Wahrheit zu sagen. Unter vier Augen. Danach konnte sie immer noch mit Pfeiffer reden und retten, was noch zu retten war. Hoffentlich war es dann nicht zu spät!

Nina setzte den Blinker und bog zum Parkplatz ab.

»Nina, ich weiß nicht, was in dir vorgeht, aber keine weiteren Alleingänge! Das hatten wir schon einmal! Und du weißt, wie es ausgegangen ist.«

Nina spürte, wie die Hitze in ihr Gesicht kroch. »Nein«, versicherte sie hastig. Sie holte Luft. »Ich mache mir Vorwürfe …«

»Das sollst du nicht!«, unterbrach Pfeiffer sie ungewöhnlich sanft.

»Das sagt sich so leicht«, erwiderte Nina resigniert. »Da ist der Streit mit meinem Vater. Ich habe gesehen, wie Kohlhepps Tochter trauert. Und selbst diese Domina war auf der Beerdigung und trauerte. Ich frage mich, ob ich so etwas fühlen würde, wenn …«

Sie brach ab und tröstete sich damit, Pfeiffer wenigstens die halbe Wahrheit erzählt zu haben. Solche Gedanken hatte sie tatsächlich bei der Beerdigung gehabt und sie hoffte, damit ihren Kollegen zu beruhigen.

Als Nina aufsah, erkannte sie Verständnis in Pfeiffers Blick. Jetzt fühlte sie sich noch beschissener.

***

Die Glocken von St. Adalbert läuteten zur dritten Stunde. Nina drückte die schwere Tür auf. Die abgestandene Luft im Innern der Kirche roch nach altem Holz und dem Paraffin der Kerzen, die Tag für Tag angezündet wurden.

Zusammen mit dem gedämpften Licht versetzte dieser Geruch Nina erneut in eine Welt der Stille und Geborgenheit.

Donnernd fiel die Tür hinter ihr ins Schloss. Einige Menschen saßen andächtig in den langen Bankreihen, andere wiederum diskutierten flüsternd vor den Altären und Skulpturen. Niemand blickte auf oder drehte sich zu ihr um. Touristen, vermutete Nina aufgrund der Kleidung und der Fotoapparate. Sie bestaunten die im Seitenschiff aufgestellte Orgel und die Heiligenstatue von St. Adalbert, dem Schutzpatron der Kirche.

Nina konnte Pfarrer Heller nicht entdecken. Es gehörte zu seinen Gepflogenheiten, jede freie Minute durch seine Kirche zu gehen, sich zu den Leuten auf die Kirchenbänke zu setzen und für jeden ein offenes Ohr und tröstende

Worte zu haben. Nina fragte sich oft, ob er auch in der Kirche schlief.

Na gut, dann warte ich. Die Ruhe würde ihr guttun. Nina lehnte sich an eine der hinteren Säulen. Von hier hatte sie einen herrlichen Blick auf das beeindruckende Deckengewölbe. Wie oft hatte sie als Kind auf das Gewölbe gestarrt und die Deckenbögen gezählt?

Unzählige Male! Auch die Bilder in den Bleiglas-Fenstern oder die Fratzen an den Säulen hatte sie immer betrachtet. Sich eingebildet, die Figuren würden sich bewegen und ihren Blick erwidern.

Dann kamen die Albträume.

Vater hatte es nicht interessiert. Sie war ein kleines Mädchen und auf sich gestellt. Die Albträume hörten erst auf, als sie eines Tages allen Mut zusammennahm und den Fratzen die Zunge herausstreckte. Dafür verabreichte Vater ihr eine schallende Ohrfeige.

Von diesem Tag an waren zwar die Monster aus ihren Träumen verbannt, dafür trat jedoch ein anderes Problem in ihr Leben. Und gleichzeitig mit dem Problem auch ein Freund.

Nina seufzte.

Nach dem Gottesdienst hatte Pfarrer Heller sie gegenüber ihrem Vater in Schutz genommen und sie von da an bis heute begleitet.

Im Gang zum Altar stand ein Rollstuhlfahrer. Er bekreuzigte sich, wendete umständlich und fuhr Richtung Ausgang. Bei den Opferkerzen hielt er an. Der Lichtschein der in Reih und Glied aufgesteckten Kerzen erhellte das Gesicht. Es war eine Frau um die Vierzig, die blonden Haare waren ungekämmt und sie wirkte trotz gerader Nase und hohen Wangenknochen unscheinbar.

Sie griff in die Tasche des dunklen Sweatshirts und gleich darauf klimperten Münzen in der Spendenbox für Kerzen.

Eine Münze fiel auf den Steinboden und rollte unter die nächste Bank.

Die Rollstuhlfahrerin seufzte.

Nina wollte ihr helfen, doch etwas störte sie am Gebaren der Frau. So blieb sie im Schatten der Säule stehen und beobachtete sie.

Hektisch sah sich die Frau um. Als sie sich unbeobachtet fühlte, hob sie langsam ein Bein nach dem anderen von den Fußstützen. Mühsam erhob sie sich aus dem Rollstuhl und versuchte, sich zwischen dem regalartigen Kerzentisch und der Bank zu bücken.

Okay, sie kann laufen. Aber ist das so außergewöhnlich? Gewiss nicht. Es gab viele Menschen, die nur eingeschränkt gehen konnten und einen Rollstuhl zur Unterstützung besaßen.

Dann misstrau nicht jedem!

Die Kirchentür wurde geöffnet. Ein Mann blieb am Eingang stehen und schien wie Nina zu beobachten, wie sich die Frau abmühte.

Nun hielt es Nina nicht mehr an ihrem Platz. Sie rannte auf die andere Seite der Kirchenbänke. »Warten Sie, ich helfe Ihnen.«

Die Frau erschrak, verlor das Gleichgewicht, dann knickten ihre Beine weg. Haltsuchend griff sie nach dem schweren Kerzentisch. Anstatt ihr Halt zu geben, neigte er sich unter ihrem Gewicht langsam zur Seite. Kerzen fielen polternd zu Boden.

Im letzten Moment konnte Nina die Frau am Arm greifen und so drehen, dass sie in den Rollstuhl plumpste statt auf den Steinboden zwischen den brennenden Kerzen aufzuschlagen.

»Wer sind Sie?« Mit schreckgeweiteten Augen starrte die Frau Nina an. Dann ging ihr Blick über Ninas Schulter zum Kirchenportal, wo immer noch der Mann stand.

»Ich heiße Nina. Entschuldigung, ich wollte Sie nicht erschrecken.« Nina sah die Angst im Blick der Frau, die nicht vom Schrecken herrühren konnte. Sie sah ebenfalls zum Kirchenportal, das gerade wieder zufiel. Der Mann war verschwunden. Sie wandte sich wieder der Frau zu. »Alles klar bei Ihnen?«

»Seh ich so aus?«, blaffte die Frau. Ihr schroffer Ton stand im Widerspruch zu der traurigen Miene.

»Tschuldigung«, nuschelte Nina und bückte sich nach den Kerzen, um ihren Ärger zu verbergen. Okay, sie hatte das hier gehörig verbockt, aber sie konnte doch nichts dafür, dass die Frau im Rollstuhl saß. Sie wollte doch bloß helfen. Im Gegensatz zu dem Mann, der näher bei der Frau war und schneller hätte eingreifen können.

Sie drückte die entzündeten Kerzen wieder auf den Metallständer und warf die gefundene Münze in die Spendenbox.

Mit einer Miene, als wäre sie von sich selbst angewidert, hob die Frau mit den Händen ihre Beine auf die Fußstützen des Rollstuhls. Dann schüttelte sie den Kopf. Ihre blonden Haare fielen stufig in das ovale Gesicht und ließen es sanfter erscheinen. »Ich bin ungerecht, verzeihen Sie. Sie haben es ja gut gemeint.«

»Schon gut.« Nach diesem Desaster wollte Nina nur noch weg. Doch dann erinnerte sie sich, weshalb sie in die Kirche gekommen war. »Ich wollte zum Herrn Pfarrer. Haben Sie ihn gesehen?«

»Hochwürden? Der kommt heute nicht mehr. Er wurde zu einer Sterbenden gerufen.«

»Mist.« Natürlich hatte der Pfarrer noch andere Aufgaben, als nur in der Kirche zu sitzen. Daran hätte sie denken können. »Darf ich Sie etwas fragen?« Sie lächelte der Frau entschuldigend zu. »Ich habe gesehen, dass Sie laufen können. Warum sitzen Sie eigentlich im Rollstuhl?«

Nina rechnete damit, dass die Frau sie erneut anblaffte, von wegen »Was geht Sie das an?« Oder: »Kümmern Sie sich um Ihren eigenen Scheiß!« Doch stattdessen wurde sie verlegen.

»Ähm … das täuscht. Das … es sind nur kurze Momente.«

»Das tut mir leid.«

Die Frau winkte ab. »Muss es Ihnen nicht. Vergessen Sie es.«

14

In der Dienststelle begrüßte Pfeiffer Nina mit wedelnder Akte. »Wieder da? Die Spurensicherung hat sich mächtig ins Zeug gelegt. Der Bericht liegt vor und birgt einige Überraschungen für uns.«

»Ich hasse Überraschungen. Bin gleich drüben.«

»Wir sind im Besprechungszimmer«, rief Pfeiffer ihr hinterher und ging voraus. Die anderen saßen bereits um den großen Tisch. Auch Jürgen Stumpf und Marco Horn waren anwesend.

Nina kam herein und nahm Platz. Sie war blass.

Was hat sie nur wieder gemacht?

»Was ist mit Zeugen?«, riss Ellen Pfeiffer aus seinen Gedanken.

»Die Nachbarschaftsbefragung hat nichts ergeben. Es gab keine brauchbaren Hinweise. Niemand hat was gesehen oder gehört. Nur so ein Typ - ehemaliger Offizier - war jahrelang im Ausland, scheint etwas zu wissen. Doch er will nicht mit dem einfachen Fußvolk sprechen. Nur den Chef persönlich. Er wartet nebenan.« Jürgen Stumpf grinste Pfeiffer schadenfroh an. »Er wohnt im Haus gegenüber und die Kollegen haben gesehen, wie sich seine Gardine ständig bewegt hat. War anscheinend früher bei den Aufklärern.« Er gluckste über seinen Witz.

Pfeiffer erhaschte einen Blick von Nina. ›Siehst du …‹ und er antwortete ebenso: ›Hab ich auch nie bezweifelt‹.

Pfeiffer wischte mit der Hand das Lachen weg und brachte wieder Ruhe in die Versammlung. »Und von welchen Überraschungen hast du bei der Spurensicherung gesprochen?«

»Oh, das wird euch gefallen! Hier.« Stumpf nahm eine Zellophan-Tüte aus seiner Tasche und legte sie mitten auf den Tisch.

Pfeiffer beugte sich vor. »Geld?«

»Ein Bündel Fünfziger. Exakt tausend Euro. Und ratet mal, wo wir sie gefunden haben.«

Pfeiffer hatte in den Jahren seiner Ermittlungen viel Geld an Tatorten gefunden. Tausend Euro waren kein Betrag, der eines Aufhebens wert war; also musste der Fundort seinen Kollegen glücklich machen. »Sag schon.«

Jürgen grinste. »Unter der Leiche. Eine Glasscherbe hat es vor Blut geschützt. Aber es kommt noch besser: Diese Botschaft haben wir in ihrem schicken Büro unter der PC-Tastatur gefunden.« Er reichte Pfeiffer einen in Folie verpackten Zettel.

Pfeiffer warf einen Blick darauf und reichte ihn Nina weiter. »Das ändert alles.« Er rieb sich die Augen. »Wer sagt uns, dass das Opfer es nicht selbst geschrieben hat?«

»Und dann versteckt? Hm?« Jürgen schüttelte den Kopf. »Unwahrscheinlich. Der Zettel ist ausschließlich mit Fingerabdrücken von Alina Gehrsitz übersät. Und das Papier stammt nicht aus ihrem Bestand. Auch nicht die Druckersignatur.«

Ellen nahm den Zettel und las vor:

»Zweihunderttausend Euro und niemand erfährt euer Geheimnis. Ich hole das Geld in einer Woche.« Sie blickte auf. »Da steht: euer Geheimnis. Da hat einer ganz genau Bescheid gewusst, wenn er nicht nur sie anschreibt!«

»Da steht auch: eine Woche.« Pfeiffer lehnte sich zurück und wippte gedankenverloren mit dem Bein. »Ich dachte die ganze Zeit, sie wäre die Erpresserin. Doch was ist mit den anderen Opfern? Die Geldabhebungen der beiden waren mindestens drei Wochen vorher.«

»Wir wissen nicht, wann sie den Zettel erhalten hat. Er kann älter sein und sie hat den Erpresser hingehalten.«

»Und heute hat der Erpresser sein Geld geholt?«

»Möglich.« Marco Horn, der nach der Freigabe der Spurensicherung die Hausdurchsuchung geleitet hatte, ergriff das Wort. »Wir sind davon ausgegangen, dass Alina Gehrsitz die Erpresserin ist. Wir haben nach höheren Geldeingängen gesucht, um den Verdacht zu bestätigen. Negativ. Stattdessen sind wir auf das Gegenteil gestoßen. Sie hat ebenfalls ihr Konto geräumt.«

»Sie wurde also auch erpresst? Verdammt! Was ist hier los?«, fragte Pfeiffer.

Marcos Miene ließ keinen Zweifel aufkommen, dass er es nicht schätzte, unterbrochen zu werden. »Der Unterschied zu den anderen Opfern ist, dass sie hunderttausend Euro abgehoben hat.«

»Der Anteil von Frank Reuß!«, schoss es aus Nina hervor. »Seine Frau sagte doch, er hatte kein Geld. Oder er hat sich umgebracht, bevor er das Geld auftreiben konnte und Alina musste handeln.«

»Reuß ist schon seit Wochen tot. Wieso lag das Geld erst jetzt da?«

Nina stand auf und ging im Zimmer auf und ab. »War sie eine so gute Freundin, dass sie seinen Anteil übernahm? Ich glaube eher, dass sie so viel Dreck am Stecken hatte, dass ihr Anteil größer war.«

»Genau! Oder sie wollte einfach den Eindruck erwecken, dass sie ebenfalls erpresst wurde, und sich mit dem ganzen Geld ins Ausland absetzen«, warf Jürgen ein.

Pfeiffer nickte. Das war eine Möglichkeit, die sie nicht außer Acht lassen sollten. »Der Vollständigkeit halber überprüfen wir Reuß ebenfalls«, beschloss Pfeiffer. »Vielleicht lügt seine Frau.« – Obwohl ich das nicht glaube, fügte er in Gedanken hinzu.

»Aber wo ist das Geld geblieben?«, fragte Nina. »Entweder sie hat es schon übergeben oder der Mörder hat es.«

Pfeiffer deutete auf das Geld auf dem Tisch. »Wieso lag dann das Bündel Fuffis unter der Leiche?«

»Missglückte Geldübergabe«, vermutete Ellen und verschränkte fröstelnd die Arme vor der Brust.

Pfeiffer sah ihre Geste. »Was hast du?«

»Bei ihr zu Hause«, sprach Ellen weiter in Rätseln.

Der Reihe nach sah Pfeiffer zu Nina, Andi, Jürgen und Marco. Doch die Kollegen zogen nur hilflos die Schultern hoch.

Ellen sah durch sie hindurch und sprach weiter: »Die Geldübergabe war bei ihr zu Hause. Meist wird es an einem neutralen Ort übergeben. Doch der Erpresser schrieb, er hole es bei ihr ab. Dieser Zettel zeigt mir, dass der Erpresser wusste, wo er sie finden konnte. Einen Zettel wirft man in den Briefkasten oder steckt ihn hinter die Windschutzscheibe des Autos. Wenn er es besonders dramatisch will, steckt er ihn ihr unauffällig in die Handtasche oder Jackentasche. Stellt euch ihre Panik vor, als sie den Zettel fand.«

Pfeiffer stützte sich mit den Ellenbogen auf dem Tisch ab und senkte den Kopf. »Ich weiß, wo ich dich finde, und du bist nicht sicher vor mir. Ein klares Signal zu zahlen!«

»Wer also das Geld hat, ist unser Erpresser?«

»Für gewöhnlich.« Andi grinste.

»Und ein Mörder.«

Andi wurde ernst. »Es kann auch ein Unfall gewesen sein. Sie haben um das Geld gezankt, an der Tasche oder am Koffer gezogen, das Geld fiel heraus und die Domina ist rücklings auf den Tisch gefallen. Deshalb lag das Geld unter der Leiche.«

Pfeiffer schaute auf. »Der Tathergang ist vorstellbar, klingt aber für mich unlogisch. Alina sollte doch froh sein, wenn sie mit der Zahlung den Erpresser loswird. Also warum um das Geld streiten? Es sei denn … sie hat gemerkt, dass das erst der Anfang ist. Warum sollte der Erpresser aufhören, wenn er eine nie endende Geldquelle gefunden hat?«

»Das ist der Grund, weshalb ich mich nie erpressen lassen würde«, meinte Andi. »Es bringt nichts.«

»Gut zu wissen«, brummte Pfeiffer.

Andi zwinkerte ihm zu.

Ellen rutschte vor und legte die Arme auf die Tischplatte. »Was hat die Domina mit den anderen zu schaffen? Um was für ein Geheimnis handelt es sich? Die einzige Gemeinsamkeit, die wir haben, ist ihre Schulzeit.«

Nina sah betrübt aus. »Wir waren in der Schule. Nichts.«

Pfeiffer überlegte. »Doch. Kohlhepp ist durch die Prüfung geflogen.«

Am Tisch herrschte Schweigen. Die Kollegen sahen ihn an und Pfeiffer konnte ihre Zweifel greifen. Keiner glaubte, dass eine vermasselte Prüfung eine solche Kettenreaktion ausgelöst haben sollte. Selbst er nicht.

»Okay, für ihn konnte es eine Wendung in seinem Leben bedeutet haben, aber für die anderen? Er fiel von heute auf morgen vom Status des privilegierten Sohns des Rektors herunter zu einem Loser«, warf Andi ein.

Das brachte Pfeiffer auf einen Gedanken. »Vielleicht war das nur ›seine‹ Reaktion auf unser mysteriöses Geschehen. Kohlhepp flog demnach durch die Prüfung und zog weg. Was sagte Dagmar Reuß über ihren Mann? Er wollte plötzlich weg und wurde paranoid.«

»Und bei Anwalt Timo Sommer?«

»Die Frage wird uns seine Witwe beantworten müssen.«

***

Als Pfeiffer und Nina den Verhörraum betraten, wartete ein großer, hagerer Mann auf sie, dessen Alter Pfeiffer schlecht einschätzen konnte.

Die kalten Augen ließen ihn auf seltsame Weise jünger erscheinen, als es die sonnengegerbte faltige Haut vermuten ließ. Er konnte sechzig Jahre alt sein. Doch Pfeiffer konnte sich auch locker um zehn Jahre mehr oder weniger verschätzen. Pfeiffer las auf der Akte seinen Namen.

»Herr Dobler, schön, dass Sie kommen konnten. Waren Sie im Urlaub, Sie sind so schön braungebrannt«, versuchte Pfeiffer, das Eis zu brechen.

Es funktionierte. Die Augen fingen an zu leuchten. »Ich lebe seit vielen Jahren bei meinem Sohn in Thailand. Er hat dort eine Bäckerei aufgemacht. Sie können sich nicht vorstellen, wie viele Deutsche dort leben. Die wollen auf ihr gewohntes Brot und Brötchen nicht verzichten. Dass ich da braun werde, ist nur eine Nebenwirkung meines Urlaubs.« Er lachte.

»Da arbeiten, wo andere Urlaub machen, das nenn ich mal eine klasse Strategie. Und warum sind Sie zurückgekommen?«

»Die Gesundheit, junger Mann. Ich bin seit März wieder in Deutschland und renne von einem Arzt zum anderen.«

»Ich hoffe, nichts Schlimmes?«

Er winkte ab. »Wie man´s nimmt. Die Prostata. Allerdings bin ich spätestens im Herbst wieder weg. Das Klima dort bekommt mir besser.«

Nina klopfte mit dem Kuli auf den Tisch. »Und was ist in der Zwischenzeit mit Ihrer Wohnung?«

»Den Wohnsitz behalt ich. Bin ja noch in Deutschland gemeldet. Allein wegen der Pension und Krankenversicherung. Ich vermiete sie zwischenzeitlich an einen Studenten unter. Bei dem Wohnungsmangel hier in Würzburg ein einträgliches Geschäft. Ist die ganzen Jahre ohne Zwischenfälle gelaufen. Natürlich habe ich ein Zimmer für mich persönlich zurückgehalten. Für solche Fälle wie jetzt, wenn ich mal schnell nach Hause muss. Ich kann ja keinen vor die Tür setzen.«

»Und weshalb wollten Sie uns nun sprechen?«

»Naja, Sie haben ja heute bei mir geklingelt, aber da konnte ich nicht. Ich war verhindert.«

»Verhindert? Sie waren also doch da?« Pfeiffer ignorierte Ninas befriedigten Blick.

Der alte Mann wurde rot. »Naja, in meinem Alter bin ich froh, wenn ich einen geregelten Stuhlgang habe. Da …«

Pfeiffer hob die Hand. »Keine weiteren Ausführungen.«

Nina versuchte mit aller Macht, ein Lachen zu unterdrücken.

»Und nun waren Sie so freundlich, extra zu uns in die Dienststelle zu kommen?«, sprach Pfeiffer weiter.

»Naja, ich dachte, ich wäre es Ihnen schuldig.«

»Wie kommen Sie darauf?«

»Wegen meines Blicks auf ihr Haus.«

»Auf das Haus von Alina Gehrsitz?«

»Genau. Ich sehe nämlich alles.«

»Und das wäre?«

»Jeden Kunden.«

»Wir sind nicht von der Sitte.«

Dobler räusperte sich. »Das ist mir bekannt.«

»Sie haben also etwas gesehen.«

»Nicht irgendetwas.«

»Was haben Sie gesehen?«

»Eine Frau.« Dobler leckte sich über die Lippen.

»Und das ist …«

»Außergewöhnlich«, vollendete er Pfeiffers Satz.

»Inwiefern? Weil nur Männer als Kunden in Betracht kommen?«

»Durchaus. Selten ist eine Frau als Begleitung dabei.«

»Ihre Beobachtungen sind ja schön und gut, aber es kann sich auch nur um eine Freundin gehandelt haben, die zum Kaffee kam.«

»Oder um die Putzfrau«, warf Nina ein.

»Die Putzfrau kommt jeden Montag- und Donnerstagvormittag. Diese hier kam allein. Sie blieb keine fünf Minuten und hatte es sehr eilig, wieder zum Auto zu kommen.«

»Das hat nichts zu heißen.«

»Na hören Sie mal, sind Sie so blind oder wollen Sie nichts sehen?« Doblers Blick wurde lauernd.

»Was soll ich denn sehen? Sie haben mir ja keinerlei Beschreibung dieser Frau geliefert.«

Dobler verzog das Gesicht und schien sich über sich selbst zu ärgern, dass er das vergessen hatte. »Kurze Haare, grau, über vierzig, verkniffenes Gesicht.«

»Das ist vage. Das kann jede sein«, bemerkte Pfeiffer, hatte jedoch sofort ein Gesicht vor Augen. Er sah zu Nina, wie sie die Merkmale notierte. Natürlich, sie war Sigrid Sommer noch nie begegnet.

»Vage? Das ist ziemlich genau!« Er räusperte sich und konzentrierte sich wieder auf seine Aussage. »Sie parkte ihren silbernen Mercedes die Straße hinab, obwohl vorm Haus gerade Platz war«, sprach Dobler weiter.

»Naja, und das finden Sie seltsam?«

Dobler rieb sich den Nacken. »Ich frage mich, ob ich hier überhaupt mit dem Richtigen spreche. Sie machen mir nicht gerade einen kompetenten Eindruck.«

Pfeiffer spürte, wie sich Doblers Ungeduld auf ihn übertrug. »Ich kann Ihnen bestätigen, dass ich der Richtige bin. Ihre Angaben sind alle sehr schwammig, es sei denn, Sie hätten etwas Konkreteres. So wie das Nummernschild des Fahrzeugs.«

»Leider nein.« Dobler sackte zusammen, schien es persönlich zu nehmen. »In dem Moment, als das Auto vorbeifuhr, warf die Katze von meinem Untermieter meine Bierflasche um.«

»Katzen mögen anscheinend mittags keinen Alkohol«, stellte Nina fest.

»Wollen Sie mir etwas sagen?«

»Nein, nein. Ich wollte damit sagen: Das nennt man Pech.«

»Werde ich hier überhaupt für voll genommen? Und wer sind Sie eigentlich? Sein Lehrling?«

Pfeiffer stand abrupt auf. »Herr Dobler, wir wollen Sie nicht länger aufhalten. Danke für Ihre Beobachtungen. Sie haben uns sehr geholfen.«

Dobler riss seinen Kopf zu Pfeiffer rum. »Sie wissen, wer die Frau ist?«

»Was?« Pfeiffer tat überrascht. »Wie kommen Sie darauf?«

»Na, weil Sie mich so abservieren.«

»Wir servieren Sie nicht ab. Wir müssen uns jetzt an die Arbeit machen, um diese besagte Frau zu finden.«

»Sie haben aber eine Spur?«

»Und wenn es so wäre?«

Dobler fuchtelte mit den Händen in der Luft herum. »Ach, nur so. Es freut mich halt, wenn ich der Polizei helfen konnte.«

»Und wir freuen uns, wenn die Bürger so überaus hilfsbereit sind.«

***

»Das war ein komischer Typ.« Nina klappte den Spiegel an der Sonnenblende auf und blickte konzentriert hinein.

»Wie wahr, aber er hat uns geholfen. Wir haben eine Spur.«

»Du weißt, wer die Frau ist?«, sagte sie sichtlich enttäuscht und schaute zu Pfeiffer, der den Blinker setzte und links abbog.

»Das konntest du nicht wissen. Frau Sommer hat kurze graue Haare und ich hab sie noch nie lächeln gesehen. Außerdem hätte sie ein Motiv. Ihr Mann wollte sie schließlich wegen der Domina verlassen.«

Nina sah wieder in den Spiegel. »Ist dir aufgefallen, dass Dobler mit keinem Wort die Tasche erwähnt hat?«

»Welche Tasche?«

»Oh Peter! Wie, denkst du, hat sie das Geld zum Auto geschafft? In ihrer Unterwäsche?«

»Mist!« Pfeiffer fuhr sich durchs Haar und machte es wirrer, als es bereits war. »Vielleicht ist es ihm nicht aufgefallen.«

»Du meinst also, er hat einen partiellen Anfall von Demenz erlitten und das Wichtigste vergessen?«

»Die Domina war bereits tot und das Geld weg. Dann bräuchte sie keine Tasche.«

Nina kaute an der Lippe. »Er sagt, sie wäre zirka fünf Minuten im Haus gewesen. Wer hat die Tür aufgemacht? Der Geist der Domina? Außerdem hätte Dobler sicherlich auch denjenigen gesehen. Er scheint am Fenster zu kleben.«

»Mist. Habe ich übersehen. Den werden wir uns nochmal vorknöpfen.«

Nina klappte zögernd den Spiegel wieder ein.

»Was hast du?«

»Ich hab gedacht, seit dem Parkplatz verfolgt uns ein Auto. Hab mich wohl geirrt. Ist gerade abgebogen.«

15

»Frau Sommer, wir haben noch einige Fragen an Sie.« Pfeiffer lehnte an der Tür, als er in die messingfarbene Sprechanlage sprach.

Ohne jegliche Antwort summte der Türöffner.

»Na, dann wollen wir mal.« Pfeiffer stieß die Tür auf. Die Kühle des Treppenhauses empfing ihn und tröstete ihn darüber hinweg, nun wieder drei Etagen hochlaufen zu müssen. Auf der zweiten Etage roch es nach Rouladen. Pfeiffer lief das Wasser im Munde zusammen. Die hatte er schon ewig nicht mehr gegessen.

Im dritten Stock trat ein Mann aus der Wohnung und stellte den Mülleimer vor die Tür. Neugierig beäugte er die Fremden und machte keine Anstalten, wieder in die Wohnung zu gehen.

»Frau Sommer, ich bin Nina Schätzlein …«, wollte Nina sich vorstellen, als die Tür gegenüber aufging.

Doch Frau Sommer gab ihr mit einem Kopfschütteln zu verstehen zu schweigen. »Kommen Sie herein.« Sigrid Sommer hielt ihnen die Tür auf und warf ihrem Nachbarn einen giftigen Blick zu. »Guten Tag, Herr Nachbar.«

Indessen versuchte Pfeiffer, zu Atem zu kommen.

Da Sigrid Sommer demonstrativ im Flur stehen blieb, lehnte sich Pfeiffer an die Wand gegenüber der gläsernen Garderobe. Hinter dem Milchglas zeichneten sich Männerschuhe ab. Sigrid Sommer hatte sie zwar in die Wohnung gelassen, um die neugierigen Nachbarn auszuschließen, aber willkommen waren sie nicht. »Wo waren Sie heute Vormittag?«

»Da habe ich geschlafen.«

»Was fahren Sie für ein Auto?« Pfeiffer sah ins Wohnzimmer. Auf dem großen Flatscreen, der an der Wand zu schweben schien, lief gerade eine Dokumentation über Schimpansen.

Das Kreischen der Affen vermischte sich mit Sommers Antwort. »C-Klasse, warum?«

»Farbe?«

»Silber.«

Pfeiffer warf Nina einen Blick zu.

»Was ist los?«, fragte Sigrid Sommer.

»Genau so ein Fahrzeug wurde heute vor Alina Gehrsitz´ Haus gesehen.«

»Wer soll das sein?« Trotz der Ruhe, die sie ausstrahlte, erschienen rote Flecken am Hals.

»Die Domina, von der Sie sprachen und mit der sich Ihr Mann getroffen hat. Tun Sie nicht so, als würden Sie sie nicht kennen.«

Die Röte stieg ihr weiter ins Gesicht. »Mag sein, dass ich sie doch kenne. Aber dennoch war es nicht mein Auto.« Sie kniff die Augen zusammen, schien auf etwas zu warten.

»Nicht?«

»Wenn sie etwas anderes sagt, dann lügt sie. Mein Auto ist seit gestern in der Werkstatt.«

Nina zückte den Stift. »Das lässt sich nachprüfen. Welche Werkstatt?«

Lächelnd griff sie nach einer Auftragsbestätigung einer großen Mercedes-Benz Niederlassung in Lengfeld, die auf dem Flurschränkchen lag, und hielt sie Nina hin. »Dann prüfen Sie mal. War es das? Ich habe noch Termine und mit der Straba dauert alles etwas länger.«

Pfeiffer bewegte sich keinen Zentimeter von der Stelle. »Nebenbei bemerkt, die Domina kann nicht mehr lügen, sie ist tot.«

»Was sagen Sie da? Tot? Wie … wie kann das sein? Was ist passiert?« Entgeistert sah sie ihn an und versuchte, ihre Hände zu beschäftigen. Sie wandte den Blick ab.

»Das versuchen wir herauszubekommen. Und wie meinen Sie das: ›Wie kann das sein?‹ Was wissen Sie?«

Sie strich sich über die Stirn. »Ach, sagt man das nicht bei so was Schrecklichem?«

»Nur wenn man etwas vor der Polizei verheimlicht.«

»Was soll ich denn verheimlichen?« Ihre Stimme troff vor Sarkasmus. Demonstrativ öffnete sie die Tür.

»Ich weiß nicht.« Pfeiffer blieb im Flur stehen und ignorierte die aufgehaltene Tür. »Warum ist Ihr Mann 1995 eigentlich nach Stuttgart gezogen?«

Ihre Miene versteinerte. Sie starrte an Pfeiffer vorbei in das Wohnzimmer.

»Frau Sommer?«

»Ich weiß es nicht!«, schrie sie plötzlich.

»Haben Sie ihn nie danach gefragt?« Pfeiffer trat zu ihr und zwang sie so, ihn anzusehen. In ihren sonst so kalten Augen erkannte er Angst. Panische Angst.

»Doch!« Sie wurde traurig. »Aber er hat mir nie geantwortet.«

***

»Das darf doch wohl nicht wahr sein!«, fluchte Pfeiffer, als sie wieder auf die Straße traten und in das Dienstfahrzeug einstiegen.

»Du warst dir sicher, sie wäre es gewesen. Die Beschreibung trifft auch auf sie zu. Sogar ich hätte sie anhand des verkniffenen Gesichtes erkannt. Die Frau wirkt sehr sympathisch.«

»Findest du?«

Nina verdrehte die Augen. »Das war ironisch gemeint.«

Pfeiffer brummte. »Ich frag mich, wie sie es angestellt hat.«

»Vielleicht hat sie sich ein Auto geliehen? Zumindest muss ich ihr eins zugestehen, Alina Gehrsitz´ Tod hat sie geschockt.«

»Ja, sie schien echt überrascht. Was glaubst du?«

»Hm. Eine Rangelei um das Geld?«

»Und wenn sie noch gelebt hat, als sie ging? Vielleicht kam der eigentliche Mörder nach ihr?«

»Und der hat das Geld genommen? Aber warum gibt sie es dann nicht zu? Was verbirgt sie?«

»Ich glaube, wir übersehen da was.«

Nina seufzte. »Ich weiß. Wie kommen wir weiter?«, fragte sie mit gesenkter Stimme. »Unser einziger Zeuge hat das Nummernschild nicht gesehen.«

»Aber er hat sie gesehen!« Pfeiffer nahm seine Sonnenbrille aus der Hemdtasche und setzte sie in Hollywood-Manier auf. »Wir können eine Gegenüberstellung veranlassen. Dann haben wir sie! Wie will sie sich dann noch rausreden?«

»Ich sage Andi Bescheid, damit Dobler morgen früh bereitsteht.«

Pfeiffer rieb sich die Hände. »Und wir überprüfen noch schnell die Werkstatt. Die ist hier ganz in der Nähe. Dann machen wir den Deckel zu.«

***

Sie fuhren auf das große Betriebsgelände der Mercedes-Benz-Werkstatt und parkten auf einer Sperrzone für die Anlieferung, da alle Kundenparkplätze belegt waren. Im Empfangsbereich war die Hölle los. Die burschikose weibliche Ausfertigung eines Wachhundes saß hinter dem Tresen und achtete genauestens auf das, was um sie herum geschah.

Pfeiffer drängelte sich vor.

Ein Ehepaar um die sechzig hielt einen Autokatalog in der Hand. »Wir waren vor Ihnen dran.« Der Mann schob sich Pfeiffer in den Weg.

»Ja, da haben Sie recht«, antwortete Pfeiffer und wandte sich wieder an die Angestellte.

Der Mann wollte etwas entgegnen, doch die Frau zog ihn zurück.

Pfeiffer hielt der Dame seinen Dienstausweis unter die ausladende Nase. »Wo steht das Auto von Frau Sigrid Sommer?«

***

Der herbeigerufene Monteur wischte seine ölverschmierten Hände an einem Lappen ab und trippelte von einem Fuß auf den anderen. »Dahinte irchendwo.«

»Was ist los? Was haben Sie.«

»Nix.« Er winkte ab.

Pfeiffer trat einen Schritt auf den jungen Mann zu. »Wenn Sie Informationen bei einer Mordermittlung zurückhalten, machen Sie sich strafbar.«

»Wieso Mord?«

»Das tut nichts zur Sache. Wichtig sind Dinge, die Sie gesehen haben. Also, was ist mit dem Auto?«

Der junge Mann zog mit den Zähnen an seiner Unterlippe. »Sie hamm des awer fei ned von mir, verstanne?! Saache se des bloß ned dem Alde. Der mecht mich sonst ferdich unn ziehts mir vom Lohn ab.«

Pfeiffer krauste die Stirn. »Was ist passiert?«

Der Monteur schaute nach links und rechts und zog Pfeiffer hinter einen zum Verkauf stehenden Bus. »Der Benz is wäche ä Inspekdion da. Als ich ihn gesdern auf de Bühne fahr wolld … Se sehe ja, was hier los is. Die Audos komme und gehn.«

»Was ist passiert?«, fragte Pfeiffer ungeduldig.

Der Mann schaute nach unten. »Ich haben ned gfunne.«

»Das ist ja interessant.«

»Ich find´s beschisse. Dadurch stehd der en weidere Daach hier und der ganze Plan is durchänanner gerade.«

Ein neues Auto kam und Nina sprang zur Seite. »Haben Sie ihn wiedergefunden?«

»Mei Kollech haddn dann abends gsenn. Genau da, wo ichn am Daach vorher abgschdelld hab. Wenn der Mäster erfährd, dass ich nur zu blöd war, des Audo zu finne, dann …«

»Sie glauben also nicht, dass jemand anderes das Fahrzeug entfernt haben könnte?«

Dem Monteur klappte der Unterkiefer runter. »Des wär ja´n Ding.«

»Wäre es möglich?«

Er zuckte mit der Schulter. »Die Schlüssel sinn bei uns im Büro. Da muss man erschd an der Evelyn vorbei. Und die hamse gsänn. Des iss unmöchlich!«

»Die Besitzer selbst haben doch mehrere Schlüssel.«

»Warum solle denn die des Audo hol, bevors ferdich is?«

Wieder fuhr ein Auto an ihnen vorbei. »Wäre das möglich?«, hakte Pfeiffer nach, der die junge Frau am Steuer betrachtete.

»Se sehe ja, was hier los is. Mir würde des nit mitgriech. Also möchlich wärs.«

***

»Warum sollte sie das machen?« Nina nahm neben Pfeiffer im Auto Platz.

Pfeiffer rieb sich übers Gesicht und lehnte den Kopf an die Stütze. Es war ein langer Tag und er war froh, wenn er sich mit einem Bier aufs Sofa setzen konnte.

»Egal, welche Gründe ich mir zurechtlege, sie führen auf ein und dasselbe raus - die Sommer hat den Mord an Alina Gehrsitz geplant.«

Nina nickte. »Dem widerspricht aber ihre Verwirrung von vorhin, als sie erfuhr, dass Alina tot ist. Oder meinst du, das war gespielt? Dann wäre sie ja noch durchtriebener.«

»Ich weiß nicht mehr, was ich glauben soll. Dieses ganze Lügengespinst ist mir zu viel. Ich hab´s satt. Lass uns morgen weitermachen. Wir müssen ihr schließlich den ganzen Scheiß auch beweisen können und dazu sind wir heute nicht in der Lage.«

16

»Nina? Was willst du denn hier?«, begrüßte Pfarrer Heller sie. Nina wäre am liebsten wieder umgedreht. Doch seine eindringlichen Augen ließen sie verharren und den Blick senken.

»Entschuldigen Sie bitte, Hochwürden, wenn ich Sie zuhause störe.« Nina lächelte verlegen. »Aber ich habe Sie heute Nachmittag nicht in der Kirche angetroffen. Man sagte mir, Sie seien zu einer letzten Salbung gerufen worden.«

»In der Tat, das wurde ich. Komm rein.« Er trat zur Seite, ließ Nina in das Haus eintreten, in dem sie noch nie war. »Ich habe nicht allzu viel Zeit. Ich muss heute Abend auch noch nach Herrn Albrecht schauen. Seine Frau meint, es geht mit ihm zu Ende.« Zur Untermauerung seiner Worte blieb er mit ihr im Flur stehen. »Was ist passiert?«

»Nichts Konkretes«, log Nina. »Ich brauche nur jemanden zum Reden.«

Pfarrer Sebastian Heller kniff die Augen zusammen. »Ich sehe es dir an der Nasenspitze an, dass du flunkerst.«

Nina hielt die Luft an. *Woher wusste er …?*

Mit einer Handbewegung forderte er sie auf, ihm zu folgen. Im Esszimmer nahmen sie Platz.

Er lächelte versöhnlich. »Also erzähl, was ist passiert? Gab es wieder Streit mit deinem Vater? Warum ziehst du nicht aus? Es kann doch nicht so schwierig sein, in Würzburg eine Wohnung zu finden.«

Nina stieß die Luft aus. Dass Pfarrer Heller den Grund für ihren Besuch im familiären Chaos suchte, erleichterte ihre Mission. Nur ungern hätte sie den Pfarrer, der ihr mehr bedeutete als ihr Vater, anlügen wollen. In letzter Zeit hatte sie schon genug gelogen. Auf den eigentlichen Grund des Besuches konnte sie später noch beiläufig kommen.

Sie schloss für einen Moment die Augen und kam sich vor wie bei der Beichte. »Die Frage ist nicht, ob ich daheim ausziehen, sondern ob ich mit Ritchy zusammenziehen soll.«

So! Jetzt ist es raus!

»Du hast Angst.«

Ninas Augen füllten sich mit Tränen. »Ist das so offensichtlich?«

»Mein Kind, du würdest längst mit ihm zusammenwohnen, wenn es für dich klar wäre. Wo liegt das Problem? Ihr liebt euch doch, oder etwa nicht?«

»Ja, natürlich.« Nina knetete die Hände. »Aber ich brauche meine Abgeschiedenheit. Wenn ich mit Ritchy zusammenziehe, befürchte ich, keine Luft mehr zu bekommen. Was mache ich, wenn es schiefgeht? Ich sehe es doch bei Mama. Sie möchte Vater seit Jahren verlassen und kann es nicht.«

Er zupfte sein Ohrläppchen. »Du willst eine Garantie? Die gibt es nicht.«

»Das weiß ich doch, Hochwürden. Aber Ritchy müsste aus seiner Wohnung ausziehen und wir würden uns zusammen eine größere nehmen. Wenn es schief geht, kann er nicht so einfach zurück, denn seine ist dann vergeben. Und ich hätte ein schlechtes Gewissen, weil ich es hätte vermeiden können.«

»Mädchen, so ist das Leben! Lass es dir gesagt sein, von jemandem … der keine Ahnung hat!«, fügte Pfarrer Heller verschmitzt hinzu und sah sie lange an. »Wie alt bist du, Nina?«

»Fünfundzwanzig. Warum?«

»Fünfundzwanzig.« Er nickte nachdenklich. »Du kommst zu mir, einem Menschen, der nur die Liebe zu Gott kennt. Du möchtest Antworten zu Fragen, die ein Leben betreffen, das ich so nicht kenne. Was soll das?«

»Hochwürden!«

»Ich habe dir eine Frage gestellt.« Er stand auf und verharrte in der Bewegung. »Ich hätte viel darum gegeben, solch ein Leben führen zu können wie du.«

Nina zuckte zurück.

Dann legte er den Kopf schief und lächelte. »Was erzähle ich da nur? Ich habe das erfüllteste Leben, das ich mir wünschen kann. Ich habe mich bewusst für den Pfad Gottes entschieden und es ist die größte Liebe, die ich empfinde. Gott zu dienen bereichert mich auf eine Art, die du dir nicht vorstellen kannst. Aber auch ich habe ein Leben zurückgelassen.« Sein Blick verfinsterte sich. »Menschen, die ich liebte, verstanden mich nicht. Du hörst dich an wie meine Mutter. Damals, als ich ihr verkündet habe, dass ich mein Leben ändern wollte. In meinen Augen bist du feige.«

»Was?« Nina fuhr auf.

»Du willst alles und keine Entscheidung treffen. Du musst dazu stehen. Auch wenn es Konsequenzen nach sich zieht, die dir nicht passen werden. Doch das ist das Leben, Nina! Wenn du so weitermachst, gewinnt dein Vater! Willst du das?«

»Mein Vater?« Ninas Augenlider zuckten.

»Er hat immer über dich bestimmt. Bis zu dem Augenblick, als du zur Polizei gegangen bist. Ich war stolz auf dich. Sehr stolz.«

»Sie waren stolz auf mich?« Nina lächelte, verlegen wie ein Schulmädchen knabberte sie an ihrem Daumengelenk. »Wissen Sie, was ich manchmal glaube? Dass er gar nicht mein leiblicher Vater ist.«

»Was erzählst du da?« Pfarrer Heller strich sich über das Kinn.

»Doch. Das würde alles erklären. Warum er mich nicht liebt und Mama so abhängig von ihm ist. Weshalb er sich so aufführt. Warum er Markus mehr liebt und alles, was er macht, besser ist, während ich ihn immer nur enttäusche. Es erklärt einfach alles.« Nina griff sich an die Augen, die verräterisch nass wurden.

»Kind, es tut mir so leid.«

Nina lächelte ein freudloses Lächeln. »Schade, dass Sie nicht mein Vater sind. Dann wäre vieles einfacher.«

Pfarrer Heller wich zurück. Sein Blick irrte von Nina zur Zimmertür und zurück.

»Wir haben Besuch?«

Die Stimme in ihrem Rücken ließ Nina zusammenzucken. Sie drehte sich um. »Sie?«

»Ja, ich.«

Die Rollstuhlfahrerin aus der Kirche war unbemerkt herangerollt. Ihre Augen waren freundlich, dennoch kühl und abschätzend.

»Corinna, das ist Nina Schätzlein«, stellte der Pfarrer Nina verlegen vor.

»Ach, Sie sind die berühmte Nina Schätzlein?«

»Berühmt?«

»Hochwürden hat oft von Ihnen erzählt.«

»Wie kommt er dazu?«

Er lächelte verlegen. »Corinna ist meine Schwester.«

»Wir sind uns schon begegnet. Obwohl … dass Sie seine Schwester sind, haben Sie verschwiegen.« Sie wandte sich an den Pfarrer. »Sie haben nie …« Nina verstummte.

»… von mir erzählt?«, vollendete Corinna den Satz und lächelte bitter. »Kein Wunder. Ich bin nicht gerade vorzeigbar.« Auf ihrer Stirn zeigten sich die kleinen Fältchen der Überheblichkeit.

»Corinna! Was erzählst du da wieder für einen Unsinn?«

»Naja. Ich gehe nicht unbedingt gerne damit hausieren, wer mein großer Bruder ist.« Corinna kicherte aufgesetzt, dann wurde sie schlagartig ernst. »Mir reicht das Mitleid, dass mir wegen dem hier«, sie klopfte auf die Armlehne des Rollstuhls, »entgegengebracht wird, vollkommen aus. Sie müssen mich nicht noch bemitleiden, dass ich im Schatten von Hochwürden stehe.« Sie sah auf ihre Beine. »Ich meine, in seinem Schatten sitze.«

Der Pfarrer räusperte sich. »Meinem Schatten? Na, so schlimm wird es doch nicht sein. Jetzt übertreibst du aber.«

»Weißt du, wie es ist, im Rollstuhl zu sitzen?« Corinnas Stimme kratzte.

Der Pfarrer rieb sich das Ohrläppchen, bis es glühte.

Nina suchte verzweifelt ein anderes Thema, um die Situation zu entschärfen. Ihr fiel nichts Passendes ein. »Sorry, ich wollte nicht stören.«

Corinna winkte ab. »Nein, das tun Sie nicht. Wir bekommen selten Besuch. Bitte bleiben Sie.«

Nina überlegte. Eigentlich wollte sie Pfarrer Heller fragen, warum er die Bekanntschaft zu Alina Gehrsitz verschwiegen hatte. Doch vor seiner Schwester? In der augenblicklichen Stimmung? Nina wollte ihn nicht in Verlegenheit bringen. Und Corinna machte keine Anstalten, sie alleine zu lassen. Die Reifen ihres Rollstuhls schienen auf dem Boden festgeklebt zu sein. Sie kam Nina wie ein einsames Kind vor, das sich an den

Rockzipfel der Mama klammerte, um ja kein Wort zu verpassen.

Es blieb nur die Flucht. »Mir fällt gerade ein, dass ich noch einen Termin habe.«

17

Es war für Pfeiffer die Woche der Biergartenbesuche. Nicht nur das Wetter lud dazu ein, ein kühles Bier zu trinken; nein, seine Familie versuchte regelrecht, den Rekord der Besuche der letzten drei Monate in dieser Woche zu brechen. Nach dem unerfreulichen Treffen mit Kirsten hoffte er nun inständig, dass das außergewöhnliche Treffen mit Jacob besser verlief.

Sie trafen sich im Biergarten »Alter Kranen«, wunderschön am Main gelegen. Den ›Würzburger Hofbräukeller‹, wo Jacob ursprünglich hinwollte, empfand er als schlechtes Omen. Oder hatte er Bedenken, dass ihn die fesche Kellnerin wiedererkannte? Er wusste es nicht.

Auf dem Weg vom Parkplatz zum Biergarten bekam er regelrecht Lampenfieber. Hatte er etwa Angst vor dem Treffen? Nein, das nicht. Aber er war aufgeregt. Er hatte Jacob schon lange nicht mehr gesehen.

Was wollte Jacob? Hatte Kirsten ihn vorgeschickt, um ihn milde zu stimmen, damit er sie weiterhin im Haus wohnen ließ? Die Kinder dafür zu missbrauchen wäre wirklich niederträchtig. Aber zutrauen würde er es ihr.

Der Junge war schon da. Er hatte einen der wenigen Zweiertische ergattert. Groß und schlaksig streckte er seine Beine seitlich vom Tisch weg.

»Hast du Mama endlich rausgeworfen?«, fragte Jacob, nachdem sie sich mit einem Handschlag begrüßt hatten.

»Was hab ich?« Pfeiffer war alarmiert. Was kommt jetzt?

»Papa!« Jacob tat entrüstet.

»Ich weiß nicht, was du meinst.«

»Du stehst doch sonst nicht auf dem Schlauch.«

Pfeiffer räusperte sich. Es war ungewohnt, mit den Kindern über ihre Mutter zu sprechen. »Ich habe ihr nur ein Ultimatum gestellt.«

»Cool.«

Pfeiffer riss die Augen auf. »Cool? Was ist denn mit dir los?«

Jacob verdrehte die Augen. »Du bist doch sonst nicht so schwer von Begriff. Wir haben uns schon gefragt, wie lange du dir das noch gefallen lässt.«

»Spinn ich jetzt?«

»Im Gegenteil. Du bist endlich wieder der Alte!« Er winkte die Kellnerin herbei und bestellte zwei Bier.

Jacob und Bier! Wie die Zeit verging.

»Seit Mama Rainer hat, warst du …«

»Ja? Wie war ich?«

Jacob druckste herum. »Echt uncool.«

Pfeiffer schluckte. »Bist du deshalb immer seltener gekommen?«

»War doof, ich weiß.«

»Wohl wahr. Es hat nicht gerade dazu beigetragen, dass ich wieder ›cooler‹ werde.«

»Das hat Kati auch gesagt.«

»Und ich habe gedacht, euch gefällt es in meiner Bude nicht - so ohne Pool.«

Jacob blies den Schaum auf dem Bier weg und wischte mit dem Bierdeckel das Bier auf. »Der Pool war am Anfang schon cool. Aber …«

Pfeiffer wartete, ließ ihm Zeit, die richtigen Worte zu finden.

»Du hast uns gefehlt. Deine Geschichten über die Gangster, die du jagst.«

»Mir war nicht danach.«

»Genau das war es. Wir wollten dich, nicht Rainer. Doch du warst nicht mehr da, selbst wenn wir bei dir waren. Weißt du, was ich meine?«

Ich hatte kein Geld.

»Dann haben wir uns mit dem Pool getröstet.«

Pfeiffer dachte an die kleine Wohnung, das Zimmer, das er extra für die Kinder eingerichtet hatte. »Ich hatte Probleme.«

»Das wissen wir jetzt auch. Warum hast du nie etwas gesagt?«

»Ach Jacob, das sind nicht gerade Themen, über die man sich mit seinen Kindern unterhält.«

Jacob legte den Bierdeckel zur Seite. »Doch. Dann wären wir nicht solche Arschgeigen gewesen. Woher sollten wir wissen, dass du für das Haus und die Wohnung zahlst?« Er nahm einen großen Schluck. »Ich habe es Mama gesagt.«

»Was?« Pfeiffer griff ebenfalls nach seinem Glas.

»Dass ihr Verhalten scheiße ist.«

»Das hast du?« Pfeiffer stellte das Glas lautstark auf den Tisch zurück.

Jacob nickte.

»Und, was hat sie geantwortet?«

»Ich hätte mich ja auch nie gefragt, wo das Geld herkommt.« Jacob machte eine Pause. Pfeiffer hatte das ungute Gefühl, dass die Aussage seines Sohnes stimmte. Er ballte die Faust. Es war nicht die Aufgabe eines Sechzehnjährigen, sich Gedanken über solche Dinge zu machen.

»Und ich«, sprach Jacob weiter, »habe geantwortet, dass ich dachte, Rainer würde es zahlen.« Er schaute Pfeiffer mit traurigen Augen an. »Da hat sie gelacht und ist rausgegangen. Ich glaube, sie hat im Schlafzimmer geweint.«

Pfeiffer schaute dem wiegenden Hüftschwung der Kellnerin hinterher. »Ist eure Mutter nicht glücklich?«

Jacob zuckte mit den Schultern. »Ich weiß es nicht.«

Von Pfeiffers Liebe zu Kirsten war nur noch der Hauch eines Gedankens zurückgeblieben. Die Liebe war weg; die Erinnerungen daran auch. Nur Mitleid war noch übrig. Kirsten so unglücklich zu wissen, tat ihm wirklich leid.

Nun wusste er auch, warum sie ihn mit dem Haus hinhalten wollte. Sie war sich unsicher, ob sie mit Rainer weiterhin zusammenbleiben sollte.

So haben wir alle unser Päckchen zu tragen.

»Und ihr?« Pfeiffer hätte Jacob gerne in den Arm genommen. Doch er traute sich nicht. Zu viel Zeit war vergangen. Der Junge war groß geworden. In dem Alter war einem die körperliche Nähe der Eltern peinlich. Statt nach Jacob griff er zum Weizenglas. »Ich habe immer gedacht, ihr …« Pfeiffers Stimme brach.

»Vergiss es, okay?« Jacob sah aus, als zähle er mit zusammengekniffenen Lippen Flecken auf dem Tischtuch, wo keine waren.

Pfeiffers Hals war trocken, das Weizenbier wie Sand in seiner Kehle. Nicht nur das quälte ihn. Vergessen? Ging das so schnell?

»Papa?«

Ein schönes Wort, stellte er fest. »Ja?«

»Kannst du mich mal in den Arm nehmen?«

Pfeiffer presste die Lippen aufeinander und zwinkerte das verdammte Wasser weg, das sich in den Augen sammelte. »Komm her, Junge.« Beide standen auf und gingen aufeinander zu.

Seit über zwei Jahren die erste gute Umarmung. Er spürte Jacob in seinen Armen schluchzen.

Dann liefen auch Pfeiffer die Tränen über die Wangen und blieben in dem Bart hängen.

Er war glücklich.

18

Nina und Pfeiffer befanden sich auf dem Weg zu Frau Sommer.

Obwohl Nina am Steuer saß und sich gähnend den Nacken massierte, spürte sie Pfeiffers Neugierde.

Er stöpselte sein Handy an das Ladegerät. »Sowie wir Andis Okay bekommen, dass er Dobler endlich erreicht hat, nehmen wir die Sommer mit. Ich hoffe nur, dass der nicht beim Urologen im Wartezimmer hockt. Dann können wir ewig warten«, riss Pfeiffer sie aus ihren Gedanken.

»Hm«, stimmte sie ihm zu. Zu sehr beschäftigt mit ihren eigenen Gedanken. Die halbe Nacht hatte sie wachgelegen. Und wenn sie schlief, träumte sie von einer Verschwörung vom Pfarrer und der Domina, um Menschen mit vergiftetem Weihwasser zu bespritzen. Er lachte diabolisch und verteilte das Weihwasser. Lachen. Weihwasser. Immer wieder in einer Endlosschleife. Schweißgebadet war sie aufgewacht. Nun fühlte sie sich gerädert. Körperlich wie seelisch.

Der abendliche Besuch bei Pfarrer Heller war ja auch kläglich in die Hose gegangen. Was hatte sie erwartet? Dass sie gleich mit der Tür ins Haus fallen und ihn auf Alina Gehrsitz ansprechen konnte? Selbst wenn ihr das gelungen wäre, hätte er es auch vor ihr zugegeben? Vor ihr, der Nina, die er von klein auf kannte?

Wäre es nicht besser, sie würde ihrem Kollegen reinen Wein einschenken und ihre Überlegungen mitteilen?

Grundlos wechselte Nina die Fahrbahn. Mit einem unauffälligen Seitenblick studierte sie Pfeiffers grimmiges Gesicht, ohne dass er stutzig wurde. Als sie seinen Blick wahrnahm, sank ihr Mut genauso plötzlich, wie er gekommen war. Er starrte auf den Wagen vor ihnen, als hätte er einen Kriminellen vor sich, dem er allein mit Blicken ein Geständnis abringen müsste.

Oh! Was soll ich nur tun? Ihre Finger umgriffen das Lenkrad, bis die Knöchel weiß hervortraten. Sie spürte Pfeiffers Blick. Nein, er würde sie nicht ansprechen. Er wusste, wie er ein Verhör ohne etwas zu sagen führen musste. ›Der Drang, etwas zu gestehen, ist des Bullen bester Freund.‹ Diesen Spruch kannte sie von einem alten Ausbilder.

Dass der Spruch auch mal auf sie zutraf, hätte sie niemals gedacht.

Sie atmete tief durch. »Peter, ich muss dir was sagen.«

Er seufzte. »Ich weiß.«

»Du weißt es?« Nina glaubte, sich verhört zu haben.

Es folgte ein entspanntes Lächeln. »Ich weiß aber nicht, um was es geht. Ich habe nur gemerkt, dass du bei der Domina etwas verschwiegen und dich danach verändert hast.«

»Du hast nichts gesagt.«

»Warum sollte ich? Du hattest deine Gründe.« Er drehte sich zu ihr, um sie genauer zu sehen. »Du hättest auch keinen Alleingang mehr gemacht, nicht wahr?«

Nina war es peinlich, durchschaut worden zu sein. »Ja, ich könnte den … es ist nicht so einfach.«

Pfeiffer lehnte sich zurück. »Das ist es nie. Deshalb gibt es Kollegen, mit denen man die Entscheidung gemeinsam treffen kann.«

Nina schwieg. Er hatte recht.

»Jetzt spann mich nicht länger auf die Folter.«

Nina setzte den Blinker und fuhr rechts heran. Sie war zu aufgewühlt, um die Geschichte zu erzählen und gleichzeitig auf den Verkehr zu achten. Sie schaltete den Motor aus. Sie rieb die feuchten Handflächen über ihre Hose.

»Als ich gestern die Domina ungeschminkt sah, erinnerte ich mich, dass ich sie schon einmal vor zwei, drei Wochen gesehen habe.«

Pfeiffer kniff die Augen zusammen. »Und wo ist der Haken?«

»Der Haken ist«, Nina zupfte an ihrer Hose, »die Person in deren Begleitung ich sie gesehen habe … beziehungsweise … mit wem sie gesprochen hat.«

»Pfarrer Sebastian Heller.«

»Du weißt es?«

Pfeiffer schüttelte den Kopf. »Ich habe nur eins und eins zusammengezählt. Du liebst diesen Mann mehr als deinen Vater. Nur er hätte dich in diesen Konflikt bringen können. Und Alina Gehrsitz war auf der Beerdigung. Den Rest habe ich geraten.« Er grinste, wurde dann wieder ernst. »Das erklärt aber nicht, warum du es mir verschwiegen hast. Du hast doch hoffentlich nicht angenommen, ich hätte ihn gleich vorladen lassen?«

Nina strich sich eine Strähne hinter das Ohr. »Ich weiß es nicht. Auf dem Friedhof hast du mir vorgeworfen, voreingenommen und blind zu sein. Ich war so enttäuscht von ihm, dass er mich belogen hat.«

»Das weißt du nicht«, gab Pfeiffer unerwartet zu bedenken. »Er könnte sie auch nur als Kirchenbesucherin gekannt haben.«

Nina schüttelte den Kopf. »Nein. Dazu war das Gespräch zu aufgeregt. Ich habe zwar nicht genau verstanden, um was es ging, aber sie kannten sich. Das habe ich gespürt. Und somit hat er mich angelogen. Gestern wollte ich ihn beiläufig darauf ansprechen, aber dann kam seine Schwester dazwischen und …«

»Du wolltest ihn nicht bloßstellen.«

Sie nickte. »Ich kann es aber auch nicht auf sich beruhen lassen. Schließlich handelt es sich um eine Mordermittlung. Ich brauche eine Antwort!«

»Die will ich auch. Gut. Dann fahren wir im Anschluss daran zu ihm.«

***

Pfeiffer kannte mittlerweile die messingfarbene Sprechanlage und das vierte Namensschild links oben. Er läutete, doch niemand öffnete.

Die Frau, die unter den Sommers wohnte, kam aus dem Haus. Hatte sie am Fenster gestanden und auf ihren Einsatz gewartet?

»Frau Sommer muss da sein«, säuselte sie. »Ich habe sie eben zum Briefkasten huschen sehen.«

»Lassen Sie uns bitte in das Haus.«

Sie lächelte und zeigte dabei tiefe Wangengrübchen. Bei jeder anderen Frau hätte Pfeiffer das bezaubernd gefunden, doch bei ihr widersprach es dem aufgesetzten Lächeln. »Wenn ich damit der Polizei helfen kann, gerne.«

»Das können Sie. Danke.« Pfeiffer schob sich an ihr vorbei.

Im kühlen Hausflur roch es angenehm nach Putzmittel, das den oft muffigen Gerüchen in den alten Häusern entgegenwirkte. Sie folgten der Frau, die nun kein Verlangen mehr hatte, das Haus zu verlassen. Pfeiffers Kondition hielt bis in den zweiten Stock. Dass er von dieser liebenswürdigen Nachbarin beobachtet wurde, verlieh ihm Flügel.

»Sie können gerne wieder in Ihre Wohnung gehen. Wir klingeln bei Ihnen, wenn wir Ihre Hilfe benötigen«, sagte Nina, die die Frau ebenso gerne loswerden wollte wie er.

Als die Frau missmutig hinter der Tür verschwand, blieb Pfeiffer stehen, stützte seine Hände auf die Oberschenkel und schnaufte durch. »Scheiß Treppe. Wie kann man nur hier oben wohnen?«

Nina grinste. »Na komm, gestern hast du es auch geschafft.«

Er schleppte sich die letzten Meter hinauf und hielt sich am geschwungenen Geländer fest. Er musste unbedingt wieder Sport treiben. Es konnte nicht sein, dass so ein paar Stufen ihm den kalten Schweiß auf die Stirn trieben und er Angst hatte, keine Luft mehr zu bekommen. Er war froh, bereits vor über zehn Jahren mit dem Rauchen aufgehört zu haben. Sonst wäre sein Zustand noch bedenklicher.

Ninas Finger schwebte bereits über der Klingel von Frau Sommer.

»Warte noch«, japste er. »Ich …«

Nina lächelte.

Was hat sie nur? Findet sie meine fehlende Kondition so amüsant?

Als er einigermaßen bei Atem war, gab er Nina ein Zeichen zum Klingeln. Nichts geschah. Pfeiffer trat vor und trommelte an die Tür. »Frau Sommer! Wir wissen, dass Sie da sind.«

»Ich kann nicht«, hörten sie verhalten Sigrid Sommers Stimme. »Mir geht es nicht gut.«

»Es dauert auch nicht lang.« Pfeiffer versuchte, die Schärfe aus seiner Stimme zu nehmen.

»Bitte, ich möchte nicht.«

»Dann bin ich leider gezwungen, Sie in die Dienststelle vorzuladen. Möchten Sie das?«

Sie hörten Frau Sommer undeutlich fluchen. Pfeiffer zwinkerte Nina zu.

»Moment, ich zieh mir was an.«

»Kein Problem«, rief Pfeiffer. Zu Nina sagte er leise: »Sie war eben am Briefkasten und zieht sich jetzt was an?«

»Vielleicht hat sie sich wieder ausgezogen«, flüsterte sie. »Oder …« Nina horchte an der Tür. »Kann Sie fliehen?«

»Übertreibst du nicht? Aus Dachfenstern? Aber ich kann mich auch täuschen und sie trainiert abends in der Volkshochschule Fassadenkletterei.«

»Haha«, äffte Nina und wandte sich dem Flurfenster zu. Bevor sie es öffnen konnte, ging die Tür auf.

Trotz der heutigen Hitze trug Sigrid Sommer eine lange Stoffhose mit Gummizug am Knöchel und eine gestreifte Langarmbluse. Sie hielt ein Kühlakku an ihr linkes Auge und verdeckte damit notdürftig einen Bluterguss. Unter dem hochgerutschten Ärmel blitzte am Handgelenk eine Mullbinde.

»Haben Sie gedacht, ich fliehe über die Dächer von Würzburg?«

»Weiß man´s?«, antwortete Nina.

Sigrid Sommer schüttelte den Kopf. »Sie haben mich doch gestern gesehen. So sportlich bin ich nicht.«

Nina zuckte mit den Schultern. »Die Motivation zur Flucht kann bedeutend größer ausfallen als die Fähigkeit zur realen Selbsteinschätzung.«

Pfeiffer betrachtete die Treppenhauswand und verkniff sich ein Lachen. Das war Nina. Dann sah er überrascht auf - Sigrid Sommer lachte wider Erwarten.

Mit einem Schmerzlaut brach sie ab, korrigierte die Lage des Eisbeutels zusätzlich auf den Mundwinkel. »Sie sind nicht auf den Mund gefallen, Frau Kommissarin. Kommen Sie herein. Aber machen Sie´s kurz. Ich möchte mich wieder hinlegen.«

»Was ist passiert?« Pfeiffer folgte ihr und beobachtete, wie sie das Bein nachzog.

»Was soll passiert sein?«, gab sie über die Schulter zurück und blockierte den Zugang zum Wohnzimmer.

»Blaues Auge, geschwollene Lippe. Gestern haben Sie besser ausgesehen.«

Sie drehte sich ab, als könne sie damit Pfeiffers Blick und Fragen ausweichen.

»Darf ich mal?«, sagte Pfeiffer freundlich und wollte an ihr vorbei in das Wohnzimmer.

»Nein, Sie dürfen nicht!«, bremste ihn Frau Sommer.

Pfeiffer wartete. Er würde nicht nachgeben. In den letzten achtzehn Stunden war hier etwas Merkwürdiges geschehen. Auf der Anrichte fehlte das Duftglas. Dennoch hing der chemische Duftstoff noch im Raum, als hätte sie ihn in alle Ecken geschüttet. Der große Spiegel stand mit der Rückseite zum Raum auf dem Boden und die dicke Balletttänzerin war spurlos verschwunden. Ihn beschlich das Gefühl, dass alles unmittelbar mit seinem Fall zu tun hatte. »Also?«

Sie gab nach und ging ins Wohnzimmer. »Ich wollte die neuen Gardinen aufhängen und bin von der Leiter gefallen.« Sie setzte sich auf das Sofa und bot nun den unerwünschten Gästen gezwungenermaßen Platz an.

Pfeiffer schaute zum Fenster, an dem die Gardinen immer noch fehlten. »Da hatten Sie wirklich Glück, dass Sie sich dabei nur so glimpflich verletzt haben.«

»Abgesehen von den beiden Handgelenken«, ergänzte Nina anteilnehmend. Bei Verstauchungen nimmt man keine Mullbinden.«

»Ich hatte nichts anderes.« Verwirrt schaute Sigrid Sommer an sich herab. »Anscheinend bringt es hier in der Wohnung nur Pech, wenn man sich auf Tische oder Leitern stellt. Wenigstens bin ich nicht tot.« Ihre Mundwinkel zuckten und sie wandte sich ab. Mit dem Tuch, in dem die Kühlkompresse eingewickelt war, fuhr sie am Augenwinkel entlang. »Was wollen Sie heute von mir? Haben Sie nichts Wichtigeres zu tun? Können Sie mich nicht langsam mal in Ruhe lassen?«

Nina setzte sich auf das Sofa. »Könnte ich vielleicht ein Glas Wasser haben?«

Frau Sommer schnaufte. Widerwillig stand sie auf und ging in die Küche.

»Was soll das jetzt?«, zischte Pfeiffer.

Nina grinste. »Wart´s ab«, flüsterte sie und zwinkerte ihm verschwörerisch zu.

Sigrid Sommer kam mit einer Flasche Apollinaris und zwei Gläsern zurück.

Als sie die Flasche aufgedreht und das Wasser eingegossen hatte, setzte sie sich. Die Mullbinde am Handgelenk war verrutscht. Mit einem kurzen Seitenblick auf Nina richtete sie den Verband.

»Wir hatten gestern Abend ein interessantes Gespräch mit Ihrer Autowerkstatt«, nahm Pfeiffer den Faden auf und zwang sie somit, sich ihm zuzuwenden.

»Und? Die haben bei mir heute Morgen angerufen. Wegen dieses Trottels kann ich mein Auto erst morgen früh abholen.«

Pfeiffer ließ sie nicht aus den Augen. »Wer könnte Ihnen schaden wollen, indem er Ihr Auto für einen Mord benutzt?«

Sigrid Sommer versteifte sich. »Niemand. Ich weiß gar nicht, warum Sie so viel Aufhebens damit machen. Die haben mein Auto nur falsch geparkt und brauchen nun eine Ausrede, weshalb sie den Termin nicht einhalten.«

»Der Monteur hat auf dem Parkplatz die Fernbedienung klicken lassen und kein Auto hat reagiert.«

»Ach, die Fernbedienung!« Sie fasste sich an die Stirn, ohne dabei ihre Frisur zu zerstören. »Das wollte ich der Werkstatt auch noch sagen, die setzt manchmal aus.«

Pfeiffer konnte nicht sagen, was ihn an dieser Geste störte. Vielleicht die Perfektion? Oder die zwei Sekunden, die sie zu lange dauerte? »Schon mal die Batterie gewechselt?«

Frau Sommer verharrte mit schrägem Kopf. »Ach, da ist eine Batterie drin?«

Pfeiffer schloss die Augen.

Nina lachte. »Das weiß sogar ich und ich bin blond.«

»Na und? Um so etwas hat sich immer mein Mann gekümmert. Außerdem, so blond sind Sie gar nicht.« Sigrid Sommer warf ihr einen hasserfüllten Blick zu.

»Frau Sommer, Ihnen ist anscheinend nicht bewusst, in welcher Situation Sie hier stecken. Sie sind Verdächtige in einem Mordfall. Zudem verschweigen Sie uns Hintergrundinformationen bezüglich des Todes Ihres Mannes. Sie stecken da ganz tief drin. Wenn wir Ihnen nachweisen können, dass Sie das Fahrzeug geholt haben, um zu der Geliebten Ihres Mannes zu fahren, droht Ihnen eine Anklage wegen Mordes, nicht nur wegen Totschlags im Affekt. Ist Ihnen das klar?«

Frau Sommer zitterte am ganzen Körper. Ihre Augen stachen aus dem blassen Gesicht hervor. Vor Atemlosigkeit fand sie kaum Worte. »Ich habe gar nichts geplant! Ich muss mir das hier nicht unterstellen lassen! Das verbitte ich mir. Wenn Sie keine weiteren Erkenntnisse bezüglich des Todes meines Mannes haben, dann verlassen Sie jetzt meine Wohnung. Ich werde in Zukunft nur noch im Beisein meines Anwalts mit Ihnen sprechen. Nur, dass Sie es wissen!«

»Okay, wir gehen. Aber …«

»Nichts aber! Kommen Sie erst wieder, wenn Sie irgendeine Ihrer albernen Spekulationen beweisen können!«

»Dann sehen wir uns bald wieder. Und passen Sie so lange auf sich auf. Ich will Sie nicht im Leichenschauhaus wiedersehen.«

***

Um zu vermeiden, dass die neugierige Nachbarin sie in ein Gespräch verwickelte, schlichen Nina und Pfeiffer das Treppenhaus herunter. Nun standen sie auf der Straße und die Tür fiel hinter ihnen ins Schloss.

»Peter, war das nicht zu arg? Sie hat gezittert. Du hast ihr Angst gemacht.«

»Ich kann nichts dafür, wenn sie lieber schweigt.« Pfeiffer runzelte die Stirn. »Du hast dein Wasser gar nicht angerührt.«

»Ihr ist es auch aufgefallen.« Nina grinste. »Aber zu spät. Erst als sie mit ihren angeblich verstauchten Händen die Flasche geöffnet und eingegossen hatte, ist ihr der Fauxpas aufgefallen. Ich habe es an ihrem Blick gesehen. Sie hasst mich.«

»Tja, damit musst du leben, wenn du so gerissen bist.«

»Ich weiß.« Ninas Augen leuchteten.

Pfeiffer öffnete das Auto und blieb stehen, als Nina keine Anstalten machte einzusteigen. »Was ist?«

»Wo, denkst du, hat sie die Verletzungen her?«, fragte sie und kaute auf der Unterlippe.

»Sie hatte Besuch. In der Wohnung ist einiges zu Bruch gegangen.«

Nina nickte. »Die Verletzungen im Gesicht lassen auf einen Rechtshänder schließen. Die Blutergüsse unter ihren Verbänden am Handgelenk könnten von Fesseln stammen.«

»Oder von kräftigen Fingern, die die Handgelenke gepackt haben.« Pfeiffer klopfte auf das Autodach und signalisierte Nina einzusteigen. Doch wieder folgte sie seiner Weisung nicht.

»Von jemandem, der ein ›Nein, ich habe das Geld nicht‹ nicht akzeptiert?«

»Genau.« Pfeiffer überlegte. Auf diese Idee war er noch nicht gekommen. Es freute ihn, wie er sich mit seiner jungen Kollegin ergänzte. Es machte Spaß, mit ihr zu arbeiten. »Warum sonst erstattet sie keine Anzeige. Es kann nur etwas sein, weshalb sie schweigen *muss.*«

Nina kniff die Augen in der Sonne zusammen. »Das ideale Opfer. Der Dieb wird bestohlen und muss schweigen.«

»Wer wusste davon?«

Sie sahen sich an und hatten beide eine Eingebung.

Pfeiffer rief: »Unser Zeuge!« und Nina gleichzeitig: »Der Rentner!«

»Verdammte Scheiße! Wir können ihm nichts beweisen, solange die Sommer nicht gegen ihn aussagt«, resignierte Pfeiffer.

»Wir müssen sie dazu bekommen, mit uns zu kooperieren.«

»Das kannste vergessen.« Pfeiffer winkte ab. »Wenn er jetzt noch eine Maske trug, könnte es das perfekte Verbrechen sein. Dann kann sie ihn noch nicht einmal identifizieren.«

»Vorausgesetzt, sie würde es wollen. Nur wenn sie zugibt, das Geld genommen zu haben, können wir einen Zusammenhang herstellen. Und das wird sie niemals tun. Sie steckt in der ganzen Sache genauso mit drin.«

»Wie passt das alles zusammen? Warum verschweigt sie den Überfall?«, überlegte Pfeiffer.

»Zuzugeben, dass Dobler bei ihr war, hieße auch zuzugeben, dass sie das Geld genommen hat. Und dann wäre sie wegen Mordes an der Domina dran. Es sei denn, es war ein Unfall.«

»Wenn es ein Unfall war, warum gibt sie es dann nicht zu? Hat sie solche Angst vor Dobler?« Pfeiffer kam ein beunruhigender Gedanke. »Wie ist Dobler überhaupt an ihre Adresse gekommen?«

Nina taumelte. »Oh nein!«

»Das Auto, das uns verfolgt hat?«

»Ich hab es mir also nicht eingebildet.«

»Weißt du noch, was es für eine Marke war?«

Nina schaute durch ihn hindurch. Dann schlug sie mit der Hand gegen ihre Stirn. »Ich hätte nie geglaubt, dass *mir* das auch passiert.«

»Du konntest nicht wissen, dass es wichtig ist.«

»Peter! Ich hätte es wissen müssen!« Sie riss die Wagentür auf und ließ sich vorsichtig auf den heißen Sitz fallen.

Pfeiffer stöhnte. Nina und ihr übertriebener Ehrgeiz. Er setzte sich hinter das Steuer. »Wir sind auch nur Menschen.«

»Solch einen Spruch würde mein Vater …«

Pfeiffer stöhnte erneut auf. »Hör mir auf mit deinem Vater! Ich kann es nicht mehr hören! Spar dir deine Energie für unseren Fall auf! Verstanden? Frag lieber, was es mit unserem Rentner auf sich hat. Erst verschweigt er uns die Tasche oder mit was auch immer das Geld transportiert wurde …«

»Obwohl«, unterbrach ihn Nina und sah Pfeiffer an. »Wenn es sich um eine simple Tasche gehandelt hat, kann er sie auch für unbedeutend gehalten haben und hat sie deshalb nicht erwähnt.«

»Das glaube ich nicht. Warum überfällt er anschließend unsere Diebin und holt sich das Geld zurück?«

»Zurück?«

»Habe ich ›zurück‹ gesagt?«

»Ja, hast du.«

»Nein! Das würde ja bedeuten, er wusste von dem Geld.«
»Und wer kann von dem Geld wissen?«
»Der Erpresser!«

***

Pfeiffer drückte die ›Aus-Taste‹ auf dem Handy. »Das wird dir nicht gefallen.« Er lehnte sich zurück und schaute Nina nachdenklich an. Es widerstrebte ihm zutiefst, dass sich die ganze Geschichte in diese Richtung entwickelte.

»Der Dobler wird sich doch nicht abgesetzt haben? Aber was ist noch? Was hat Andi noch gesagt?« Nina rutschte auf ihrem Sitz herum und sah Pfeiffer erwartungsvoll an.

Pfeiffer hatte der Dienststelle die heutigen Ergebnisse durchgegeben.

»Andi hat die restlichen Telefondaten unserer Opfer mit denen der Domina abgeglichen.« Pfeiffer schluckte schwer. »Was glaubst du, wessen Telefonnummer bei unseren drei Opfern und bei der Domina erschienen ist?«

Er hatte jetzt noch Andis beschwingte Stimme im Ohr. Woher sollte Andi auch wissen, dass er damit Nina in ein persönliches Fiasko schickte?

Nina wurde bleich. »Wäre es der alte Dobler, würdest du nicht sagen, dass es mir nicht gefällt«, flüsterte sie heiser.

Pfeiffer nickte. Er spürte die Anspannung in seinem Gesicht und rieb sich über Kinn und Wangen.

»Doch nicht etwa … Pfarrer Heller? Aber … Warum hat er uns angelogen?«

»Ich werde dich vom Fall abziehen.«

»Nein! Das kannst du nicht tun!«

»Nina, wenn Baumann von deiner persönlichen Verbindung zum Pfarrer erfährt, reißt er mir den Kopf ab.«

»Ich werde mich nicht von meinen Gefühlen leiten lassen. Das verspreche ich dir.« Ihre Stimme klang eindringlich, und solch ein Flehen in ihren Augen hatte er noch nie gesehen.

Pfeiffer senkte den Blick. Er verstand sie. Nina wollte dabei sein. Sie musste dabei sein. Zumal sie durch die persönliche Bekanntschaft mit Pfarrer Heller wiederum einen Pluspunkt darstellte. Sie konnte mehr erreichen als er mit wedelnder Dienstmarke. Was sollte er tun?

»Ich könnte eine Hilfe …«

Pfeiffer winkte ab. »Zeig mir den Weg.«

Nina klatschte sich auf den Oberschenkel und unterdrückte im letzten Moment den Rest eines »Yeah!«

Die Entscheidung war gefallen. Pfeiffer hoffte nur, er würde es nicht bereuen. Doch im Innersten spürte er, dass Ninas weitere Einbindung in den Fall ein Fehler war.

19

Für Nina wäre ein Abzug von diesem Fall einer Niederlage gleichgekommen. Bei Kollegen hatte sie in diesen Situationen weder Mitleid noch Verständnis gefühlt, wenn sie an einem Fall, in den sie involviert waren, dranbleiben wollten. Sie hatte sich niemals in ihre Gefühlslage hineinversetzen können. Nun war sie selbst betroffen. Nina verzog verächtlich den Mund. *Wie schnell man doch seine Meinung ändert, wenn es einen selbst betrifft.*

Pfeiffer blieb vor dem Pfarrhaus stehen. Ehe er etwas sagen konnte, hob Nina abwehrend beide Hände. »Ganz professionell, versprochen.«

»Okay. Ich verlass mich drauf.« In Pfeiffers Stimme schwang Zweifel mit.

Nina ignorierte ihren grummelnden Magen.

Während Pfeiffer am Pfarrhaus klingelte, bewunderte sie die Pracht der Kletterrosen am Haus. Ein Zweig hatte sich vom Rankgerüst neben der Tür gelöst und streckte sich ihr vorwitzig entgegen. In der Hitze verströmten die rosafarbenen Blüten einen intensiven süßen Duft. Sie wollte gerade ihre Nase in einer Blüte versenken, als ein brauner Ohrenkneifer hervorkrabbelte. Nina wich zurück. Im Inneren der Blüte offenbarten sich angefressene Stellen. Selbst auf schöne Dinge nahm das Leben keine Rücksicht. *Überall kommen Käfer, Maden und Lügen zum Vorschein.*

Sie fühlte Pfeiffers Blick. Er sah aus, als würde er bereits sein Zugeständnis bereuen. Eine falsche Regung, dessen wurde sie sich in diesem Moment bewusst, und er würde sie ausschließen. Nein, sie durfte es nicht vergeigen.

Sie straffte den Rücken, sie war bereit für den Kampf.

***

Eine zierliche Frau öffnete ihnen und sah mit großen freundlichen Augen verwundert von Pfeiffer zu Nina. Mit spröden Fingern strich sie sich eine dunkle Strähne aus dem erschöpft aussehenden Gesicht. Die abgearbeiteten Hände standen im Widerspruch zu dem noch relativ jungen Gesicht, passten jedoch zu ihren kraftlos nach vorne gesackten Schultern.

»Bitte?« Ihre Stimme klang dünn und fad.

»Kripo Würzburg.« Pfeiffer stellte Nina und sich vor.

»Oh!« Ihre grauen Augen wurden noch größer. »Ich kümmere mich nur um den Haushalt.« Sie presste das karierte Küchentuch schützend vor die Brust.

In ihrem Atem roch Pfeiffer frischen Zigarettenrauch. *Weniger rauchen bekäme deiner Gesundheit besser.* »Wir möchten zum Pfarrer.« Er wollte so schnell wie möglich von ihr weg. Seit er selbst nicht mehr rauchte, ertrug er den Geruch nicht mehr.

»Hochwürden? Der isst gerade zu Mittag. Wenn Sie später kommen …«

Nina blickte demonstrativ auf ihre Armbanduhr. »Es ist erst elf Uhr dreißig.«

Mit rotem Kopf knetete die Frau das Küchentuch. »Naja, gleich.«

»Was gleich?«, fragte Nina.

»Na … gleich … wird er essen.«

»Wie bitte?« Pfeiffer wollte nicht glauben, was er ahnte.

»Ich will nicht, dass die Klöße verkochen.« Ihre Augen leuchteten warmherzig. »Es gibt heute sein Leibgericht.«

»Sie haben schon verstanden, von welchem Verein wir sind?«, unterbrach Nina und lehnte sich an die Türeinfassung aus grauem Sandstein.

Pfeiffer schmunzelte. Nina würde sich nicht abwimmeln lassen.

Die Haushälterin hob in einer ratlosen Geste die Schultern. »Ich kenne keinen Verein namens Kripo.« Ihr Gesicht behielt den liebenswürdigen Ausdruck bei.

Pfeiffers erster Gedanke war, die Frau wolle ihn verarschen. Doch ihr Gesicht hatte immer noch den liebenswürdigen offenen Ausdruck und er verstand, dass sie es nicht in böser Absicht tat. Sie kannte wirklich keinen ›Verein namens Kripo‹. Er signalisierte Nina, ruhig zu bleiben. »Wollen Sie es nicht dem Pfarrer überlassen, ob er uns empfängt? Ihr Chef möchte bestimmt nicht, dass wir hier vor der Tür stehen.«

»Mein Chef.« Sie kicherte und ließ sie eintreten. Bedächtig schloss sie hinter ihnen die Tür. »Hochwürden!«, rief sie. »Hier möchte Sie jemand sprechen!« Dann wandte sie sich wieder Pfeiffer zu. »Werden Sie lange brauchen?«

»Wieso?«

»Na, wegen der Semmelknödel!«, entrüstete sie sich.

»Ja«, beantwortete Nina ihre erste Frage und schob sie im Gang bis zu einer Tür, die in den Wohnbereich zu führen schien.

Die kleine Welt der Frau brach zusammen. »Dann muss ich die Knödel wirklich vom Herd nehmen.«

Pfeiffer folgte ihnen. »Tun Sie das. Wir sagen Ihnen, wann der Herr Pfarrer sich wieder seinen täglichen Dingen zuwenden kann.«

Leise vor sich hin schimpfend ging sie den Flur entlang zur Küche, aus der ein aromatischer Duft von frischen Pilzen strömte. »Die werden mir zerfallen …«, jammerte sie und schüttelte dabei ununterbrochen den Kopf. Die Jammer- und Schimpftirade brach ab, als sie die Küchentür hinter sich schloss.

»Was war denn das?«, fragte Nina. Ein Räuspern in ihrem Rücken ließ sie herumfahren.

Pfarrer Heller stand hinter ihr im Rahmen der Tür und schaute seiner Köchin ebenfalls hinterher. »Hannah ist meine treue Seele und kocht für mich schon seit meinen Anfängen als Priester. Sie ist sehr aufopfernd und denkt an sich und ihre eigene Gesundheit zuletzt. Ich wüsste nicht, was ich ohne sie machen würde.« Er lächelte und klopfte sich dabei auf die Andeutung eines Bauchansatzes. »Wahrscheinlich hätte ich ein paar Kilos weniger. Dass jetzt das Essen verkochen könnte, zerstört ihren festen Glauben. Übrigens, ihre Semmelknödel mit frischen Champignons sind wahrhaft vorzüglich. Hoffentlich zerfallen sie nicht wirklich. Es wäre eine Schande.«

»Es liegt nicht an uns, dass sie auf Ihr Essen warten müssen«, warf Pfeiffer ein.

»Wie soll ich das verstehen?« Pfarrer Heller rieb sich das Ohrläppchen.

»Sie hätten die Wahrheit sagen sollen …« Ninas Stimme verlor sich, der Satz blieb unvollendet im Flur hängen.

Pfarrer Heller versteifte sich. Sein Blick haftete lange auf Ninas Gesicht.

Sie wich dem Blick aus und sah zur Küche, als könne sie die Haushälterin noch sehen.

Schließlich nickte der Pfarrer. »Folgen Sie mir.« Er führte sie mit ungelenken Schritten durch das Esszimmer bis zu einer Art Wohnzimmer.

Im Vorübergehen bemerkte Pfeiffer den gedeckten Esstisch. Doch etwas machte ihn stutzig. Es dauerte einen

Moment, bis er begriff, dass er zwar drei Gedecke, aber nur zwei Stühle sah.

Im angrenzenden Wohnzimmer dominierten eine große braune Ledergarnitur und ein wandhohes Bücherregal. Über dem Sofa hing ein Ölgemälde mit der Szene vom letzten Abendmahl.

Pfarrer Heller wies auf das Sofa, wo sie Platz nahmen. Er selbst blieb am Fenster mit den schweren Gardinen stehen. Hin und wieder wippte er auf den Fußballen. Der gekreuzigte Jesus an der Wand zwischen den Fenstern hing wie eine Krone über seinem kargen Haupt.

»Sie haben es also herausgefunden?«

»Was?« Pfeiffer war auf der Hut.

Wieder rieb sich der Pfarrer am Ohrläppchen. »Sie sind ein schlauer Mann, Herr Kommissar.«

»Das höre ich öfters. Sie aber ebenfalls.«

Der Pfarrer lächelte bitter und schritt nun im Zimmer auf und ab. Wieder am Fenster angekommen, blieb er stehen. »Ja, ich kannte Horst Kohlhepp. Wir waren Schulkollegen.«

»Und warum haben Sie es nicht für wichtig erachtet, uns das mitzuteilen? Sie haben unsere Ermittlungen beeinträchtigt.«

»Ich hatte mir darüber keine Gedanken gemacht. Für mich handelte es sich bei seinem Suizid um die Tat eines verzweifelten Menschen. Daher sah ich keine Veranlassung dazu.«

»Ein Tod, der nun aber kein Suizid mehr ist«, berichtigte Pfeiffer. »Und Sie hatten das bereits von seiner Tochter vor der Beerdigung erfahren. Spätestens da hätten Sie uns von ihrer Bekanntschaft erzählen können.«

Pfarrer Heller wandte sich ab und sah zum Fenster hinaus. »Was spielt das überhaupt für eine Rolle?«, fragte er mit leerer Stimme.

»Es geht um Mord.« Nina sah auf. »Und um die Tatsache, dass Sie gelogen haben.« Ihre Stimme brach und sie räusperte sich.

»Ist es nicht das achte Gebot?«, fragte Pfeiffer.

»Du darfst kein falsches Zeugnis ablegen gegenüber anderen? Ich habe nicht gelogen, ich habe nur geschwiegen. Ich hatte meine Gründe.«

»Lügen oder verschweigen – das ist Haarspalterei.«

»Wieso ist das von Belang? Ich habe nichts mit Horsts Tod zu tun. Was soll das alles hier?«

»Alina Gehrsitz ist tot.«

»Alina? Oh, mein Gott!« Der Geistliche schloss die Augen und faltete die Hände vor dem Mund. Seine Lippen bebten.

»Sie war die Frau auf dem Friedhof?«, legte Pfeiffer nach.

Ohne seine Körperstellung zu verändern, nickte der Pfarrer.

»Sie war auch die Frau vor der Kirche, bei der Beerdigung meines Onkels!?«, sagte Nina.

Pfarrer Heller machte die Augen auf und sah Nina über seine Fingerspitzen hinweg bekümmert an. »Du hast sie erkannt?«, fragte er schließlich. Und als würde ihn die Schmach, von ihr der Lüge überführt worden zu sein, noch tiefer treffen, ließ er sich auf einen antiken Stuhl fallen, der zwischen den beiden Fenstern stand. Die Schultern vornübergebeugt, die Arme schlaff neben dem Körper hängend.

Pfeiffer sah zu Nina. Sie klemmte ihre zitternden Hände zwischen die Oberschenkel. In ihrer Verzweiflung ähnelte sie dem Pfarrer. Pfeiffer erinnerte sich noch gut daran, wie er sich fühlte, als Kirsten ihn um die Scheidung bat. Oh Mann, fühlte er sich betrogen. Genauso musste sich Nina fühlen.

Nina schien seine Gedanken zu lesen, riss sich zusammen und fragte: »Was wissen Sie von Alina Gehrsitz?«

Heller zuckte mit den Schultern. »Was soll ich schon wissen? Sie kam regelmäßig zu meinen Gottesdiensten. – Das war es auch schon«, fügte er etwas zu schnell hinzu.

»Sie kannten Frau Gehrsitz nicht von früher?«

»Auch. Aber wie gesagt, sie kam nur zu den Gottesdiensten.«

»Eine Domina?«, vergewisserte sich Pfeiffer.

»Warum nicht? Alina war ein sehr gläubiger Mensch. Nur, weil sie einen ungewöhnlichen Beruf ausübte und mit dieser Neigung gut verdiente, heißt das nicht, dass sie ungläubig ist … war«, korrigierte er sich.

Pfeiffer nickte. »Sie scheinen ein toleranter Priester zu sein.«

»Gott hat ihr diese Fähigkeit gegeben.« Der Pfarrer zuckte erneut mit der Schulter.

»Sie haben mit ihr also nur in der Kirche und bei der Beerdigung gesprochen?«

»Ja. Warum?«

Pfeiffer ließ sich auf dem Sofa zu den braungemusterten Kissen zurücksinken. Er sah den Pfarrer ebenso lange und intensiv an wie dieser zuvor Nina.

Mit einer laschen Bewegung griff sich Pfarrer Heller mit dem Finger in den Kragen. Er bewegte den Hals hin und her, als könne er sich aus der sprichwörtlichen Schlinge winden, die sich um seinen Hals zusammenzog.

»Ich habe hier die Telefondaten Ihres Anschlusses.« Pfeiffer tippte auf die mitgeführte Akte, in der nur leere Blätter lagen. Er bluffte und hoffte, dass der Pfarrer die Übersicht nicht sehen wollte.

Der Pfarrer hielt in der Bewegung inne und schnaufte. »Ich bin Seelsorger. Bei mir rufen viele verzweifelte Menschen an. Außerdem bin ich nicht der Einzige, der an diesem Telefon erreichbar ist.«

»Wer noch?«, fragte Nina.

Pfeiffer registrierte erfreut, dass die Farbe in ihr Gesicht zurückgekehrt war.

»Die Sekretärin, der Vertretungspfarrer.« Der Pfarrer überlegte angestrengt, doch ihm fiel keine weitere Person ein. Er errötete. »Ich weiß es doch auch nicht. Vielleicht wollten sie mich sprechen und erreichten mich nicht.«

»Das kann sein, lässt sich aber leicht nachprüfen. Wir werden die Telefonzeiten mit den Arbeitszeiten hier im Haus vergleichen und Ihre Angestellten befragen. – Seltsam«, Pfeiffer ließ den Pfarrer nicht aus den Augen. »All diese *fremden* Menschen haben mit vier ehemaligen Freunden von *Ihnen* geredet, und ausgerechnet Sie nicht?«

Nun wich schlagartig alles Blut aus seinem Gesicht und er griff sich an die Brust.

»Ist Ihnen nicht gut?« Pfeiffer sprang auf.

Der Pfarrer hob abwehrend die Hand. »Sagten Sie gerade vier?«

»Ja, Frank Reuß, Timo Sommer, Horst Kohlhepp und Alina Gehrsitz.«

Heller bekreuzigte sich. »Herr im Himmel, stehe mir bei.«

»Wollen Sie uns nicht endlich sagen, was passiert ist?«

Heller zog ein Taschentuch aus der Hosentasche und wischte sich über die schweißbedeckte Stirn. »Es tut mir leid, Herr Pfeiffer. Aber beim besten Willen, ich kann nicht.«

»Warum nicht?«

»Codex iuris canonici. Schon mal was davon gehört?«

Pfeiffer zog die Schultern hoch.

Nina nickte. »Das Beichtgeheimnis.«

»Was?« Das Wort verursachte eine Reizung in Pfeiffers Hals.

Heller steckte das Taschentuch weg. »Das Beichtgeheimnis ist unverletzlich.«

***

»Jetzt sind wir genauso schlau wie vorher.«

»Dein Pfarrer ist mir vielleicht einer. Dieses Beichtgeheimnis-Dings stammt doch aus dem tiefsten Mittelalter. Verdammt nochmal, das sollte abgeschafft werden!

Da kann sich doch jeder dahinter verstecken und die schlimmsten Morde vertuschen.« Pfeiffer stampfte zum Auto und warf Nina die Autoschlüssel zu. »Du fährst, ich muss nachdenken.«

Nina blieb stehen. »Danke auch.«

»Was?«

Nina ließ die Schultern sinken. »Ich kann nichts dafür, dass er schweigt.«

»Hab ich auch nicht gesagt.« Pfeiffer wartete, bis Nina widerwillig mit der Fernbedienung den Wagen öffnete, und stieg ein. Er zog seine Sonnenbrille aus der Brusttasche und setzte sie auf. »Du hast dich übrigens wacker geschlagen. Bin stolz auf dich.«

»Danke.« Ninas Finger verweilten einige Sekunden am Zündschloss, bevor sie den Wagen startete und losfuhr.

»Wir wissen trotzdem nicht, warum er uns die Bekanntschaft mit den Opfern verschwiegen hat«, sagte sie dann.

»Nicht nur das«, meinte Pfeiffer. »Er verschweigt uns noch viel mehr. Ich denke, dass er sich hinter dem Beichtgeheimnis versteckt. Ausgerechnet alle vier ehemaligen Freunde gehen bei ihm zur Beichte? Zu viel Zufall, oder?«

»Vielleicht haben sie bei ihm mit dem Hintergedanken gebeichtet, ihn zu binden.«

»Tolle Freunde.«

»Mir kam es vor, als hätte er Angst.« Nina fädelte sich in den Verkehr ein.

»Angst, der Nächste zu sein?« Pfeiffer zog die Sonnenbrille herunter und sah über den Rand hinweg Nina an. »Lieber schweigen als unseren Schutz zu bekommen? Dann ist er selbst schuld, wenn er uns etwas verheimlicht. Das müsste ja etwas richtig Ungeheuerliches gewesen sein.«

Nina schaltete so, dass das Getriebe des Golfs ächzte. »Wie unsere Witwe Sommer. Die schweigt auch lieber.«

»Sollen wir wetten, wer von den beiden als Nächstes stirbt?«

Nina trat auf die Bremse und brachte den Wagen im größten Verkehr zum Stehen. »Peter!«

Der nachfolgende Wagen hupte im wütenden Rhythmus.

Pfeiffer drehte sich um und winkte. »Will der unser Auto weghupen?« Dann richtete er sich wieder an Nina. »War nur ein makabrer Scherz.« Pfeiffer verzog das Gesicht zu einer bitteren Fratze.

»Finde ich nicht. Da steckt zu viel Wahrheit dahinter.« Nina legte den Gang ein und gab Gas. »Ich habe wirklich Angst um den Pfarrer.«

Das Telefonläuten unterbrach ihr Gespräch.

»Andi, was gibt´s?« Pfeiffer aktivierte die Freisprecheinrichtung, damit Nina mithören konnte und er nicht wie vorhin alle Fakten wiederholen musste.

»Sag mal, was gibt es eigentlich für ein Problem zwischen dir und Ellen?«

Scheiße! Er suchte den Knopf, um den Lautsprecher zu deaktivieren, doch Nina schüttelte den Kopf und drückte seine Hand weg.

Pfeiffer setzte sich auf und schob die Sonnenbrille auf die Stirn. *Das geht dich gar nichts an! »Wieso?«*

»Na ja, weil sie nicht direkt bei dir anruft, wenn Informationen reinkommen, sondern ich das übernehmen darf.«

»Ich werde das klären.« *Hoffentlich mache ich es dadurch nicht noch schlimmer.*

»Also, was gibts?«, lenkte er vom Thema ab.

»Euer Rentner hat anscheinend die Fliege gemacht.«

»Woher weißt du das?«

»Sein Untermieter, dieser Student, Tom Sowieso, hat den Kollegen gesagt, sein Vermieter hätte gestern Abend seine Sachen gepackt. Sein Sohn sei krank und er müsse zurück nach Thailand.«

»Der Hund setzt sich ab!«

»Gib eine Fahndung an alle Flughäfen!«

»Hab ich gestern schon gemacht«, hörte Pfeiffer Andis Stimme, in der ein breites Grinsen mitschwang.

»Gute Arbeit, Andi. Lass dir alle Passagierlisten mailen. Wenn er bereits im Flieger sitzt, müssen wir die Kollegen in Phuket um Amtshilfe bitten. Observation seiner Wohnung beibehalten. Wenn er nicht aus Deutschland rauskommt, dann kommt er vielleicht wieder zurück.«

»Alles klar. Wenn ihr selbst mit ihm sprechen wollt, er wäre noch ne Stunde da.«

»Mit wem?«

»Mit dem Studenten.«

»Na klar, wer sonst? Habt ihr seine Nummer?«

»Glaub schon, warte mal.«

Pfeiffer hörte, wie Andi mit Papieren raschelte. »Ja, Handy.«

»Das reicht vorerst. Wir kommen gleich zurück und besprechen alles. Sag den Kollegen Bescheid. Wir brauchen neue Anhaltspunkte.«

»Okay, ich informiere Baumann. Und Ellen.« Andi lachte und unterbrach das Telefonat.

Nina schaute Pfeiffer mit funkelnden Augen an und verkniff sich nur mit großer Mühe ein Grinsen.

Pfeiffer drohte mit dem linken Zeigefinger. »Schweig still, wenn du weiterhin in der Abteilung arbeiten willst.«

Nina schwieg und grinste breit.

20

Auf dem Parkplatz der Dienststelle angelangt, trafen Pfeiffer und Nina auf Marco Horn. Marco unterhielt sich mit einem Mann, den Pfeiffer sehr gut kannte. »Wenn das mal nicht unser Reporter Karl Ferdinand von Weiden ist! Was treibt denn die Presse zu uns? Lassen Sie mich raten … Mord und Totschlag?«

Der Mann drehte sich um. Innerhalb von Sekunden zeichneten sich auf seinem Gesicht all die Gefühle von jemandem ab, der unerwartet auf die Polizei trifft: Überraschung, Angst, Unsicherheit. »Herr Kommissar, wie geht es Ihnen?« Und gespielte Selbstsicherheit. »Journalist, wenn ich Sie korrigieren darf. Und danke, gut. Und Ihnen?«

Pfeiffer ergriff die ihm dargebotene Hand. Im Frühjahr hatten sie Waffenstillstand vereinbart, nachdem von Weiden seinen Anfängerfehler bei einem brisanten Datenklau eingeräumt und sich entschuldigt hatte. Drei Jahre waren lang genug gewesen, um dem Reporter die Tour zu vermiesen.

Marco reichte Pfeiffer und Nina ebenfalls die Hand. »Habt ihr von dem Sexualstraftäter gehört, der sich auf den Friedhöfen rumtreibt? Er lauert Frauen auf und gestern hat er eine sogar angefallen.«

Pfeiffer schüttelte den Kopf. »Bei uns in Würzburg? Na, das wird ja immer besser! Deshalb sind Sie da?«, richtete er sich an den Grafen.

Von Weiden räusperte sich. »Das ist mein Job. Immer zur Stelle, wo etwas passiert.«

Pfeiffer grinste. »Da hätte ich Sie eher bei der Pressekonferenz der Soko ›Suizid‹ erwartet. Aber bei einem kleinen Perversling? Ist das nicht unter Ihrem Niveau?«

Der Graf scharrte mit dem Fuß. »Ich war im Urlaub. Da bleibt für mich nur der Friedhof«, räumte er mit Leidensmiene ein.

»Das nenne ich mal Pech. War der Urlaub wenigstens schön?«

»Ich war …«

»Heh Ali, wird ja mal Zeit!«, rief Marco.

Ein uniformierter Kollege kam aus der Dienststelle. Er klemmte sich seine Schirmmütze unter den Arm und fuhr sich lässig durch das volle schwarze Haar. Pfeiffer erkannte den Kollegen, der es gestern am Haus der Domina eilig hatte, zu seiner Verabredung zu kommen.

»Wir schicken grad ´ne Streife mit Ali los«, erklärte Marco und winkte Ali zu, sich zu beeilen.

»Viel Erfolg. Hoffentlich schnappt ihr den Schweinehund!«, wünschte Nina und Pfeiffer rief: »Na, Ali? Wie war das Date gestern?«

»Was soll jetzt der Scheiß? Willst du mich fertigmachen?« Ali kam zu ihnen herüber.

»Vergiss es.« Pfeiffer hob beschwichtigend die Hände und ging weiter. »Ist anscheinend nicht so gut gelaufen«, sagte er mit einem Grinsen zu Nina.

Ali packte Pfeiffer an der Schulter. »Ich hab dich was ...!«

Eine Frau kam aus dem Gebäude, deutete in ihre Richtung. »Das ist er! Habt ihr ihn endlich, diesen Sittenstrolch!«

»Was?« Pfeiffer wand sich aus Alis Griff, um sich nach dem besagten Sittenstrolch umzusehen. Dann erkannte er die Frau. »Lieber Gott, nicht die.«

Handtaschenschwingend kam die alte Dame vom Friedhof auf ihn zu gerannt. »Er will fliehen!«

»Wer?«, fragte Pfeiffer.

Die Dame holte aus und schlug mit der Handtasche wieder und wieder auf ihn ein. »Nun helft mir doch! Ich kann eure Arbeit nicht alleine machen!«

Mit Mühe zerrte Marco Horn die um sich schlagende Frau von Pfeiffer fort. »Beruhigen Sie sich! Hier will keiner fliehen!«

»Sie wollten ihn doch gerade verhaften, nicht wahr, junger Mann?« Mit wackelnden Rollwickler-Locken sah sie Ali auffordernd an.

»Ich? Ihn? Nee, das ist Hauptkommissar Pfeiffer.«

»Wie? Arbeiten jetzt schon Sittenstrolche bei der Polizei?«

Nina krümmte sich vor Lachen. »Das soll der Sittenstrolch sein?«

Die alte Dame bohrte ihren knorrigen Finger in Ninas Brust. »Ich habe genau gesehen, wie er sich zwischen den Grabsteinen an die Frau herangeschlichen hat! Auf eine große schlanke Frau mit Hut hatte er es abgesehen. Wäre ich nicht dazwischen gegangen! Der hätte sie bestimmt nicht nur vergewohlwurzelt!«

»Was? Sie sind dazwischen gegangen? Sie … Sie … verfluchte Scheiße! Das war eine Verdächtige! Sie …« Pfeiffer rang nach Atem und nach passenden Worten. Am liebsten hätte er geschrien ›Sie dumme Kuh! Die Frau könnte noch leben, wenn Sie nicht so übereifrig gewesen wären!‹

Nina fasste ihn am Arm und schüttelte den Kopf. »Komm«, flüsterte sie. »Wenn die Frau erfährt, was passiert ist, kann sie nie wieder schlafen.«

Knurrend ließ sich Pfeiffer von ihr in das Gebäude schieben.

Niemand bemerkte, dass Von Weiden die Szene fotografiert hatte und nun lächelnd die Bilder auf dem Handy betrachtete.

***

Kriminaloberrat Alfred Baumann und die Soko ›Suizid‹ hatten sich im Besprechungsraum um den großen Tisch versammelt. Sechs Augenpaare richteten sich erwartungsvoll auf Pfeiffer, der eine Zusammenfassung der Ermittlungsresultate vortrug.

»Was sollen wir jetzt machen?«, fragte Nina danach in die Runde. »Entweder unsere Zeugen schweigen oder sie verschwinden.«

»Hat jemand eine Idee?« Baumann streckte seine langen Beine unter dem Tisch aus und versuchte, niemanden zu treten.

»Beugehaft.« Andi schob sich eine Erdnuss in den Mund.

Ellen schüttelte den Kopf. »Ich glaube, es ist an der Zeit, tiefer zu graben und in die Vergangenheit zurückzugehen. Ich habe bereits das IGVP gefüttert und warte, dass es die Daten ausspuckt. Ich hoffe wenigstens auf einen Ansatzpunkt, auch wenn er noch so klein ist.«

»Der Meinung bin ich auch«, stimmte Pfeiffer ihr zu. »Damals muss etwas passiert sein, das diese Lawine losgetreten hat.«

»Etwas Massives.« Jürgen Stumpf sortierte seine Unterlagen. »So was wie Teufelsanbetung?«

»Drogenhandel? Im ›Bunker‹, der damaligen Diskothek in Zellingen, florierte zu der Zeit der Drogenhandel«, stellte Baumann in den Raum.

»Dieses Stochern in Vermutungen macht mich ganz kirre.« Ellen rieb sich die Stirn.

»Wie ist es mit sexueller Belästigung?« Mit Blick auf Pfeiffer grinste Andi.

Pfeiffer verdrehte die Augen. »Sehr witzig!« Die Episode hatte sich in der Dienststelle bereits wie ein Lauffeuer verbreitet.

Außer Nina fielen alle in sein Lachen ein. Nina war nicht nach Lachen. Schließlich überlegten die Kollegen gerade, welches Vergehen Pfarrer Heller anzulasten war.

»Vielleicht hat der Pfarrer sie früher missbraucht?«, überlegte Stumpf.

Nina sprang auf, mit einem lauten Scheppern fiel der Stuhl zu Boden. »Das würde er niemals tun!«

Oh mein Gott! Nina biss sich auf die Unterlippe.

Pfeiffer ließ seinen Kopf in den aufgestützten Arm sinken.

Kriminaloberrat Alfred Baumann räusperte sich. »Frau Schätzlein, haben Sie uns etwas zu sagen?« Seine Stimme klang bedrohlich leise.

Nina schaute in die Runde. Alle außer Pfeiffer sahen sie neugierig an.

»Ich höre«, forderte Baumann sie erneut auf. Seine Tränensäcke schienen anzuschwellen.

»Ich kenne den Pfarrer privat.« Nina hatte das Gefühl, ihre Beine würden sie nicht mehr tragen. Sie umklammerte die Tischkante.

»Peter? Wusstest du das?«

Pfeiffer hob den Kopf. »Ich habe Nina bewusst in den Ermittlungen belassen. Sie hat Insiderwissen und ist daher sehr wertvoll für unser Team.« Seine Stimme klang überraschend fest.

»So?« Baumann sah interessiert zu Nina. Er zog die Augenbrauen hoch. »Was?«

Nina lief rot an. »Ich … ich … kenne die Kirche. Die Abläufe. Der Pfarrer vertraut mir. Ich …«

Mit einer fahrigen Handbewegung unterbrach Baumann sie. »Aber sie ist voreingenommen«, richtete er sich vorwurfsvoll an Pfeiffer.

»Das sind wir manchmal auch!«

»So?« Baumann sah in die Runde. »Gut zu wissen.« Plötzlich lächelte er. »Dann machen wir erst mal weiter. Der Fall hat höchste Priorität. Nicht nur, weil wir in unserem Gebiet drei Tote zu beklagen haben, sondern auch einen in TBB. Die Kollegen aus Baden-Württemberg schauen auf uns. Ich hoffe, wir haben diesen Fall bald gelöst und können TBB abhaken.« Er schaute auf seine Uhr. »So spät schon. Ich habe einen Termin mit dem PC.« Er räusperte sich verlegen. »Ich meine, dem Polizeipräsidenten und muss los.« Der Stuhl schabte laut über das Linoleum, als er aufstand. »Peter, du hältst mich auf dem Laufenden.«

Pfeiffer nickte.

Nachdem die Tür ins Schloss gefallen war, bückte sich Nina, hob ihren Stuhl auf und sackte auf die Sitzfläche. Während des Gespräches hatte sie es nicht gewagt, sich zu bewegen. »Sorry – und danke«, sagte sie zu Pfeiffer.

Er schnaubte. »Machen wir weiter. Wer ist der Nächste?«

»Ich.« Andi räusperte sich. »Ich muss euch was sagen.« Seiner Stimme fehlte der sonst übliche Witz.

»Was ist passiert?«, fragte Pfeiffer.

»Ich ... ich habe einen Fehler gemacht.«

Es wurde still im Raum. Draußen schabten Schritte über den Boden.

»Du?«, unterbrach Pfeiffer die qualvolle Stille.

Andi nahm die Akten und sortierte einige Blätter, bevor er sie auf dem Tisch ausbreitete. »Ich habe mir Kohlhepps Mails nochmal genauer angesehen. Ich hatte das Gefühl, etwas übersehen zu haben.« Er machte eine Pause, doch keiner unterbrach ihn. Er räusperte sich und sprach weiter. »Mich hatte der Schriftverkehr irritiert.«

»Ich würde eher sagen, der TÜV für Dominas. Du warst total aus dem Häuschen.« Pfeiffer konnte den Tadel in seiner Stimme nicht unterdrücken.

Andi räusperte sich wieder. »Ich gebe zu, ich war abgelenkt.«

Pfeiffer wurde ungeduldig. »Andi, was läuft hier für ne Scheiße?«

»Sorry, Peter. Die Reihenfolge.« Er holte tief Luft, als wollte er Mut einatmen. »Ich hab mir nochmal die genaue Reihenfolge angesehen.« Andis Lippen zuckten.

»Okay ... und?«

»Die erste Mail schrieb Jalina Doma. Also ... Sie hat so getan, als hätte *er* um ein Treffen gebeten. Also ... deshalb hatte ich es übersehen.«

Pfeiffer stöhnte und griff sich an den Hals. »Verdammt, Andi! Du weißt nicht, was ich durch deinen Fehler erlebt habe.« Pfeiffer kam das einschnürende Gefühl in dem Dominastudio wieder hoch.

»Tut mir leid, es ändert zwar nichts an der Tatsache, aber ...«

Pfeiffer winkte ab und brachte ihn somit zum Schweigen. »Den anderen Schriftverkehr hat er nur gemacht, um davon abzulenken?«

»Nein, es waren versteckte Hinweise für den Treffpunkt und ihre Adresse.«

»Soso, die waren also doch die ganzen Jahre untereinander in Kontakt und er wusste, dass es seine alte Schulfreundin ist.«

»Sie hatte sogar seine Mailadresse.«

»Meine hat nicht jeder.«

»Das würde heißen, er wusste, dass sie eine Domina ist, aber nicht, wo sie zu finden ist.«

»Mensch, der Pfaffe hatte doch Kontakt zu allen Opfern, oder übersehe ich da etwas? Vielleicht hat er nur ihre E-mail-Adresse rausgerückt«, überlegte Stumpf.

Ellen stand auf und holte eine Flasche Wasser von der anderen Seite des Tisches. »Sie hat alle informiert, dass sie erpresst wurde.«

»Und daraufhin wurden alle umgebracht.«

»Willst du damit sagen, wenn die Domina nicht durch den Unfall gestorben wäre, hätte sie auch bald Suizid begangen?«

Pfeiffer stöhnte auf und rieb sich über das Gesicht. »Der Unfall ist unserem Mörder dazwischengekommen«, sagte er schließlich.

»Bei der Domina handelt es sich allem Anschein nach um einen Unfall. Und bei Reuß wirklich um Suizid. Also müssen wir sie außen vorlassen.«

Nina räusperte sich. »Reuß würde ich dennoch mit einbeziehen. Er passt irgendwie in das Schema. Seine Frau sagt, er litt unter Verfolgungswahn. Vielleicht ist er wirklich verfolgt worden und dem Mörder mit seinem Suizid nur zuvorgekommen.«

Pfeiffer nickte. »Guter Ansatz.«

»Lass es uns zusammenfassen. Was haben wir? Alle vier wurden erpresst. Drei starben. Der Grund ist ein Geheimnis, das viele Jahre zurückliegt.«

»Sie haben deshalb sogar die Wohnorte und ihre Namen gewechselt und bis vor wenigen Wochen keinen Kontakt mehr untereinander gehabt. Das sehe ich an den Telefondaten.«

»Woher wusste dann Kohlhepp, dass sie eine Domina geworden ist?«

»Vielleicht ist er ihr durch Zufall im Supermarkt begegnet? Oder auf dem Klassentreffen.«

»Oder auf der Erotikmesse.«

»Ja, weil alle einen Schlag hatten.«

»Andi! Das hatten wir schon!«

Andi zog Augenbrauen und Schultern gleichzeitig hoch. Zu deuten, ob es ein Zeichen von Gleichgültigkeit war oder eine Entschuldigung, blieb den Anwesenden überlassen.

»Ich werde nochmal in den zentralen Datenbanken eine Anfrage starten. Vielleicht finden wir die Gemeinsamkeit, weshalb unsere Opfer aus Zellingen verschwunden sind.«

Pfeiffer erhob sich. »Ja, bleib da dran«, meinte er und ging zur Tür. »Sonst drehen wir uns im Kreis. Und ruft mal in der Kanzlei vom Sommer an. Fragt nach seinem unerlaubten Privatkredit. Ich habe das Gefühl, dass seine Schulden beglichen wurden. Seiner Frau fehlte bei unserem letzten Besuch die Verzweiflung von damals.«

***

Ellen starrte abwechselnd auf den Bildschirm, auf dem das integrierte Vorgangs-Verwaltungssystem lief, und auf ihr Samsung. Sie hatte schon wieder eine Nachricht von Gabrielle bekommen. Als hätte sie keine anderen Probleme als ein neues Handy für ihre Tochter zu besorgen.

Genervt warf sie es auf den Schreibtisch. Wo sollte sie nur so schnell ein geeignetes Smartphone für Gabrielle herbekommen?

Ein Piepsen riss sie aus ihren Gedanken. Das Suchprogramm war fertig. Ellen rief die Datei auf.

»Oh nein! Andi, ich hab was gefunden.«

»Was?« Andi machte keine Anstalten aufzustehen.

»Soll ich den PC abstöpseln und zu dir rüberkommen?«, rief sie gereizt.

»Ich komm ja schon.« Andi korrigierte den Sitz seiner Nickelbrille, kam um den Schreibtisch herum, zog dabei seine Hose hoch und sah Ellen über die Schulter.

»Da. Was hältst du davon?« Ellen deutete mit dem Finger auf den Bildschirm.

»Ach du Scheiße.«

Ellen nickte. »Wer sagt es Peter?«

»Ich bin raus.« Andi richtete sich auf.

Ellen schaute zu ihm auf. »Feigling.«

Aber ich bin auch einer.

»Du kommst mit!« Sie wollte nicht allein mit Peter sprechen.

***

Vorsichtig streckte Ellen den Kopf in Pfeiffers und Ninas Büro. »Ist Baumann wieder da?«

»Der wird heut nicht mehr kommen. Nach seinem Date mit dem PC macht der bestimmt Feierabend. Warum fragst du? Hast du was Neues?«

»Ja. Ich war im Archiv.«

»Echt jetzt?«

»Ja!« Was sollte das? Egal, was privat zwischen ihnen war oder besser gesagt nicht war, an ihrer fachlichen Arbeit sollte er nicht zweifeln. Oder reagierte sie zu emotional? Sie atmete tief in den Bauch hinein. Sie hatte mal gehört, dass das Wunder bewirken sollte.

Andi drängte Ellen ins Zimmer. Er benutzt mich wie ein Schutzschild, dachte sie. Ellen setzte sich auf den Stuhl, den ihr Nina hinschob. Andi lehnte sich an die Wand, als würde er den sicheren Abstand zu Pfeiffer vorziehen.

Nina rutschte auf die Fensterbank und zog das Bein an. »Machs nicht so spannend.«

»Ich bin auf einen Verkehrsunfall mit Fahrerflucht gestoßen«, begann Ellen.

Pfeiffer sackte enttäuscht zusammen. »So profan? Bist du dir sicher?«

»Jetzt lass mich doch endlich mal ausreden!«, fauchte Ellen ihn an. Sie hatte die Nase gestrichen voll.

»Ist ja schon gut.« Pfeiffer hob kapitulierend die Hände.

Ellen wischte sich mit der Hand über die Lippen. Aber die Beklemmung in ihrem Hals blieb. Sie steigerte sich zunehmend, als sie Pfeiffers Blick sah. Er fühlte sich nicht wohl in seiner Haut. Dennoch stand in seinen Augen Vertrauen. In dem kurzen Moment, in dem sich ihre Blicke fanden, war da noch etwas Anderes zwischen ihnen. Doch ehe Ellen es zuordnen konnte, war es verschwunden. Das, was sie ihm gleich sagen wollte, nein sagen musste, würde ihm nicht gefallen. Es handelte sich schließlich nicht nur um seinen Vorgesetzten, sondern auch um einen alten Freund.

»Ein schwarzes Auto überfuhr zwei Frauen. Der Wagen wurde nie gefunden. Er war wie vom Erdboden verschluckt.«

»Was war mit Lackspuren? Autowerkstätten?«

»Wie durch ein Wunder fehlten jegliche Lackspuren auf den Opfern. Dadurch konnten keine Rückschlüsse auf Farbe, Fabrikat und Alter gezogen werden. Keine Teile von Blinkern und Lampen, nichts. Es war, als wäre dort nie ein Fahrzeug auf der Straße gewesen. Hätte man nicht die Aussage des einen Opfers gehabt, hätte man von Zauberhand ausgehen können.« Ellen schaute in die Akte, die sie aus dem Archiv geholt hatte.

»Es war tragisch«, sprach sie weiter. »Die ältere Schwester ist gestürzt und unglücklich mit dem Kopf auf den Boden geschlagen. Sie hatte eine Gehirnblutung und ist noch auf dem Weg zum Krankenhaus verstorben. Die Jüngere wurde einige Meter mitgeschleift.« Ellen musste sich sammeln. »Das Mädchen … blieb an einem Kanaldeckel hängen. Die Beine waren derart zerfetzt, dass sie amputiert werden mussten.«

»Ach du Scheiße! Und wo ist die Verbindung zu unserem Fall?«

»Der Bruder der beiden wollte sie abholen, kam aber zu spät zum Treffpunkt. Wisst Ihr, wer der Bruder ist?«

»Pfarrer Heller!«, platzte Pfeiffer heraus.

»Woher der Geistesblitz?«, wollte Ellen wissen.

»Ja. Woher?«, fragte Nina. »Du kennst Hellers Schwester doch gar nicht.«

»Im Esszimmer fehlte trotz Gedeck ein Stuhl.«

Nina nahm das Bein runter. »Das hab ich übersehen.«

»Du hattest andere Probleme.«

»Hm.« Nina sah aus dem Fenster, und ihre Muskeln im Unterkiefer verkrampften sich zusehends.

»Nina, hast du von dem Unfall gewusst?«, fragte Pfeiffer.

Nina schüttelte kaum merklich den Kopf. »Ich hab nicht gewusst, dass er überhaupt Schwestern hatte. Ist schon komisch«, sagte sie und sah einen nach dem anderen an. »Für mich war er nie ein normaler Mensch. Er war immer ›der Pfarrer‹. Wisst ihr, was ich meine?«

»Du hast ihn vergöttert.«

Nina sah wieder aus dem Fenster und wischte sich eine Träne aus dem Augenwinkel.

Ellen stand auf und strich Nina über den Arm. »Das ist nicht schlimm, Nina. Jeder von uns hat Vorbilder. Seien es Rock-Idole oder Familienmitglieder, zu denen wir aufsehen. Aber wir alle sind nur Menschen, das musst du dir merken. Wir alle haben Fehler«, fügte sie mit einem kurzen Seitenblick auf Pfeiffer hinzu.

Nina bedankte sich bei ihr mit einem müden Lächeln. Dann wurde sie wieder ernst. »Und ihr glaubt, das ist wirklich das Ereignis, weshalb unsere Opfer aus Zellingen verschwunden sind?«

»Ich weiß, auf was du anspielst: Deswegen gleich töten?« Ellen setzte sich.

»Das auch. Aber wirklich weit weg waren sie ja nicht. Als wollten sie nicht mehr jeden Tag an den Unfall erinnert, aber nicht komplett unsichtbar werden.«

Pfeiffer stützte die Ellenbogen auf seine Knie. »Was meinst du damit?«

»Naja, hätte ich Angst, wäre ich wirklich weit weggezogen. In eine Großstadt. Berlin. München. Außer Sommer sind allerdings alle hiergeblieben. Sie konnten sich jederzeit bei IKEA über den Weg laufen und es war ihnen anscheinend egal.«

»Es lauerte keine Gefahr.«

»Das passt alles nicht zu Mord. Auch noch so inszeniert? Da muss was anderes dahinterstecken.«

»Als Motiv für eine Erpressung gehe ich mit euch konform. Der Dobler hat von der Sache Wind bekommen und eine Chance gewittert, die Rente aufzubessern.«

»Dann kannte er die Domina von früher und hat sie im Haus gegenüber erkannt. Vielleicht war er einer der Passanten, die damals den Unfall beobachtet hatten?«

»Laut Bericht gab es keine Zeugen.« Ellen hob die Akte. »Die zwei Frauen waren alleine auf der Straße. Er muss anderweitig davon Wind bekommen haben.«

»Das heißt nicht, dass es wirklich keine Zeugen gab. Aber warum hat er sie nicht früher erpresst?« Pfeiffer machte eine Pause und sah in die Runde. Er hatte ihre volle Aufmerksamkeit. »Wer sagt uns, dass Dobler es nicht getan hat? Er hat in Thailand ein schönes Leben gehabt … möglicherweise war das Geld damals seine Starthilfe. Egal, super Ergebnis, Leute! Wir haben aller Voraussicht nach das Motiv für die Erpressung.«

Ellen stand auf und schloss die Tür.

»Ellen, was ist?«

Sie verharrte an der Tür, bis Pfeiffer sich samt Stuhl zu ihr umdrehte. »Die Ermittler von damals … sie haben sich nicht gerade mit Ruhm bekleckert.«

»Wie das?«

»Die Zeugenaussage war widersprüchlich. Die Kollegen hatten bald kein Interesse mehr und stellten das Verfahren ein.«

Pfeiffer zuckte mit der Schulter. »So unüblich ist das nicht, wenn alle Spuren im Sand verlaufen und keine neuen Ergebnisse in Aussicht stehen.« Erwartungsvoll sah er sie an.

Ellen ging wieder zu ihrem Stuhl. »Wenn du den Namen hörst, schon.«

»Wer?« Pfeiffers Körperhaltung spannte sich.

»Alfred Baumann«, flüsterte Ellen und sah zur Tür.

»Unser Alfred Baumann?« Pfeiffer kratzte sich den Bart. »Seid ihr sicher?«

»Wie viele Alfred Baumanns kennst du in unserem Kommissariat?«

»Moment mal! Wenn doch die zwei Frauen allein waren, welche Zeugenaussagen waren dann widersprüchlich?«

»Nur Corinna hat eine Aussage gemacht. Und später behauptet, das Auto wäre rot gewesen.«

»Ist das nicht seltsam?«, fragte Nina.

»Wieso? Sie hatte einen schweren Unfall. Es ist überhaupt ein Wunder, dass sie sich an etwas erinnern konnte.«

»Das darf es doch nicht geben!« Nina stand auf und schüttelte den Kopf. »Er kennt den Pfarrer von früher und macht *mich* so fertig?!« Sie lief auf und ab.

»Langsam, Nina. Noch steht nichts fest. Er hat zwar vor dreiundzwanzig Jahren bei dem Unfall ermittelt, aber da war Heller noch nicht Pfarrer. Wie soll er einen Zusammenhang zwischen einem Angehörigen von damals und dem Pfarrer von heute sehen?«

Die Tür wurde aufgerissen und Baumanns zwei Meter drei erschienen in dem Türrahmen. »Peter! Zu mir ins Büro! Sofort!«

Bevor Pfeiffer antworten konnte, war Baumann verschwunden.

Pfeiffer erhob sich. »Jetzt bin ich mal gespannt. Wollen wir wetten, dass es mit unserem Fall zu tun hat?«

»Womöglich hat sich der Anzug-Typ wegen seines kaputten Handys beschwert?«

»Beim Polizeichef? Unwahrscheinlich.«

»Oder wegen der Sache mit der Witwe von Reuß in TBB? Oder die Alte vom Friedhof?«

Pfeiffer verzog den Mund. »Verdammt! Hat das kein Ende?«

Ellen fühlte jedoch, dass da noch was ganz anderes kam.

***

Pfeiffer ging zu Baumanns Büro mit einem Widerwillen, als müsse er die Küche putzen.

Was zum Teufel wollte Alf von ihm? Was war so dringend, dass er nach seinem Termin mit dem Polizeichef keinen Feierabend machte? Hatte es sich Dagmar Reuß anders überlegt und doch Beschwerde gegen ihn eingereicht? Warum ging die Sache bis zu Alfs Vorgesetzten?

Vor dem Büro wischte sich Pfeiffer den Schweiß von der Stirn. Alf sollte nicht sehen, wie es um ihn stand. Dann trat er ein.

»Ich dachte, du golfst mit dem Chef«, sagte Pfeiffer in einem Ton, mit dem er sich heute nicht wohl fühlte.

Alf Baumann musterte ihn finster. Sein Gesicht wirkte grauer als am Nachmittag und die Tränensäcke hatten weitere Falten dazubekommen. »Setz dich!«, dröhnte er. Der Kugelschreiber, mit dem seine großen Hände spielten, wirkte wie ein Zahnstocher.

Pfeiffer zog den Stuhl heran und setzte sich rittlings darauf. Ihm brannte ein lockerer Spruch auf den Lippen, doch er wusste, wann er bei Baumann besser die Klappe hielt. Pfeiffer starrte ihn an. Er fragte sich, wann er so abgenommen hatte. Das Hemd schlackerte an Baumanns Schultern. Der Mann vor ihm hatte keine Ähnlichkeit mit dem großen Sportler, der Baumann einmal gewesen war und von dem die Pokale auf dem Schrank hinter ihm noch zeugten. Baumann war immer stolz darauf gewesen, fast Weltmeister im Basketball geworden zu sein.

»Ist es wegen der Sache auf dem Friedhof? Du, da kann ich wirklich nichts dafür!«

Alf schüttelte den Kopf. »Nein.«

»Nein?«, wunderte sich Pfeiffer. »Was ist dann los?«

Baumann steckte den Kuli in einen 1985er Pokal von einem Würzburger Turnier, den er für Stifte verwendete, und lehnte sich zurück. Er schluckte schwer. »Man legt uns an die Leine.«

»Wer?« Pfeiffer brauchte einen Moment, bis er verstand. »Die Kirche?«

Baumanns angedeutetes Nicken hätte auch ein Zittern sein können.

»Hat der Pfarrer sich wirklich beschwert?«

Baumann blies die Backen auf. »Das entzieht sich meiner Kenntnis und war nicht Gegenstand der Besprechung.« Er wollte wieder nach dem Stift greifen, überlegte es sich jedoch anders. Langsam zog er die über den Stiften schwebende Hand zurück. »Die Sache stinkt.«

»Aber gewaltig! Der Pfarrer muss doch wissen, dass er sich verdächtig macht, wenn er bei seinen Vorgesetzten petzen geht.«

»Peter!«

»Was?! Wie drückst du das sonst aus?«

Baumann winkte ab und schloss kurz die Augen. »Ich habe noch eine Weisung.« Seine Schultern rutschen noch mehr in sich zusammen. Pfeiffer hatte den Eindruck, Baumann wäre einen halben Meter geschrumpft.

»Ich soll Frau Schätzlein vom Fall abziehen.«

»Neee! Das kannst du nicht machen!« Pfeiffer erhob sich und ignorierte Baumanns missbilligenden Blick. Er stampfte mit dem Stuhl auf, der verdächtig knackte.

»Setz dich verdammt nochmal! Glaubst du, mir macht das Spaß?«

»Das weiß ich nicht. Ich war nicht dabei, als du mit dem PC Golf gespielt hast.«

Baumann stand auf und stützte seine beachtliche Länge auf den Schreibtisch. Trotz seiner momentanen Kraftlosigkeit wirkte die Pose sehr bedrohlich. »Wenn du nicht sofort dein verdammtes Maul hältst, zieh ich dich auch vom Fall ab.«

Pfeiffer kämpfte mit sich. Doch dann gewann trotz allem seine Frechheit die Oberhand. »Das zum Thema Voreingenommenheit.« Fast spuckte er die Worte heraus.

Baumann, immer noch mit gesenktem Kopf, schwieg.

Scheiße. Das war zu viel. Pfeiffer wollte zur Tür. *Das war's. Den Fall bin ich los.*

»Ich bin noch nicht fertig.« Baumann richtete sich auf. »Setz dich!«

Zögernd folgte Pfeiffer seiner Anweisung. »Ich habe nicht gesagt, dass ich es tun werde«, sprach Baumann nun weiter. »Nur, dass es mir nahegelegt wurde.«

Zuerst war Pfeiffer überrascht, dann lachte er bitter. »Du wirst kaum Ermessensspielraum besitzen.«

»Nein. Da hast du leider Recht.« Baumann ließ sich in seinen Drehstuhl fallen. Der knarzte so laut, dass man nicht wusste, ob aus Sympathie oder vor Erschöpfung. Plötzlich war Baumann wieder voller Energie. »Und gerade das ist es, was mich stutzig macht. Offiziell ziehe ich Nina Schätzlein vom Fall ab.«

»Nein! Das kannst du nicht machen!«, zischte Pfeiffer durch die Zähne.

»Lass mich ausreden! Ich sagte offiziell! Du nimmst ab sofort Ellen mit.«

Pfeiffer ballte die rechte Faust.

»Was ist?«

»Nichts.« Pfeiffer hüstelte in die Faust. Erfuhr Baumann von seinem Disput mit Ellen, stand ihm bald kein Personal mehr zur Verfügung.

»Also«, nahm Baumann den Faden wieder auf. »Frau Schätzlein ist offiziell außen vor. Aber …« Er betonte die Pause dramatisch und behielt Pfeiffer im Blick. »Was Frau Schätzlein privat unternimmt, darauf habe ich keinen Einfluss, verstanden?«

Pfeiffer hob die Brauen.

Baumann lächelte und freute sich über die gelungene Überraschung. »Sie kennt den Pfarrer und kommt vielleicht über diese Schiene an ihn ran. Besser, als wenn wir amtlich ermitteln. Es muss einen Grund geben, warum sie aus diesem Fall verschwinden soll. Und den Grund will ich wissen.«

Pfeiffer nickte. »Gut, ich bin dabei.«

Er erhob sich. An der Tür hielt Pfeiffer inne. Eine große Frage brannte ihm arg auf der Zunge: Was war mit Baumanns Ermittlungen im Fall der Fahrerflucht vor dreiundzwanzig Jahren?

Doch nun erschien es ihm unpassend, Baumann diese Frage zu stellen. Unvorstellbar, dass der Alf Baumann, der soeben eine verdeckte Ermittlung seiner Kollegin autorisiert hatte, sich damals hatte etwas zu Schulden kommen lassen.

»Ach, Peter …«

Pfeiffer hielt inne. »Ja?«

»Ich halte es dir zugute, dass du zu deiner Kollegin hältst. Aber arbeite an deinem Ton.«

»Danke«, sagte Pfeiffer nur und schloss die Tür hinter sich.

21

Nina parkte am Viehmarkt, tauschte kurzentschlossen ihre Pumps gegen bequeme Turnschuhe und zog die im Auto deponierten Sportsachen an. Laufsachen für alle Fälle, um den Kopf frei zu bekommen. Traurig und stolz zugleich joggte sie am Mainufer entlang.

Auf der alten Brücke drängten sich die Passanten. Bei schönem Wetter war der ›Brücken-Schoppen‹ seit Jahren die Würzburger Attraktion. Den gigantischen Blick auf die Festung Marienberg gab es gratis dazu.

Nina wurde langsamer und wich einem Fahrräder schiebenden jungen Paar aus. Sie sah in die glücklichen Gesichter der Paare, die entlang der Brückenmauer standen. Manche beobachteten die vorübergehenden Menschen, andere prosteten sich zu.

Es war bereits eine Ewigkeit her, dass sie mit Ritchy hier war. Aneinander gekuschelt hatten sie in einer der Nischen der Brücke gestanden und die tolle Atmosphäre genossen.

Nina wandte sich ab. Schmerzlich wurde ihr bewusst, wie sehr sie Ritchy vermisste. Bei den sommerlichen Temperaturen war er leider in der Eisdiele unabkömmlich. Doch heute Abend würden sie sich sehen. Das hatte er ihr versprochen. Sie lächelte. Sie mussten regelrecht einen Termin ausmachen, sonst hätten sie sich in dieser Woche kein einziges Mal zu Gesicht bekommen.

Gegenüber der ›alten Mainmühle‹ spurtete Nina die Treppe hinab zum Mainkai.

Ihre Gedanken waren wieder bei der Arbeit. Ein negatives Gefühl wühlte in ihrem Bauch. Sie erhöhte das Tempo, um die Enttäuschung aus ihrem Körper zu bekommen. Als Pfeiffer ihr Baumanns Anweisung weitergab, war sie auf ihn wütend gewesen. Dass man sie von dem verzwickten Fall abgezogen hatte, raubte ihr den letzten Nerv. Doch allmählich sah sie eine Chance, so viel mehr zu erreichen als auf dem offiziellen Weg.

Unbewusst verließ sie auf Höhe der Löwenbrücke den Mainkai Richtung Ringpark. Sie rannte sich die Lunge aus dem Leib und der Schweiß lief ihr den Rücken entlang. Jeder Atemzug dröhnte in ihrem Kopf. Sonst hörte sie beim

Laufen Musik, aber diesmal hatte sie die Ohrstecker vergessen. Sie überholte eine Mutter mit einem Kind auf einem Laufrad und eine Gruppe von Walkern.

Plötzlich stand Nina vor St. Adalbert.

Vor dem großen Eingang der mächtigen Kirche warteten Menschen auf den Beginn des Gottesdienstes oder der Rosenkranzandacht.

Nina schaute sich um. Wieso hatten ihre Füße sie hierhergetragen? Das war der letzte Ort, zu dem sie heute wollte. Welchen tieferen Sinn verfolgte ihr Unterbewusstsein? Nina hielt sich abseits, um die Menschen zu beobachten und um ihre Nerven zu beruhigen.

Doch das war ein Fehler.

Gerade als sie einem Eis essenden jungen Paar mit Kind nachsah und sich fragte, ob es wohl aus Ritchys Eisdiele stammte, öffnete sich die Seitentür des Kirchenschiffs.

Ihre Mutter schlüpfte hindurch und drehte sich um. Im Hintergrund erkannte sie Pfarrer Heller, der ihrer Mutter die Hand gab. Nein, sie drückten sich gegenseitig beide Hände. Innig.

Nina biss sich auf die Lippe. Was war da los?

Schließlich gab ihre Mutter dem Pfarrer einen Kuss auf die Wange.

»Nein«, hauchte Nina. »Ich bin *doch* seine Tochter! Das ist also der Grund.« Ihr wurde schwarz vor Augen. Sie torkelte, stieß gegen einen der Passanten, verlor die Orientierung und fiel.

»Nina?«

Das Gesicht ihrer Mutter hob sich aus dem verschwommenen Bild von der Straße und den umstehenden Passanten scharf ab.

»Nina? Was machst du schon wieder hier?«

»Mutti? Ich … schon wieder? Wieso? Und was machst du hier?« Nina rappelte sich auf und besah sich ihr aufgeschrammtes Knie.

»Ich? Ich … ich hab zuerst gefragt.«

Nina schüttelte den Kopf. Weniger als Widerspruch, sondern um die Bilder darin loszuwerden. Sie brauchte einen klaren Verstand. »Bin ich seine Tochter?« Ihre diplomatische Ader war noch nie ausgeprägt gewesen. So sprach sie aus, was ihr als Erstes in den Sinn kam.

Ihre Mutter errötete. »Was sagst du da?«

»Soll ich es schreien?«

»Nein! Nein, sei still.« Ihre Mutter nahm sie bei der Hand und zog sie auf die andere Straßenseite.

Nina entriss ihr die Hand. »Dann antworte.«

***

Wann habe ich die Kirche betreten? Nina erinnerte sich nicht. Wie lange stand sie bereits hier? Auch daran erinnerte sie sich nicht. Angestrengt versuchte sie, die verlorenen Minuten zu rekonstruieren. Doch sie erinnerte sich nur an ihre Mutter. Wie sie sich wand, um nicht die Frage aller Fragen beantworten zu müssen. An mehr nicht.

Sie sah sich um.

Wo waren all die Menschen hin? Eben noch waren die Kirche und die Treppe davor voll von Gläubigen gewesen, die einen der begehrten Plätze in der Abendandacht ergattern wollten. Und jetzt war die Kirche leer und still. Draußen dämmerte es. Wo waren die Stunden hin? Was hatte sie in der Zwischenzeit getan?

Was wollte sie hier? Auch darauf fand sie keine Antwort. Sie widerstand dem Drang wegzulaufen. Nein. Ihr Unterbewusstsein hatte sie hierhergeführt, daher blieb sie. Auch wenn ihr Magen anfing zu rebellieren.

Pfarrer Heller hantierte am Altar mit den Utensilien der Eucharistie. Das Klirren schallte durch die Kirche. Langsam ging Nina auf ihn zu.

Er spürte ihre Anwesenheit und sah auf. »Nina, du hier?«

Nina blieb stehen. »Wieso fragen mich heute alle dasselbe?«

Er hielt nur kurz inne, ohne sie anzusehen oder zu antworten. So, als hätte er die Frage nur rein rhetorisch gestellt. Die eingetretene Stille war greifbar. Unangenehm.

Nina bekam Gänsehaut. War es die in der Kirche vorherrschende Kälte, die sie erschaudern ließ? Oder die Kälte dieser Stille? Bisher hatte sie sich hier immer wohlgefühlt. Es waren immer besondere Augenblicke gewesen, wenn sie wie jetzt den Moment der Stille mit dem Pfarrer teilte. Die Stille war göttlich.

Jetzt hatte sich etwas verändert.

Er hatte sich verändert.

Und - das musste sie zugeben - sie sich ebenfalls. Wie ein Geier über seiner sterbenden Beute kreiste, schwebte das Wort ›Misstrauen‹ über ihnen.

Ihr Misstrauen ihm gegenüber war naheliegend und klar. Schließlich hatte er sie angelogen.

Aber warum misstraut er mir?

Pfarrer Heller polierte immer hektischer die Pokale und Schalen. *Er verheimlicht mir etwas.* Nina spürte sogar seine Angst.

War es, weil er ihr Vater war? Oder hatte es etwas mit dem Fall zu tun? Warum hatte er verschwiegen, dass er Kohlhepp kannte? Oder die anderen Opfer? Wie fügte sich alles zusammen? Und dazu noch diese geheimnisvolle Beichte, von der er nicht sprechen durfte.

Was sollte sie tun?

»Beichten«, platzte Nina heraus.

»Wie bitte?« Der Pfarrer sah auf.

Nina streckte das Rückgrat durch. »Nehmen Sie mir die Beichte ab?«

»Jetzt?« Unter seinen Augen zuckte es.

»Genau jetzt.«

***

»Im Namen des Vaters und des Sohnes und des Heiligen Geistes. Amen«, murmelte Nina.

»Gott, der unser Herz erleuchtet, schenke dir wahre Erkenntnis deiner Sünden und seiner Barmherzigkeit«, antwortete der Pfarrer.

»Amen!«

»Was möchtest du denn beichten, mein Kind?« Nina hörte in seiner Stimme den Unmut heraus über ihre spontane Mitteilsamkeit.

Sie rutschte auf dem Sitz im Beichtstuhl herum. Plötzlich kam er ihr viel zu klein vor. Noch nie im Leben hatte sie sich so unwohl gefühlt wie in diesem Moment. Sie kämpfte mit sich und den Worten, die sie sagen wollte.

»Wenn Sie all die Jahre ›mein Kind‹ zu mir gesagt haben, ist mir nie der Gedanke gekommen, es wäre wörtlich gemeint.«

Stille.

Der Geruch der Holzpolitur stieg ihr in die Nase und war dem flauen Gefühl im Magen nicht dienlich. Sie hielt die Luft an, konzentrierte sich auf den Schatten hinter der Lochwand. Holz knarzte. Kam das von ihr oder von der anderen Seite?

»Herr Pfarrer«, sagte Nina schließlich, als er immer noch nicht antwortete. »Oder soll ich *Vater* sagen?« Der Schatten nahm Kontur an und fasste sich in den Kragen.

»Nina, welch fragwürdige Gedanken trägst du mit dir herum?«

»Solche, auf die ich komme, wenn ich sehe, wen meine Mutter küsst.« Nina sagte es trotzig. Gleichzeitig wischte sie sich mit zitternden Händen über die Wange. Sie waren nass. Ihr war nicht bewusst gewesen, dass sie weinte. Sie hatte noch nie Tränen zurückhalten können. Das war ein Reflex, den sie verfluchte. Zu weinen war nicht hilfreich, sobald sie sich mit ihren Eltern stritt. Wie konnte sich ein Weichei gegen Vaters Tyrannei auflehnen?

Der Schatten auf der anderen Seite des Beichtstuhles veränderte seine Haltung, rutschte näher an die Trennwand heran; murmelte.

Ein Gebet?

»Warum beten Sie? Haben Sie Angst, ich verrate Sie?«

Das Murmeln verstummte. »Bitte geh!«

Dann betete er erneut.

»Erbarme dich meiner, o Herr«, verstand Nina. Wütend und fast blind vor Tränen stand sie auf. »Wie oft haben Sie schon gebetet?«

Wieder murmeln. Bildete sie es sich ein, oder hatte er tatsächlich ›zu oft‹ gesagt?

Seine Stimme wurde lauter. »Geh! Ich möchte dich nicht mehr sehen.«

Nina erhob sich.

***

Ihre Schritte dröhnten in der leeren Kirche wie Paukenschläge. Noch einmal drehte sich Nina um. Eine ältere Frau betrat die Beichtkabine und kam sofort wieder heraus. Verwundert blickte sie auf den Beichtstuhl, als säße darin jemand, der da nicht hingehörte. Leise schimpfend kniete sie sich in einer Bank nieder und betete.

Nina wartete auf Pfarrer Heller. Er verließ nicht den Beichtstuhl.

Wartete er, bis sie verschwunden war? Hatte sie ihn mit ihrer Direktheit verletzt? Was, wenn sie sich irrte? Immerhin bezichtigte sie einen katholischen Pfarrer der Verletzung des Zölibates und des Ehebruchs mit ihrer Mutter.

Kein Wunder, dass er sie der Kirche verwies. Wie konnte sie nur so unprofessionell vorgehen? Nina wankte und fand an einer Banklehne Halt.

Aber wenn er nicht ihr Vater war, warum wollte er, dass sie vom Fall abgezogen wurde? Und warum ließ er sich von ihrer Mutter küssen? Heimlich. Im Schatten der Kirchenpforte!

Süßer Speichel sammelte sich im Mund. Kein gutes Zeichen.

Nina rannte hinaus, links um die Tür Richtung Seitengasse, in der sie ihre Mutter beobachtet hatte.

Dort entleerte sich ihr Magen.

22

Pfeiffer wartete vor Ellens Haus im Auto mit laufendem Motor.

Ellen stieg ein und warf die Tür trotz später Stunde lautstark zu. »Willst du mich quälen?«

Pfeiffer hatte sich auf einen Wortwechsel eingestellt. »Glaube mir, das wollte ich uns beiden nicht antun.«

»Nicht antun? *Nicht antun?*« Vor Entrüstung lief Ellen rot an.

Pfeiffer schlug auf das Lenkrad. Er fühlte sich so hilflos wie ein pubertierender Teenager.

»Ich will nicht zusammen mit dir im Auto sitzen! Warum hast du Baumann nichts gesagt?«

Pfeiffer stieß einen Seufzer aus. »Das wäre einem Versetzungsgesuch gleichgekommen. Willst du das? Willst du umziehen?«

»Ich?«

»Denkst du ich?« Verdammt, ihm entgleiste das Gespräch. Er lenkte ein. »Ich dachte, wir sind Profis?«

Ellen zog ihr Handy aus der Tasche. »Ich schon.« Sie tippte darauf herum.

Was zum Teufel tippt sie da? Pfeiffer schüttelte den Kopf. Er wollte nicht noch mehr Öl in das Feuer gießen. »Davon merke ich aber gerade nichts.«

Zu spät. Jetzt ist es draußen.

Ellen fuhr herum. Ihr Blick giftete ihn an. »Was ist nur los mit dir? Ich verstehe nicht, warum du plötzlich so ein … so ein Arsch geworden bist.«

Pfeiffer machte eine Vollbremsung. Ein Fußgänger profitierte davon, den er sonst übersehen hätte. »Arsch?«

»Ja! Was sonst? Und das ist noch harmlos. Was bin ich froh, dass ich früh genug bemerkt habe, wer du bist. Unvorstellbar, wenn ich mich mit dir eingelassen hätte!« Ellen starrte aus dem Fenster.

Das saß!

»Eingelassen?« Seine Stimme überschlug sich beinahe und klang selbst in seinen Ohren fremd. Er holte Atem, versuchte, sich zu beruhigen und bemerkte, dass er zitterte. »Dass ich nicht lache!«, presste er heraus, um sein Herzklopfen zu übertönen.

»Ja, eingelassen! Du bist es nicht wert, dass man dir nachweint. Und das werde ich auch nicht tun. Ich kann jeden Kerl haben, den ich will! Und *dich* will ich bestimmt nicht!«

»Na, dann ist ja alles gut!«, sagte er ironisch, um zu zeigen, dass für ihn das Thema beendet war. Ellen durfte nicht merken, wie sehr sie ihn verletzt hatte.

Pfeiffer versuchte, das Zittern in seinem Körper zu ignorieren und sich auf die Fahrt zu konzentrieren. Er wollte nicht noch einen Unfall verursachen. Das würde auf der Liste seiner Vergehen gerade noch fehlen.

Nach einer gefühlten Ewigkeit verbissenen Schweigens erreichten sie die Sanderau. Während er auf der Suche nach einem Parkplatz langsam die Straße vor dem Pfarrhaus entlangfuhr, überlegte Pfeiffer, wie er jetzt den Streit beenden sollte, ohne dass der Fall litt. Kurzentschlossen fuhr er halb auf den Gehweg. Die Sonne stand bereits tief und warf einen langen Schatten in den kleinen Vorgarten.

»Weißt du was?«, sagte er zu Ellen. »Es ist mir scheißegal, was du von mir hältst. Wenn wir jetzt da reingehen, will ich die alte zuverlässige Ellen zurückhaben, sonst lass ich uns beide versetzen!«

***

Ellen war froh, als Pfeiffer den Motor abstellte. Sie öffnete die Fahrertür und flüchtete. Nur schnell raus! Weg aus Pfeiffers Nähe. Er sollte … nein, durfte nicht sehen, wie sie bebte. Oder hatte er sie bei der Fahrt ebenso beobachtet wie sie ihn? Sie hatte seinen Blick gespürt, obwohl sie sich auf das Handy konzentriert hatte.

All die Jahre hatten sie ein fantastisches, freundschaftliches Verhältnis gehabt, sich gegenseitig respektiert und geachtet.

Bis vor zwei Monaten.

Peter schien tiefere Gefühle für sie zu empfinden. Damals dachte sie: Tausendmal berührt, tausendmal ist nichts passiert. Und plötzlich hat es ZOOM gemacht.

Hatte sie falsche Signale gesetzt? Ihn unbewusst ermutigt? Sie wusste es nicht. Bevor es richtig angefangen hatte, machte er einen Rückzieher. Einfach so! Ohne Erklärung! Brauchte er nur eine Bestätigung seiner Anziehungskraft?

Sie beobachtete, wie Pfeiffer zur Tür ging und klingelte. Seine Schritte waren steif und staksig, der sonst übliche federnde Gang fehlte. Sie hatte ihn während der Fahrt aus den Augenwinkeln heraus beobachtet, bemerkt, wie er seine Hände fahrig beschäftigte. Das Gespräch hatte auch ihn aufgewühlt.

Ellen schloss die Augen. Es schmerzte zu sehen, wie er wieder in sein altes Muster verfiel. Seine letzte Affäre mit der Rechtsmedizinerin machte ihr noch zu schaffen. Und nun schleppte er wieder Frauen aus der Disco, Bar oder der Würzburger Kneipenwelt ab. Kaum war sie vergessen, schlief er bereits mit der Nächstbesten. Dazu trug er noch das Hemd eines abgelegten Liebhabers. *Trotzdem ist es besser, als wenn er mit den gleichen Klamotten wie am Tag zuvor zum Dienst erscheint,* gestand sie sich widerwillig ein. Das hatte Pfeiffer kurz nach seiner Scheidung gebracht und somit für allerhand Klatsch in der Dienststelle gesorgt.

Ellen stützte sich am Auto ab. Sie musste sich zügeln, um nicht mit dem Knie gegen die Autotür zu stoßen.

War es das? Wollte er sie absichtlich verletzen? Wollte er, dass sie die Finger von ihm ließ? Ihn verabscheute? Hasste? Konnte das sein?

Er sah zu ihr herüber.

Sie konnte nie sicher sein, welche Farbe seine Augen hatten. Heute waren sie mehr grau gewesen. An anderen Tagen strahlten sie kornblumenblau, als wären sie ein Barometer seiner Gefühle. Die dunklen Haare fielen ihm bereits über die Ohren. Rasiert hatte er sich seit Tagen nicht mehr. Oder waren es bereits Wochen? Dazu die dunklen Schatten unter seinen Augen, die von zu wenig Schlaf und zu viel Alkohol zeugten. *Er sieht aus wie ein heruntergekommener Zuhälter. - Ohne Goldkettchen, versteht sich.* Außer der Uhr, einem Geschenk seiner Kinder zum vierzigsten Geburtstag, trug er keinen weiteren Schmuck. Seine athletische Figur wurde durch das schmal geschnittene blaugraue Hemd noch betont. Ja - er hatte es, das gewisse Etwas: Sexappeal.

Aber das Charisma, das ihn all die Jahre noch unwiderstehlicher gemacht hatte, war seit Wochen verschwunden.

Ellen überlegte. *Genau genommen … seit ich in dem Fall um den ›White Palace‹ in Gefahr geraten bin.*

Überwältigt schloss sie die Augen. Ihr Herz raste.

War es das? Wollte er sie schützen? Nicht in Gefahr bringen?

Wenn niemand weiß, dass er mich liebt, bin ich in Sicherheit.

»Oh, Peter, du Idiot!«, murmelte sie.

***

Pfeiffer hörte zuerst den Rollstuhl im Flur. Dann öffnete sich die Tür.

Er wusste zwar, dass die Schwester des Pfarrers im Rollstuhl saß, doch wie jung sie war, war ihm nicht bewusst gewesen. In Gedanken blätterte er den Polizeibericht bis zu der Stelle durch, in der das Alter des Opfers aufgeführt wurde. Corinna Heller war erst kurz vor dem Unfall sechzehn Jahre alt geworden. In der Blüte ihrer Kindheit, auf der Stufe zur Frau.

Alles, was Teenager und junge Erwachsene erlebten, alle ihre Hoffnungen und Träume, wurden mit einem Schlag vernichtet.

Von einer Sekunde auf die andere wurde das Schicksal einer ganzen Familie verändert. Die ältere Tochter starb, weil sie ungünstig mit dem Kopf auf die Gehplatten aufschlug. Die jüngere wurde vom Auto mitgeschleift, bis sich ihre Beine in einem Abflussgitter verfingen und … War das der Grund, weshalb der Pfarrer sein Leben der Kirche geweiht hatte? Damit er sich um seine Schwester kümmern konnte?

Corinna Heller musterte ihn aufmerksam. Der bittere Zug, eingemeißelt in kleinen Fältchen rund um ihren Mund, stand im Widerspruch zu den vollen sinnlichen Lippen. Wie viel Freude hätte diese Frau einem Mann schenken können, der sie liebte.

Wie hart kann das Leben sein.

»Was möchten Sie? Der Pfarrer ist noch unterwegs.« Die Stimme klang fester, als es ihr gebrechliches Aussehen vermuten ließ.

»Wenn ich aber zu Ihnen möchte?«

Sie lächelte ihn an. Die kleinen Fältchen verwandelten sich in charmante Lachfalten und offenbarten ein Grübchen auf der linken Seite.

Wow.

»Zu mir?«

»Ist das denn so abwegig?« Sie roch nach Kokos, stellte Pfeiffer überrascht fest.

»Außergewöhnlich ist wohl eher der richtige Begriff. Um diese Zeit kommen sonst keine Mitarbeiter der Krankenkasse, um meinen neuen Rollstuhl zu begutachten. Oder um die Pflegestufe zu erfassen und mich herabzustufen, weil ich es doch noch schaffe, alleine auf die Toilette zu gehen.«

Pfeiffer hüstelte verlegen. »Ich bin nicht von der Krankenkasse.«

»Das habe ich mir fast gedacht.« Ihr Blick glitt an ihm entlang.

Pfeiffer fühlte sich, als würde ihm das Hemd auf der Haut brennen. »Na gut, gewonnen. Mein Name ist Peter Pfeiffer.«

»Peter? Ich finde, der Name passt zu Ihnen.«

»Da bin ich aber erleichtert. Corinna passt auch zu Ihnen.«

»Danke.« Sie lächelte. »Peter der Große.«

Er musste lachen. »Corinna die Lächelnde.«

Ihr Lächeln vertiefte sich. »Das höre ich nicht oft.«

Pfeiffer war es unangenehm, die nette Atmosphäre zu zerstören. Langsam zog er den Dienstausweis aus der Hemdtasche. »Peter Pfeiffer, von der Kripo Würzburg. Und das«, er zeigte auf Ellen, die nun zu ihnen heranschlenderte, »ist meine Kollegin, Ellen Müller. Könnten wir einen Moment mit Ihnen sprechen?«

Unvermittelt verschwand das Lächeln. Die zuvor noch freundlichen Augen wurden nun abweisend. Sich des eigenen Wandels bewusst, lächelte sie erneut. Es wirkte …

Aufgesetzt.

»Schließen Sie die Tür hinter sich.« Sie rollte den Flur entlang. »Es war schon viele Jahre keine Polizei mehr hier. Ich hatte nicht mehr damit gerechnet, etwas von euch zu hören. Ist der Fall nicht abgeschlossen? Gibt es neue

Erkenntnisse? Nach all den Jahren? Können Sie es nicht auf sich beruhen lassen?«

Pfeiffer war irritiert. *Worüber spricht sie?* ›Nach all den Jahren‹ – meint sie damit ihren eigenen Fall? Dann müsste sie sich doch über neue Informationen freuen, oder? Und wieso weiß sie nichts von dem aktuellen Fall? Von dem Tod der vier Freunde ihres Bruders? Hat ihr der Pfarrer nichts davon erzählt? Was geht hier vor?

Ellen schloss die Tür. »Abgeschlossen oder nicht – es gibt immer Kollegen, die nie aufgeben. Auch uns geht Ihr Fall an die Nieren. Was ja auch in Ihrem Interesse sein dürfte, oder?«

Clever, dachte Pfeiffer. Auf ihr Gespür ist Verlass. Sie geht auf das Gesagte ein und lässt den aktuellen Fall außen vor. Der Gedanke an Ellen störte für einen Moment seine Konzentration. Er stieß an einen Stuhl.

»Das ist Ihr Problem«, meinte indessen Corinna. Geschickt rangierte sie mit ihrem Rollstuhl durch das Esszimmer. »Nein. Ich habe mit dem Unfall abgeschlossen. – Und ich habe vergeben«, setzte sie hinzu.

»Vergebung ist eine Sache. Aber wollen Sie nicht wissen, wer es war?«, stellte Ellen die Gegenfrage. »Und dieser Person dann doch die gerechte Strafe zuteilwerden lassen? Immerhin hat er Fahrerflucht begangen.«

»Sie wühlen vieles wieder auf.«

»Ich denke … Sie haben ihm *vergeben?«*, mischte sich Pfeiffer ein.

»Ja, aber meine Beine bekomme ich deshalb nicht wieder!« Corinna hielt in der Bewegung inne, rollte vor und zurück und blieb dicht vor Pfeiffer stehen. Sie stützte sich mit den Ellenbogen auf die Lehne und streckte den Oberkörper. »Warum soll ich mich selbst quälen? Es tut noch weh. Jeden Tag erinnern mich die Phantomschmerzen an das, was mir geschehen ist!« Sie sackte zusammen. Mit den Händen klatschte sie auf ihre Oberschenkel, die als Stümpfe im Nirgendwo endeten.

Das Geräusch drang Pfeiffer durch und durch und schnürte ihm den Brustkorb zu.

»Wenn ich nicht durch Albträume geweckt werde, lassen mich die Schmerzen nicht schlafen. Mein Leben ist zerstört. Ich bin auf andere Menschen angewiesen. Ich bin immer nur ein Anhängsel. Soll ich weiter aufzählen?« Sie hob ihre Stimme an. Sie wendete ihr Gefährt und rollte weiter. »Ich will einfach nur noch meine Ruhe, können Sie das nicht verstehen?«

Ja, ich verstehe.

Sein Mitleid mit Corinna Heller paralysierte ihn. Warum kam sie nicht aus diesem Sog von Schmerz und Selbstmitleid? Viele vom Schicksal geschlagene Menschen wie sie gründeten Familien und führten trotzdem ein erfülltes Leben.

Warum ist es bei ihr anders? Nach dreiundzwanzig Jahren?

Sie waren im Wohnzimmer angekommen. Corinna drehte den Rollstuhl zu ihnen um und zog die Bremse an. Pfeiffer lehnte sich an den Türrahmen. Jetzt fiel ihm auf, dass hier nur ein Sessel neben der Couch stand. Wenn man wusste, worauf man achten musste, dann war alles logisch: breite Türen, keine Schwellen, keine Teppiche. Keine Möbel, die im Weg standen und die einen Rollstuhlfahrer behinderten.

»Also, was haben Sie an neuen Erkenntnissen?«

Pfeiffer hob die Schulter. »Keine.«

»Warum sind Sie dann gekommen? Sie sagten doch …«

Ellen lächelte. »Das sagten *Sie*.«

Corinna nickte. Verstand. Lächelte bitter. »Was wollen Sie wissen?«

»An was erinnern Sie sich?«, fragte Pfeiffer.

»Das ist nicht Ihr Ernst! Damit kommen Sie mir?« Sie löste die Bremse und deutete zur Tür. »Deshalb müssen Sie keine alten Gefühle hochkommen lassen! Das steht alles in den Akten!« Sie rollte auf ihn zu.

Pfeiffer rührte sich nicht. Er würde nicht weichen. Da musste sie ihn schon überrollen und aus dem Haus zerren.

Kurz vor ihm hielt Corinna Heller an.

»Wir können lesen.« Pfeiffer schob sich an ihrem Rollstuhl vorbei und setzte sich auf die Couch. »Wir wollen das wissen, was nicht in den Akten steht.«

Corinnas Blick wechselte von Ellen zu Pfeiffer und zurück.

»Ich weiß nicht, was Sie meinen.«

»Doch …«, begann Pfeiffer.

Ellen winkte ab und unterbrach ihn. »Entschuldigen Sie meinen Kollegen. Wenn er sich hilflos fühlt, gehen ihm mitunter die Pferde durch. Nicht wahr, Peter?«

Pfeiffer stieß die Luft aus. Hörbar. Was hatte Ellen vor?

»Wir dachten«, fuhr Ellen fort, »dass Ihnen vielleicht neue Ideen oder Gedanken gekommen sind. Nach all den Jahren vergisst man Gesichter. Sie verwischen vor den Augen wie durch Schleier. Werden zu Masken, schemenhaften Schatten. Man weiß nicht mehr, ist es wahr oder träumt man. Bis sie eines Tages wieder deutlicher werden. Plötzlich eine neue Gestalt auf der Straße, ein Gesicht. Oder man schnappt ein Gespräch auf und eine Idee pflanzt sich ins Hirn. Ein neuer Ansatz.«

Corinna zog in einer Tour am Zeigefinger ihrer linken Hand. Die Fingernägel waren abgekaut.

Pfeiffer studierte sie während Ellens Rede. Hatte Ellen die richtigen Worte gefunden? Einfühlsam waren sie ja. Aber drangen sie auch bei Corinna durch?

Corinna reagierte anders, als Pfeiffer es erwartet hätte.

Ihr Mund verzog sich, sie blinzelte, dann kamen die Tränen.

Pfeiffer konnte Ellen keinen Vorwurf machen. Im Gegenteil. Weinen setzte tiefere Emotionen frei als Wut.

Corinna wischte sich die Tränen aus den Augen. »Nur muss ich aufpassen, dass der Wunschgedanke nicht überhand nimmt. Sie ahnen nicht, wie viele Gesichter ich all die Jahre vor mir gesehen habe und ich mich fragte, ob es derjenige war. Wer ist der Schuldige? Wer hat Veronika getötet? Wer zerstörte mein Leben?« Sie ließ die Tränen laufen. Sie rollten über ihre Wangen und hinterließen eine feuchte Spur auf der Haut. »Wie ist es ihm gelungen, sich all die Jahre vor der Polizei zu verbergen? Die Frage stellte ich mir jeden Tag aufs Neue. Doch irgendwann verstummte die Stimme in meinem Kopf. Was bringt es auch zu grübeln.«

»Haben Sie deshalb den zuständigen Beamten gebeten, die Ermittlungen einzustellen?«

Corinna Heller sah Pfeiffer mit großen Augen an. Woher wusste er das, konnte er darin lesen. Dann schien sie abzuwägen, wie viel sie abstreiten konnte. Sie zog wieder an ihrem Zeigefinger. »Bekommt er Ärger?«

Pfeiffer schüttelte den Kopf. »Erzählen Sie es mir.«

Corinna suchte ihre Taschen ab.

Ellen reichte ihr ein Tempo.

Pfeiffer fiel auf, dass Ellen immer Papiertaschentücher dabeihatte.

»Er hat mir leidgetan«, sprach Corinna weiter, nachdem sie geschnäuzt hatte.

»Wer?«

»Der Polizist.«

»Damals?«

»Ja. Er war nett … und so groß. Er setzte sich immer vor meinen Rollstuhl auf den Boden, damit ich keine Angst vor ihm bekam. Zuerst kam er fast täglich, dann einmal die Woche, zuletzt einmal im Monat. Immer die gleichen Fragen. Immer wieder Fotos von Autos und Verdächtigen. Ich weiß gar nicht, woher er die alle nahm. Vielleicht aus der Verkehrssünderkartei. Immer wieder war er enttäuscht, wenn ich keinen erkannte.«

Pfeiffer strich sich über den Bart. »Haben Sie den Fahrer gesehen?«

»Nein.«

Kam die Antwort etwas zu schnell? Pfeiffer registrierte es und stellte die nächste Frage. »Wieso zeigte er Ihnen dann Fotos?«

Corinna zuckte mit den Schultern. »Ich nahm immer an, damit er etwas tun konnte. Sollte er einem Phantom hinterherjagen? Dem großen Unbekannten? So sah er Gesichter mit Namen vor sich, hatte etwas Greifbares. Hätte ich doch nur einen von denen erkannt ... Er wusste ja nicht mehr, in welche Richtung er ermitteln sollte.«

»Einen von denen?«

»Was?« Corinna überlegte.

»Sie sagten gerade: Hätte ich doch nur einen von denen erkannt. Wie meinten Sie das? Einen von den Fotos? Oder einen aus dem Auto?«

»Ach so.« Ihre Finger waren ständig in Bewegung. »Von den Fotos natürlich. Während des Unfalls habe ich ja niemanden gesehen.« Sie betonte den letzten Satz. Wieder zog sie an dem Finger. Diesmal knackte er im Gelenk. »Ich weiß inzwischen nicht mehr, was Realität und was Einbildung ist. In der Erinnerung sehe ich nur noch Lichter und einen dunklen Schatten. An mehr erinnere ich mich nicht.«

»Was war das für ein Auto?«, fragte Pfeiffer.

Als wären jetzt die Finger nicht mehr interessant, griff sie nach dem Schlüsselband, welches am Rollstuhl hin, und bewegte es zwischen ihren Fingern. »Ich weiß, dass ich immer sagte, es war ein schwarzer, schwerer Wagen. Doch dann sah ich in der Stadt einen roten Passat. Seitdem weiß ich es nicht mehr.« Sie weinte erneut. »Ich habe dem Polizisten gesagt, er soll seine Zeit nicht länger vergeuden. Vielleicht war es egoistisch, aber ich wollte endlich vergessen.«

Pfeiffer stellte die Frage, die ihn am meisten interessierte. »Veränderte sich auch das Leben Ihres Bruders?«

»Unser aller Leben.« Corinnas Blick ging durch ihn hindurch und verlor sich in der Erinnerung.

Pfeiffer räusperte sich. »Ich wollte wissen, ob er bereits vor dem Unfall den Ruf vernahm, Priester zu werden.«

»Wieso fragen Sie mich das nicht persönlich?«, kam es von der Tür.

Unbemerkt war Pfarrer Heller herangekommen. Er stand in der Haltung eines Soldaten zwischen Ess- und Wohnzimmer.

Aber Corinna muss ihn gesehen haben, überlegte Pfeiffer. Hat sie mich deshalb die Frage neu formulieren lassen? *Luder!*

»Hallo Brüderchen. Ich habe dich nicht kommen hören.«

»Bitte Corinna, nicht hier vor … der Polizei.« Die vertraute Anrede im Beisein Außenstehender brachte den Pfarrer aus dem Konzept.

»Du kennst die beiden?«

Weder ihr Bruder noch Pfeiffer oder Ellen gaben Corinna eine Antwort.

»Gut. Dann frage ich Sie«, wandte sich Pfeiffer an den Pfarrer. »Ich wollte wissen, ob Sie bereits vor dem Unfall den Ruf vernahmen, Priester zu werden.«

»Was hat das mit dem Fall zu tun?« Die Stimme des Pfarrers grollte, als würde er von der Kanzel herab Sünder einschüchtern wollen.

»Das wissen wir nicht. Noch nicht!« Pfeiffer lehnte sich zurück.

Mich kannst du nicht einschüchtern. »Vielleicht hat es nichts damit zu tun - vielleicht ist es die Lösung des Falles.« Pfeiffer betonte jedes Wort.

In Hellers Augen flackerte es auf. »Schießen Sie gerne ins Blaue, Herr Kommissar?« Das Licht der Stehlampe beschien den Pfarrer wie ein Scheinwerfer und ließ die Nasenhaare wie schwarze Büschel wirken.

Ellen lachte. »Was das betrifft, ist mein Kollege ein Experte. Ab und zu fällt auch mal eine Taube vom Himmel.«

Der Pfarrer schritt zum Fenster und kehrte ihnen den Rücken zu.

»Ein Glückspilz sozusagen?« Seine Stimme wurde weicher.

»Sozusagen.« Ellen lächelte.

Pfeiffer war stolz auf Ellen. Es war ihr gelungen, die Situation zu entschärfen.

Corinna folgte dem Gespräch mit verwirrter Miene. Pfeiffer konnte nicht greifen was, aber etwas darin störte ihn, fühlte sich falsch an.

Der Pfarrer nahm den Stuhl von seinem Platz am Fenster und setzte sich ihnen gegenüber. Steif. Unbequem. Wollte er sich selbst bestrafen?

»Adiutorium nostrum in nomine Domini«, sagte Heller plötzlich.

›Unsere Hilfe ist im Namen des Herren‹, wenn du mir so kommst, das kann ich auch. Pfeiffer überlegte kurz, dann antwortete er: » »Qui feziat calzium et terram.«

Überrascht schaute der Pfarrer auf. »Fecit caelum.« Dann nickte er wohlwollend. »Ja, er hat den Himmel und die Erde.«

Ellen legte den Kopf schief.

»Was guckst du mich so an?« Pfeiffer fühlte sich unter Ellens Blick unwohl.

»Latein?«, fragte sie.

»Ja, ich war mal Ministrant. Ein paar Sachen sind hängen geblieben.«

Der Pfarrer lachte auf. »So habe ich auch angefangen. Sie fragten mich nach meinem Werdegang. Damals dachte ich noch nicht daran ...« Ein Schalter wurde in seinem Inneren umgelegt. Jegliche Kraft wich aus seinem Körper. Er legte die Hände flach auf die Knie und schloss die Augen. »Es war der verhängnisvollste Tag in meinem Leben«, begann er und schlug puppenhaft starr die Augen auf. »Ich weiß nicht, inwieweit Sie den Bericht gelesen haben. Ich kam dazu, als das Unglück schon passiert war.« Er sprach schleppend. Zäh gingen die Worte über seine Lippen. So, als wollten sie nicht ausgesprochen werden. Jeder wollte das Geschehene vergessen.

Vergessen!

Pfeiffer fühlte sich unwohl. Er verlangte viel von diesem Mann, von der Frau, die beide auf so tragische Weise einen Teil der Familie verloren hatten. Alles noch einmal durchkauen. Erinnerungen aufwühlen, die sie in den hintersten Hirnwindungen vergraben hatten, um etwas Frieden zu finden.

Pfeiffers Hals wurde trocken. Er hustete. »Entschuldigen Sie, Herr Pfarrer, Sie müssen das nicht …«

Heller hob die Hand. »Ich trage die Schuld!«, unterbrach ihn der Pfarrer und räusperte sich. »*Ich* bin schuld - um deine Frage zu beantworten«, richtete er sich an seine Schwester. Corinna sah aus, als wolle sie ihren Bruder zum Schweigen bringen, ihm am liebsten die Hand auf den Mund pressen.

Er hat also schon längere Zeit zugehört, ging es Pfeiffer durch den Kopf.

»Ich kam zu spät! Ich sollte meine kleinen Schwestern von der Diskothek abholen. Doch mein Auto sprang nicht an.« Hellers Adamsapfel zuckte. Er griff sich in seinen Kragen und lockerte ihn. »Sie warteten nicht auf mich. Nein! Sie waren bereits auf dem Heimweg.« In seiner Stimme schwang unüberhörbar ein Vorwurf mit. Die Schuld war gewichen.

Ellen rutschte auf dem Sessel herum. Ihr Blick forderte Pfeiffer auf, etwas zu unternehmen.

Zu spät.

Bevor Pfeiffer etwas sagen konnte, schluchzte der Pfarrer.

»Ach, hätte ich doch nur!« Tränen, jahrelang verdrängt, brachen hervor. Er schlug die Hände vor das Gesicht.

Corinna Heller betrachtete ihren Bruder wie einen Fremden. Unsicherheit spiegelte sich in ihrer Miene wider. Sie streckte die Hand aus, zögerte.

Überlegt sie tatsächlich, ob sie ihn trösten soll oder nicht?

Sie zog die Hand zurück. »Basti, du darfst dir keine Vorwürfe machen. Wir hätten diesem Auto ausweichen sollen, als es auf uns zu jagte. Es war unsere Schuld. Aber Gottes Wege sind unergründlich. Es war sein Wille. Ansonsten wärst du nie diesen besonderen Weg gegangen und hättest nie so vielen Menschen Gutes getan.«

»Das ist kein Trost, Coco.«

Sie drehte sich zu Pfeiffer. »Jetzt wissen Sie alles! Und nun gehen Sie! Sie finden den Weg allein hinaus, so groß ist das Haus nicht.«

Mit hängenden Schultern standen Pfeiffer und Ellen auf. An der Tür sah Pfeiffer noch einmal zu dem Geschwisterpaar. Corinna rollte zu ihrem Bruder. Mit zitternden Händen zog sie ihn in ihre Arme.

Es wirkte wie unter Zwang, steif. Eine Geste, die sie ausführte, weil es die gesellschaftliche Norm von ihr verlangte. Beide waren in einer Endlosschleife von Vorwurf und Selbstmitleid gefangen.

Und das seit dreiundzwanzig Jahren.

***

»Puh.« Erschöpft lehnte sich Ellen auf dem Beifahrersitz zurück. »Ich fühle mich richtig mies.«

»Ich auch«, gestand Pfeiffer. »Das wollte ich nicht.«

»Ich weiß. So was will niemand. Aber es war trotzdem gut.«

»Nicht dein Ernst.« Seine Hände rutschten vom Lenkrad.

Ellen lächelte. »Doch. Sonst hätten wir nie gesehen, was die beiden da drin abziehen.«

»Was sagst du?«

»Männer.« Ihr Lächeln dauerte nur eine Sekunde. »Los! Fahr. Es ist schon spät. Ich will nach Hause.«

Pfeiffer startete den Motor und fuhr Richtung Randersackerer Straße. »Ich weiß, Ihr Frauen seid einfach empfindsamer, was derartige Schwingungen betrifft. Also, was hast du empfangen?«

»Ich glaube, sie nutzt sein schlechtes Gewissen aus.«

»Den Eindruck hatte ich auch. Das wäre aber unchristlich.« Pfeiffer sah, wie Ellen ihn anblickte, doch er starrte auf die Straße.

»Sie ist seine Schwester, sie muss nicht christlich sein«, meinte Ellen.

»Was wäre, wenn sie den Fahrer in einem der vier Toten erkannt hat? Wie sie vorhin mit ihren Fingern geknackst hat, war unheimlich. Sie ist derart in ihrem Selbstmitleid gefangen, dass Rache durchaus Sinn ergibt.«

»Und du meinst, sie läuft mit ihren Prothesenbeinen herum und zwingt die Männer, die sie für schuldig erachtet, mit ihrem Anblick zum Selbstmord?«, fragte Ellen.

»Du musst nicht sarkastisch werden. Aber vielleicht mit dem Pfefferspray, das sie in der Innentasche vom Rollstuhl stecken hat.«

»Oh, das ist mir entgangen. Ich habe nur ihre abgekauten Nägel gesehen.« Ellen schaute aus dem Beifahrerfenster. »Mein Gefühl sagt mir, dass die beiden unter einer Decke stecken. Vielleicht hilft er ihr? Vielleicht gezwungenermaßen … sie erpresst ihn, damit er ihr hilft. Er ist immerhin schuld daran, dass die beiden nicht im sicheren Auto saßen.«

»Er ist ein Mann Gottes!«, entgegnete Pfeiffer.

»Er ist auch ihr Bruder.«

»Arme Nina.«

»Naja, vielleicht hat sie es auch allein gemacht. Ich habe eine gewisse Angst zwischen den beiden gespürt.«

Pfeiffer setzte den Blinker, fuhr auf die B19 Richtung Heidingsfeld und reihte sich in den abendlichen Verkehr ein. Die Schiffe auf dem trägen schwarzen Main unter ihnen waren hell beleuchtet. »Nehmen wir einmal an, Corinna wäre in der Lage zu gehen - Timo Sommer wohnte im Dachgeschoss. Ich musste schon schnaufen, als wir die Treppe hochgestiegen sind. Woher hat sie die Kondition?«

»Jeder Mensch hat eine bessere Kondition als du.«

»Bleib ernst.«

»Wieso hast du eigentlich aufgehört zu joggen?«

»Ich bin hier nicht das Thema«, erwiderte Pfeiffer schroff.

Ellen grinste und der kleine Leberfleck auf der Wange tanzte hin und her. »Fitnessstudio?«

Pfeiffer konzentrierte sich auf den Fall. »Okay. Ein starker Wille versetzt Berge. Dann …«, er überlegte einen Moment. »Horst Kohlhepp fand man im Wald.«

»Ich werde morgen früh gleich überprüfen, ob auf sie ein KFZ zugelassen ist.«

»Ein Auto?«, fragte Pfeiffer, als sie an einer Ampel warteten, und trommelte mit den Fingern auf dem Lenkrad herum. »Klar, es gibt Spezialfahrzeuge für Behinderte.«

Ellen nickte. »Dennoch. Sie konnte im Moment des Unfalls maximal eine Person wahrnehmen. Wenn überhaupt. Warum sind drei Männer tot?«

»Vielleicht hat sie die anderen prophylaktisch getötet, einfach um sicherzugehen.«

»Jetzt wirst du sarkastisch«, sagte Ellen.

»Das täuscht.«

»Und drittens: Wieso rächt sie sich erst nach dreiundzwanzig Jahren?«

»Sie bekam erst jetzt Informationen, die sie zu den Schuldigen führten?«

»Möglich.« Vor Ellens Wohnung parkte Pfeiffer in der zweiten Reihe, ließ jedoch den Motor laufen. »Was kann das gewesen sein?«

»Wir können sie morgen fragen.« Ellen öffnete die Tür.

»Soll ich dich noch hinein begleiten?«

»Ich bin schon groß.«

»Ich weiß.« Er räusperte sich.

»Du musst keine Angst um mich haben. Sie ist im Gefängnis.«

Sie. Die Frau, die vor Monaten versucht hatte, ihn umzubringen; die Ellen in Gefahr gebracht hatte. Pfeiffer schluckte, um den Kloß im Hals loszuwerden. Vergeblich. Nein, *er* hatte Ellen in Gefahr gebracht! Und das würde er sich nie verzeihen.

»Gute Nacht.« Ellen verschwand in der Dunkelheit, bevor Pfeiffer etwas erwidern konnte.

Der Kloß saß so fest, dass selbst ein Sechserpack Bier ihn später nicht wegspülen konnte.

23

»Oh mia cara! Mein Liebling, was is passiert?« Ritchy öffnete Nina die Tür und musterte sie entsetzt. Wie eine altersschwache Frau führte er sie am Arm in die Wohnung. »Isch disch nischt erkannt.«

Nina zuckte resigniert mit den Schultern. Wenn sie so aussah, wie sie sich fühlte, war es ein Wunder, dass er sie überhaupt erkannte. »Nimm mich einfach nur in die Arme.« Ihre leise Stimme versagte und sie fing an zu weinen.

Ritchy umarmte und streichelte sie. »Bella Donna, du macht mir Angst. Is dir was passiert? Bist du gesund?«

Nina kuschelte sich an seine Brust und schüttelte kaum merklich den Kopf. Seine Sorge tröstete sie.

Nach einer Weile fragte er: »Was hast du dann?«

Nina machte sich frei und schniefte. »Das kann ich nicht sagen. Ich muss mir erst darüber klar werden.« Sie wischte sich über das Gesicht.

Ritchy trat an den Esszimmertisch. Zwei rote Kerzen brannten in silbernen Leuchtern.

Erst da bemerkte Nina den wunderschön gedeckten Tisch. »Oh Ritchy! Womit habe ich dich nur verdient?«

Er zog die Serviette aus dem silbernen Ring. Lächelnd tupfte er damit ihre Tränen weg. »Mia principessa, isch bin der Glücklische.«

Sie küsste ihn zärtlich. »Jetzt haben wir endlich Zeit für uns, und ich versaue den Abend.« Sie schaute auf die Serviette. »Mit Herzen? Wie romantisch.«

»So bin isch, mia cara.« Er umarmte und küsste sie. »Warum du nischt zu mir ziehen, Bella. Dann hast du deine Ruhe.«

»Was? Ach Ritchy, jetzt nicht.«

»Warum? Geht doch um dein Vater, oder?«

»Wie kommst du darauf?« Nina wich zurück.

»Evelyn hat angerufen. Sie war … anders als sonst.«

»Mama? Was wollte sie?«

»Das sie hat nischt gesagt. Isch aber mir denken.«

»Glaub mir, ich habe viel größere Probleme als du denkst.«

Ritchy strich sich durch sein gewelltes Haar. »Du immer Probleme wirst haben. Ihr deutschen Frauen seid so kompliziert. Ihr könnt nicht leben ohne Probleme. Immer Probleme.«

»So ist das Leben nun mal.«

»No no, so ist dein Leben. Ich dachte, wir etwas Besonderes haben.«

»Das haben wir doch auch.« Nina warf sich auf die Couch und zog ein Kissen vor das Gesicht.

»Dann zieh zu mir, Bella.« Ritchy setze sich vor sie auf den Couchtisch und zog das Kissen von ihrem Gesicht.

»Ich habe Angst«, presste Nina hervor.

»Wieso?«

Als Nina schwieg, wiederholte er seine Frage. »Wieso, mia Nina?«

Nina schniefte und tastete nach der benutzten Serviette. »Was, wenn ich dich enttäusche?«

»Bella! Du kannst misch nicht enttäuschen. Isch liebe dich!« Ritchy reichte ihr die zerknüllte Serviette.

»Aber … aber … wenn es nicht klappt mit uns beiden? Diese Nähe, dann … dann hast du deine schöne Wohnung aufgegeben.«

Ritchy stand auf. Mit wenigen Schritten durchlief er das Zimmer, drehte um und lief wieder zu ihr. Mit in die Hüfte gestemmten Fäusten blieb er vor ihr stehen. »Davor du hast Angst?«

Nina nickte und knabberte am Daumengelenk.

»Dann isch sie behalte und vermiete sie unter. Wenn dich das beruhigt. Und wenn du misch verlässt, isch dann schmeiß den Mieter wieder raus. D´accordo?«

»Einverstanden.« Nina musste lachen. »Du bist so süß.«

»Isch weiß.«

Er beugte sich zu ihr herunter und küsste sie. »Bella?«

»Ja?«

»Isch habe Lust.«

»Isch weiß.«

***

Der Sex war anders als sonst.

Nina blickte an die Zimmerdecke. Neben sich hörte sie die gleichmäßigen Atemzüge von Ritchy. Am liebsten hätte sie sich angekuschelt und ihn liebkost, doch sie wollte ihn nicht wecken.

Wie anders? Schöner? Heißer? Ekstatischer? Sie grübelte. *Nein! Liebevoller.*

Heute Abend hatten sie keinen Sex, heute hatten sie ›Liebe gemacht‹.

Es war wundervoll gewesen, Ritchys Nähe und Wärme zu spüren. Einfach zu wissen, dass er da war. Das war ihr heute am wichtigsten gewesen. Wichtiger als ein Orgasmus. Auch wenn sich Ritchy redlich bemühte - sie hatte den Kopf nicht frei bekommen. Die Sorgen hatten sie blockiert.

Ganz voran die beiden Varianten über ihren Erzeuger und den Verrat ihrer Mutter.

Doch dann log sie Ritchy an.

Oder zählte das nicht wirklich? Galt es als Lüge, ihm einen Orgasmus vorzuspielen? Tausende Gedanke und Sorgen schwirrten durch ihren Kopf und verhinderten, dass sie sich im schönsten Moment fallen lassen konnte.

Sie hatte Ritchys Erleichterung gespürt; und seine Verlegenheit, als es ihm bewusst wurde. Seine Reaktion rührte sie.

Nun lag sie da.

Wieder sah sie, wie ihre Mutter den Pfarrer küsste. Was bedeutete das? War Heller ihr Vater? Hatte er deswegen veranlasst, dass sie vom Fall abgezogen wurde?

Wollte er Nina schützen oder sie nur aus dem Wege haben?

Oder sehe ich Gespenster?

Okay, es war nur ein Kuss auf die Wange gewesen, aber es war liebevoll, eine vertraute Geste gewesen.

Nina wischte sich die Träne weg.

Dann döste sie in einen unruhigen Schlaf hinüber.

24

Pfeiffer sah aus dem offenen Fenster auf den Parkplatz und atmete die bereits warme Stadtluft ein. Selbst die Morgensonne wirkte bereits blendend weiß und es versprach ein ebenso heißer Tag wie gestern zu werden. Noch zwitscherten die Vögel in den Bäumen vor dem Gebäude.

Noch.

Pfeiffer strich über sein Hemd. Es hatte seltsame grüne Flecken und Ornamente. Er hatte es gestern Abend zusammen mit einem Brief, beim Stöbern in der Kiste mit den Erinnerungen an seine Mutter gefunden. Das Hemd hatte seinem Vater gehört. Mutter hatte es ihm nach Vaters Tod mit den Worten gegeben: Es ist aus Viskose und angenehm zu tragen, wenn es sehr heiß ist. Den Brief hatte er zurückgelegt. Es hatte ihm der Mut versagt.

Ist es ein Zeichen, dass ich es ausgerechnet jetzt zurückbekomme?

Der Sprecher von ›Radio Gong‹ berichtete, dass die Schifffahrt auf dem Main wegen Niedrigwasser vorübergehend eingestellt wurde. Pfeiffer stellte das Radio leiser.

Als Nina das Zimmer betrat, wusste Pfeiffer sofort, dass etwas nicht stimmte. Ihre glanzlosen Augen lagen in tiefen Höhlen. Die Haare fielen ihr ungewaschen in die Stirn. Selbst sein Hemd löste bei ihr keine Reaktion aus. Sie selbst trug ein graues Herren T-Shirt mit der Aufschrift:

**ICH GUCK NICHT BÖSE,
ICH VERSUCHE ZU TÖTEN!**

Es passte besser zu ihrer fahlen Gesichtsfarbe als die weiße Spitzenbluse vom Vortag. Zumindest die Jeans saß knackig an den Hüften.

Nina brummte ein: »Morgen«, schmiss ihren Autoschlüssel auf den Schreibtisch und plumpste in den Bürostuhl.

»Wo ist deine Handtasche?«

Nina schaute auf. Als würde sie jetzt erst realisieren, wo sie sich befand, sah sie zur Fensterbank, wo gewöhnlich ihre Handtasche landete, dann zu ihrem Autoschlüssel. »Vergessen.«

»Ah ja.«

Ohne auf Pfeiffers Bemerkung einzugehen, fuhr Nina den PC hoch und starrte auf das Display für die Passworteingabe.

»Nina?«

Das Summen des Lüfters zerschnitt die Luft. Stimmen vom Parkplatz drangen herein.

»Ja?«

»Alles klar bei dir?«

Sie schaute zu Pfeiffer, aber ihr Blick ging durch ihn hindurch. »Sehe ich so aus?«

»Deshalb frage ich.«

»Ich habe nur was mit dem Magen.«

Pfeiffer presste die Lippen aufeinander. Gestern hatte Nina einsichtig reagiert, während er ihr Baumanns Anordnung mitgeteilt hatte. Hatte er sich getäuscht? Er hatte ihr doch erklärt, dass sie am Fall dranblieb. Sah sie das nicht als Chance? Undercover? Bestand gerade darin das Problem? Oder konnte sie nicht klar denken, wenn es um den Pfarrer der Familie ging?

Bevor Pfeiffer nachfragen konnte, kam Ellen herein.

»Die Arztpraxen erreiche ich frühestens um acht Uhr.«

Nina sah auf.

»Bist du krank?« Ellen hielt inne und spitzte die Lippen. Das war ihre einzige Reaktion auf Ninas Aussehen und Pfeiffers Hemd. »Wir überprüfen die Schwester vom Pfarrer. Inwieweit sie die Möglichkeit hat, zu laufen, Treppen zu steigen und Auto zu fahren.«

»Corinna?«

»Du kennst sie?«

Nina schien nun hellwach. »Ich bin ihr letzte Woche in der Kirche begegnet. Und«, sie stützte sich mit den Unterarmen auf den Tisch. »Sie kann laufen. Nur mit dem Bücken hapert´s etwas.«

»Mit was?«

»Ach nichts. Habt ihr sie in Verdacht?«

»Das Verhältnis zwischen ihr und dem Bruder ist etwas … seltsam.«

»Du warst auch schon mal genauer.«

Ellen zog sich einen Stuhl heran und setzte sich zu Nina. »Die beiden halten sich entweder untereinander in ihrem Selbstmitleid gefangen oder sie erpressen sich gegenseitig.«

»Und wenn die drei Opfer damals die Täter waren, dann hat sie ein Motiv«, ergänzte Pfeiffer.

»Und das erst nach dreiundzwanzig Jahren?« Nina schüttelte müde den Kopf.

Ellen lachte. »Das Gleiche habe ich gestern auch gesagt.«

Pfeiffer gesellte sich zu ihnen. »Vielleicht konnte sie es nicht früher. Hat erst jetzt die Gesichter von denen gesehen und eins und eins zusammengezählt.«

»Auf jeden Fall habe ich den Eindruck, sie verschweigt uns etwas. Ich glaube, sie weiß, wer der Fahrer war und hat sich gerächt.«

»Corinna? Das glaube ich nicht«, sagte Nina.

»Na, du scheinst sie ja sehr ins Herz geschlossen zu haben.«

»Sie war sehr nett.«

Ellen schüttelte den Kopf. »Das ist nur Tarnung. Sebastian Heller hat theatralisch darauf bestanden, dass er schuld an ihrem Elend ist. Und sie? Sie hat sich zurückgehalten, als hätte er Ebola.«

»Jetzt bist du aber sehr hart«, meinte Pfeiffer.

»Hast du vergessen, wie er genau ihre Worte mit der Schuld aufgegriffen hat? Das war alles nur Maskerade, damit wir sie in Ruhe lassen. Erst sorgen sie dafür, dass Nina raus ist und dann … wundert sich der Pfarrer nicht einmal, warum Nina ausgetauscht wurde«, erwiderte Ellen.

»Wenn er es veranlasst hat, erübrigt sich das.« Pfeiffer sah zu Nina. Ihr Gesicht wurde noch fahler.

Ellen ging auf und ab und steckte ihre Hände in die Jeanstaschen. »Das erinnert mich an die Straßenbanden, die mit Hütchenspielen die Leute abziehen. Erst ist sie unter dem Hut, dann er, dann sind beide weg. Das ist die reinste Verwirrtaktik! Die beiden decken sich gegenseitig, damit wir den richtigen Mörder laufen lassen! Mich würde es nicht überraschen, wenn er die Morde auf sich nehmen würde, um sie zu schützen.«

»Und wenn er die Unfallverursacher selbst getötet hat, um Gerechtigkeit für seine Schwester zu bekommen?«, überlegte Pfeiffer. Als er sah, wie Nina kurz vor dem Weinen stand, ärgerte er sich.

Andi kam herein. »Ich habe die Zulassungsstelle angeschrieben. Ich hoffe, spätestens um neun Uhr eine Antwort zu haben.«

»Wir brauchen noch eine Nachbarschaftsbefragung. Frau mit Rollstuhl …«

»Quatsch! Sie wird kaum mit dem Rollstuhl zum Haus gerollt, aufgestanden und dann die Treppe zu Timo Sommer hochgelaufen sein«, warf Ellen schmunzelnd ein.

»Warum hochlaufen?«, fragte Nina.

»Na, Dachgeschoss!«

»In dem Haus gibt es nen Aufzug.«

Pfeiffer sprang auf. »Was? Wo?«

»Rechts vom Treppenhaus!«

»Und da lässt du mich die ganzen Treppen steigen?«

Nina zuckte mit den Schultern. »Wir hätten auch den Aufzug nehmen können. Doch ich dachte, wir tun was für unsere Fitness. Woher sollte ich denn wissen, dass du nichts vom Aufzug weißt? Du warst doch schon vor mir dort.«

Pfeiffer schlug sich die Hand auf die Stirn. Er sah die Kollegen von der Spurensicherung mit ihren schweren Koffern vor sich. Okay, sie hatten bei der Hitze genauso geschwitzt wie er, doch sie waren nicht außer Puste. *Ich Idiot!*

Andi lachte. »Nina hält dich fit.«

»Dann wäre es ein Leichtes für Corinna Heller gewesen, nach oben zu kommen«, nahm Ellen den Faden wieder auf.

Pfeiffer warf Ellen einen dankbaren Blick zu, den sie ignorierte. »Frau mit leicht ›verändertem‹ Gang?«

»Besser.«

»Wie geht so jemand? Steif?«

»Vor dem Haus gibt es Parkplätze. Mal schauen, ob jemandem ein Fahrzeug mit Behindertenzeichen aufgefallen ist oder irgendwer eine Person mit auffälligem Gang gesehen hat. Zusätzlich frag ich bei den Verkehrsbehörden nach. Vielleicht gab es einen Strafzettel.«

»Soll ich Corinna besuchen?«, fragte Nina und nahm ihren Autoschlüssel in die Hand.

»Das musst du nicht, wenn es dir nicht gut geht«, sagte Pfeiffer.

»Wie willst du erklären, dass du am frühen Morgen bei ihr auftauchst? Du bist zwar vom Fall abgezogen, aber nicht suspendiert«, fragte Ellen.

Nina schaute an sich herunter. »Ich gehe zum Arzt und feiere krank.«

Pfeiffer ließ sich in den Bürosessel fallen. »Klasse Idee. So wie du aussiehst, wird sie dir das abnehmen.«

***

»Sie schon wieder?« Resignation schwang in der Stimme der Pfarrhaushälterin mit, als sie Nina die Tür öffnete. Hannah Muthig straffte die Schultern. Das karierte Küchentuch trug sie wie eine Schärpe über der Schulter und die Salatgurke in ihrer Hand hielt sie wie ein Schwert.

Wie ein Ritter, der seine Burg verteidigt. Nina unterdrückte ein Grinsen. *Wohl eher die Küchenmagd.*

Aus der Küche klang ›Hier kommt Alex!‹ von den ›Toten Hosen‹ und der Song passte nicht zu Hannahs Auftritt.

»Guten Tag. Ich wollte zu Corinna«, sagte Nina.

Der Blick der Haushälterin blieb am Spruch auf Ninas Shirt hängen. »Na, das ist ja mal ne Aufmachung für nen Gesetzeshüter.«

»Ich bin privat hier.«

Die Pfarrhaushälterin schüttelte den Kopf und verzog missmutig das Gesicht. »Privat? Das ist mir egal. Und wenn Sie ein Empfehlungsschreiben vom Papst persönlich hätten, ich würde Sie nicht mehr reinlassen. Jedes Mal, wenn Sie hier aufkreuzen, kann ich anschließend das ganze Essen wegkippen! Das will dann keiner mehr. ›Kein Appetit‹, heißt es dann. Ich weiß ja nicht, was überhaupt die Polizei in diesem ehrenwerten Haus sucht. Mir sagt ja keiner was. Aber es kann sich nur um ein großes Missverständnis handeln. Ja, ein Missverständnis. So muss es sein.« Sie redete mehr zu der Gurke in der Hand als zu Nina und rümpfte die Nase.

Oje.

»Hannah!« Eine Männerstimme drang aus dem Inneren des Hauses.

Nina war verwundert. Die Stimme klang nicht wie die des Pfarrers und über einen weiteren Mann im Pfarrhaus war sie nicht informiert.

»Wer ist das?« Nina versuchte, einen Blick in das Innere des Hauses zu erhaschen.

»Niemand.« Die Pfarrhaushälterin drängte sie zurück auf die Straße und schloss die Tür hinter sich. Die Musik verstummte.

»Hannah!«, kam es leise, aber trotz der vorbeifahrenden Autos noch hörbar durch die Tür.

Hannah öffnete sie einen Spalt und zischte: »Gleich!«

»Gehen Sie ruhig. Ich habe Zeit. Ich wollte sowieso zu Corinna.«

»Die ist noch im Büro.«

»Oh, schade. Wann kommt sie denn wieder?«

»Zum Mittagessen.«

»Und das ist bekanntlich um zwölf Uhr.« Nina verkniff sich mühsam ein Grinsen.

»Wenn Sie mich noch länger aufhalten, dann nicht.« Sie klatschte die Gurke in die linke Hand. Bereit, damit jeden vermeintlichen Eindringling aus dem Pfarrhaus zu verjagen.

»Hannah!«

Jetzt grinste Nina. »Ich? Wohl eher der junge Mann, der so energisch nach Ihnen ruft.«

Der Hausfreund?

Pfarrhaushälterin Hannah Muthig winkte schnaubend ab und wollte wieder in das Haus gehen.

»Wo finde ich Corinna?«

»Na, im Pfarrbüro auf der anderen Seite des Gebäudes«, gab die Pfarrhaushälterin unwirsch über die Schulter zurück.

Nein! Corinna arbeitet im Pfarrbüro!

Warum hatte Pfarrer Heller das verschwiegen? Die ganzen vom Pfarrbüro aus geführten Telefonate ergaben nun einen Sinn! Wusste Pfarrer Heller von dem Kontakt seiner Schwester mit den Opfern? Benutzte sie ihren Job, um an die Adressen der Opfer zu gelangen und sie so in eine Falle zu locken?

Deckt er sie?

Der nächste Gedanke bestürzte Nina. *War Corinna so clever und hat bei ihrem Bruder gebeichtet?* Er könnte sie nicht verraten! Er durfte sie nicht verraten! Hatte Ellen nicht vermutet, er würde Corinna decken?

Deshalb steckt er in der Zwickmühle!

»Na, wen haben wir denn da?«

Ein junger David Beckham-Verschnitt riss sie aus den Gedanken.

Der ist ja süß.

Er grinste sie an. Seine blonden Haare waren an den Seiten kurzgeschoren, der Rest war schräg nach oben gegelt, als wären sie stundenlang einem Sturm der Windstärke neun ausgesetzt gewesen. Ein Mundwinkel zog sich in die gleiche Richtung hoch, was den Mann einerseits irre, anderseits sexy aussehen ließ.

Ob er das vor dem Spiegel übt?

Ein blaues Poloshirt mit dem Logo der ›Blauen Lagune‹, einer Wellnessanlage in Würzburg, zeigte, wieso sein Body so wohl geformt war. »Wer bist du?«

»Oh, ich bin Nina. Ich wollte zu Corinna.«

Unverhohlen taxierte er Nina mit dem Blick eines Sklavenhändlers.

Nina war schon im Begriff den Mund aufzumachen und den Zustand ihrer Zähne preiszugeben, als sie sich wieder in den Griff bekam.

Wenn er jede Frau in der Sauna so ansieht, wundert es mich, dass er seinen Job noch hat.

Oder hatte er ihn gerade deswegen noch?

Nina wusste, dass sie heute weder hübsch noch sexy aussah. Sie hatte sich bewusst für Klamotten aus ihrer unscheinbaren Nur-Leistung-Zählt-Phase entschieden. Sie fühlte sich so sicherer. Zu ihrer angefressenen Seele passten kein Chiffonblüschen und keine Pumps. Nach einer durchgrübelten Nacht gaben ihr die Turnschuhe die dringend benötigte Standfestigkeit.

Seine Augen folgten dem Text auf ihrem Shirt. Links, rechts, links, rechts. »ICH GUCK NICHT BÖSE, ICH VERSUCHE ZU TÖTEN!«, dann sah er ihr in die Augen. »Sie schauen traurig, nicht böse«, sagte er plötzlich mitfühlend.

Wie recht er hat.

Die Pfarrhaushälterin versuchte, ihn wegzuzerren. »Hör auf damit.«

»Und wer sind Sie?«

»Mein Bruder Johannes«, antwortete an seiner statt Hannah Muthig. Sie lächelte entschuldigend nach dem Motto: Familie kann man sich nicht aussuchen.

Nein, das kann man nicht.

Jetzt fiel Nina auch die Ähnlichkeit mit seiner wesentlich älteren Schwester auf. Die gleichen blonden Haare, die eng zusammenstehenden Augen, der Schwung der Augenbrauen, das ovale Gesicht.

Die Pfarrhaushälterin musste in jüngeren Jahren bestimmt gut ausgesehen haben. Als sie noch nicht so abgearbeitet war.

Was heißt hier in jüngeren Jahren? Nina lachte innerlich. Hannah Muthig war um einiges jünger als ihre Mutter.

Mama.

Sie war die Letzte, an die Nina jetzt denken wollte. Sie versuchte, die Erinnerung zu verscheuchen. Doch je mehr sie sich anstrengte, umso tiefer setzte sich der Gedanke fest.

Warum hat sie nie etwas gesagt?

Es wäre ihr ein Trost gewesen zu wissen, wer ihr biologischer Vater war. Und zu wissen, warum der Mann, den sie bisher als Vater sah, sie verachtete. War es das richtige Wort? Verachten?

Ja, das ist es.

Nina hätte ihm gerne ihre Verachtung ins Gesicht geschleudert - *und damit Mamas Geheimnis gelüftet.*

Logisch. Jetzt wusste sie, warum Mutter immer geschwiegen hatte. Ihr Geheimnis wäre verraten worden! Von ihr – Nina. Impulsiv wie sie war, hätte sie garantiert nicht die Klappe halten können.

»... oder was meinst du? Hallo? Erde an Nina?«

Die Stimme des jungen Mannes drang durch den Gedankennebel und klang so intensiv wie die eines spanischen Matadors.

»Was?« Nina hatte nicht zugehört. War es überhaupt gut, wenn sie in diesem Fall weiter ermittelte? Sie war zu sehr mit ihren eigenen Problemen beschäftigt und wenn sie nicht aufpasste, begab sie sich bestimmt wieder in Gefahr. Nur nicht daran denken!

»Onkel Bastian, würde jetzt sagen: ›Wie bitte?‹«

»Wie bitte?«

»Genau.«

Nina war irritiert. »Nein, ich meine, was haben Sie gerade gesagt?«

Der junge Mann ignorierte seine Schwester, die ihn anfunkelte. »Ob Sie hier auf alle warten wollen. Ich muss bald wieder los. Vorlesung. Habe nur schnell was gefuttert.«

»Nein, das meine ich nicht. Onkel Bastian? Sind Sie mit dem Pfarrer verwandt?«

»Nee.« Aus dem charmanten Lächeln wurde ein Feixen. »Er ist mein Patenonkel.«

Nina rieb sich über die Stirn. Die Informationen schwirrten in ihrem übernächtigten Hirn. »Sie studieren hier in Würzburg?«

»Medizin. Kannst ruhig *Du* sagen.«

»Medizin?« *Da wäre mein Vater stolz wie Harry. »Wow.«* Nina riss sich zusammen. »Da sind Ihre, ich meine deine Eltern bestimmt wahnsinnig stolz auf dich.«

»Die sind leider schon vor Jahren gestorben. Aber Hannah ist sehr stolz.« Er umarmte die Haushälterin und drückte sie. »Nicht wahr, Hannah? Ihr habe ich alles zu verdanken.«

»Ist ja gut.« Verlegen wand sie sich aus seiner Umarmung und richtete das verrutschte Geschirrtuch. Die Ausbreitung ihres Privatlebens vor einer Fremden war ihr sichtlich unangenehm. »Ich muss rein, mein Essen brennt an.«

»Das mit deinen Eltern tut mir leid«, sagte Nina.

»Kein Problem. Woher sollst du das auch wissen? Ich habe kaum noch Erinnerungen an sie. Ich war ein Nachzügler und noch klein, als sie starben. Hannah hat mich aufgezogen. Wie eine Mutter.«

Daher der Altersunterschied. Und ich dachte, du bist ihr Lover. Nina sagte: »Das kenne ich. Der Bruder meines Vaters war auch siebzehn Jahre älter.« Sie dachte an Onkel Antons Beerdigung, die sie wegen dem Streit mit ihrem Vater vorzeitig verlassen hatte. »Das ist eine Herausforderung für Eltern und Geschwister.«

Vor allem für mich.

Hannah Muthig erschien wieder und wollte ihren Bruder zurück ins Haus ziehen. »Nun reicht es. Die Frau Kommissarin will kaum unsere langweilige Lebensgeschichte hören.«

»Kein Problem«, beeilte sich Nina zu sagen, bevor die beiden im Pfarrhaus verschwanden.

»Kommissarin? Echt jetzt?«

Nina räusperte sich. »Ich bin nicht im Dienst. Man hat mich von dem Fall abgezogen.«

Johannes´ eben noch strahlenden Augen verengten sich zu schmalen Schlitzen. »Sie sind ›die Nina‹, die meinem Onkel so viel Kummer bereitet?« Seine nun eisig klingende Stimme zerschnitt die Luft.

»Ich? Äh … nein, das wollte ich nicht.«

»Ob Sie es wollten oder nicht, spielt keine Rolle. Ich will nicht, dass Sie noch einmal unser Haus betreten und meiner Familie Schmerz zufügen.«

»Ihrer Familie? Ich bin von der Kripo, Sie können …«

Er trat auf sie zu und grinste. »Sagten Sie nicht eben, Sie wären vom Fall abgezogen? Also hauen Sie ab.«

»Nein!«

»Doch.« Er riss die Tür auf und ging in das Haus. »Komm, Hannah!«

»Gleich«, antwortete sie und zögerte an der Tür. Traurig sah sie zu Nina. »Sie müssen meinem Bruder verzeihen. Für ihn ist das hier seine ganze Familie. Er vergöttert seinen Patenonkel. Und Corinna liest er jeden Wunsch von den Augen ab.« Sie zog die Nase hoch. Als das nichts half, kramte sie ein Taschentuch hervor und schnäuzte sich lautstark. »Er versteht nicht, wie jemand die Menschen, die er sein Leben lang kennt und liebt, verdächtigen kann, so etwas Schlimmes getan zu haben. Mir ist es ebenfalls ein Rätsel. Aber Sie sind ja auch schlauer als unsereins.«

Ja, wir sind schlauer und tappen trotzdem im Dunkeln.

Nina ließ den Kopf gegen die vor ihrer Nase geschlossene Tür sinken. *So ein Mist!* Das hatte sie ordentlich versemmelt.

Hatte sie erwartet, dass man sie hereinließ, damit sie den vermutlichen Mörder aus ihren Reihen reißen und somit das kleine nette Leben der beiden wie ein Kartenhaus zum Einsturz bringen konnte?

Sie holte tief Luft und überlegte, ob sie zum Arzt gehen sollte, um sich tatsächlich krankschreiben zu lassen. Sie fühlte sich nicht in der Lage, an diesem Fall zu arbeiten. Baumann hatte Recht. Sie war voreingenommen und zu sehr in diese ganze Sache versponnen, um klare Gedanken fassen zu können. Wenn Baumann wüsste, was sie zudem noch beschäftigte, würde er sie feuern.

Oder was hatte Baumann vor? Wie war eigentlich seine Verbindung zu dem Fall? Beließ er sie in den Ermittlungen, damit sie diese mit ihrer Unfähigkeit in Gefahr brachte?

Was malst du dir nur für einen Unsinn aus?

Nina rieb sich die Stirn. War es wirklich Unsinn?

Die Müdigkeit stieg in ihr auf und pochte regelmäßig gegen die Schläfen.

Sie würde sofort zu Baumann gehen und ihn darum bitten, abgezogen zu werden. Sie konnte nicht gegen ihren Vater ermitteln. Sie war eine Gefahr!

Dann kam ihr ein neuer Gedanke. Vielleicht nutzte der Pfarrer ihre Zweifel über die Vaterschaft, um sie bezüglich seiner Täterschaft zu manipulieren?

Oh Mann!

Vorhin war sie noch von Corinnas Schuld überzeugt gewesen. Und nun wieder so! Was sollte der ganze Scheiß? Corinnas Motiv und die Möglichkeit zur Tat waren nicht von der Hand zu weisen.

Und warum log dann der Pfarrer, wenn er ein reines Gewissen hatte?

Sie musste dringend schlafen und ihrem am Limit laufenden Gehirn Ruhe gönnen. Doch wie, wenn all die Gedanken sie wachhielten? In diesem Zustand durfte sie auf keinen Fall weiter ermitteln.

Nina wandte sich ab und ging zum Auto. Verdammt. Sie musste dringend auf die Toilette. Auch das noch. Sie schloss auf, zögerte mit dem Einsteigen. Bevor sie heimfuhr, musste sie Peter darüber informieren, dass Corinna im Pfarrbüro arbeitete und der Pfarrer ein Patenkind hatte. Sie zog das Handy hervor und schrieb eine Nachricht.

Hinter sich hörte Nina Reifen auf den Steinen knirschen. Erschrocken fuhr sie herum.

25

Den Vormittag verbrachte Ellen am Schreibtisch. Da sie nicht wusste, bei welcher der einhundertzehn aktuell in Deutschland praktizierenden Krankenkassen Corinna versichert war, artete das Abtelefonieren in Fleißarbeit aus. Sie hatte Glück. Bei Nummer siebzehn meldete eine junge Mitarbeiterin einen Treffer. Tatsächlich hatte Corinna über mehrere Jahre hinweg Prothesen angepasst bekommen, sie aber nicht vertragen.

Das änderte sich vor einem Jahr, als sie in einem neuen Programm aufgenommen wurde. Anderes sei nicht bekannt.

Zwischendurch huschte Ellen auf die Seite eines Handyanbieters.

Oh Mann! Mit so einem billigen Ding brauchte sie Gabrielle gar nicht erst zu kommen.

»Ich hab ihr Auto«, hörte sie Andi.

»Ja?« Ellen klickte die Seite weg und schaute zu ihm hin.

Er streckte Ellen über die Akten die Faust mit dem Daumen nach oben hin. »Ein weißer VW Caddy. Amtliches Kennzeichen WÜ-CH 8...« Er sah auf den Bildschirm.

»Wenn ich jetzt die Ergebnisse der Passantenbefragung damit vergleiche ... Zu den fraglichen Zeiten gab es in der Straße vom Sommer zwar keine Strafzettel, steht hier. Doch die uniformierten Kollegen haben in der Straße eine Befragung durchgeführt. Ein Passant konnte sich erinnern, wie ein weißer Kombi zwei Parkplätze einnahm. Er wollte sich schon aufregen, sah aber dann den Behinderten-Aufkleber.«

»Das sind vielversprechende Ansätze. Die muss uns Frau Heller erst mal erklären. Was meinst du, kann es sich bei den Reifenabdrücken im Wald auch um den Caddy handeln? Das wäre endlich mal ein Durchbruch.«

»Der Reifenhändler schickt die möglichen Reifenprofile für dieses Auto. Dann können wir die Spuren aus dem Wald vergleichen.«

»Wird ja mal Zeit, dass wir endlich Ergebnisse vorweisen können.« Ellen lehnte sich zurück und führte den Kuli an die Lippen.

Die Tür ging auf und Pfeiffer kam herein.

Ellen biss sich auf die Lippe und unterdrückte ein Lachen.

Mit dem Hemd kann er fast mit Magnum mithalten, wenn er endlich einmal diesen verdammten Vollbart abnehmen würde.

Wollte er wirklich den ganzen Tag damit herumlaufen? Verdammt, jetzt bemerkte er ihren Blick und wurde rot.

»Nachricht von Nina.« Pfeiffer räusperte sich und hob sein Smartphone hoch. Er blieb am Schreibtisch stehen und blickte erwartungsvoll von Andi zu Ellen. »Corinna Heller arbeitet im Pfarrsekretariat. Jetzt wissen wir, wieso es diese Anrufe gab. Und es gibt noch einen weiteren Mann im Pfarrhaus. Zwar ist er nur Gast, aber laut Nina spielt er sich wie der Hausherr auf. Er hat ihr Hausverbot erteilt.«

»Er hat ihr T-Shirt gesehen.« Andi zwinkerte Ellen zu.

»Gibt es bei euch was Neues?«, fragte Pfeiffer.

Ellen berichtete in kurzen Sätzen über den Stand bezüglich Krankenkasse und Fahrzeughalter. »Aber dennoch habe ich den Eindruck, wir kommen nicht wirklich voran«, beendete sie ihren Bericht. »Wir haben bezüglich der Heller nur Verdachtsmomente.«

»Aber zusammen mit der Telefonliste haben wir eine Möglichkeit, sie vorzuladen. Hierher, zu uns. Dann bricht sie vielleicht zusammen und gesteht.« Ellen goss sich Wasser ein und trank das Glas in einem Zug aus. »Und was ist mit der toten Domina? Die Sommer schweigt bezüglich der Erpressung und Dobler ist nicht auffindbar. Wir treten auf der Stelle.«

»Ja, der Dobler.« Andi stand auf und holte sich aus dem Aktenschrank eine neue Dose Erdnüsse. »Ich bin meiner inneren Stimme gefolgt und habe mal die Lebensgeschichte von ihm überprüft. Was soll ich sagen? Er hat neunzehnhundertfünfundneunzig alle Brücken hinter sich abgebrochen und ist nach Thailand ausgewandert. Ein halbes Jahr darauf hat sein Sohn die Bäckerei hier geschlossen und ist ihm nach. Der hat sich in Thailand eine kleine Thai angelacht und mit ihr eine neue Backstube aufgebaut. Das Geschäft geht bestens.«

»Du sagst, eine Bäckerei? In Zellingen?«

»Ja. Warum?«

Pfeiffer stürmte in sein Büro. Ellen stellte sich vor, wie er die Akten auf seinem Schreibtisch herumschob. »Oh, Mann. Wo hab ich´s denn? Ach hier«, drang seine Stimme zu ihnen herüber.

Dann war er wieder in Ellens Büro. Er öffnete die Akte Reuß und blätterte darin, hielt inne und las. »Ich hab doch gewusst, dass ich es mir nicht eingebildet habe! Dagmar Reuß erwähnte, dass sie damals in Zellingen hinter einer Bäckerei gewohnt haben.« Er schaute Andi triumphierend an. »Um was wetten wir, dass es sich hierbei um die gleiche Bäckerei wie beim Dobler handelt?«

Andi lächelte verschmitzt. »Mit dir wette ich nicht mehr, da verliere ich immer.«

***

»Corinna!«

»Sie sehen müde aus«, sagte Corinna mit warmer Stimme.

Nina atmete erleichtert auf. Sie hoffte, Corinna sah ihrem Lächeln nicht ihre Ungeduld an. Sie musste schnellstens heim. »Das bin ich auch.« Sie hatte keine Lust, über ihren Zustand zu reden und wollte sich nur noch ins Bett verkriechen und schlafen. Und vorher auf die Toilette gehen.

»Ich kenne das. Ich liege nachts auch oft wach und warte auf den Sonnenaufgang. Ich bilde mir ein, ein neuer Tag bringt Hoffnung. Leider werde ich immer wieder enttäuscht. Er bringt genauso viel Elend, wie der alte hinterlassen hat. Zum Schluss ist es ein einziger großer Haufen Scheiße, auf den man blickt.«

»Das tut mir leid.« Nina war sich der lächerlichen Floskel bewusst. Sie lachte schrill auf.

Corinna sah sie verständnislos an.

»Ich habe heute einen erhöhten Drang, mich ständig zu entschuldigen. Daran sind wohl meine überreizten Nerven schuld.«

»Es hat noch nie geschadet, sich für schlechtes Benehmen zu entschuldigen.«

Nina sah auf ihre Schuhspitzen und schabte mit ihnen über den Staub der Straße. »Nein, aber es zeigt auch, wie machtlos wir sind, bessere Worte für das Bedauern zu finden, das wir fühlen.« Sie beobachtete, wie sich Corinna im Rollstuhl aufrichtete und sie taxierte. Hatte sie Zugang zu Corinna gefunden? Jetzt durfte sie es nur nicht wieder vermasseln.

Anscheinend überlegte Corinna, wieweit sie ihr trauen konnte. Corinnas Gesichtszüge wurden weich. Sie lächelte.

Ich habe es geschafft.

Nina fühlte sich noch beschissener. Sie wischte sich über die Augen, die zu tränen begannen, obwohl sie es nicht wollte.

Scheiß Nerven.

Eine warme Hand tastete nach der ihren. »Wollen wir etwas spazieren gehen?«

Nina wollte ihr die Hand erst entziehen, doch etwas in ihr ließ Corinna gewähren. Sie nickte und wäre gleichzeitig am liebsten im Erdboden versunken.

Corinna fuhr still neben Nina die Straße hinab, Richtung St. Adalbert. Nina wusste nicht, was sie sagen sollte. Sie kannte Corinna nicht. Wusste nur, dass Corinna ein Schicksal ereilt hatte, von dem sie sich nicht annähernd vorstellen konnte, wie sie es meisterte. Keine Beine zu haben! Ein entsetzlicher Gedanke! Nicht joggen, nicht tanzen! Dafür Schmerzen, die man nicht zuordnen konnte. Der Gedanke war erschreckend. Doch wenn Corinna sich an den Verantwortlichen gerächt hatte, … dann war sie zwar eine Mörderin … aber … sie konnte Corinna verstehen.

Oh mein Gott! Was habe ich für Gedanken? Wie konnte sie nur Rache gutheißen? Sie war Polizistin! Sie musste den Fall lösen!

Ich muss hinter ihr Geheimnis kommen!

Die Sonne versteckte sich hinter einer Wolke. *Wahrscheinlich will sie nicht mit ansehen, wie ich die Frau ausspioniere.* Nina verzog verächtlich den Mund. Als sie bemerkte, wie Corinna die Stirn runzelte, lächelte sie verlegen. »Ich habe zurzeit viel um die Ohren. Da kommen mir die seltsamsten Gedanken.«

»Kenne ich.«

»Corinna?« Konnte sie ihr von ihren Problemen erzählen?

Was tue ich da nur? Natürlich nicht!

»Nenn mich doch einfach Coco.«

»Wie Coco Chanel?« Nina atmete auf. Froh, einen neuen, unverfänglichen Gedanken verfolgen zu können.

Corinna lächelte schmerzhaft. »Hm. Ich wollte mal wie sie werden.«

»Du meinst … in Mode? Du kannst Klamotten nähen?«

Corinna nickte ohne jeglichen Elan.

»Warum nähst du dir nicht was Schönes?« Nina blickte auf das dunkelblaue T-Shirt, das bedingt durch die Männergröße nicht über Corinnas trainierten Schultern spannen konnte. Es erinnerte Nina an ihren eigenen früheren Kleidungsstil. Damals versteckte sie sich dahinter. Sie wollte nicht zu den Frauen gehören, die gemäß der Aussage ihres Vaters beruflichen Erfolg nicht ihrem Intellekt verdankten, sondern nur ihrem Sexappeal. Pfeiffer verdankte sie die Erkenntnis, dass das ein ausgemachter Käse war.

Und was versteckst du unter deiner nachlässigen Kleidung? Bei dem schönen Wetter der letzten Tage hätte Corinna einen schicken Rock mit Gummizug und ein T-Shirt tragen können. Das wäre bequem gewesen und dennoch hübsch.

»Weil es mir keinen Spaß mehr macht«, riss Corinna sie aus ihren Gedanken.

Sie sah Ninas Blick. »Das hier ist praktisch. Lässt sich einfach anziehen und drückt nicht, wenn man die ganze Zeit in diesem Ding sitzt. Eine Jeans, sollte ich mal eine tragen, drückt mir das Blut ab. Sie gibt kaum nach. Ich müsste sie ein, zwei Nummern größer nehmen. Das sieht dann auch nicht besser aus als die Fitnesshose mit Gummizug.«

Nina biss sich auf die Lippe. Beinahe hätte sie gefragt, warum sie ihren Traum nicht verwirklicht hatte. Doch das konnte sie sich denken: der Unfall. Er hat ihr Leben durcheinandergebracht. Träume zerstört.

Wieder ein Motiv.

Als könne Corinna Heller ihre Gedanken lesen, antwortete sie: »Ich bekam keine Lehrstelle. Wer will schon einen Krüppel? Natürlich sagte das keiner direkt. Mir wurde nur abgeraten. Zu strapaziös. Im Rollstuhl unmöglich. Ich habe sie gleich durchschaut. Von einem anschließenden Designerstudium ganz zu schweigen. Meine Eltern waren überfordert mit mir. Ich war nach der Geschichte nicht gerade

…« Sie formte in der Luft die sogenannten Gänsefüßchen nach, »einfach.« Sie senkte den Blick. »Für Mama war alles zu viel, Viktoria tot und ich ein Krüppel. Sie verfiel in Depressionen. Zu guter Letzt ging Basti zur Kirche. Oh je. Nun verloren sie ganz die Hoffnung auf einen Enkel, auf den sie sich all die Jahre so gefreut hatten.«

Nina hörte gebannt zu. Waren Corinnas Eltern so darüber verbittert, dass sie sich rächen wollten?

So ein Quatsch. Woher sollen sie denn von den Männern wissen? Doch Nina wollte den Gedanken nicht leichtfertig abtun. Jede Spur, und schien sie noch so lächerlich, konnte am Ende wertvoll, die richtige sein. »Aber … das …«, stotterte Nina verlegen, wollte sich ihre Gedanken nicht anmerken lassen.

Corinna lachte verächtlich. »Nina, sei mal ehrlich: Wer will mich?«

»Wegen deiner Beine? Du findest bestimmt einen tollen Mann, der dich so liebt, wie du bist.«

Ein Schatten überzog Corinnas Gesicht, ließ es für einen Moment wie brüchiges Pergament erscheinen. Sie wischte sich über die Augen.

»Was?« Nina gab ihr ein Zeichen, wieder umzukehren.

Doch Corinna rollte weiter. »Ich kannte mal einen Mann …« Sie schaute den Tauben nach, die über die Türme von St. Adalbert hinwegflogen.

»Ja, und?«

»Ich habe es beendet.« Corinna starrte immer noch in den Himmel und wich ihrem Blick aus.

»Wieso?«

Corinna bewegte den Kopf langsam von links nach rechts, als wollte sie Nackenverspannungen beheben. »Leo wäre unglücklich geworden.«

»Das darf doch wohl nicht wahr sein. Du bist ja noch doofer als ich!«

»Was?« Ruckartig bewegte Corinna den Kopf und sah Nina an.

»Ich ziehe mit meinem Freund nicht zusammen, weil ich Angst habe, es könnte schiefgehen. Und du …« Nina schnappte nach Luft, »trennst dich schon vorher! Was ist nur mit dir los?«

»Na, hör mal«, Corinna klang beleidigt. Ihre Mundwinkel hingen herab, als würden Gewichte daran hängen. »Wie sprichst du mit mir? Das … das …«

»… traut sich sonst keiner? Du bist immer eine große Portion Mitleid gewohnt.«

Corinna wendete abrupt den Rollstuhl und fuhr zurück.

Nina rannte hinterher. »Du machst den Leuten nicht mit deinem Anblick ein schlechtes Gewissen, sondern absichtlich mit deinem Verhalten! In deiner Gesellschaft fühlt sich jeder schlecht.«

»Was fällt dir ein!«, empörte sich Corinna und legte an Geschwindigkeit zu.

Nina hatte Schwierigkeiten, sie einzuholen. Ihr kam ein Gedanke. »Die einzige Ausnahme war Leo! Stimmt´s?«, rief sie gehetzt. »Er hatte kein Mitleid mit dir. Und das hast du nicht ertragen. War das der Mann in der Kirche?« Sie hatte Corinna eingeholt und bremste den Rollstuhl.

Corinna starrte sie wütend an.

»War das der Mann in der Kirche?«, wiederholte Nina abgehetzt.

»Welcher Mann?«

»Tu nicht so. Der, bei dessen Anblick du erstarrt bist.«

»Das bildest du dir nur ein.«

»Willst du mich hochnehmen? Ich habe doch deinen Blick gesehen.«

Corinna vergrub ihr Gesicht in den Händen und schluchzte. »JA! Er war es! Bist du nun zufrieden?«

Ja, ich bin zufrieden.

Gleichzeitig fühlte sie sich schuldig, als sie sah, wie elend Corinna aussah. »Tschuldigung«, sagte Nina und kniete sich neben sie.

Ist das auch wieder geschauspielert?

Nina fühlte sich manipuliert. Logisch, Corinna verbarg ja etwas. Aber warum erzählte Corinna ihr von Leo? Was verband sie beide? Sympathie? Oder wollte sie Nina benutzen? Aber wie? *Was hat sie vor?*

»Mach dir keine Sorgen.« Corinna wischte sich die Augen, ihr Gesicht war gerötet. »Wie du gesagt hast: Keiner hat so mit mir gesprochen. Das war ein Fehler. Ich habe immer meinen Willen bekommen. Ich bin eine verzogene Göre, die nur mit den Augen klimpern oder das Gesicht vor Schmerz verziehen muss und dann bekommt sie alles. Zuerst von meinen Eltern und nach ihrem Tod von Basti und Hannah.«

Nina ging neben Corinna zurück zum Auto. »Sei mir nicht böse, aber ich muss dringend heim.«

»Musst du aufs Klo?« Sie schnäuzte sich die Nase.

»Woher weißt du das?«

»Ich weiß, wie ich zapple, wenn ich mal muss. Aber du kannst bei uns gehen, das bin ich dir schuldig.« Sie legte den Schlüsselbund auf ihren Schoß.

Nina hob die Hände. »Ich möchte keine Unannehmlichkeiten machen.«

»Wieso?«

»Johannes hat mir Hausverbot erteilt.«

»Das steht ihm nicht zu. Wie kommt er dazu?«

»Er will dich schützen.«

Sie schaute verträumt. »Mach dir keine Sorgen. Ich rede mit ihm. Er hat mir gegenüber einen ausgeprägten Beschützerinstinkt.«

Nina strich sich über die Nase. *Beschützerinstinkt? Ist es das?*

»Seid ihr schon lange mit der Köchin befreundet?«

»Pfarrhaushälterin, darauf legt sie wert. Ja. Warum?«

»Ach, nur weil Johannes sagte, dein Bruder wäre sein Patenonkel.«

Corinna sah sie durchdringend an. »Du kannst es nicht lassen?«

»Was?« Erst jetzt registrierte Nina die an einigen Stellen niedrigeren Bordsteine.

»Na, die Polizistin zu spielen.«

»Ach.« Nina zuckte mit den Schultern. »Ich war nur neugierig.«

»Natürlich bist du neugierig. Du musst schließlich einen Fall lösen.«

Corinna schloss die Tür auf und zeigte Nina die Tür zum Gäste-WC.

Nina hatte der Tür bei ihrem letzten Besuch keinerlei Aufmerksamkeit geschenkt. Nun warf sie Corinna einen dankbaren Blick zu und verschwand in dem kleinen Raum.

***

Nina zog die Jeans hoch. Gerade wollte sie sich die Hände waschen, als sie Stimmen im Flur hörte.

Das ist doch die Haushälterin? Über was spricht sie? ›Prothesen?‹

Nina drehte das Wasser ab und lauschte an der Tür.

»Ich habe sie gefunden.«

»Spionierst du mir nach?« Corinna senkte die Stimme.

»Wie kommst du denn darauf? Nein. Ich habe dein Zimmer saubergemacht und dabei sind sie mir in die Hände gefallen.«

»Kümmere dich um deine Angelegenheiten.« Corinna sprach leise, dennoch hörte Nina die Kälte in der Stimme heraus.

»Aber Coco! Was hast du nur? Ich ... ich freue mich doch nur für dich. Es ist so schön, dass du nach all den Rückschlägen noch einmal damit zu laufen probierst.«

»Das habe ich nicht.«

»Nicht? Aber an den Sohlen war doch Dreck ...«

»Was soll das? Und wenn? Wen interessiert das?«

»Du verletzt mich. Dein Bruder und ich freuen uns doch, wenn du keine Schmerzen mehr hast.«

»Ich habe immer noch Schmerzen, deshalb liegen sie ja auch im Zimmer und sind nicht an meinen Beinen.«

»Aber die Tragespuren …«

»Hör jetzt auf damit. Ich will nichts mehr davon hören.«

»Aber …«

»Was gibt es heute zu essen?«

»Was? Ach, mein Essen ist auf dem Herd!«

Dann war es still.

Nina trat von der Tür zurück.

Das ist ja interessant!

Warum verschweigt Corinna allen im Hause, dass sie laufen kann? Warum darf es keiner wissen? Sie streitet es sogar vehement ab.

Was sollte sie machen? Nina sah sich um. Sie konnte nicht ewig hier stehen bleiben. Irgendwann würde Corinna sich fragen, warum sie nicht herauskommt. Also betätigte sie die Spülung und wusch sich die Hände. Das Handy summte in der Hosentasche. Mit feuchten Händen griff sie danach und sah auf das Display.

Was? Eine Nachricht von ihrem Vater. ›Verlass sofort das Pfarrhaus!‹ Die Beine wurden ihr weich.

Was ist da los? Woher weiß er, dass ich hier bin?

Auf dem Flur begegnete sie Corinnas Blick, sah die Panik in deren Augen.

Mist! Sie weiß, dass ich es gehört habe!

»Das war höchste Eisenbahn«, rief Nina übertrieben unbefangen. »Jetzt geht´s mir wieder besser.« Sie strich die noch feuchten Hände über die Hosenbeine. »Ich muss nun los.«

Corinna versperrte ihr mit dem Rollstuhl den Weg zum Ausgang. »So plötzlich?«

Nina schob sie zur Seite und rannte hinaus.

26

Mit der Akte in der Hand stand Pfeiffer vor der Bürotür seines Chefs. Reifenspuren, Parkdaten und die Tatsache, dass Corinna die Pfarrsekretärin war, veranlassten Pfeiffer zu einem schweren Gang. Eben hatte eine aufgeregte Nina ihn angerufen: Corinna verheimlichte ihrer Familie die Nutzung der Prothesen. Warum?

Er klopfte an.

»Ja.« Baumanns kräftiger Bariton hatte nicht nur durch die Tür an Kraft verloren, so mutlos hörte sich die Stimme an. Pfeiffer kam es vor, als wüsste Baumann, dass auf der anderen Türseite keine guten Nachrichten warteten.

»Ich bin´s. Ich brauche einen Haftbefehl. Wir haben die belastenden Fakten zusammengetragen.«

»Wer?«

»Corinna Heller. Das Mädchen von damals.«

Baumanns Kehlkopf zuckte.

Pfeiffer starrte ihn lange an. »Was lief da zwischen euch beiden?«

»Was lief zwischen wem?«

»Corinna Heller und dir.«

Baumanns Wangen verfärbten sich. »Was fällt dir ein?«

»Mir?« Pfeiffer deutete auf sich. »Ich habe einen Fall. Und du verheimlichst mir etwas. Du weißt, um was es hier geht. Ich darf es mir nicht leisten, voreingenommen zu sein, auch wenn du mein Freund bist. Mir läuft die Zeit davon. Ich habe bereits vier Tote. Ich weiß nicht, ob der Pfarrer der Nächste ist. Oder die Sommer. Ich muss wissen, was vor dreiundzwanzig Jahren passiert ist.« Er sah Alf eindringlich an. Als die Zeit verstrich, die Pfeiffer ihm für eine Antwort zugemessen hatte, sprach er tonlos weiter: »Hast du dir was zu Schulden kommen lassen, Alf?« Die Worte kratzten in seinen Ohren. Wagte er sich zu sehr vor? Baumann war schließlich auch sein Vorgesetzter.

Baumann erhob sich. Seine Arme umspannten die gesamte Breite des Schreibtisches. Die Hände ergriffen die

Tischkanten rechts und links, als wolle er den Tisch anheben und gegen Pfeiffer schleudern. Doch nichts dergleichen geschah. Baumann ließ den Kopf sinken. »Du glaubst …«

»Erzähl mir was anderes.«

»Raus!«

»Alf, du machst es nur noch schlimmer. Wenn du mich suspendierst, geh ich zum Polizeipräsidenten.«

»Raus.«

»Ich werde die Fahndung nach Corinna Heller rausgeben. Du hättest verhindern können, dass es soweit kommt.«

»Geh.«

»Diese Frau versucht, uns alle zu manipulieren. Damals dich und heute mich. Sie hat mir erzählt, was damals passiert ist.«

Baumann sah auf. In seinem Blick flackerte Verunsicherung. Er schien um weitere zehn Jahre gealtert. »Das bezweifle ich.«

***

Nina vermisste Markus.

Sie vermisste das typische Nörgeln eines großen Bruders.

Sie vermisste seine Witze.

Sie vermisste die Person in ihrer Familie, von der sie am meisten geliebt wurde.

Nina klappte den Laptop zu. Sie wollte mit Markus skypen und sich für die süße Postkarte bedanken, die sie heute in der Post gefunden hatte. Doch Markus hatte einen Termin außerhalb und konnte sich nicht seiner kleinen Schwester widmen. Ihn auf dem Bildschirm zu sehen, teilweise verzerrt, wenn der Empfang schlecht war, war auch nur ein kleiner Trost für sie. Aber es war besser als nichts.

Sie fühlte sich einsam.

Letzte Woche lag ihre Post bei der Heimkehr im Flur. Ihre Mutter brachte sie regelmäßig hoch. Doch seit dem Streit in der Kirche verblieb die Post im Briefkasten. Das sah Nina am Poststempel. Markus´ Karte war schon vor Tagen abgestempelt worden. Für Nina war das ein herber Schlag. Nicht, dass sie sich nicht selbst ihre Post holen konnte, sie hatte nur nicht damit gerechnet, dass der kümmerliche Rest elterlicher Liebe noch weiter beschnitten wurde. Sie fühlte sich immer fremder.

Nachdem Nina das Pfarrhaus fluchtartig verlassen hatte und nach Hause gefahren war, überlegte sie, wie sie ihren Vater zur Rede stellen konnte. Warum hatte er ihr so eine Nachricht geschickt? Was bedeutete das? Beobachtete er sie? Wollte er sie verunsichern? Dann fiel es ihr wie Schuppen von den Augen! Er steckte hinter allem!

Doch zu ihrer Überraschung hatte sie ihre Mutter angetroffen, die in Teilzeit in einem Blumenladen arbeitete. Teilzeit, damit sie nach ihrem Feierabend um drei Uhr einkaufen und kochen konnte. Solange Nina denken konnte, musste das Essen auf dem Tisch stehen, wenn der Herr des Hauses heimkehrte. Evelyn Schätzlein war in der Mittagspause zurückgekommen, weil sie ihren Einkaufszettel vergessen hatte. Sie wollte gerade das Haus verlassen, als Nina die Treppe hinabstürmte.

»Spioniert mir Vati nach?«

»Ich weiß nicht, was du meinst.« Ihre Mutter öffnete die Tür und wollte Nina stehen lassen.

Nina drückte die Tür ins Schloss. »Lüg mich nicht an. Er hat mir eine SMS geschrieben, dass ich aus dem Pfarrhaus verschwinden soll.«

Erschrocken sah Evelyn Schätzlein sie mit weit aufgerissenen Augen an, doch im nächsten Moment hatte sie sich wieder im Griff. »Was fällt dir ein? Du vergreifst dich im Ton. Wenn das dein Vater hören würde.«

»Das ist mir egal.«

»Mir aber nicht. Hab Verständnis für ihn! Er ist verletzt.«

»Ich fasse es nicht! Er ist verletzt? Was ist mit mir? Er glaubt, ich bin ein Kuckuckskind und behandelt mich wie den letzten Dreck!«

»Das bildest du dir nur ein!«

»Na klar, das redest du mir seit Jahren ein. Für wie blöd hältst du mich eigentlich?« Nina kämpfte gegen Tränen an. Sie wollte keine Schwäche zeigen. Das war immer ihr Fehler gewesen. Nein, sie durfte nicht weinen.

»Nina, wage es nicht …!«

»Hat das was mit Pfarrer Heller zu tun? Hat Vater seine Beziehungen zum Bischof spielen lassen und veranlasst, dass ich von den Ermittlungen abgezogen werde?«

Mutter wich zurück. »Du bist was?«

»Ja, da staunst du was? Das hat er doch bestimmt getan! Ich habe zuerst den Pfarrer verdächtigt. Aber dass einem der eigene Vater in den Rücken fällt, darauf muss man erst einmal kommen.« Nina schluckte den aufkeimenden Groll herunter. »Woher wusste er, dass ich dort bin?«

»Wo?«

»Im Pfarrhaus!«

Evelyn fuhr sich durch die Haare und schaute auf den Boden. »Er bat Sebastian, ihm Bescheid zu geben, wenn du dort wieder aufkreuzt.«

Und der wiederum sagte es Corinna oder Hannah.

Ihr brach die Kraft weg und sie musste sich an der Tür abstützen, um auf den Beinen zu bleiben.

»Nina, was ist?«

Sie schüttelte den Kopf und konzentrierte sich darauf, ihre Tränen zu unterdrücken. »Warum lässt Vater alles an mir aus und nicht an dir?«

Ninas Mutter wich ihrem Blick aus. Sie sah zur Tür, als plane sie die Flucht. Doch schließlich gab sie nach. »Weil ich Buße getan habe.«

»Du hast WAS?«

»Buße. Und ich habe ihm ewige Treue geschworen und seitdem auch gehalten.«

»Na toll, du gehst fremd und ich muss leiden.«

»Nina, bitte.«

»Jetzt verstehe ich auch, warum du ihm so hörig bist, nie widersprichst und dich nicht wehrst, wenn er etwas befiehlt.«

»Also bitte! Du übertreibst.«

»Du bist genauso schlimm wie er!« Nina drehte sich um und stampfte die Treppe hinauf.

»Nina!«

Nina ignorierte sie, knallte die Wohnungstür hinter sich zu und drehte den Schlüssel um.

Sie war so müde, sie konnte keine klaren Gedanken fassen. Mit Markus´ Postkarte in der Hand warf sie sich weinend auf ihr unberührtes Bett. Binnen kurzer Zeit war sie in einen erschöpften Schlaf gefallen.

***

Nina schreckte aus dem Schlaf. Sie hörte das Garagentor quietschen und dann das Auto ihrer Mutter. Sie blickte zur Uhr, kurz nach drei.

In der Hand hielt sie immer noch die Postkarte. Das Bild darauf war rührend. Kleine Kinder, der Junge vielleicht drei Jahre, mit karierter Schirmmütze und Knickerbocker, das Mädchen maximal vier Jahre alt im hellen Spitzenkleid, fassten sich schüchtern an den Händen und tanzten auf dem nassen Kopfsteinpflaster. Darüber stand: ›Brüderchen, komm tanz mit mir‹

»Brüderchen, komm skype mit mir«, flüsterte Nina und fing erneut an zu weinen. Sie wollte mit jemandem sprechen. Sie brauchte jemanden zum Sprechen. Sie konnte die eingeschlossenen Gedanken in ihrem Kopf nicht mehr ertragen. Sie war kurz vor dem Explodieren. Mit ihren Kollegen konnte sie nicht reden. Ihnen zu gestehen, der Pfarrer sei ihr Vater, hätte zur Folge gehabt, dass sie komplett vom Fall abgezogen wurde. Verständlich. Sie würde das auch bei jemand anderem machen. Warum war das für sie ein Problem?

Weil ich nicht gerne verliere.

So ein Quatsch. Das hat doch nichts mit Versagen zu tun. Das ist höhere Gewalt.

Oder weil ich die Fäden in der Hand behalten will?

Nina schluckte. Keine gute Eigenschaft für einen Kriminalbeamten. Sie horchte in sich hinein. War sie etwa gewillt den Fall zu manipulieren?

Niemals!!

Ihre Gedanken ängstigten Nina.

Auch wenn der Pfarrer ihr biologischer Vater war und er seinen göttlich reinen Pfad verlassen haben sollte, durfte sie das nicht von der Gerechtigkeit abbringen. *Schuldig ist schuldig. Egal, wer es ist. Oder etwa nicht?* Was hatte sie nur für seltsame Gedanken. Erst vorhin noch hatte sie Verständnis für Corinnas Rachegedanken gehabt. Galten für den Pfarrer andere Gesetze?

Ja. Er steht auf einem Sockel, der anfängt zu wackeln.

Es klopfte an der Tür.

»Nina, bitte. Lass mich mit dir reden, bevor dein Vater kommt«, hörte sie ihre Mutter sagen.

»Ich will nicht mehr«, schrie Nina.

»Bitte. Ich habe dir etwas Wichtiges zu sagen«, flehte Mutter.

»Nicht mit mir.«

»Doch. Es geht um Sebastian Heller.«

Nina fuhr hoch, krabbelte über das Bett und rannte barfuß zur Tür. Endlich! Jetzt bekam sie die Antwort auf die wichtigste Frage.

Sie drehte den Schlüssel um, ließ jedoch die Tür geschlossen. Sollte ihre Mutter doch hineininterpretieren, was sie wollte. Sie hatte keine Lust auf die üblichen Spielchen.

Sie ging zurück in ihr Schlafzimmer und setzte sich im Schneidersitz auf das Bett.

Ihre Mutter folgte ihr bis zum Schlafzimmer und blieb im Türrahmen stehen. Wie an einer unsichtbaren Grenze, die sie sich nicht zu überschreiten traute.

»Ich höre.« Nina zwang sich zur Ruhe. Sie versteckte ihre zitternden Hände unter den Beinen.

»Ich habe mit Sebastian gesprochen.«

Sonst hat sie immer Pfarrer Heller gesagt, registrierte Nina. »Und?«

Evelyn Schätzlein strich mit der Hand über die hellblaue Raufasertapete neben der Türfassung. Anscheinend gefiel ihr, wie Nina die Wohnung gestrichen hatte. »Er hat mir dazu geraten, mit dir zu sprechen.«

»Ach, brauchst du sein göttliches Einverständnis?«

Ninas Mutter machte den Mund auf, schloss ihn wieder und hielt sich die Hand davor.

Nina liefen Tränen über die Wangen. Gerade verletzte sie den letzten Mensch im Haus, der noch zu ihr gehalten hatte. Am liebsten wäre sie aufgestanden, hätte ihre Mutter in den Arm genommen und getröstet. Doch sie konnte es nicht. Etwas war in ihr zerbrochen.

Oder war es eine Vorahnung auf das, was noch folgen sollte?

»Er mag dich und sah, wie du unter deinem Verdacht leidest. Und dich in Hirngespinste verlierst.«

Nina sah auf. »Verdacht? Hirngespinste?«

Was soll das?

Hatte sie sich dermaßen verrannt, dass sie sich das distanzierte Verhalten ihres Vaters nur einbildete? Und sich nur wünschte, sie hätte einen anderen - einen besseren Vater?

»Aber … aber, warum behandelt mich Vati dann so, wenn ich doch seine Tochter bin? Ich habe es ihm doch immer recht gemacht! Abgesehen vom Medizinstudium. Aber das muss er verstehen, ich wäre eine schlechte Ärztin geworden.« Sie verstand nichts mehr.

Evelyn holte tief Luft. »Weil er *denkt,* du wärst nicht von ihm.«

Nina stockte für Sekunden das Herz, um es dann gefühlt zehnfach schneller klopfen zu spüren. »Was?«

Ihre Mutter rutschte kraftlos am Türrahmen entlang und kauerte schließlich auf der Schwelle.

Nina umschlang ihre angezogenen Beine und presste ihre Stirn auf die Knie. Sie wiegte sich. Dann hielt sie inne. »Wie kommt er darauf?« Ihre Stimme klang fremd.

Als ihre Mutter schwieg, schrie Nina: »Wie kommt er dazu?«

»Ich habe es gesagt«, antwortete Evelyn hastig, als fürchtete sie, Nina könnte sie schlagen.

»Du?« Nina stand auf, wanderte im Zimmer umher. Jeder Muskel in ihrem Körper schmerzte. Die Gedanken wirbelten. »Warum? Warum machst du so etwas?«

Evelyn schwieg.

Nina blieb am Fenster stehen. Auf der Straße stand der silberne Audi ihres Vaters. »Das ergibt nur Sinn, wenn …« Sie drehte sich um und erblickte Michael Schätzleins große Gestalt im Halbschatten des Flurs. Ohne Jackett, nur in Hemd und Hose. Die Krawatte gelockert, als hätte er sie gerade abnehmen wollen.

»… du den wahren Fehltritt vor mir verbergen wolltest«, ergänzte er Ninas Satz mit brüchiger Stimme.

Evelyns Kopf schnellte hoch, sie sah ihn und vergrub das Gesicht in den Händen. »Oh mein Gott! Nein!«

»Ich habe euch streiten gehört«, sagte er beiläufig, als würde er eine Tasse Kaffee bestellen. Mit einem großen Schritt stieg er über die Beine seiner Frau. Zum ersten Mal seit Markus´ Auszug betrat er die Wohnung. Schwer ließ er sich auf Ninas Bett nieder.

»Also ist es Markus?« Er sah sich um wie ein Fremder. Sein Blick verweilte am Kleiderschrank, an dessen Front Ninas Bluse vom Vortag hing. Diesmal zeigte sein Blick nicht die übliche Arroganz hinsichtlich ihrer Kleidung, sondern Wohlgefallen.

»Was?« Nina hielt den Atem an. Die Stille war erdrückend. Die Geräusche der Autos auf der verkehrsberuhigten

Straße und das Basketball-Spiel des Nachbarsjungen in der Einfahrt waren zu hören.

Der Blick ihres Vaters suchte den ihren. Dann sah er zu seiner Frau.

»Du hast mich all die Jahre glauben lassen, Nina wäre nicht von mir, nur um den echten Fehltritt zu verschleiern! Was bist du nur für eine Mutter?«

Was sagte er da?

Nina sortierte die Worte. »Den echten Fehltritt verschleiern? Mama?«

Evelyn schaute auf. Ihre ungeschminkten Augen waren rot unterlaufen. »Ach, Nina.«

»Sag, dass das nicht wahr ist!«

»Das wollte ich nicht.«

Nina hatte Mühe, die zwischen Schluchzern gejaulten Worte zu verstehen. »Es kam eins zum anderen und aus einer kleinen Notlüge erwuchs sich alles Weitere. Dein Vater war so erpicht darauf, mich eines Seitensprungs zu bezichtigen, dass es ihm egal war, wen es traf. Oh Gott, was habe ich nur mit meiner Lüge angerichtet? Ich war damals nicht bei Sinnen und habe irgendeinen Mist erfunden und jetzt verfolgt es mich schon mein halbes Leben.«

Mit versteinerter Miene starrte Michael Schätzlein auf seine Frau. Ihre Worte ließen ihn um Jahre altern. »Es …« Er räusperte sich. »Es tut mir leid, Nina.« Mit den Handflächen kreiste er über seine Knie, stand auf und ging mit hölzernen Schritten zu Nina. »Es tut mir sehr leid.«

Zu spät bemerkte Nina seine Umarmung. Sie ließ sie über sich ergehen. Apathisch. Steif. Zu ausgelaugt, um ihn abzuwehren. Was war mit ihr los? Genau danach hatte sie sich all die Jahre gesehnt! Tränen rollten über ihre Wangen und tropften auf seine Schulter. Eigentlich hätte sie nun glücklich sein müssen.

Eigentlich.

Doch es fühlte sich falsch an. Nicht gut. Seit ihrer Kindheit wünschte sie sich nichts sehnlicher, als die Umarmung und Liebe ihres Vaters zu spüren – und nun sollte ein läppisches ›Es tut mir leid‹ ausreichen, um das Erlittene vergessen zu machen? Markus wurde gegen sie ausgetauscht?

Nicht mit mir.

Nina schob ihn weg.

»Ich kann das nicht!« Sie rannte aus dem Haus.

27

Die Sonne war verschwunden, die Hitze blieb.

Ellen und Pfeiffer waren auf den Weg zum Pfarrhaus in der Sanderau.

»Ich bin mal gespannt, was wir heute wieder für Lügen aufgetischt bekommen«, zerschnitt Ellen nach einiger Zeit die beklemmende Stille.

Auf Grund dessen, was Andi über den Rentner Dobler und Nina über Corinnas Tätigkeit im Pfarrbüro zutage gefördert hatten, hatte Ellen alle in der Pfarrei tätigen Menschen überprüft. Sie schimpfte sich einen Anfänger, weil sie nicht früher daran gedacht hatte. Eine Panne in einer simplen Personenüberprüfung. So etwas durfte nicht passieren! Nicht ihnen! Als Pfarrsekretärin hatte Corinna Zugang zu allen Räumen. Das erklärte auch die Telefonkontakte mit den Getöteten. Ein entscheidender Hinweis, den sie zufällig erhalten hatten.

Dazu noch Ninas Verdacht, dieser Leo flöße Corinna Angst ein.

Nun hatte sie eine weitere Überraschung zu Tage gefördert. Eine Ungereimtheit, der sie auf den Grund gehen mussten. Oder war es eine Lüge? Das galt es herauszufinden. Eine weitere Panne durften sie sich nicht leisten. Sie wusste, unter welchem Druck Baumann und Pfeiffer standen. Ellen wollte sich nicht ausmalen, was passieren würde, wenn sie nicht bald Ermittlungsergebnisse vorwiesen und dann noch solche Fehler bekanntwerden würden.

Ellen setzte den Blinker und überholte einen kleinen Lieferwagen. Sie spürte Peters Blick auf sich. Mit zitternden Fingern fuhr sie sich durch die Haare. Warum schaute er so? Was sollte das? Gestern noch so und heute so? Wusste er nicht, dass er sie damit aus dem Konzept brachte? Ihr mühsam aufgebautes Schutzschild bröckelte, seit sie seinen Zwiespalt ahnte. Oder spürte er, dass sie ihn durchschaut hatte?

Sie bewunderte Pfeiffer seit Jahren, aber mit ihm tauschen wollte sie nicht. Als Chef durfte er sich im Dienst nicht gehen lassen und sich keine Fehler leisten. Jeder emotionale Ausfall wie der am Samstag wurde mit einem doofen Spruch honoriert und schadete seinem Ansehen. Es musste verdammt anstrengend sein, jemanden zu spielen, der er nicht war. Seit der Scheidung war er innerlich zerrissen, verwundet und musste trotzdem nach außen hin den Starken spielen. Obwohl er es nie erwähnt hatte, spürte sie, dass ihn die Missachtung seiner Kinder hart traf.

Ellen seufzte. Sie spürte Wärme aufsteigen. Sehnsucht. Sie war lang genug allein gewesen.

Soll ich den ersten Schritt machen?

Sollte sie ihm signalisieren, dass er keine Angst um sie haben musste? Warum sollte auch Gefahr bestehen? Wen interessierte es, wenn sie zusammen wären? Außer ihrer übergeordneten Dienstelle vielleicht. Aber dafür würden sie schon eine Lösung finden.

Nachdem Ellen sich entschlossen hatte, fühlte sie sich besser.

Doch Pfeiffer sollte leider mit seiner Angst um sie recht behalten.

***

Heute ergatterten sie einen der Parkplätze direkt vor dem Pfarrhaus. Sie stiegen aus.

»Peter?« Ellen ging um das Auto herum und blieb neben Pfeiffer auf der Beifahrerseite stehen. »Ich weiß, warum du das machst.«

»Was? Ich weiß nicht, was du meinst.«

»Oh doch.« Sie trat vor ihn hin und stellte sich auf die Zehenspitzen. Ehe sie über ihr Vorhaben nachdenken konnte, küsste sie ihn. Es war ein langer Kuss, zaghaft und doch fordernd.

Pfeiffer wich zurück. »Ellen, was …?«

»Oh!« Sie hielt sich die Hand vor die Stirn. »Ich weiß nicht, was in mich gefahren ist. Tut …«

Weiter kam sie nicht. Pfeiffer griff nach ihr und drückte Ellen mit dem Rücken gegen das Auto. Er schaute ihr in die Augen.

Oh Gott! Er umzingelt mich.

Ellens Beine gaben nach. *Ich muss weg. Oder sehne ich mich nach diesem Kuss?*

Ja, ich will. Hilfe, er spürt meine Erregung.

Seine Augen wurden dunkelblau und flackerten vor Begierde. Die Lippen folgten ihrem Hals bis hinter das Ohr. Sie erschauderte. Wann hatte sie ein Mann das letzte Mal so berührt? *Oh je, ich bin so ausgehungert. Was soll er von mir denken?*

»Ich weiß, es ist nicht richtig, aber …«, hauchte er mit rauer Stimme in ihr Ohr.

Das Handy in seiner Tasche klingelte - und zerstörte jeglichen Zauber.

Oh nein!

Pfeiffer wich zurück. Seine dunklen Augen spiegelten die Enttäuschung wider. Jegliche Magie des Augenblicks war verschwunden.

»Pfeiffer!«, knurrte er in das Handy und lauschte. »Alles klar. Moment mal.« Er hielt das Handy vom Mund weg und flüsterte Ellen zu: »Geh du schon mal rein. Ich muss hier noch was klären. Ich geh dann rüber ins Pfarrbüro zu der Schwester. Du kommst mit der Köchin alleine besser klar.«

***

»Sie wollen zu mir?« Hannah Muthig runzelte die Stirn und sah auf die Polizeimarke von Ellen. »Wo ist die … die junge …?«

»Krank«, kürzte Ellen ihr Gestammel ab und steckte den Ausweis weg. Sie wollte keine Fragen beantworten. Auch nicht wissen, ob sie nun die Alte war.

»Ja, dann kommen Sie doch rein.«

Hannah Muthig führte Ellen in das Esszimmer. »Wenn der Herr Pfarrer nicht da ist, können wir uns hier setzen.«

»Sonst nicht?«

Sie schüttelte ihren Kopf, übertrieben kurz und schnell. »Ich bin nur in diesem Haus angestellt. Das sind die Privaträume. Ich halte hier zwar alles in Schuss, aber ansonsten gehen mich diese Räume nichts an.«

»Verstehe.« Ellen nahm auf einem der Polsterstühle Platz. »Wie viele Jahre sind Sie schon beim Pfarrer?«

Hannah lachte und setzte sich Ellen gegenüber. »Schon viel zu lange. Seit er Pfarrer wurde.«

»Da waren Sie ja noch ziemlich jung.«

Hannah wurde ernst und lehnte sich mit den Unterarmen auf den Tisch. »Was wollen Sie? Für Smalltalk habe ich keine Zeit.«

»Ich auch nicht.« Ellen lächelte.

So aus dem Konzept gebracht, fuhr sich Hannah durch die Haare. »Ich hatte ausgelernt und suchte eine Stelle als Hauswirtschafterin.«

Ellen schaute sich unauffällig im Raum um. Sie konnte weder einen einzigen Krümel noch ein Staubkorn erblicken.

»Warum haben Sie Hauswirtschaft gelernt? Waren Sie nicht auf dem Gymnasium?«

»Na und? Ich weiß nicht, was diese Fragerei soll.« Jegliche Emotion war aus der Stimme gewichen.

»Also gut, dann erklären Sie mir mal, warum Sie meiner Kollegin erzählt haben, Ihre Eltern wären verunglückt, wenn sie doch stattdessen Selbstmord begangen haben. Und das im eigenen Keller.«

Die Anspannung wich aus Hannah Muthigs Gesicht und Körper. Sie seufzte. »Ach so.«

Damit hatte Ellen nicht gerechnet.

Hannah lächelte. »Ich habe die ganze Zeit gerätselt, was die Fragerei soll. Aber deshalb!« Sie wurde wieder ernst und starrte Ellen mit weinerlicher Miene an.

Ellen beugte sich vor. »Johannes soll es nicht erfahren?«

Hannah nickte in Zeitlupe. Es verging fast eine Minute, bis sie sprach. »Ich habe meine Eltern damals im Keller gefunden. Dort hatten wir das Dreirad und verschiedene Spielsachen von Johannes aufbewahrt. Ich bin so froh, dass er es nicht ist, der diesen Anblick nicht mehr aus seinen Erinnerungen bekommt. Es war fürchterlich, beide nebeneinander so hängen zu sehen.«

Ellen kratzte es im Hals. »Das muss schrecklich für Sie gewesen sein.«

»Das war es.«

»Und kennen Sie den Grund dafür?«

»Sie hatten all das nicht mehr so verkraftet.«

Ellen fragte sich, was sie meinte, doch da sprach Hannah schon weiter.

»Johannes war ein aufgewecktes Kerlchen und forderte ihre ganze Aufmerksamkeit. Sie waren dem nicht mehr gewachsen. Meine Mama war zwar nicht so alt, aber krank. Und Vati war … Alkoholiker mit Arthritis. Er konnte Jo nicht hinterherrennen, wenn der durch das Haus wuselte. Der Junge war zu schnell. Schwupps, ehe man sich versah, hatte er eine Weinflasche aus dem Regal gezogen und schmiss sie ins Esszimmer.« Sie schloss die Augen und atmete hörbar ein und aus. »Die Polizei sagte damals, Vati wäre betrunken gewesen.« Dann öffnete sie die Augen und sagte eindringlich: »Johannes´ Leben wäre nicht so unbeschwert verlaufen, wenn er die Wahrheit gewusst hätte.«

»Das verstehe ich. Deshalb lassen sie ihn in dem Glauben, dass es ein Unfall war. So eine Lüge aufrechtzuerhalten ist bestimmt anstrengend.«

Hannah faltete die Hände wie zum Gebet. »Bitte, bitte, sagen Sie Johannes nichts. Für ihn hatte sich sowieso nichts verändert. Ich war die Einzige, die sich um ihn und den Haushalt gekümmert hatte. Er ist ein so empfindsamer Junge. Sie dürfen sein Leben nicht zerstören!«

»Beruhigen Sie sich bitte. Sie waren noch sehr jung, als Ihre Eltern starben.«

»Achtzehn.« Sie schaute auf ihre Hände und strich sich über den Daumen. »Johannes war zwei … seine Geburt veränderte mein komplettes Leben.«

»Ihr Leben?«

Mit einem Ruck hob sie den Kopf. Tränen glitzerten in ihren Augen. »Was glauben Sie denn, wer sich um ihn gekümmert hat? Aus und vorbei war es mit meiner Kindheit. Ich durfte mich um den ganzen Haushalt kümmern. Runter vom Gymnasium, rein in die Ausbildung. Ich musste was Praktisches lernen. Eben Hauswirtschaft.«

»So streng waren Ihre Eltern?«

Hannah kniff den Mund zusammen. Verzweifelt. Dann sprach sie weiter. »Sie setzten ihn in die Welt, aber aufziehen musste ich ihn.«

»Sie haben gut füreinander gesorgt. Das ist eine tolle Leistung.«

Hannah nickte.

Ellen überlegte. Warum sollte sie das geordnete Leben eines jungen Mannes ins Chaos stürzen? Dazu sah sie keine Veranlassung. Johannes lebte besser mit der Lüge als mit der Wahrheit. Was hätte er für einen Nutzen, wenn er die Wahrheit wüsste? Die Bürde wollte sie nicht auf ihren Schultern tragen. Sollte ein anderer darüber entscheiden, ob er es erfahren musste.

»Ehe ich es vergesse: Wer ist Leo?«

»Leo?«, wiederholte Hannah und kniff die Lippen aufeinander.

»Was ist mit ihm?«

Hannah sah verlegen zum Fenster. »Das war Corinnas Freund. Ein sehr netter ruhiger Mann. Oh, Mann, hat der Corinnas Launen ertragen. Er ist Krankenpfleger. Intellektuell hat er mit Corinna nicht mithalten können, aber das hat er mit seiner Geduld wettgemacht.«

»Was ist passiert?«

»Kennen Sie den Spruch: Wenn es dem Esel zu gut geht, geht er aufs Glatteis?«

Ellen kniff die Augen zusammen. »Wie meinen Sie das?«

Hannah schnaufte und beugte sich zu ihr über den Tisch, als hätten die Wände Ohren, und flüsterte: »Corinna wusste das Glück mit ihm nicht zu schätzen. Vielleicht hatte sie aber auch nur Angst, von hier wegzugehen. Wir sind schließlich seit über zwanzig Jahren eine Familie.« Sie zuckte mit den Schultern, so nach der Art, ›wer kann schon in die Köpfe der anderen schauen.‹ »Leo war damals sehr verletzt. Er hat sich seit der Trennung nicht mehr gemeldet. Jo sagt, er hätte sich sehr zurückgezogen und vergraben. Sie müssen wissen, mein Bruder mochte ihn besonders. Wegen ihm hat er das Medizinstudium begonnen.« Ihre Augen leuchteten. »Leo ist so gekränkt, dass er sogar mit uns nichts mehr zu tun haben will. Aber fragen Sie ihn selber. Ich habe schon viel zu viel erzählt.«

Ellen dachte unweigerlich an die beiden Studenten bei Kohlhepps Leichenöffnung und lächelte. »In welchem Semester ist Johannes?«

»Das zehnte oder elfte? Oh, fragen Sie mich was Leichteres. Ach, das dauert viel zu lange. Wenn er mehr lernen und nicht so viel mit den Mädchen rummachen würde, wäre er schon viel weiter. Aber ich kann reden. Wenn unsere Eltern noch leben würden, dann …« Hannahs Stimme versagte und sie sah traurig zur Seite.

Die Sorgen waren ihr anzusehen.

Ellen wusste, wie es sich anfühlte, ständig von der Angst zu versagen umgeben zu sein. Wie sie selbst trug Hannah die alleinige Verantwortung für einen Menschen. »Warum glauben Sie, Ihre Eltern hätten es besser gemacht?« Kaum ausgesprochen bereute Ellen bereits die Frage, als sie die Tränen in Hannahs Augen glitzern sah.

»Allein ist es nicht einfach. Auch wenn sie nicht die besten Eltern waren, aber …« Hannah schluckte und knetete ihre Finger. »Sie trugen die Verantwortung. Ich bin nur die Schwester, da fehlt mir die Autorität.«

»Untertreiben Sie da nicht? Einem jungen Menschen das Medizinstudium zu ermöglichen ist doch eine tolle Leistung. Für Eltern und erst recht für Geschwister.«

»Danke. Das tut gut.« Hannah lächelte, ihre Augen begannen zu strahlen. »Haben Sie auch Geschwister?«

Ellen verzog missmutig den Mund. Daran wollte sie nicht erinnert werden. »Mit denen hab ich keinen Kontakt mehr.«

»Und Kinder?«

»Eine Tochter. Fünfzehn.«

»Wer hätte gedacht, dass Sie bereits eine so große Tochter haben? Sie sehen jünger aus.«

Ellen lächelte. »Danke. Mich wundert es, dass ich noch keine grauen Haare habe.«

»Ach!« Hannah winkte ab. »Fünfzehn ist doch ein tolles Alter!«

»Echt? Na, da ist mir aber etwas entgangen«, erwiderte Ellen und dachte an die ganzen Auseinandersetzungen mit

Gabrielle. »Schreiben Sie mir bitte noch Leos vollständigen Namen und die Adresse auf?«

»Gerne.«

Ellens Handy summte. Sie sah aufs Display. Eine WhatsApp von Gabrielle. ›Denk an das Handy‹. Gedankenübertragung?

»Probleme?« Hannah sah von dem Notizblock auf, den Ellen ihr für die Adresse gegeben hatte.

»Nein.« Ellen starrte auf ihr altes S5. »Ich wünschte, sie wäre schon aus der Pubertät. Momentan nervt sie wegen eines neuen Handys. Ich habe auch keins.« *Warum erzähl ich das überhaupt?* »Sie will ein iPhone mit Vertrag ...« plapperte sie weiter.

»Sie werden doch wohl nicht so einen teuren Vertrag abschließen?«

Ellen schaute auf. »Nicht?«

»Nein! Es gibt Flats für monatlich zehn Euro. Und das Handy gibt es auch günstig.«

Ellen zuckte mit den Schultern. »Ich habe da keine Ahnung. Ich habe ihr gesagt, dass sie sich das abschminken kann.«

»Sie sind aber hart.«

Bin ich das? In Ellen regte sich das schlechte Gewissen.

»Moment, ich hab da was für Sie.« Freudig lächelnd stand Hannah auf und ging hinaus.

Bevor sich Ellen etwas im Raum umschauen konnte, war Hannah wieder da. »Ich finde das jetzt nicht auf die Schnelle«, sagte sie enttäuscht. »Aber wenn Sie wollen, kann ich Ihnen später die Adresse senden. Ein Bekannter verkauft Handys. Neue und gebrauchte. Da können Sie bestimmt einiges sparen. Wir haben schließlich alle nichts zu verschenken. Pitt kann es auch gleich einrichten. Meins habe ich auch von ihm.« Sie faltete ihre Hände, als würde sie Gott dafür danken.

»Ich weiß nicht so recht.« Ellen war es peinlich, von einer Zeugin Tipps zum Geldsparen zu bekommen. »Das ist sehr nett von Ihnen.«

Wieder summte Ellens Handy. Diesmal war die Nachricht von Pfeiffer. ›Corinna Heller ist nicht da. Ich warte draußen.‹

»Kein Problem. Wie Sie wollen. Es kostet ja nichts, wenn ich ihn mal frage. Am besten Sie geben mir Ihre Nummer und er soll sich bei Ihnen melden.«

»Gerne. Danke.« Ellen gab ihr die Visitenkarte. Schaden konnte es nicht.

»Wollen Sie etwas trinken?«

»Nein, danke. Ich muss dann auch wieder los. Wir haben noch einiges zu erledigen. Ich muss noch mit Frau Heller sprechen. Wissen Sie, wo ich sie finde?«

Hannah hob entschuldigend die Hände. »Corinna wird drüben im Büro sein.«

Ellen verzog das Gesicht. »Nein, da traf sie mein Kollege eben nicht an. Niemand dort hat sie heute nach der Mittagspause gesehen.«

»Das ist ja komisch. Zum Essen war sie noch da.« Hannah strich sich über die Arme. Plötzlich wirkte sie ängstlich.

»Was haben Sie?«, fragte Ellen.

»Oh mein Gott! Hat er auch Corinna geholt?«

»Wer?«

»Na der Teufel!«

***

Pfeiffer lehnte am Auto und wartete auf Ellen. Er fühlte sich beschwingt. Ja, seit Langem hatte er wieder das Gefühl, dass alles gut wird.

Er sah zum Himmel. Wolken schoben sich vor die Sonne, dennoch war es drückend schwül. Vorboten für ein Gewitter. Oder ein Unheil? Pfeiffer verdrängte die wirren Gedanken. Was sollte das? Der Regen war wichtig. Endlich würden die gelben Pollen von den Autos gespült werden, die seit Tagen darauf klebten.

Ellen kam aus dem Haus. Am Bordstein drehte sie sich um. Sie strich sich über die Arme.

»Was hast du?«, fragte Pfeiffer. Er sah ebenfalls zum Haus und konnte nicht erkennen, was Ellen beunruhigte. Die Gardinen in den kleinen Fenstern hingen ruhig.

»Ich weiß, das ist absurd, aber die Angst der Haushälterin überträgt sich gerade auf mich. Sie glaubt, Corinna Heller wurde vom Teufel geholt.«

»Ach du Scheiße. Ich bin zwar katholisch, aber an den Teufel glauben …« Pfeiffer verdrehte die Augen. »Und was sagt sie wegen ihrer Eltern?«

»Sie verschweigt die Suizide zum Wohle des Jungen.«

»Kann ich verstehen.« Pfeiffer stellte sich vor, wie seine Kinder bei solch einer Information reagieren würden.

»Ich habe eine neue Spur.« Pfeiffer grinste.

»Ich auch. Leo Kromczynski«, las sie vom Zettel ab. »Und er ist Krankenpfleger. Laut Aussage der Haushälterin leidet er stark unter der Trennung. Nina war der Meinung, das könnte der Typ aus der Kirche sein, vor dem Corinna in Angst erstarrte.«

»Du schnappst dir Nina und fährst zu diesem Leo Krom … sonstwie. Vielleicht ist Corinna bei ihm.«

»Und du?«

»Auf mich wartet der Flüchtige.«

28

Vorgebeugt und die Hände mit Handschellen auf dem Rücken gefesselt, wurde Dobler an Pfeiffer vorbeigeführt. Nur das Grinsen in seinem faltigen Gesicht passte nicht zu seiner doch aussichtslosen Situation.

»Sie sind aber schnell aus Deutschland verschwunden«, eröffnete Pfeiffer das Gespräch und schaltete das Aufnahmegerät an.

»Meinem Sohn geht´s nicht gut.«

»Dann erzählen Sie mal.«

»Was? Er hat Fieber.«

»Ich meinte die Erpressung. Fangen wir mal mit der Erpressung an.«

»Ich weiß überhaupt nicht, was Sie mir vorwerfen.«

»Doch, das wissen Sie. Erzählen Sie uns, wie das war.«

»Erzählen? Also gut. Ich hatte all die Jahre Jalina Doma, die spätere Mistress Jalina, im Visier. Ich bin extra in die Straße gezogen. Erst war sie Anwältin wie der Scheb, oder soll ich lieber Sommer sagen? Doch dann hat sie eine bessere Geldquelle entdeckt.« Er grinste breiter. »Die Typen dachten doch tatsächlich, es reicht, wenn sie die Namen ihrer Frauen annehmen, und sie können so weitermachen wie bisher.« Er lachte auf. »Aber nicht mit mir. Ich hab sie nie aus den Augen verloren. Sie war ja meine Rentenversicherung!«

»Wie haben Sie das gemacht? Sie waren doch in Thailand?«, fragte Stumpf und runzelte die Stirn.

Doblers Lächeln gereichte einem Mafiosi zu allen Ehren. »Ich habe noch Freunde aus der Bundeswehrzeit. Die brauchten Beschäftigung.«

»Die sollten wir einstellen«, brummte Pfeiffer leise in seinen Bart.

Dobler schlug sich lachend auf den Oberschenkel. »Der war gut, Herr Kommissar. Der war echt gut.«

»Der hat ein gutes Gehör.« Stumpf grinste Pfeiffer an.

Pfeiffers Nase juckte. Etwas stimmte hier nicht. Wieso hatte der Alte so eine unverhältnismäßig gute Laune? Das passte einfach nicht. »Weiter«, knurrte Pfeiffer und kratzte sich an der Nase.

Dobler fuhr sich durch seine ergrauten Haare. »Wo war ich stehengeblieben? Ja. Sommer war der Einzige, der mir entwischt ist. Doch der Vollpfosten kam zurück. Ein Wink des Schicksals. Ich sah ihn in der Zeitung. Ganz groß, zusammen mit seinem Kompagnon bei der Neugründung ihrer Kanzlei. Wumm! Da hatte ich ihn auch. Und diese Lusche von Reuß, der dachte, er würde verfolgt. Das war ich!« Dobler lachte auf. »Ich wollte wissen, ob er bei seinen Kollegen beichtet. Nein! Stattdessen lutscht er an seiner Knarre! Dieser Depp! Und der Horst heiratete eine Frau mit Kind. Behielt sogar den Namen, nachdem sie ihn verließ. Also, so was würde ein richtiger Mann nie tun. Tja, Alina … Alina war taff.« Er nickte bewundernd. »Die hat die gesamte Summe gestemmt.«

»Mich würde brennend interessieren, wieso Ihnen Alina Gehrsitz das Geld noch nicht übergeben hatte.«

»Hatte sie doch. Nur nicht alles.« Er lächelte gönnerhaft. »Ich bin halt schwach geworden. Sie bat mich um Aufschub. Ich hatte die Wahl: Entweder ich mache einen auf dicken Beppo, oder ich nehme die Anzahlung - also das Geld von Horst, Timo und ihr. Reuß hatte die Fliege gemacht und dem Pfarrer wollte sie den Griff in den Klingelbeutel ersparen.« Er lachte über seinen Witz wieder schallend.« Ich bin ja kein Unmensch und dachte, ich gebe ihr noch etwas Zeit, damit sie es zusammenkratzt. Und als sie es dann endlich hatte, kam diese blöde Sommer dazu. Die hatte ich nicht auf meiner Liste. Ich wusste nicht, dass sie es war. Mit diesen unmöglichen grauen Haaren hätte ich die nie im Leben erkannt. Ich hatte nur Alinas ausgefallene Handtasche erkannt, mit der sie fluchtartig das Haus verließ. Und als dann die Bullen da waren und mich nicht nach dem Geld gefragt haben, hab ich eins und eins zusammengezählt.«

»Und dann holten Sie sich das Geld zurück.«

»Dachte ich jedenfalls. Es war aber nur noch die Hälfte da. Sie hatte ihren Anteil schon wieder ausgegeben.«

»Zurückgegeben«, korrigierte Stumpf.

»Mir doch egal, wie Sie es ausdrücken. Es war weg. Sie hat sich lieber verprügeln lassen, als das Geld zurückzuholen.«

»Wenn Sie die Adresse von Sigrid Sommer kannten, warum sind Sie uns dann gefolgt?«

»Ach, das war Zufall. Bis ich gemerkt habe, dass Sie das vor mir waren, bin ich …« Er stockte. Dann lachte er.

»Warum waren Sie eigentlich so genügsam? Sie hätten doch viel mehr erpressen können. Und vor allem möchte ich wissen, um was es genau bei dieser ganzen Erpressung ging? Die genauen Zusammenhänge sind uns noch nicht klar.«

Dobler grinste siegessicher. »Erpressung? Wer? Wie? Von was reden Sie?«

Pfeiffer sah irritiert zu seinem Kollegen. Auch Stumpf wirkte ratlos.

»Sie müssten mal Ihre dummen Gesichter sehn!« Dobler lehnte sich lachend zurück.

»Herr Dobler, was soll das Spielchen? Sie haben gerade eine Erpressung gestanden.«

»Ich? Nee. Das war kein Geständnis. Das war eine Geschichte, nichts weiter als eine Geschichte. So wie ich mir vorstelle, dass es passiert sein könnte. Könnte, ich betone ›könnte‹! In Thailand erzähle ich gerne Geschichten und Anekdoten. Da geht manchmal meine Fantasie mit mir durch.«

Scheiße! Pfeiffer war nah dran, den Tisch umzuwerfen.

Stumpf legte Pfeiffer die Hand auf den Arm. Dann wandte er sich an Dobler. »Was soll das? Sie haben uns alle Einzelheiten erzählt.«

»Und Sie beide haben mir den ganzen Scheiß abgekauft! Das ist zum Brüllen! Sie glauben doch nicht allen Ernstes, ich gestehe etwas, das ich gar nicht getan habe?« Wieder lachte er.

Doch dieses Mal hörte Pfeiffer etwas heraus. Doblers Lachen war verhaltener, künstlich. Seine Selbstsicherheit bröckelte. Pfeiffer sah die sonnengegerbten Falten um Doblers Mundwinkel zucken. *Was hat den Wechsel ausgelöst?* Grübelnd ging er in Gedanken dessen Aussage durch.

Sommer!

»Na gut.« Pfeiffer stand auf und signalisierte Stumpf, ihm zu folgen. Der erhob sich widerwillig.

»Sie sind ja wirklich siegessicher. Aber ich habe hier auf dem Stuhl schon viele großkotzige Typen sitzen gehabt, die dann doch eingefahren sind.« Pfeiffer schob langsam den Stuhl unter den Tisch und nahm seine Akten. »Wir sollen es Ihnen beweisen? Nichts leichter als das.« Pfeiffer grinste. »Frau Sommer hat bereits einen Deal mit uns gemacht und Sie schwer belastet. Dazu kommt noch ihre Anzeige wegen Körperverletzung.« Er machte die Tür auf und rief einen Kollegen. »Abführen.« Dann drehte er sich zu Dobler um, der ihn ungläubig anstarrte. »Ich glaube, Ihr Sohn wird sich ohne Sie das Fieber messen müssen. So schnell kommen Sie hier nämlich nicht mehr raus.« Im Gehen drehte er sich noch einmal um. »Ach, und Alina musste kein Geld zusammenkratzen. Sie hat alles in Ruhe abgehoben. Sie hat sie genauso gefickt, wie ich … Sie ficken werde.«

***

»Wie ich Sie ficken werde? Mann, Peter, so kenne ich dich gar nicht.« Stumpf klopfte Pfeiffer anerkennend auf die Schulter.

»Hör mir auf! Dieser …« Pfeiffer schluckte das ihm auf der Zunge liegende Wort herunter und boxte mit der Faust gegen die Wand, »hätte beinahe uns an die Eier gekriegt.«

»Beinahe? Der hat uns an den Eiern. So eine Show habe ich noch nie erlebt. Was hast du jetzt vor? Die Durchsuchung von Doblers Wohnung hat nichts ergeben, wir können ihm nichts beweisen.«

»Was war mit seinem Untermieter? Diesem Studenten?«

»Tom Günther? Den haben wir nicht weiter befragt, war bisher nicht nötig.«

»Schick sofort eine Streife zu Doblers Wohnung. Ich muss den Jungen sprechen. Der hat doch bestimmt was mitbekommen, wenn Dobler seine Leute zur Beobachtung da hatte.« Pfeiffer grinste über die Idee. »Vielleicht war er es auch selbst und hat ne Mietminderung für seine Spitzeleien bekommen. Den werden wir uns vorknöpfen. Ich will mich nicht auf die Aussage von der Sommer alleine verlassen. Wenn die uns umfällt, stehen wir begossen da.«

»Du verwirrst mich gerade. Welche Aussage von der Sommer?«, fragte Stumpf.

Pfeiffer lachte. »Die, die ich mir jetzt bei ihr abhole. Wo ist Doblers Band von seinem Geständnis?«

Stumpf grinste anerkennend. »Dich möchte ich nicht als Feind haben. Ich hoffe, sie rettet deine Eier.«

***

Ellen drückte die Wahlwiederholung. Bereits nach dem ersten Klingeln sprang die Mailbox an. »Verdammt! Nina, wo steckst du? Ich rufe jetzt schon zum dritten Mal an. Wir brauchen dich hier. Peter verhört gerade Dobler. Ich musste ihm leider sagen, dass du nicht gekommen bist. Wir suchen Corinna. Seit dem Gespräch mit dir ist sie wie vom Erdboden verschluckt. Vielleicht ist sie bei ihrem Exfreund untergekommen. Und ich stehe mittlerweile vor Leopold Kromczynskis Haus. Ich sehe weder ihr Auto, noch habe ich hier Spuren im Kiesweg gefunden. Aber das hat nichts zu sagen. Ich warte auf Verstärkung. Alleine reingehen ist zu gefährlich. Verdammt, Nina! Was, zum Teufel, ist los mit dir?« Wütend steckte sie das Handy ein.

»Wer schreit hier draußen rum und erzählt was vom Teufel? Wer hat mich gerufen? Huh!«

Ellen fuhr herum. Die Sonne schien ihr direkt ins Gesicht. Vor ihr stand … der Teufel.

***

Sigrid Sommer saß bereits im Verhörraum I. In der Hand hielt sie einen kleinen Taschenspiegel und betrachtete die Blessuren in ihrem Gesicht.

Pfeiffer trat ein. »Na, tut es noch weh?«

Wortlos verstaute sie den Spiegel in der Handtasche. »Warum bin ich hier?«

»Na gut, Sie wollen keinen Smalltalk?« Pfeiffer setzte sich und stellte ein zusätzliches Aufnahmegerät auf den Tisch. »Dann kommen wir zur Sache.« Er schaltete das erste Gerät ein. »Aufnahme läuft. Anwesend Kriminaloberkommissar Peter Pfeiffer und Sigrid Sommer.«

Argwöhnisch beobachtete sie Pfeiffers Tun.

Er schaute sie eindringlich an. »Woher kommt das Geld, mit dem Sie die Schulden Ihres Mannes bei der Kanzlei bezahlt haben?«

Sie runzelte die Stirn.

»Bitte keine Spielchen. Wir sind darüber informiert.«

Sie hüstelte. »Das Geld ist von Mutter.«

»So viel?«

»Ja.«

»Wann haben Sie es geholt?«

»Sie hat es mir überwiesen.« Sie zupfte nervös an ihren grauen Haaren.

»Sehr gut, dann zeigen Sie uns die Auszüge.«

»Die habe ich noch nicht.«

»Wir fahren Sie zu Ihrer Bank.«

Sie atmete schwer.

»Was ist?«

»Ich … Sie … hat es mir bar gegeben.«

»Auf einmal? Warum haben Sie eben gelogen?«

»Ich … es handelt sich um Schwarzgeld.«

»Was für ein Zufall. Warum hat Ihr Mann nichts bei seiner Schwiegermutter geliehen? Dann hätte er seine Kanzlei nicht bestehlen müssen.«

»Er wird sie nicht gefragt haben.« Nervös sah sie auf das Aufnahmegerät.

»Ich hätte gerne die Telefonnummer Ihrer Mutter.« Pfeiffer zog sein Handy hervor; bereit, die Nummer einzutippen.

Frau Sommer sah Pfeiffer mit großen Augen an. Ihre Lippen bebten. Dann verlor sie gänzlich die Fassung und begann zu weinen.

»Frau Sommer, ich warte.«

»Ich möchte meinen Anwalt sprechen.«

»Den brauchen Sie auch, wenn Sie wegen Mordes an Alina Gehrsitz angeklagt werden.«

Sigrid Sommer schrie auf. »Nein! Das war ich nicht!«

»Beweisen Sie es mir.« Pfeiffers Handy piepste. Er schaute darauf und grinste.

»Das kann ich nicht.«

Pfeiffer legte das Handy auf den Tisch und nickte verständnisvoll. »Ich spiele Ihnen mal etwas vor.« Pfeiffer griff nach dem mitgebrachten Gerät und drückte auf ›Play‹. Die vor Spott triefende Stimme von Dobler erklang. »... damit sie es zusammenkratzt. Und als sie es dann endlich hatte, kam diese blöde Sommer dazu. Die hatte ich nicht auf meiner Liste. Ich wusste nicht, dass sie es war. Mit diesen unmöglichen grauen Haaren hätte ich die nie im Leben erkannt. Ich hatte nur Alinas ausgefallene Handtasche erkannt, mit der sie fluchtartig das Haus verließ.« Pfeiffer spulte ein kurzes Stück weiter. »... Sie es ausdrücken. Es war weg. Sie hat sich lieber verprügeln lassen, als das Geld zurückzuholen.« Pfeiffer stoppte die Aufnahme.

Fahrig wischte sich Sigrid Sommer über die Lippen. »Na und? Was heißt das schon?«

»Die Kollegen durchsuchen in diesem Moment Ihre Wohnung. Sie haben die Handtasche gefunden.« Er deutete auf das Handy. »Zusammen ...«

»Das sind alles meine Handtaschen! Sie können mir gar nichts beweisen.«

»Das stimmt so nicht. Ich selbst habe Alina Gehrsitz mit dieser Handtasche bei der Beisetzung von Horst Kohlhepp gesehen. Und wir werden bestimmt daran DNA - Spuren von ihr finden.«

Sigrid Sommer wurde rot. »Ich … ich …« Sie weinte erneut.

»Fangen wir von vorne an. Haben Sie den Mann gesehen, der Sie so zugerichtet hat?«

Sie schüttelte den Kopf. »Nein, er hatte sich einen Nylonstrumpf über das Gesicht gezogen. Aber … seine Stimme … die habe ich hier auf der Aufnahme erkannt.«

»Sind Sie sich sicher?«

»Ja, der war es.« Sie zeigte auf das Gerät. »Diese Stimme erkenne ich unter Millionen.«

Pfeiffer nickte zufrieden. »Warum haben Sie uns nicht von Anfang an von der Erpressung erzählt? Sie hätten sich viel erspart.«

»Ich wollte das Ansehen meines Mannes schützen. Ich hatte Angst. Ich weiß ja nicht genau, was Timo da angestellt hat. Er hat es mir nie erzählt. Aber so, wie er sich all die Jahre gequält hat, wusste ich, dass es was Schlimmes gewesen sein musste.« Sie fuhr sich wieder über die Lippen.

Skeptisch zog er die Brauen hoch. »Und warum haben Sie Ihr Auto geholt? Sie haben uns damit ganz schön auf Trab gehalten.«

»Ach, ich weiß auch nicht. Das Einkaufen mit dem Fahrrad, die ganzen Getränke, das war so umständlich. Ich hatte das Auto nur für ne Stunde. Woher sollte ich wissen, dass die Werkstatt solch ein Aufhebens darum macht?«

»Und Alina?«

»Herr Kommissar, glauben Sie mir. Ich hatte den Besuch bei ihr nicht geplant. Der war spontan und dann fuchtelte sie plötzlich mit dem Geld vor meinen Augen herum! Meinem Geld! Ich wollte es ihr entreißen, wir haben darum gerangelt. Ich hab mir ihre Handtasche geschnappt, sie ausgeleert und das Geld reingestopft. Sie hinderte mich am Gehen, da habe ich sie von mir gestoßen und bin gerannt.« Sie biss sich auf den Zeigefinger. »Nein! Ich habe überhaupt nicht gesehen, was passiert ist. Ich bin einfach raus!« Sie senkte den Kopf auf den Tisch und weinte in ihre Hände. »Oh mein Gott, ich habe sie tatsächlich getötet.«

Pfeiffer atmete tief ein. »Sie sitzen an der Quelle und kennen bestimmt einen guten Verteidiger.«

***

Ein rotes Gesicht … mit Hörnern. »Hilfe!« Ellen wankte. Rücklings stolperte sie in die Rabatte, die den Eingang des Hauses von Leo Kromczynski begrenzte. Sie griff nach der Waffe.

»Wow, wow, wow!« Mit erhobenen Händen wich der Teufel zurück. »Nicht schießen! Ich Blödmann! Wie konnte ich Sie nur so erschrecken?« Die Stimme klang überraschend freundlich. Er zog sich das Gesicht herunter und atmete auf.

Eine Maske!

Das schmale Gesicht war trotz der Sonnenbräune kreidebleich.

Ellen lachte erleichtert. »Sie … das war knapp. Beinahe hätte ich abgedrückt.«

»Ich weiß.« Der Mann wischte sich den Schweiß über die hohe Stirn in die dunklen Locken. Die Schläfen waren bereits grau durchwirkt. Seine grünen Augen blickten betroffen auf sie herab. Er wischte sich die Hand am roten T-Shirt ab und reichte sie ihr, um ihr aus dem Beet zu helfen.

Ellen ergriff sie und ließ sich aufrichten.

»Was hab ich mir nur dabei gedacht?« Er ließ sie stehen und ging kopfschüttelnd auf den Gartenweg um das Haus. »Da muss ich mir was anderes einfallen lassen«, jammerte er. »Wenn schon Erwachsene erschrecken, dann werden es die Kinder erst recht.«

Ellen lief hinter ihm her. »Die Kinder? Was haben Sie vor?«

Auf der Terrasse seines Gartens angekommen, schmiss er die Maske in eine hellblaue Plastikkiste von IKEA und wühlte darin. »Ich bin ab Montag vorübergehend in der Kinderabteilung der Hautklinik. Ich wollte die Kleinen etwas aufmuntern.« Er zog eine Clownsmaske hervor.

»Auch nicht besser«, bemerkte Ellen. Sie griff in die Kiste nach einer rote Nase, die zwischen einer Elvis-Perücke und vielerlei Brillen aufleuchtete. »Wie wäre es damit und mit etwas Farbe im Gesicht?«

Der Mann sah sie verdutzt an. »So einfach? Einfach perfekt. Danke.« Er ließ sich in den Gartenstuhl fallen.

Ellen schaute sich um. Sie musste auf der Hut sein und durfte sich nicht einlullen lassen. Trotz des treudoofen Gesichts konnte der Mann drei Menschen auf dem Gewissen haben. Oder mit Corinna gemeinsame Sache machen und ihr zudem Unterschlupf gewähren.

Die herausgedrehte rot-gelb gestreifte Markise schirmte die gemütliche Sitzecke vor der Sonne, ein geflochtener Sichtschutz das Reihenhaus von neugierigen Blicken ab. Niemandem würde es auffallen, wenn sich Corinna Heller hier aufhielt.

Am Rande der gefliesten Fläche verbreiteten Pfingstrosen einen Duft von Urlaub. Die anderen Blumen waren verdorrt. Auf dem Tisch lag neben einer benutzten Kaffeetasse ein aufgeschlagenes Buch. Goethes ›Faust‹ konnte sie auf dem Cover lesen. Aber das hatte nichts zu bedeuten. Corinna konnte ihr Glas mit hineingenommen haben, überlegte Ellen. Sie musste in das Haus hinein.

»Kann ich etwas zum Trinken bekommen?«, fragte Ellen mit Unschuldsmiene. »Das sind Sie mir schuldig, nachdem Sie mich so erschreckt haben.« Sie zeigte auf das Buch. »Kommt daher die Inspiration für den Teufel?«

Er stand auf und begann, den Tisch abzuräumen. Er machte eine Miene, die sagen sollte, dass er schon bessere Einfälle hatte.

Ellen sah ihm nach, wie er ins Haus ging. Sein Gang wirkte männlich. Auf seinem roten T-Shirt, das eng an seinem athletischen Körper klebte, hatten sich am Rücken bereits weiße Umrisse vom Schweiß gebildet.

Sie überlegte, ob sie ihm einfach folgen sollte, doch da kam er kaum zwei Sekunden später mit einem Wasserglas wieder heraus. Er schenkte ein und reichte es ihr. »Haben Sie wirklich gedacht, ich bin der Teufel?«

Sie hielt seinem Augenkontakt stand. Keine Spur mehr von seiner Verblüffung von vorhin. Ellen riss sich los und ging zu den Blumen. Roch an den wenigen Blüten, die noch nicht vor sich hin kümmerten. »Ich hatte vorhin ein Gespräch über den Teufel.« Sie hatte sich lächerlich gemacht und er sollte nicht sehen, wie sie rot wurde.

»Verstehe. Es ist auch nicht gerade ein tolles Thema. Da kann einem schon mal …« Er starrte auf die böse grinsende Teufelsmaske, die über den Rand der Kiste hing. »Wieso haben Sie eigentlich eine Waffe?« Seine Augen wanderten unruhig zwischen ihr und dem Tisch hin und her, als suche er einen Gegenstand zur Verteidigung.

Wollte er sie mit Goethes ›Faust‹ erschlagen?

Ellen kniff den Mund zusammen. In vielen Filmen wurden harmlose Alltagsgegenstände in den richtigen Händen zu tödlichen Waffen.

Sie streckte den Rücken durch und zückte ihren Dienstausweis. »Ellen Müller, Kripo Würzburg. Ich bin hier, weil ich mit Ihnen sprechen wollte«, sagte sie energisch.

»Mit mir?«

»Wenn Sie Leo Kromczynski und der Exfreund von Corinna Heller sind, dann ja.«

»Coco? Das ist vorbei. Über sie will ich nicht sprechen.« Das Warme, Weiche war jäh aus seinem Gesicht verschwunden. Er drehte sich ab und wollte sie alleine auf der Terrasse stehen lassen, besann sich jedoch anders. »Was ist mit ihr? Ist was passiert?«

»Sie verstehen, wenn ich zu laufenden Ermittlungen keine Aussagen treffen darf.«

Leo nickte wie in Trance. »Aber … ob es ihr gut geht, das können Sie mir sagen, oder?«

Ellen wunderte sich. Er war sichtlich um Corinna besorgt. War sie doch nicht wie erhofft bei ihm? Oder war er nur ein guter Schauspieler? Talent hatte er ja bereits als Teufel bewiesen.

»Heute Vormittag ging es ihr noch gut. Wann haben Sie Corinna das letzte Mal gesehen?«

Leo tat, als überlegte er. »Am Tag unserer Trennung. Am vierten März.«

Das wusste er noch so genau?

»Ich weiß, was sie denken.«

»So? Was denn?«

»Dass ich das so genau weiß. Ich gebe zu, es ist ein Datum, das ich so schnell nicht vergesse.«

»Und somit sehen Sie mich überrascht, denn diesen Montag wurden Sie in der Kirche St. Adalbert beobachtet.«

»Ich?« Er lachte und trat auf sie zu.

Unweigerlich griff Ellen an ihr Holster.

Leo hob die Hände und trat zurück. »Sorry … Sie müssen keine Angst vor mir haben.« Er ging rückwärts und setzte sich wieder auf den Stuhl.

»Dann lassen Sie solche Scherze. Hier geht es schließlich um Mord, nicht um irgendwelche Spielchen.«

Er formte lautlos das Wort ›Mord?‹ und schüttelte den Kopf. »Wer?«

Ellen wusste nicht, wie viel sie ihm sagen konnte. Intuitiv entschied sie sich für die Wahrheit. »Vielleicht die Schuldigen für Corinnas Unfall.«

»Und da denken Sie, jemand rächt sich?« Er sah Ellen an und erkannte seinen Fehler. »Sie glauben, sie ist eine Mörderin? Das ist doch nicht Ihr Ernst?«

»Es ist nicht maßgeblich, was wir glauben. Die Fakten sprechen für sich. Und jetzt zurück zu Montag.«

»Also, ich weiß ja nicht, wer mich da gesehen haben will, aber der braucht eine Brille.«

»Meine Kollegin hat Sie am Montag gesehen.«

»Mich bestimmt nicht. Ich war im Urlaub und bin gestern erst aus Ägypten zurückgekommen. Ich war eine Woche schnorcheln.«

»Was?« Jetzt sah sie die gebräunte Haut und die vertrockneten Blumen in anderem Zusammenhang.

»Sie können das gerne überprüfen. Meine Wäsche habe ich noch im Koffer. Den Sand auch.«

Verdammt! War das alles reine Zeitverschwendung gewesen?

»Was ist mit Corinna?«, fragte Leo.

»Sie steht zur Fahndung aus.«

»Oh Gott, das ist ein Fehler! Sie kann doch niemandem was zuleide tun.«

»Warum glauben Sie das? Nur weil Sie sie immer noch lieben? Auch Menschen, die wir lieben, machen manchmal Sachen, die wir hassen.«

»Ich habe nie aufgehört, sie zu lieben«, empörte er sich.

»Warum hat sie Schluss gemacht?«

Leo versteifte sich und seine Miene wurde verschlossen. Nur mit Mühe konnte er antworten. »Ihre inneren Dämonen lassen Liebe nicht zu. Sie kann den Menschen um sich herum nur weh tun. Es muss erst vorbei sein, dann …«

»Was muss vorbei sein?«

»Ach nichts, war nur so ein Gedanke.«

»Sprechen Sie, verdammt noch mal! Bevor noch jemand zu Schaden kommt.«

Er zupfte an seinem T-Shirt. »Naja, wenn ihre inneren Dämonen zum Schweigen gebracht worden sind.«

29

»Herr Günther, wann haben Sie Ihren Vermieter das letzte Mal gesehen?« Pfeiffer durchquerte den kleinen Verhörraum und lehnte sich an die Wand, während Ellen am Tisch Platz nahm. Sie sollte die einfühlsame Mutterrolle übernehmen.

Der junge Mann hatte sich auf den Stuhl gepflanzt und lässig die Füße übereinandergeschlagen. »Das ist ein paar Tage her.«

»Geht es genauer?«

»Fragen Sie doch Ihre Leute, die bei mir waren und ihn nicht angetroffen haben. Mein Kopf ist voll mit Terminen von den Vorlesungen. Da kann ich mir …«

Pfeiffer winkte ab. »Sparen Sie sich das. Wir wissen von Ihrer Zusammenarbeit mit Dobler.«

Die Röte seines Gesichtes reichte bis unter seine Locken. »Sie …?« Er setzte sich gerade hin und schwieg.

»Wir wissen nur nicht so genau, wie er Sie bezahlt hat«, sprach Pfeiffer weiter und nutzte den Moment der Verwirrung. »Gab es Bargeld oder Mietnachlass?«

Tom schaute hilfesuchend zu Ellen. »Mal so, mal so. Aber ich habe nichts mit der toten Frau zu tun, das müssen Sie mir glauben.«

Pfeiffer stieß sich von der Wand ab und schoss zu Tom vor. Er umklammerte mit einer Hand dessen Stuhllehne, mit der anderen stützte er sich auf dem Tisch ab und beugte sich zu Tom. »Das müssen Sie uns erst noch beweisen. Zurzeit belastet Sie Ihr Vermieter schwer.«

Tom Günther fuhr auf. Hätte Pfeiffer nicht die Lehne in der Hand gehabt, wäre der Stuhl umgekippt.

»Sitzen bleiben.« Pfeiffer drückte ihn zurück auf den Stuhl. »Was war Ihre Aufgabe? Und drucksen Sie nicht so rum, wir haben nicht ewig Zeit!«

»Ich sollte das Haus gegenüber beobachten«, stammelte er.

»Hatte er Ihnen gesagt warum?«

Tom zuckte mit der Schulter. »Das wäre eine Nutte, die ihn abgezockt hat. Er suchte nach Zeugen.«

Clever.

»Und wie haben Sie die Zeugen gefunden?«

»Er hat mir Fotos von ihnen gegeben, damit ich sie erkenne.«

»Weiter! Lassen Sie sich nicht alles aus der Nase ziehen.«

Ein Handy summte.

Tom griff in seine Hosentasche und nahm das Gespräch an. »Hi Jo. Ich kann gerade nicht sprechen. Ich bin bei der Polizei. Ich melde mich später … erzähl ich dir auch später … nein, ich sag denen nichts.« Er nahm das Handy vom Ohr und sah zu Pfeiffer.

Pfeiffer sah zu Ellen. Sie grinste nur. Der IQ des jungen Mannes reichte für ein Medizinstudium, doch seine Lebenserfahrung war so groß, wie eine Erdnuss.

Sich seiner Dummheit bewusst geworden, zog Tom Günther die Brauen hoch und berührte seine Stirn mit zwei Fingern.

»Wer war das?«, fragte Pfeiffer.

»Niemand.«

»Wer war das?«

Tom schaute auf. »Ein Mitstudent«, antwortete er widerwillig.

»Tom«, Ellen lächelte ihn an. »Ich verstehe, unter welch hohem Druck Sie stehen. Aber wir müssen es wirklich wissen. Steht Jo für Johannes?«

»Warum ist das wichtig?«

»Es gab zu viele Todesopfer.«

»Wer noch?« Tom kniff ängstlich die Augen zu.

»Das spielt vorerst keine Rolle. War das Johannes Muthig?«, fuhr ihn Pfeiffer gereizt an.

»Ja … woher kennen Sie Jo?« Tom war dem Weinen nahe.

»Handy her!«

»Dazu brauchen Sie einen Beschluss.« Tom zog es an seine Brust.

»Ich nicht. Wie wäre es, eine Woche ohne Handy zu sein?«

»Das können Sie nicht machen. Ich habe da meine ganzen Pläne für die Vorlesungen drauf.«

»Und ob. Ich kann Sie auch wegen Beihilfe zu Mord und Behinderung der Justiz wegsperren lassen. Das wird sich gut in Ihrem Lebenslauf machen. So schnell bekommen Sie da keine Anstellung als Arzt.«

»Was wollen Sie wissen?«

Das kommt schnell.

»All das, was Sie eben laut Jo nicht sagen sollen.«

Tom fuhr sich mit beiden Händen durch die Haare. »Also gut.« Seine Finger kamen auf den Schläfen zum Stillstand. »Johannes hat die scharfe Braut von gegenüber beobachtet. Aber er wusste nichts von meinem Auftrag. Eines Tages … ach Scheiße, Mann, der bringt mich um!«

»Entweder er bringt Sie um oder ich sperre Sie ein. Sie können es sich überlegen.«

Tom schnaufte. »Eines Tages kamen besagte Männer zu der Nutte. Ich hab sie fotografiert.« Er schaute hilfesuchend zu Ellen, doch die reagierte nicht. Zögernd sprach er weiter. »Ich dachte mir nichts dabei, wie ich vom Schreibtisch aus die Straße fotografierte. Aber Jo saß auf dem Sofa und bekam es mit. Neugierig, wie er war. Er war dann ganz aufgeregt. Faselte was von seinem Onkel und hat ebenfalls die Leute auf der gegenüberliegenden Straßenseite fotografiert.«

»Und?«

»Dann ging er ins Zimmer nebenan.«

»Das von Dobler?«

»Ja. Von uns aus versperrte gerade ein UPS - Wagen die Sicht auf das Haus gegenüber. Da kam Jo auf die Idee, von nebenan zu schauen. Er wollte unbedingt ein noch besseres Foto von diesen Leuten.«

»Wurde er dann vom Dobler überrascht?«

Tom schüttelte den Kopf. »Der war ja nicht da. Aber …« Tom tat, als müsste er überlegen. »Er hat dort Unterlagen entdeckt.«

»Nahm er sie mit?«

Tom Günther schüttelte den Kopf. »Ich habe aufgepasst, dass er nichts verändert. Der Alte darf nie erfahren, dass er in seinem Zimmer war. Jo hat einfach die Unterlagen mit dem Handy fotografiert und ist sofort abgehauen.«

Wieder ein Puzzleteil.

»Hat er Ihnen die Bilder gezeigt? Oder darüber erzählt?«

Günther schüttelte den Kopf, dass seine Locken regelrecht flogen.

Doch das ließ Pfeiffer stutzen. »Aber Sie wissen, um was es sich handelt?«

Der Student wich dem Blick aus und nickte. »Ich bin nicht stolz darauf.« Er sah zu Ellen herüber. Sie tat ihm auch jetzt nicht den Gefallen, seine Taten gutzuheißen.

Pfeiffer spitzte den Mund. »Sie müssen mir Ihr Handy geben.«

»Nein, bitte!«

»Ich muss die Bilder sehen. Sind auch die gespeichert, die Sie von Dobler bekamen?«

»Ja, alle. Ich sende sie Ihnen per Bluetooth.« Er sah flehentlich zu Ellen.

Ellen schüttelte den Kopf. »Tut uns leid, wir brauchen das Handy. Es ist ein Beweismittel in einem vierfachen Mord. Und Sie bleiben vorerst hier in Gewahrsam. Sie sind ein wichtiger Zeuge und zudem können wir es nicht riskieren, dass Sie Ihren Freund über unsere Schritte informieren.«

»Ich verstehe gar nichts mehr. Wer ist denn alles tot?«

Pfeiffer wischte in der Zwischenzeit mit dem Finger über das Display und schaute sich die Fotos an. Er ließ das Handy sinken und setzte sich entkräftet auf den Tisch. »Alle, die Sie für Dobler beschatten sollten. Sie haben da eine Todesliste …«

Ellen stand auf. »… und die bekam Johannes Muthig in die Hände«, vollendete Ellen.

***

Nachdem drei weitere Beamte unter Führung von Polizeimeister Krüger zu ihnen stießen, fuhren Pfeiffer und Ellen zu Hannahs Haus, das sie gemeinsam mit Johannes bewohnte.

»Den hatten wir ja bisher noch gar nicht auf dem Radar.«

»Es sind bekanntlich die Unauffälligen …« Sie ließ das Satzende offen.

»Wie weit ist eigentlich die Fahndung nach dem Caddy von Corinna Heller?«, fragte Pfeiffer.

»Ist im vollen Gang. Aber bisher keine Spur von dem Wagen.«

»Okay, bleibt dran. Wir brauchen den Wagen, um die Spuren abzugleichen. Dann haben wir Corinna!«

Ellens Handy piepste. Sie schaute drauf. Eine SMS. »Peter, könnte ich mal für ne halbe Stunde weg? Ich muss was besorgen.«

Pfeiffer sah sich um. »Jetzt?«

Ellen neigte den Kopf zur Seite. »Bitte. Und du hast ja hier Unterstützung. Ich hab doch für Gabrielle noch kein Handy. Und mein Punktestand bei ihr ist schon ziemlich stark aufgebraucht. Wenn ich ihr nicht etwas besorge, das ansatzweise ihren Vorstellungen entspricht, habe ich es bis ans Lebensende verkackt.« Sie hob die Hand mit dem Handy. »Der Typ mit dem Handy ist jetzt gerade erreichbar.«

Pfeiffer schnaufte. Wie konnte er da ›Nein‹ sagen? Er wusste doch selbst, wie es war, wenn man nach der Liebe der Kinder gierte.

»Okay, wir treffen uns dann wieder hier. Beeile dich. Ich habe sonst kein Auto.« Er zwinkerte ihr zu.

Sie lächelte. »Danke.«

Während Ellen zum Auto lief, schaute ihr Pfeiffer nach.

Schön, sie wieder lächeln zu sehen. Vielleicht lade ich sie heute Abend zum Essen ein?

In der Zwischenzeit verteilten sich die Kollegen rund um das einfache Einfamilienhaus aus den fünfziger Jahren. Würde Johannes Muthig aus einem Hintereingang entschlüpfen oder aus einem Fenster springen wollen, wären die Kollegen da. Das Haus sah ebenso unauffällig aus wie alle anderen in der Straße. Nur ungepflegter, verfallener. Der Putz war alt und vergilbt, die Dachziegel brüchig, als fehle dem Besitzer das Geld für eine Renovierung. Der Weg in den Garten war von einer mannshohen Hecke umgeben.

Pfeiffer klingelte. Niemand öffnete, doch aus dem Inneren hörte er Geräusche, Poltern und Schritte. »Herr Muthig! Machen Sie auf!« Pfeiffer hämmerte an die Tür.

Niemand reagierte.

Das Funkgerät rauschte. »Er springt gerade nackt aus dem Fenster«, bellte Krügers Stimme blechern.

Pfeiffer fluchte. »Zugriff!«

***

Nina war die Treppe herunter gestolpert und aus dem Haus gestürzt.

Nur weg von hier! Der Gedanke peitschte sie voran. Nur weg!

Sie schaute weder nach links noch nach rechts. Nur schemenhaft nahm sie die zur Seite springenden Passanten wahr, als sie die Straße hinunter zum Main sprintete. Ohne auf die Ampel zu achten, überquerte sie den Ludwigskai, ignorierte quietschende Reifen und hupende Autofahrer. Nur um ein Haar entging sie auf der Promenade einem Zusammenstoß mit einem Radfahrer, der ihr lautstark hinterher fluchte.

An einer Parkbank auf dem Grünstreifen blieb sie schließlich keuchend und vornübergebeugt stehen. Schweiß tropfte ihr von der Nase auf das Holz der Bank. Ihre Lunge schmerzte, als wollte sie bersten. Nina zwang sich, langsamer zu atmen. Doch sie schaffte es nicht. Panisch rang sie nach Luft.

Hatte sie alles nur geträumt? Nie und nimmer war das eben passiert. Das war ein Albtraum, und zwar ein schlimmer. Aber sie würde gleich aufwachen und alles wäre beim Alten.

Beim Alten? Will ich das?

Sie richtete sich auf, wischte sich mit dem T-Shirt über das Gesicht und spürte, dass das Nasse nicht nur Schweiß war. Nein. Tränen.

»Ist bei Ihnen alles in Ordnung?«, fragte eine ältere Frau besorgt, die mit zwei Kindern spazieren ging.

Nina schreckte auf. Durch den Tränenschleier hindurch erkannte sie den bekümmerten Blick der Frau.

Nina nickte. Ihr wurde schwindelig. Sie setzte sich und lehnte sich erleichtert an.

»Na, das sieht aber anders aus. Soll ich den Notarzt rufen?«

Nina weinte und schüttelte den Kopf.

Die Dame lächelte wissend. »Liebeskummer. Oh je. Hat *er* eine andere?«

Nina starrte auf den vorbeifließenden Main mit seinem Niedrigwasser. »Nein, meine Mutter hatte einen anderen. Und Vati ist doch mein Vater.«

Die Frau öffnete den Mund, ohne etwas zu sagen. Zuerst schien es, als wolle sie weitergehen, doch dann setzte sie sich zu Nina. Die Neugier hatte gesiegt.

Nina sprach weiter, als wäre die Frau ihre engste Freundin. »Ja, und der Vater ist nicht mein Vater. Aber dass er Markus´ Vater ist, das glaube ich nicht. Dafür ist er dann doch zu jung.« Nina schlug sich gegen die Stirn. »Ach, bin ich doof. Das Alter! Selbst bei mir …«

Nina bemerkte den mitleidigen Blick, mit dem die Frau sie von der Seite her bedachte. »Wer sind Sie?«, fragte Nina. Die Frau sprang auf, rief nach den Kindern und lief so schnell davon, dass es wie eine Flucht anmutete. Wenn es Nina nicht so mies gegangen wäre, hätte sie sogar darüber lachen können.

Wieder alleine, fing sie erneut zu grübeln an. Nein, sie würde nicht aufwachen und Erleichterung empfinden. Denn das *vorher* war auch nicht besser!

War sie nicht bereits jahrelang in einem Albtraum gefangen? Nun war ein Albtraum nur durch den anderen ersetzt worden. Oder sollte sie es positiv sehen? ›Lieber ein Ende mit Schrecken als ein Schrecken ohne Ende‹, wie Oma Lotte immer zu sagen pflegte. Ob sie allerdings dabei an solche Situationen gedacht hatte? Ob sie überhaupt wusste, dass ihre Tochter die Enkelin all die Jahre zur Vertuschung ihres Seitensprungs benutzt hatte? Nina stützte sich mit beiden Händen auf der Parkbank ab. Die Hände balancierten sie aus, gaben ihr Halt. Eine Parkbank. Sie erinnerte sich an das Gespräch mit Pfeiffer, als sie über das Schlafen auf der Parkbank sprachen. Wo würde sie die nächste Nacht schlafen? Auf dieser Parkbank?

Der Gedanke ängstigte sie. Sie stand auf und trat an die Kaimauer. Sie lehnte sich darüber. Das Wasser hatte sich zurückgezogen und an den Rändern einen stinkenden Schlick hinterlassen. Dunkle Wolken spiegelten sich in der glatten Oberfläche des Mains. Erst jetzt sah sie die dicke Wolkenfront über der Festung Marienberg. Und nun erinnerte sie sich, dass sie auch noch einen Fall hatte. Sie hatte ihr Zuhause verloren, den Job wollte sie nicht auch noch verlieren. Sie musste zurück, ihr Handy und ihre Schlüssel holen.

Sie drehte sich um … und erschrak.

***

Johannes Muthig bedeckte mit beiden Händen das Geschlecht und starrte auf die nackten Füße. Die blonden Haare standen wirr vom Kopf ab, als hätte er gerade im Bett gelegen. Oder gewühlt.

»Wo ist Ihre Hose?«, begrüßte Pfeiffer den jungen Mann und überlegte, ob er ihm Handschellen anlegen sollte. »Wollten Sie tatsächlich nackt durch Würzburg flitzen?«

»Ich wollte mir beim Nachbarn was von der Leine klauen.«

Pfeiffer stellte sich auf eine Tonne und schaute von dem briefmarkengroßen Hinterhofgarten über eine gewaltige Buchenhecke hinüber in einen großzügigen Garten mit altem Baumbestand. Das Einzige, was diese Idylle störte, waren die Langbeinunterhosen auf der Leine. Der leichte Duft von Weichspüler wehte zu ihm herüber. Pfeiffer nickte anerkennend. »Sexy. Das wäre mal was anderes gewesen. Hätte Ihnen sicherlich gut gestanden.« Er sprang von der Tonne und wäre fast in die verrosteten Fahrräder gefallen, die aussahen, als würden sie schon seit dem Krieg hier an der Hausmauer stehen.

»Verarschen kann ich mich auch allein. Was wollen Sie überhaupt von mir?«

Pfeiffer schubste ihn Richtung Haustür. Johannes tippelte mit kleinen Schritten vor ihm her, Richtung Vordereingang - die Hände immer noch schützend vor seinem besten Stück. Von dem sonnengebräunten, muskulösen Rücken stach der schneeweiße Hintern derart ab, dass Pfeiffer grinsend wegsah. »Ziehen Sie sich erst einmal eine Hose über. Ich kann das Elend nicht mit ansehen.«

»Müssen wir hier vorne lang?«, beschwerte sich Johannes mit Blick auf die Passanten auf der anderen Straßenseite, die den Polizeieinsatz neugierig verfolgten. »Ich kann sowieso nicht ins Haus. Ich habe keinen Schlüssel einstecken.«

Pfeiffer grinste. »Dein Problem. Warum wolltest du auch abhauen?«

»Ich bin erschrocken. Wieso duzen Sie mich eigentlich?«

»Willst du mich verschaukeln? Ruf deine Freundin. Sie soll von innen entriegeln.«

»Meine Freundin?«

»Vielleicht ist sie jetzt auch nicht mehr deine Freundin. Egal. Das Mädchen, mit dem du dich gerade im Bett gewälzt hast, als wir an der Tür geklopft haben.«

Johannes schluckte. Die Passanten beäugten ihn und tuschelten. Johannes errötete und versteckte sich vor den neugierigen Blicken hinter dem breiten Rücken von Polizeimeister Krüger.

Grinsend trat Krüger zur Seite. »Na los, rufen Sie sie. Sonst stehen Sie hier noch länger im Rampenlicht.«

Johannes Blick sprühte vor Zorn. »Sie fühlen sich wohl stark?«

Pfeiffer wiegte den Kopf hin und her. »Er ist der Typ mit der Waffe.«

»Lisa!« Wild klopfte Johannes an die Tür.

Pfeiffer verschränkte die Arme vor der Brust und lehnte sich an die Hauswand. »Wissen Sie, wo Corinna ist?«

»Corinna? Nein. Warum sollte ich? Lisa! Mach auf!«

»Und Ihre Schwester?«

»Na im Pfarrhaus, wo sonst?«

Die Tür öffnete sich zaghaft und ein blondes Mädchen schaute durch den Spalt.

Krüger drückte die Tür auf.

»Sucht das Haus ab!«, befahl Pfeiffer und trat ein. Doch er hatte keine Hoffnung, Corinna hier anzutreffen. Nicht, während sich Johannes im Nachbarzimmer mit einem Mädchen im Bett vergnügte. Vor der eingeschüchterten Lisa blieb er stehen. »Und Sie sind?«

»Lisa.«

»Und weiter?«

Doch ehe sie antworten konnte, ertönte Krügers Stimme durch das Haus. »Peter! Das musst du sehen!«

Pfeiffer sah zu einem der Polizeimeister. »Nehmen Sie ihre Personalien auf. Und der«, er zeigte auf Johannes, »soll sich was anziehen.«

Dann folgte er Krügers Stimme die Treppe hinauf in den zweiten Stock. Es roch nach kaltem Zigarettenrauch.

»Was haben wir denn hier?«

Krüger rieb sich über das Kinn. »Hier sieht es aus, als wäre die Uhr stehen geblieben.«

»Wie in einem Horrorfilm«, flüsterte ihm einer der anderen Beamten zu und verschwand aus dem Zimmer.

Ja, das war passend.

In dem Zimmer waren die Rollläden geschlossen. Nur ein kleiner Schlitz ließ Sonnenlicht herein. Die Luft war abgestanden und roch nach Staub und alten Möbeln. Auf der einen Seite standen eine leere Wiege und ein Kinderbett. Die blaue Farbe der Bettwäsche wies eindeutig auf einen Jungen hin. Es sah aus, als hätte gerade erst jemand die Decke zurückgeschlagen und das Kind herausgenommen.

Auf der anderen Seite stand ein rosafarbenes Himmelbett. Die typischen Rockstar-Poster eines Teenagers fehlten, stattdessen lagen Puppen und Plüschtiere auf dem aufgehäuften Kissenberg.

Die kalten Augen der Porzellanpuppen starrten Pfeiffer an.

Was soll das? Pfeiffer durchlief ein Schauer. *Ich muss hier raus.*

Sie gingen in das Untergeschoss. Das übliche Haus: Flur, Toilette, Wohnzimmer, große Wohnküche. Finster. Auf der zerkratzten Küchenzeile stand benutztes Geschirr. Pfeiffer war schon an der Küche vorbeigelaufen, als er innehielt und einige Schritte rückwärts ging.

Was habe ich gesehen?

Langsam betrat er die Küche. Es roch nach abgestandenem Essen und Kaffeesatz.

Und da sah er sie, die blauen Espressotassen. Pfeiffer hob eine hoch.

Die Espressotasse.

Was sagte Sigrid Sommer? In der Spülmaschine befand sich eine Espressotasse, die nicht von ihrem Mann stammen konnte, da er keinen trank? Von wem stammte sie dann?

Johannes!

Pfeiffer trat in den Flur.

»Ziehen Sie sich an, hab ich gesagt. Sie kommen mit.« Pfeiffer stieß Johannes Richtung Wohnzimmer. »Trinken Sie Espresso?«

»Ist das jetzt auch noch strafbar?«

Pfeiffer nickte. »Das heißt dann mal ja.« Er lehnte sich mit verschränkten Armen gegen ein braunes Vertiko und beobachtete, wie Johannes in eine Hose schlüpfte. Das Vertiko wackelte und verrutschte. Pfeiffer erschrak und lehnte sich daneben an die Wand. Die Blümchentapete war alt, aber nicht abgewohnt. Die Möbel waren aus der Mode gekommen, aber gepflegt und intakt. Abgesehen von dem wackelnden Vertiko, dem Pfeiffer nicht mal mehr seine fünfundachtzig Kilo anvertraute.

Selbst Pfeiffers Wohnung konnte einen moderneren Einrichtungsstil vorweisen. Es schien, als wäre hier das Leben vor zwanzig Jahren zum Stillstand gekommen.

Wieder diese Zeitspanne.

»Sie haben fünf Minuten Zeit mir zu erzählen, warum Sie drei Männer umgebracht haben. Dann kann ich noch was für Sie tun. Wenn die Zeit verstrichen ist, haben Sie Pech.«

»Was soll der Unfug? Erst haben Sie Onkel Sebastian in Verdacht, dann Corinna und nun mich? Sie können sich wohl nicht darauf einigen, wer vorne liegt?«

Pfeiffer überlegte. Der Junge hatte recht. Auf die eine oder andere Weise schien jeder der drei schuldig. Der Pfarrer log, seine Schwester Corinna hatte Motiv und Möglichkeit und ihr Auto wurde vor dem Haus der Sommers gesehen. Und Johannes, weil er die besagten Fotos besaß, die alle Beteiligten zusammenführten und anscheinend das Geschehene ausgelöst hatten.

Wo sollte er ansetzen? Also stocherte er im Misthaufen. Irgendeinen Mistkäfer würde er schon treffen.

Das Klingeln seines Handys riss ihn aus dem Gespräch. Mürrisch schaute er aufs Display, ehe er es annahm. »Was gibt´s, Andi? … Ah.« Pfeiffers Miene hellte sich auf. »Okay, schick mir die Kollegen vorbei. Ich bin noch im Haus von Johannes und Hannah Muthig. Ich habe kein Auto … nein, Ellen musste was erledigen … egal … ja, dann soll Stumpf mit dem Haftbefehl kommen und mich holen. Was soll ich? Laufen? Du kannst mich mal!«

Er steckte das Handy ein. »Na gut. Die Kollegen werden Sie mit auf die Dienststelle nehmen und Sie können sich so lange Ihre Aussage überlegen. An Ihrer Stelle würde ich die ganze Wahrheit sagen, denn wenn Sie einfahren …« Er feixte. »Wissen Sie, was man mit so süßen Typen wie Ihnen im Knast anstellt?«

30

Andi hatte tatsächlich Stumpf direkt zur Kirche St. Adalbert geschickt. Okay, sie war nur wenige Querstraßen von Muthigs Haus entfernt und er musste nicht durch die halbe Stadt rennen, dennoch hasste es Pfeiffer, wenn er abgehetzt zu einer Verhaftung kam.

Was hatte Andi sich nur dabei gedacht? Wollte er mit aller Macht Ninas Fitnesswahn folgen, als sie ihm den Aufzug in Sommers Haus verschwieg? Andi fand das ja sehr witzig.

Im Gehen zog er sein Handy und drückte die Kurzwahltaste. »Wo, verdammt nochmal, steckst du nur? Wenn du das abhörst, Nina, komm bitte zur Kirche. Corinna soll hier gesehen worden sein. Der Haftbefehl ist unterwegs.

Ich wollte das nicht ohne dich tun. Aber ich kann nicht länger warten. Melde dich.«

Dann wählte er erneut. Keiner nahm ab. »Mist!« Er schrieb eine WhatsApp und SMS, denn wenn sie keine mobilen Daten hatte, konnte sie die SMS lesen. »Ellen, wo steckst du? Ich brauche dich hier an der Kirche.« Beinahe wurde er beim Überqueren der Straße von einem Auto erfasst. Die Fahrerin hupte und schrie etwas, das Pfeiffer nicht verstehen wollte. »Ist ja gut.« Er hob beschwichtigend die Hand und winkte das Auto vorbei.

Das Auto.

Pfeiffer blieb stehen und schaute sich nochmals die auf sein Handy aufgespielten Fotos von Tom Günther an. War da nicht ein Auto dabei gewesen? Was hatte es mit dem Auto auf sich? Er vergrößerte es und erkannte einen alten Honda Accord. Das Nummernschild war nicht lesbar. Ob das der damalige Unfallwagen war?

Er öffnete WhatsApp und schickte Andi eine Sprachnachricht. Persönlich am Telefon würde er ihn nur anschreien, weil Andi ihn zum Laufen verdonnert hatte. »Überprüfe, ob auf eine unserer beteiligten Personen ein Honda Accord zugelassen war.«

Als Pfeiffer vor der Kirche ankam, war von Stumpf weit und breit nichts zu sehen. Pfeiffer grinste. Er hätte nicht gedacht, dass er schneller war.

Super, ohne Haftbefehl konnte er nichts ausrichten!

Er lief die Straße um die Kirche ab, konnte aber Corinnas Caddy nicht sehen. Wo, verdammt noch mal, hatte sie geparkt? Oder war er zu spät? War sie schon wieder weg?

Verdammt!

Was sollte er tun? Alleine die Kirche umstellen? Hah!

Pfeiffer hastete die Stufen hinauf und lehnte sich an die schwere Holztür. Ein Flügel der Tür stand offen. Er konnte ja mal schauen, ob er jemanden in der Kirche sah. Wenn er sicher sein konnte, dass sich Corinna Heller darin befand, konnte er getrost draußen auf Stumpf warten. Doch wenn sie schon weg war, verlor er mit der Warterei kostbare Zeit.

Vorsichtig betrat er die Kirche. Es dauerte, bis sich seine Augen an das Dämmerlicht der Kirche gewöhnt hatten und er etwas erkennen konnte. Trotz aller Anstrengung, leise zu gehen, hallten seine Schritte in dem hohen Gemäuer wider. Keine Menschenseele weit und breit. Die langen Kirchenbänke lagen wie abgenagte Rippen vor ihm.

Die Stille war erdrückend.

Was war das?

Ein Rascheln aus dem linken Seitenaltar ließ Pfeiffer zusammenfahren. Er zog die Waffe.

Hoffentlich war das jetzt nicht die Putzfrau und er bekam eine weitere Klage wegen Nötigung an den Hals.

Er umklammerte den Griff der Walter P1 fester. Seine Hand schwitzte. Gewiss war der Grund nur das Transpirieren vom schnellen Laufen. Wie jeder andere Polizeibeamte war auch er froh, wenn er von der Schusswaffe keinen Gebrauch machen musste.

Oh Gott! Nein!

Aus einer verborgenen Nische trat der Pfarrer hervor. Er war noch mit der Soutane bekleidet. Sein Gesicht war ebenso versteinert wie seine Haltung.

Langsam ließ Pfeiffer die Waffe sinken.

Was hatte Pfarrer Heller dort gemacht? Warum stand er in der dunklen Nische des Seitenaltars? Stand hinter der Säule auch seine Schwester? Versteckte er sie vor dem Zugriff der Polizei?

Der Pfarrer trat vor. Nach einem Moment der Stille griff er mit der rechten Hand unter seine Soutane.

Das Blut rauschte in Pfeiffers Kopf. Instinktiv hob er die Waffe.

***

»Va … , bist du mir gefolgt?« Nina wollte zurückweichen, doch sie stieß bereits an die Kaimauer.

»Nein, ja, ich wollte … du hast unseren Nachbarn umgerannt. Er hat mir gesagt, wo er dich gesehen hat.« Michael Schätzlein räusperte sich und blickte auf seine Hände. »Ich weiß, dass ich nie wieder gutmachen kann, was ich dir angetan habe. Aber ich kann verhindern, dass du deinen Job verlierst.«

Nina traute ihren Ohren nicht, dann entdeckte sie ihr Handy in seiner Hand.

»Es hat bereits mehrmals geklingelt und du …«, seine Stimme versagte zu einem Hauch und ging im Lärm einer vorbeifahrenden Motorradkolonne unter.

Ninas Hände zitterten, als sie nach dem Smartphone griff. Sie schaute darauf und sah sechs verpasste Anrufe. Verflixt! Wann waren die alle eingegangen? Dann dämmerte es ihr. Sie hatte es auf lautlos gestellt, bevor sie sich schlafen gelegt hatte. Und nun? Brachte er ihr das Handy. Nina lehnte sich an, um nicht zu wanken.

»Nina, ich muss dir was sagen.« Er strich sich mit dem Daumen über die Stirn.

Was kommt jetzt? Wieder eine Entschuldigung?

»Ich … ich schäme mich.«

»Nicht jetzt, ich muss zu meinem Fall. Ich …«

»Es geht um den Fall.«

»Was?«

»Wie gesagt, es tut mir leid und ich schäme …«

»Rede!« Doch sie ahnte schon, was kommen würde.

Er atmete schwer, als ob ihm die Last der Worte die Luft abdrückte. »Ich habe beim Bischof verlauten lassen, dass du voreingenommen und unfähig bist, damit man dich abzieht. Ich wollte Hochwürden schützen, weil deine Mutter sagte …« Michael Schätzlein brach ab.

Nina schwieg. Am liebsten hätte sie geschrien, doch dafür hatte sie keine Kraft mehr. Dann fand sie die für sich richtigen Worte. »Weißt du, was du da getan hast? Du weißt doch gar nicht, um was es in dem Fall geht! Du hast schon immer deine Beziehungen zu deinem Vorteil genutzt. Und jetzt glaubst du, nur weil du mir mein Zeug bringst, ist alles wieder gut? Bei mir reicht nicht einfach nur beichten, und dann ist alles vergeben und vergessen. Für die Absolution ist die Kirche zuständig. Da kannst du gerne hinrennen.«

Michael Schätzlein trat unruhig von einem Fuß auf den anderen. »Ich wollte nur, dass du es weißt. Und sagen, dass es mir leid tut. Ich war so blind. Ich wollte nie akzeptieren, wie gut du bist. Ich habe dich unterschätzt. Ich werde beim Bischof …«

»Nein!«, fuhr Nina ihn an. »Du wirst nichts mehr tun. Halt dich in Zukunft aus meinem Leben raus! Das ist dein Fehler, Vater. Egal, was sie dir erzählt hat, du hättest spüren müssen, dass ich deine Tochter bin.«

***

»Hochwürden! Hand aus der Tasche!« Pfeiffer richtete die Waffe auf Sebastian Heller. »Heben Sie die Hände! Was haben Sie vor?«

»Gerechtigkeit walten lassen«, erwiderte der Pfarrer und sah zum Eingang, als ob er fliehen wollte.

Pfeiffer ging nach links und versperrte ihm den Weg. »Gerechtigkeit? Dafür sind wir verantwortlich. Nicht Sie! Ihr Fachgebiet ist die Vergebung.« Die Worte hallten wie aus einem Lautsprecher.

»Ja, Gottes Vergebung vielleicht, aber nicht die eigene.« Der Pfarrer raffte seine Soutane und rannte zum Hauptaltar. Die hastigen Schritte hallten wie Kanonenschüsse.

Pfeiffer setzte ihm nach. Mit der Waffe in der Hand rannte er über den glatten Kachelboden und versuchte, nicht auszurutschen. »Hören Sie auf mit dem Mist, Herr Pfarrer! Sie machen alles nur noch schlimmer!« Beim

Umqueren der ersten Bankreihe stieß er gegen das Holzpodest, auf dem die Bänke montiert waren. »Verdammt!« Pfeiffer kam ins Wanken. Als er sich wieder gefangen hatte, war der Pfarrer bereits in der Sakristei verschwunden.

Bis Pfeiffer den Altar erreicht hatte, war der Pfarrer außer Sichtweite. Doch wie von einer unsichtbaren Kraft gepackt, wurde Pfarrer Heller zurück in das Kirchenschiff geschleudert und landete schlitternd auf dem Boden hinter dem Altar.

»Wo ist Ihre Schwester?«, hörte Pfeiffer Stumpfs Stimme, noch bevor er ihn in der Tür der Sakristei erblickte.

Pfarrer Heller krabbelte über den Boden und wollte erneut fliehen. Um Pfeiffer auszuweichen, robbte er auf der anderen Seite des Altars entlang. Doch gleich darauf stand Stumpf über ihm und packte ihn an seinem langen Gewand.

»Lassen Sie mich los! Sie ist nicht hier!«

»Das sehe ich auch! Wo ist sie?«

»Selbst wenn ich es wüsste, würde ich es Ihnen nicht sagen!« Pfarrer Heller schlug wild nach Stumpfs Händen.

Pfeiffer steckte seine Waffe weg und trat hinzu. »Und genau deshalb kommen Sie mit. Sie schützen eine Mörderin!«

»Eine WAS? Um Himmels willen! Was erzählen Sie da?« Ohne weiteren Widerstand ließ der Pfarrer sich von Stumpf auf die Füße helfen. »Tun Sie nicht so, als hätten Sie es nicht bereits geahnt.«

»Oder machen Sie gemeinsame Sache mit ihr?«, fragte Stumpf und zwinkerte Pfeiffer zu.

»Was fällt Ihnen ein?«, fuhr der Pfarrer ihn an. Kurz blitzte die Autorität und Würde seines Amtes auf.

Ohne seinen Gefangenen loszulassen, zuckte Stumpf mit der Schulter. »Anders kann ich mir Ihr Schweigen nicht erklären.«

Der Pfarrer bekreuzigte sich und jammerte leise vor sich hin.

Oder war es ein Gebet?

Am immer noch offenen Hauptportal erschien eine junge Frau. Sie trug ein leichtes Sommerkleid und strich sich beim Betreten der Kirche fröstelnd über die Arme.

»Tut mir leid!«, rief Pfeiffer durch das Kirchenschiff. »Die Kirche ist bis auf weiteres geschlossen.« Seine Worte hallten wie eine Rede von der Kanzel.

Die Frau sah sich um. »Aber …!«

Pfeiffer sah den entsetzten Blick des Pfarrers und blies die Backen auf. Nein, das musste er dem Pfarrer nicht antun. »Wasserschaden! Wir versuchen, den Schaden so schnell wie möglich zu beheben.«

Pfarrer Heller ließ den Kopf sinken. »Danke.«

»Passt scho. Den Schlüssel bitte. Wir fahren in die Dienststelle.«

***

»Wo ist Corinna?« Pfeiffer beugte sich über den Tisch und aktivierte das Aufnahmegerät.

»Das weiß ich nicht«, sagte Pfarrer Heller müde.

Die Tür ging auf und Nina stand da. Sie schaute müde und kaputt aus, roch aber frisch geduscht. Das T-Shirt von heute Morgen hatte sie gegen die Bluse von gestern getauscht. Die Haare umrahmten ihr blasses Gesicht.

»Da bist du ja endlich!« Pfeiffer atmete erleichtert auf. »Ich habe mir schon Sorgen gemacht. Geht es dir wieder besser?«

Nina nickte. Doch ihr Augenmerk war auf Pfarrer Heller gerichtet. Sie starrte ihn ebenso entgeistert an wie er sie. »Guten Tag, Hochwürden.«

»Guten Tag, Nina.«

Nina umkreiste den Tisch samt Pfarrer wie ein Raubtier seine Beute.

Pfeiffer war gespannt, was jetzt kam. Er trat zurück und lehnte sich an die Wand.

»Warum haben Sie mich in meinem Glauben bestärkt, Sie seien mein …« Sie brach ab und schaute zu Pfeiffer. Dann richtete sie sich wieder an den Pfarrer. »Sie hätten mir nur sagen müssen: Rede mit deiner Mutter, dann wird alles aufgeklärt. Aber nein. Stattdessen bestätigten Sie immer wieder meine Zweifel. Wollten Sie mich schwächen?«

Pfarrer Heller faltete die Finger zum Gebet.

»Sehen Sie? So wie jetzt. Lieber beten als reden. Sollte ich Fehler begehen, damit ein anderes, größeres Geheimnis nicht aufgedeckt wird?«

»Oh, Nina, bitte! Ich bin nur ein Mensch und schwach und denke nicht an alles. Das Gebet ist für mich …« Er brach ab und sank kraftlos zusammen.

»So brauchen Sie mir nicht zu kommen. So nicht. Sie haben mich benutzt! Manipuliert! Meine Liebe zu Ihnen ausgenutzt, meine Verzweiflung und meinen Selbsthass geschürt. Sie wussten, wie ich darunter leide, nicht von meinem Vater geliebt zu werden, und haben nichts dagegen unternommen!«

»Ich konnte nicht, deine Mutter hatte es mir im Beichtstuhl anvertraut.«

»Ach, zum Teufel mit Ihrem Beichtgeheimnis! Ich war es! Nicht mir hätten Sie sagen müssen, dass ich etwas wert bin, sondern ihm. Sie haben immer geschwiegen! Sie haben doch gesehen, wie ich mich in meinem Zweifel, ich wäre ein Kuckuckskind, verliere! Und ich? Ich habe Sie verehrt!«

Nina drehte sich zu Pfeiffer um. Zorn und Verzweiflung rangen in ihrer Miene um die Vorherrschaft. »Er gehört dir«, stieß sie atemlos hervor. Sie setzte sich. Mit verschränkten Armen und finsterem Blick starrte sie den Pfarrer an.

Pfeiffer war entsetzt. Welche Ratte hatte die ganze Zeit an Ninas Psyche genagt?

»Da haben Sie aber alle Register Ihres Amtes gezogen, Hochwürden, um auf den Fall einzuwirken. Mannomann, meinen Respekt. Besonders einfallsreich fand ich den Schachzug, Nina vom Fall abziehen zu lassen.«

»Nein Peter, das war mein Vater.« Nina rutschte tiefer in den Stuhl. »Er wollte Hochwürden vor meinen Fragen nach der Vaterschaft schützen.«

Pfeiffer hielt erschrocken den Atem an.

Arme Nina. Wie konnte sie nur so viel Verrat verkraften?

Pfeiffer presste die Handflächen aneinander und berührte mit den Zeigefingern nachdenklich seine Lippen. Langsam atmete er wieder aus. Wie sollte er Klarheit in diesen Fall bekommen?

Pfeiffer beobachtete den Pfarrer, den sichtlich das schlechte Gewissen plagte. Doch er konnte nicht unterscheiden, ob es ihm dabei um Nina oder um die Morde ging. Wo sollte er ansetzen? Bei Corinna.

»Sie sagten eben, Sie wissen nicht, wo Corinna ist. Wissen Sie es nicht, oder wollen Sie es mir nicht sagen?«

»Ich weiß es nicht.« Hellers Stimme klang ausgezehrt. »Ich habe sie seit gestern Abend nicht mehr gesehen. Und heute Morgen habe ich noch vor dem Frühstück das Haus verlassen. Sie steht erst nach mir auf.«

»Gut. Was wissen Sie über die Opfer?«

»Dazu kann ich Ihnen nichts sagen!« Wie so oft faltete Pfarrer Heller die Hände wie zum Gebet.

»Ach ja, das hätte ich fast vergessen: und der ›Codex iuris canonici‹ oder wie das heißt.«

Der Pfarrer wich seinem Blick aus.

»Wissen Sie, was ich glaube? Sie verstecken sich hinter dem Beichtgeheimnis.« Pfeiffer ging auf und ab. »Wie groß ist die Wahrscheinlichkeit, dass all diese Opfer ausgerechnet bei Ihnen gebeichtet haben, hm?« Ruckartig blieb er stehen und erschreckte damit den Pfarrer.

Doch trotzdem murmelte der Pfeiffer weiterhin etwas, das wie ein Gebet klang.

Okay, so kam er nicht weiter. »Haben Sie irgendwann eine Veränderung in ihrem Wesen festgestellt?«

Pfarrer Heller sah verwundert auf. »Nein.« Doch ein Zucken an seinem linken Mundwinkel verriet ihn.

»Was ist?«

»Nichts.«

»Das akzeptiere ich nicht! Wenn Ihnen etwas aufgefallen ist, dann raus damit.«

»Ich weiß nicht, ob es wichtig ist. Aber im Frühjahr hat sie mit ihrem Freund Schluss gemacht.«

Pfeiffer winkte enttäuscht ab. »Das wissen wir, aber Leo Kromczynski ist genauso ratlos wie wir. Meine Kollegin hat ihn bereits überprüfen lassen. Zu den Todeszeiten hatte er jeweils Dienst oder andere Alibis.«

Pfarrer Heller richtete sich auf dem Stuhl auf. »Was werfen Sie Corinna überhaupt vor? Dass sie die Männer auf dem Gewissen hat? Das ist doch lächerlich! Warum auch? Corinna ist ein liebenswertes Mädchen. Sie kann keiner Seele etwas zuleide tun.«

»Ich kann ja verstehen, wenn Sie als Geistlicher keine Rachegelüste verspüren. Die andere Wange hinhalten und Vergebung ist euer Allheilmittel. Aber es gibt Menschen, die leben nur für ihre Rache. Die Gedanken daran fressen sie einerseits auf und geben ihnen andererseits die Kraft, all die Jahre zu überstehen, bis es so weit ist. Bis sie ihr Netz fertig gesponnen haben. Sie warten wie eine Spinne auf ihre Beute. Und dann schlagen sie zu.«

»Nicht meine Coco!«

»Was macht Sie da so sicher? Man sieht einem Menschen die Rachegedanken nicht an, sie sind normal und unscheinbar. Wie erklären Sie es sich denn sonst, dass all diese Menschen tot sind?« Pfeiffer atmete tief durch. Der Mann tat ihm leid. »Es ist schwer zu glauben, dass Ihre Schwester solch einen Hass auf all diese Menschen gehabt haben soll. Aber dennoch ist es nicht von der Hand zu weisen!«

»Coco kennt nur Vergebung!«

»Vielleicht ist ihre Vergebung tödlich?«

Panik stand in den Augen des Pfarrers. Er bekreuzigte sich.

Pfeiffer beugte sich zu ihm und sah ihm eindringlich in die Augen. »Wieso werde ich das Gefühl nicht los, Sie haben Angst?«

»Ich? Um Gottes Willen, nein! Wie kommen Sie darauf?«

»Nun ja, Sie machen mir einen besorgten Eindruck.«

»Das bilden Sie sich ein.«

Pfeiffer tippte sich an die Nase, so, als würde er eine neue Spur wittern. »Wissen Sie, was ich glaube, Hochwürden? Genauso, wie Sie Nina in die Irre geführt haben, haben Sie es mit mir und der Aufklärung der Mordfälle getan.«

Der Pfarrer wich bis zur Stuhllehne zurück. »Ich weiß nicht, was Sie von mir wollen. Ich habe nichts mit den Toten zu tun! Sie können mir nichts anhaben!«

»Nein, das kann ich nicht. Aber Ihrer Schwester. Wir werden Corinna einsperren.« Pfeiffer legte eine Pause ein, um seine Worte wirken zu lassen. »So leid es mir tut. Ich muss Ihr seltsames Verhältnis, das sie uns ständig vorspielen, zerstören. Wir können Ihrer Schwester den dringenden Tatverdacht nachweisen. Sie hatte das Motiv und die Möglichkeiten.«

»Seltsames Verhältnis? Was erzählen Sie da?« Er strich zum Zeichen seiner Würde mit den Händen über die Soutane.

»Das wissen Sie genau! Sie beide decken sich doch gegenseitig! Corinna hat all die Menschen umgebracht, die ihrer Ansicht nach Schuld an ihrem Unfall hatten. Aber bei Ihnen, bei Ihnen bin ich mir noch nicht schlüssig.«

Der Pfarrer presste seine Lippen zusammen, um zu zeigen, dass sie versiegelt waren. In seiner Miene spiegelte sich jedoch die Verzweiflung.

»Was haben Sie vorhin in der Kirche gemeint, als Sie sagten, Sie wollten Gerechtigkeit walten lassen? Haben Sie Ihrer Schwester geholfen? Was haben Sie getan?« Pfeiffer hieb auf den Tisch und Pfarrer Heller zuckte zusammen.

»Reden Sie. Wo ist Corinna? Was hat sie vor?« Pfeiffer setzte sich neben Nina. »Ihre Schwester ist so oder so dran. Wenn Sie reden, können Sie vielleicht noch Schlimmeres abwenden und die Strafe mildern.«

Pfarrer Heller schloss für einen Moment die Augen. Als er sie öffnete, glänzten Tränen in ihnen.

»Was ist? Ist Ihnen etwas eingefallen? Haben Sie etwas bemerkt? So reden Sie doch! Das passt Ihnen doch gerade ins Konzept, dass wir Ihre Schwester …« Pfeiffer überlegte. »Oder wollen Sie das sogar? Sie wollen, dass sie verschwindet? Damit Sie nicht jeden Tag sehen müssen, wie Corinna in ihrem Rollstuhl sitzt und jammert. Und Sie nicht jeden Tag an Ihr Zuspätkommen vor dreiundzwanzig Jahren erinnert werden?«

»Hören Sie auf! Lassen Sie uns in Ruh!« Er faltete die Hände und hob sie zu einer flehentlichen Geste. »Sie hat nichts mit all dem zu tun. Ich war es! Ich war es!« Dann senkte er seinen Kopf und weinte.

Pfeiffer sah Nina ratlos an. Hatte er richtig gehört? »Sie gestehen?«

»Ja, ich war es und nun hören Sie auf. Lassen Sie Corinna ihren Frieden! Sie hat nichts getan! Ich war es«, sagte er kraftlos, ohne den Kopf zu heben. »Ich habe die Menschen umgebracht.«

»So, so. Und wie haben Sie es gemacht?«, fragte Nina.

Der Pfarrer blickte auf. »Über Einzelheiten werde ich keine Aussagen machen. Zum Wohle der Opfer verweigere ich dazu die Aussage.«

***

Nina lehnte sich im Flur mit der Stirn an die Wand. »Das gibt es doch nicht.«

»Was soll ich sagen?« Pfeiffer zuckte mit der Schulter.

Nina richtete sich auf und sah ihn verständnislos an. »Glaubst du ihm?«

»Wir haben ein Geständnis.«

»Glaubst du ihm?«, wiederholte Nina ihre Frage.

»Das ist nicht die Frage. Die Frage ist, warum hat er die Morde gestanden und wen will er schützten?«

»Na, Corinna natürlich.«

»Das sieht so aus. Aber die Auswahl unserer Verdächtigen hat sich während deiner Abwesenheit vergrößert. Ich habe im Verhörraum II seinen Patensohn Johannes sitzen. Und der hatte Fotos.« Er zeigte Nina die Aufnahmen von Timo Sommer und den andern Getöteten. Zuletzt das schwarze Fahrzeug. Er erklärte ihr, wie Tom Günther an die Aufnahmen kam.

»Da habe ich ja einiges verpasst.«

»Kann man sagen. Du bist mir später noch eine Erklärung schuldig.«

Nina kaute auf der Lippe. »Kann ich dir das alles erzählen, wenn ich heute Nacht bei dir penne?«

Pfeiffer war betroffen. »Rausgeworfen?«

»Nein. Das ist kompliziert. Ich könnte deinen Rat gebrauchen.«

Pfeiffer nickte. »Gerne.«

»Wo ist eigentlich Ellen, die hab ich nicht gesehen.«

Pfeiffer schaute auf die Uhr. »Keine Ahnung, wo Ellen bleibt. Sie wollte nur kurz was besorgen.«

Andi kam aus seinem Zimmer und prallte gegen sie. »Äh. Hallo, Peter.«

»Ich gebe dir gleich ein ›Hallo‹! Du hast mich laufen lassen. Was soll der Scheiß?«

»Hier deine Anfrage wegen des Hondas.« Andi drückte ihm einen Zettel in die Hand und verschwand wieder in seinem Zimmer.

»Was war das?«, fragte Nina.

»Ach, das ist kompliziert.«

***

»Wie ich sehe, sind Sie wieder im Dienst.« Johannes grinste Nina an und flegelte sich auf den Stuhl. »Dürfen Sie wieder mitspielen?«

»Wie ich sehe, sind Sie in Haft.« Nina setzte sich neben Pfeiffer an den Tisch.

Johannes bedachte sie mit einem anerkennenden Lächeln. »Echt abgefahren! Ohne dieses verrückte T-Shirt sehen sie noch viel hinreißender aus!«

»Sie müssten mich mal sehen, wenn ich gut drauf bin. Aber *Ihnen* ist der Chic abhanden gekommen.«

Pfeiffer aktivierte die Aufnahme. »Schluss mit den Mätzchen. Sie hatten jetzt viel Zeit, sich eine Aussage zu überlegen. Hoffentlich haben Sie die Zeit gut genutzt.«

»Ich habe die Frage vergessen.«

»Sie Ärmster. So jung und schon Demenz. Okay, für Sie wiederhole ich die Frage: Warum habe Sie die drei Männer umgebracht?« Pfeiffer sah auf die Uhr. »Nur noch drei Minuten und zwanzig Sekunden.«

»Welche Männer?« Johannes strich sich über das Ohrläppchen.

Pfeiffer sah erneut auf die Uhr, verzichtete aber darauf, die Sekunden herunterzuzählen. »Ich gebe Ihnen einen Tipp: die Fotos aus Doblers Wohnung.«

Johannes Muthig wurde kreidebleich. »Tom hat geredet?«

»Nehmen Sie es ihm nicht übel, aber sein Medizinstudium war ihm doch wichtiger als Ihren Arsch zu retten.«

»Aber ich habe doch nichts gemacht!«

»Nichts? Ich glaube«, Pfeiffer beugte sich zu ihm und stützte sich mit den Unterarmen auf dem Tisch ab. »Sie haben all diese Menschen getötet. War es in Corinnas Auftrag? Oder wollten Sie ihr eine Freude bereiten?« Pfeiffers leise Stimme glich einem schneidenden Messer.

»Scheiße Mann, nein!« Johannes zog das linke Bein auf den Stuhl, umarmte es wie ein Kissen und wich Pfeiffers Blick aus.

Pfeiffer beobachtete ihn genau. Etwas störte ihn an Johannes´ Art. Ängstlich und verwirrt wirkte er. Konnte man das üben oder war es echt? Pfeiffer sah ihm in die Augen. Der Ausdruck darin stimmte nicht mit seiner Reaktion überein.

Ich hab dich.

»Was haben Sie dann gemacht?«

»Nichts.«

»Doch, Sie müssen etwas gemacht haben, denn alle Personen auf den Bildern sind tot. Außer Ihrem Patenonkel.«

»Sie sind was?! Das kann nicht sein? Ich habe wirklich nichts gemacht!«

»Das glaube ich nicht. Von alleine haben die sich nicht erhängt. Sie haben eine Todesliste erschaffen. Glauben Sie, ich suche aus Jux und Tollerei ständig Ihren Onkel auf? Was hat er Ihnen überhaupt erzählt? Anscheinend nicht alles. Wir ermitteln hier in einem dreifachen Mord!« Pfeiffer trat auf ihn zu. »Dann verhafte ich Sie wegen Mordes an Timo Sommer, Horst Kohlhepp und Alina Gehrsitz.«

Johannes war dem Weinen nah.

Diesmal wirkte es echt.

Nina hatte eine Idee. »Haben Sie die Bilder vielleicht jemandem gezeigt?«

Johannes Muthig schaute auf und blinzelte. »Ja, ich habe die Bilder Hannah gezeigt.«

»Was?«, fuhr Pfeiffer auf. »Ihrer Schwester? Sind Sie sicher? Nicht dem Pfarrer oder Corinna?«

»Nein.«

»Wie hat sie reagiert?«

»Sie kannte diese Leute nicht.«

Pfeiffer verzog den Mund. »Aber sie erkannte Pfarrer Heller?«

Johannes blieb still.

»Erkannte Hannah Pfarrer Heller?«

»Ja.«

»Was hat sie gesagt?«

»Nichts. Wenn ich es mir recht überlege … erst als sie das Auto sah, wirkte sie blass.«

»Den schwarzen Honda Accord auf dem Foto?«

»Das war ein Accord?«, fragte Johannes verwirrt und griff sich an das rechte Ohrläppchen.

»Ja, das war das Fahrzeug …«, Pfeiffer knallte den Zettel von Andi auf den Tisch. »das neunzehnhundertfünfundneunzig auf Sebastian Heller angemeldet war.«

Nina griff nach dem Zettel und las. »Warum haben Sie Hannah überhaupt die Fotos gezeigt? Was war daran so Besonderes?«

Johannes druckste herum. »Naja, Hannah war mal Onkel Sebastians Freundin.«

»Verdammter Mist! Warum haben Sie uns das nicht früher gesagt?«

Jetzt ergab alles einen Sinn.

31

Ellen fuhr aufgeregt nach Hause und parkte vor ihrem Haus. Sie hatte noch fünf Minuten und wollte die Zeit nutzen, noch mal schnell ins Bad zu huschen und sich in der Küche einen Apfel zu holen. Sie sah auf die von Hannah gesimste Adresse. Es war nur eine Seitenstraße von ihrer Wohnung entfernt. Wenn das kein Glück war. Dann hatte sie einen Ansprechpartner in der Nähe und konnte Gabrielle jederzeit zu ihm schicken. Sie lachte. Das würde sich der Inhaber nicht oft gefallen lassen und ihr am Ende eine Rechnung präsentieren. Egal. Wenn der Preis stimmte, konnte sie ihrer Tochter heute Abend ein fertig eingerichtetes Handy präsentieren.

Sie kam gerade aus dem Bad, als es Sturm klingelte.

»Ich komm ja schon. Warum hast du wieder keinen Schlüssel dabei, Gabrielle?« Sie öffnete die Tür und war überrascht, nicht ihre Tochter zu erblicken. »Was wollen Sie denn hier?«

Vor der Tür standen Hannah und Corinna im Rollstuhl.

Hannah atmete, als wäre sie von der Festung Marienberg am Main entlang bis nach Heidingsfeld gerannt. Ihre verschwitzten Haare hingen ihr in die Stirn. Trotz der Hitze trug sie Jeans und Turnschuhe. »Corinna ist in Schwierigkeiten.« Hannah schob den Rollstuhl in die Wohnung hinein. Corinnas Kopf war seltsam zur Seite gekippt. Die Augen in die Ferne gerichtet. Sie schien halb weggetreten zu sein, schlief jedoch nicht. Ein Speichelfaden rann von ihrem offenen Mund auf die Schulter herunter.

»Natürlich ist sie das. Corinna wird wegen Mordes gesucht«, stellte Ellen klar. »Warum kommen Sie zu mir?«

»Ich wusste nicht wohin. Ich hatte bei Ihnen den Eindruck, dass Sie in Ordnung sind.«

Ellen fuhr sich durch die Haare. Was hatte sie da nur mit ihrem verständnisvollen Ton angerichtet? »Woher haben Sie meine Adresse?«

»Aus dem Telefonbuch. Ich kann nicht zulassen, dass Corinna geschnappt wird. Sie ist meine älteste Freundin.«

»Das geht aber nicht. Sie machen sich strafbar. Und ich mich auch. Ich kann keiner Tatverdächtigen Unterschlupf gewähren. Was ist eigentlich mit ihr los?«

Hannah sah sich um. Dann lief sie zum Tisch, griff sich die Wasserflasche und trank. Sie verschluckte sich am Wasser und hustete. »Sie hatte eine Schmerzattacke. Da habe ich ihr einige von ihren Tabletten gegeben. Kann sein, dass es eine zu viel war.«

»Sie müssen mit ihr zu einem Arzt!« Ellen tastete nach ihrem Puls.

»Das geht nicht. Man würde sofort die Polizei informieren.«

»Ihr muss der Magen ausgepumpt werden.«

»I wo. Das wird wieder. Das ist schon öfters passiert und immer gut gegangen.«

Corinna verdreht die Augen und röchelte.

»Doch, sehen Sie nur.«

Corinna wedelte mit der Hand, als wolle sie nach Ellen greifen.

»Was hat sie?«

»Nichts.«

»Sie will nur nicht allein sein.« Hannah schob Ellen zur Seite und kniete sich vor Corinna hin. Sanft strich sie über ihre Wange und hielt Corinna die Wasserflasche an den Mund. »Wir sind alle da. Du bist nicht allein. Du bist in Sicherheit.«

Corinna stieß einen markerschütternden Schrei aus.

Hannah zuckte erschrocken zurück und fiel rücklings vor Ellens Füße.

Ellen war entsetzt. Das ist kein Schreien. Eher das verzweifelte Kreischen eines verletzten Tieres.

Corinna riss den Arm hoch. Richtung Ellen.

»Geht es ihr gut?« Ellen trat neben Hannah. Corinnas Blick galt nicht mehr der Wand, sondern ihr, Ellen.

Verloren die Tabletten ihre Wirkung? Kam Corinna wieder zu sich? Warum hatte Hannah ihr so viele Tabletten gegeben?

Hannahs Lippen bewegten sich.

»Sie will uns etwas sagen«, stieß Ellen aus.

»Quatsch.«

Ellen hielt ihr Ohr an Corinnas Mund. Wie bei jemandem, der seine letzten Worte auf dem Sterbebett röchelte. »Was? Ich verstehe Sie nicht.«

Corinnas warmer Atem streifte Ellens Wange. Ihr lief ein Schauer über den Rücken.

Corinna wiederholte das Wort, und Ellen wusste, dass alles zu spät war.

***

Pfeiffer und Nina stürmten in den Verhörraum I zu Pfarrer Heller. »Hochwürden, wo ist Hannah?«, rief Pfeiffer.

Pfarrer Heller hatte sich die Beine vertreten und drehte sich erschrocken um. »Das weiß ich nicht. Sie wird im Pfarrhaus sein. Was wollen Sie von meiner Haushälterin?« Er starrte Pfeiffer und Nina an.

»Aber sie war nicht immer Ihre Haushälterin.« Nina trat auf ihn zu.

»Was meinst du damit?«

»Das wissen Sie ganz genau«, antwortete Pfeiffer.

»Das geht Sie nichts an. Das ist privat.« Pfarrer Heller reckte würdevoll seinen Kopf.

»Bei einer Mordermittlung gibt es nichts Privates. Also antworten Sie.« Pfeiffer trat auf der anderen Seite des Tisches auf ihn zu.

Der Pfarrer wich bis an die Wand zurück. »Ja, bevor … ich … äh … ich zum Priester geweiht wurde … war Hannah meine Freundin.«

»Und haben Sie sie wegen des Priesteramtes verlassen?«

Hellers Hände wollten sich zum Gebet vereinigen, doch dann knetete er sie stattdessen. »Naja, der Unfall, es war so viel passiert. Sie hatte eingesehen, dass ich … Wieso ist das so wichtig?«

»Wie blind sind Sie eigentlich?«

Der Pfarrer runzelte die Stirn.

»Wer hat nach Corinna am meisten verloren?«, fragte Pfeiffer. »Sind Sie wirklich so weltfremd?«

»Ich verstehe nicht.« Langsam erkannte er die Zusammenhänge und die Stirnfalten glätteten sich.

»Hochwürden! Was, wenn Hannah Sie immer noch liebt? Sie wollte in Ihrer Nähe sein. Sie kocht und putzt doch nicht aus Spaß für Sie, oder glauben Sie das?«

Pfarrer Heller wurde bleich. Er wankte zur Seite und fiel mehr auf den Stuhl, als dass er sich setzte. Er massierte gedankenverloren sein Ohrläppchen.

Das darf doch nicht wahr sein. Wie kann er nur so blind sein?

»Ihre Handbewegung da.« Pfeiffer wies auf Hellers Ohr. »Das machen Sie immer, wenn Sie nervös sind.«

Wie ein kleiner Junge, der mit der Hand im Bonbonglas ertappt wurde, nahm der Pfarrer die Hand weg. »Na und? Jeder Mensch hat so seine Eigenheiten.«

»Wohl wahr. Aber darum geht es nicht. Ich kenne noch eine weitere Person, die auch am Ohrläppchen reibt, wenn sie nervös ist.«

»Was meinen Sie?«

»Wie alt ist Johannes Muthig?«

»Was interessiert Sie das Alter von Hannahs Bruder?«

»Nicht Hannahs Bruder! Hannahs Sohn und der Ihre, Hochwürden.«

***

»Flieh«, hauchte Corinna.

Das Wort dröhnte in Ellens Ohren. Jetzt ergab alles einen Sinn. In ihrem Kopf liefen Bilder böser Vorahnung ab.

Bevor Ellen reagieren konnte, traf sie ein Tritt in den Rücken. Sie stürzte vornüber zu Boden.

»Du bist so dumm, Corinna!«, rief Hannah und trat Ellen, die sich gerade aufrappelte, in den Bauch. »Du bist doch sonst nicht so stark. Warum heute?«

Ellen krümmte sich und japste nach Luft. Noch bevor sie sich aufrichten konnte, saß Hannah rittlings auf Ellens Rücken und drückte mit den Knien auf ihre Arme.

So mit dem Oberkörper am Boden festgetackert, wurde plötzlich Ellens Kopf am Haar hochgerissen. Ein Ruck ging durch ihren Hals, bei dem sie dachte, ihr Genick würde gleich knacken. Ellen wurde schwarz vor Augen. Nur schemenhaft sah sie, wie Hannah sich seitlich streckte, um ein Messer aus der Sitzauflage des Rollstuhls zu ziehen, und es ihr an die Kehle führte.

»Liegen bleiben, ich muss überlegen, sonst …!«, fauchte Hannah ihr ins Ohr.

Ein ohrenbetäubender Schrei drang aus Corinnas Mund, und als wäre all ihre Kraft durch diesen Schrei verbraucht, sackte sie zur Seite. Kein Stöhnen, kein Jammern drang mehr aus ihrer Kehle. Nur eine Träne kullerte im weiten Bogen um den Speichelfaden am Mund. Ihre Augen starrten hoffnungslos in Ellens Richtung.

Ellen atmete panisch. Sie traute sich kaum zu schlucken, schon merkte sie die kalte Klinge an ihrem Hals. Es brannte, es fühlte sich an, als liefe etwas an ihrem Hals entlang.

Blut.

Was sollte jetzt werden? Ellens Hirn spulte in Sekundenschnelle alle Möglichkeiten ab: Corinnas Auto? Pfeiffer wird bereits eine Fahndung nach dem Fahrzeug herausgegeben haben. So viele Caddys mit einem aufgeklebten Rollstuhl wird es nicht geben. Wenn man das Auto findet, findet man Hannah.

Dann sah Ellen Hannah vor sich, als sie ihr die Tür öffnete. Das schweißbedeckte Gesicht und das abgehetzte Atmen. Die Chancen auf Rettung schwanden vor ihrem inneren Auge. Hannah war gelaufen. Weit gelaufen. Sie hatte das gesuchte Auto eigens woanders geparkt und es in Kauf genommen, mit dem Rollstuhl durch die heißen Straßen zu fahren! Pfeiffer würde nie auf den Gedanken kommen, Corinna und Hannah hier in ihrer Wohnung zu suchen!

Hannahs Plan ist genial!

Die Beklemmung breitete sich in Ellens Körper aus. Sie drohte zu ersticken. Sie versuchte sich erneut zu befreien.

»Hör auf!«, schrie Hannah und ließ ihren Kopf los. Dafür verstärkte sie den Druck auf Ellens Brustkorb. Ellen hörte, wie sie auf einem Handy herumtippte.

Nach wenigen Sekunden hielt Hannah Ellen das Handy mit einem Foto vor die Augen. »Wenn du nicht endlich aufhörst zu zappeln, wirst du sie nie wiedersehen.«

Ellen erstarrte. *Gabrielle!!!*

Sie erkannte Gabrielle mit einer Freundin lachend auf dem Nachhauseweg. Das Foto stammte von heute. Das erkannte Ellen an der Kleidung, die Gabrielle trug. Was zum Teufel hatte Hannah mit Gabrielle vor?

Hannah beugte sich zum Rollstuhl, in dem Corinna immer mehr zur Seite kippte, als würde sie etwas suchen, und löste das Schlüsselband vom Rollstuhl. Sie entfernte den Schlüsselbund, warf ihn achtlos zur Seite. »Zum Wohle deiner Tochter wirst du brav sein, verstanden?«

»Ja.« Ellens Stimme klang in ihren eigenen Ohren mehr wie ein Röcheln.

»Gut.«

Der Druck wich von Ellens Rücken. Dafür merkte sie plötzlich, wie an ihren Armen gezerrt und ihre Handgelenke auf dem Rücken zusammengebunden wurden. Sie wurde auf den Rücken herumgerissen und blickte in Hannahs grimassenhaftes Gesicht.

Hannah wandte sich Corinna zu und richtete sie wieder auf.

Was konnte Ellen tun? Nichts! Sie war in ihrer Angst um ihre Tochter gefangen! War es Hannah auf diese Weise gelungen, die Männer dazu zu bringen, sich zu erhängen? Wenn es nicht so beängstigend gewesen wäre, hätte Ellen Hannahs Taktik bewundert.

Hatte Hannah das Gleiche mit ihr vor? Sollte Ellen sich erhängen? Aber warum? Was hatte Ellen ihr getan?

Sie dachte an ihre Liebsten.

Gabrielle! Peter!

Peter würde nicht aufgeben. Spätestens wenn Ellen nicht zum Dienst erschien, würde er sie anrufen. Und dann?

Wieder durchflutete sie die Panik. Wie sollte sie ihm Informationen zukommen lassen?

Ellen spürte ihr Handy in der Hosentasche. Wie rum lag es? War es möglich, die Kurzspeichertaste von Peters Nummer zu drücken? Und dann? Was sollte sie sagen?

›Hallo Peter. Suchst du Hannah und Corinna? Die sind zufällig bei mir in der Wohnung.‹

Sie hob leicht ihre Hüfte, gerade so viel, dass Hannah, die eben Corinna den Mund abwischte, ihre Bewegung nicht auffiel. Sie fingerte nach dem Gerät und entsperrte mit dem Daumenabdruck den Bildschirm.

Funktionierte es? Sie konnte es nicht kontrollieren. Sie drückte rechts auf die Schnelltaste von Pfeiffers Nummer. Oder war sie rechts unten? Sie versuchte, sich Pfeiffers Foto auf dem Display vorzustellen. Nein, rechts oben war Gabrielles Bild. Darunter Pfeiffer! Wenn sie es richtig getroffen hatte, müssten sich jetzt die Telefonnummern öffnen. Zuerst kam sein Handy. Blind drückte sie darauf und hoffte, nicht seine Festnetznummer darunter getroffen zu haben.

Ihr Herz pumpte das Blut hämmernd in ihre Schläfen. Sie hatte nicht viele Chancen. Wenn sie ehrlich war, konnte sie von Glück reden, wenn Hannah nicht ihre Drohung bezüglich Gabrielle wahrmachte.

Sie hätte am liebsten vor Freude gestöhnt, als sie eine entfernte Stimme wahrnahm.

»Geben Sie auf, Hannah!«, rief Ellen. »Noch ist es nicht zu spät!«

Hannah lachte auf. »Sie haben doch überhaupt keine Ahnung!«

Ellen schloss die Augen. Wie dämlich. Eine Floskel aus dem Polizeiunterricht. So abgedroschen wie so viele Sprüche, die einem wahllos über die Lippen gingen. Natürlich hatte sie nichts mehr zu verlieren. Sie hatte mindestens drei Menschen auf dem Gewissen, da kam es auf zwei weitere Morde nicht an.

Moment mal. Alle Welt suchte nach Corinna!

Nicht nach Hannah!

Wenn Hannah uns tötet, dann … wird niemand die Wahrheit erfahren! Das war der perfekte Plan!

Oh nein! Sie wird uns töten!

Ellen nahm alle Kraft zusammen, hob das Becken an, um das Handy vorzuziehen und schrie: »Peter! Hannah ist hier in meiner …«

Aus der Drehung heraus rauschte Hannahs Faust auf sie zu und traf sie direkt auf das Auge.

Dreiundzwanzig Jahre zuvor

Sebastian schwang die Beine aus dem Bett und griff nach der Hose auf dem Boden. Er lächelte. Vorhin hatten sie es sehr eilig. Voller Leidenschaft waren sie übereinander hergefallen. Vor Glück hätte er in die Hände klatschen können. Zur Zeit lief alles perfekt in seinem Leben.

Hannah rollte sich auf seine Bettseite und schmollte. »Ach Basti, musst du schon gehen?«

Er beugte sich zu ihr, küsste sie. Oh, Hannah konnte so gut küssen. Sie wusste, wie sie ihn verrückt machte, ihn herumbekam. Erneut drohte ihn die Lust zu übermannen. Widerwillig löste er sich von ihr. »Tut mir leid, Süße, aber ich muss meine Schwestern vom ›Bunker‹ abholen. Ich hab's meinen Eltern versprochen.«

Lächelnd schlug Hannah die Bettdecke zurück. »Du weißt nicht, was dir entgeht.«

Sie streichelte über ihre zarten Brüste, die – wie er fand – in letzter Zeit größer geworden waren, bis zu ihrem Venushügel mit den hellen gekräuselten Haaren. »Das ist nicht fair«, stöhnte Sebastian und folgte mit gierigem Blick dem Spiel ihrer Finger. »Ich kann ja später wiederkommen.« Er grinste über die Doppeldeutigkeit seiner Worte.

Hannahs Miene verfinsterte sich. »Schlechte Idee. Bis dahin sind meine Eltern bestimmt wieder da und die bringen mich um, wenn sie dich hier finden. Und dich gleich mit.«

Sebastian lachte. »Noch ein Grund, mich schneller anzuziehen und die Fliege zu machen.« Er knöpfte das Hemd zu, stopfte es in die Hose und schlüpfte gleichzeitig in die Schuhe.

»Ich muss dir was sagen.« Hannah setzte sich im Schneidersitz auf und klemmte sich die Decke zwischen die Beine.

»Nicht jetzt.« Warum versauten Frauen immer die Stimmung und dramatisierten alles? »Ich hab's eilig. Bin schon viel zu spät dran.« Er küsste sie auf die Nasenspitze und öffnete das Fenster. Draußen war alles ruhig. Die Nachbarn schliefen bereits. Sebastian hangelte sich aus dem Fenster, landete auf dem Dach vom Kelleraufgang, sprang auf die Bank und dann auf die alten vermoosten Pflastersteine. Er kam sich vor wie Tarzan, nur stärker und glücklicher. Er kam von seiner Jane.

Die Bewegungsmelder sprangen an. Der alte Hof war hell erleuchtet. Er schlich im Schatten der Nachbarhecke vorbei an den alten Fahrrädern, die Hannahs Vater seit ewigen Zeiten reparieren wollte, und duckte sich unter der aufgehängten Wäsche hindurch.

Als er um die Hausecke zur Straße biegen wollte, wurde dort ebenfalls der Bewegungsmelder ausgelöst. Im letzten Moment drückte er sich in den Hausschatten. Angetrunken und genervt diskutierte Hannahs Vater mit seiner Frau vor dem Haus.

»Verflixt«, murmelte er.

Oh Mann! Verschwindet endlich! Rein mit euch ins Bett! Ich muss los!

»Da ist doch jemand.« Hannahs Vater kam näher!

Was nun? Wenn er ihn hier hinten fand, würde er ihn windelweich prügeln. Was sollte er machen?

Nach einem Sprint über den Hof hechtete Sebastian über die Hecke und rettete sich in letzter Sekunde.

»Is hier jemmand?«

Sebastian presste sich auf den Boden.

»Wher is da?« Hannahs Vater stolperte zur Hecke, die noch von Sebastians Sprung wackelte.

Sebastian hielt die Luft an. Scheiße, wenn er jetzt den Kopf durch die Büsche streckte … Was mach ich jetzt? Dann sah er die im Licht irisierenden Augen einer Katze. Die Rettung. Er tastete herum, bis er einen Stein zu fassen bekam, und schleuderte ihn in Richtung der Katze. Mit einem wütenden Laut rannte die Katze davon.

»Ach Inge, des war nur widder die Katz vom Nachbarn.«

Die Schritte entfernten sich. Das Licht ging aus. Dunkelheit umfing ihn. Sebastian schlotterte am ganzen Körper. Das war knapp. Dann grinste er. Mann, war das cool. Er hatte sich fast in die Hose gepisst. Aber das Adrenalin hinterließ ein Hochgefühl.

Er robbte unter der Hecke hervor. Jetzt musste er sich beeilen, wenn er sich nicht das Gezeter seiner Schwestern anhören wollte.

Um nicht wieder die Bewegungsmelder auszulösen, lief er beim Nachbarn über das Grundstück. Dann war er auf der Straße. Geschafft.

Dort stand sein ganzer Stolz: ein Hondo Accord in Phantomgrau. Eine schnittige Limousine. Nicht das übliche Auto seiner Altersgenossen. Aber er war ja auch nicht wie die anderen, die sich mit ihren Golf GTIs und Mantas an der Ampel Wettkämpfe lieferten. Sein Auto war elegant und dennoch cool. Das richtige Auto für einen zukünftigen Geschäftsmann.

Er stieg ein und startete. Sofort sprang der Motor an. Sebastian liebte das tiefe, satte Motorengeräusch, inklusive dem Vibrieren der hundertdreißig Pferdestärken unter der Haube.

Sebastian fuhr die Würzburger Straße entlang, bog ab in die Sonnenstraße, vorbei am ›Möbel Hornung‹.

Er sah auf die Uhr. Er war schon zehn Minuten über der ausgemachten Zeit. Naja, es gab Schlimmeres. Vor sich sah er bereits die Lichter der Diskothek ›Bunker‹, an- und abfahrende Autos und Leute, die vor dem Eingang herumstanden, rauchten oder knutschten. Gerüchten zufolge sollte hier mal Thomas Gottschalk aufgelegt haben. Aber bisher hatte Sebastian noch niemanden gefunden, der das Gerücht bestätigt hatte. War wohl nur ein Gerücht, um das Geschäft anzukurbeln.

Er parkte in zweiter Reihe und stieg aus. Suchend sah er sich nach seinen Schwestern um. Die meisten Jugendlichen wollten in die Disco, doch die Minderjährigen mussten sie um vierundzwanzig Uhr verlassen.

Corinna war letzten Montag sechszehn Jahre alt geworden. Es war das erste Mal, dass sie so lange tanzen gehen durfte. Aufgeregt hatte sie sich mit einem engen Shirt und einer kurzen Jacke besonders chic gemacht.

Sebastian konnte weder Corinna noch Victoria entdecken. Ob sie noch in der Disco waren? Unwahrscheinlich! Seine Schwestern wussten, dass sie sich an die ausgemachten Zeiten zu halten hatten. Ansonsten wurde das Tanzvergnügen rigoros von den Eltern gestrichen. Victoria zählte schon die Tage bis zu ihrem achtzehnten Geburtstag im nächsten Monat und plante, dann bis zur Schließung um sechs Uhr morgens durchzumachen.

Waren sie bereits losgelaufen? Verdammt, sie sollten doch warten. Was haben sie sich nur dabei gedacht? Er würde ihnen eine Standpauke halten.

Gut, er würde die Strecke abfahren und notfalls wieder zurückkommen.

Er ging zum Auto und sah, wie seine Freunde gerade in sein Auto einstiegen. Alina auf dem Rücksitz lachte trunken. »Uuunser Taaxi is da.«

»Kommt Jungs, raus da. Ich muss Vicki und Coco suchen.«

»Die sind in die Richtung marschiert.« Timo zeigte den Weg.

Horst stützte sich am Auto ab, um nicht umzufallen. »Nee, la lang.«

»Mensch, Ihr seid ja bekifft bis zum Gehtnichtmehr.«

»Das bildest du dir nur ein.«

»Was habt Ihr denn angestellt? Die Nacht fängt doch erst an!«

»Geeeiler Stoff.« Frank hob grinsend den Daumen nach oben.

»Oh Mann, Leute! So geht das nicht! Ihr passt nicht alle in das Auto. Steigt wieder aus.«

»Jetzt fahr endlich los!«, forderte Timo, der auf dem Beifahrersitz mit dem Gurt kämpfte.

»Mich bekommst du nicht mehr aus dem Auto.« Alina kicherte. »Mir tun die Füße weh.«

Sebastian schüttelte mit dem Kopf und gab auf. Er fuhr los und entschied sich für die Strecke, die seine Schwestern normalerweise einschlugen: Richtung Freibad.

Auf der Rückbank war es verdächtig ruhig. Dann roch er etwas Süßes und drehte sich um. »Raucht ihr da hinten einen Joint? In meinem Auto? Habt ihr se noch alle? Fenster auf!«

»Jetzt bin ich am Zug!« Alina lachte.

Seine Schwestern wurden im Scheinwerferlicht sichtbar.

»Da sind sie!«, rief Frank. »Dann fahr doch mal hin.«

»Jetzt bin ich dran!« Timo griff nach hinten, um sich den begehrten Joint zu holen.

Eine Hand griff über Sebastian hinweg ins Lenkrad.

»Hört auf mit dem Scheiß!«, schrie Sebastian erschrocken auf.

»Jetzt bin ich wieder dran.«

»Gib her!«

Jemand krabbelte zu Timo auf den Beifahrersitz, um ihm die Tüte wieder abzunehmen. »Ich will auch noch mal!«

Dann ging alles sehr schnell.

Sebastian bekam einen Hintern ins Gesicht. Die Nieten der Jeanshose rissen an seiner Haut. »Au!« Er versuchte auszuweichen, dadurch rutschte der Körper ab und landete bei Sebastian auf dem Schoß. Sebastian verlor die Kontrolle über das Auto, jemand lachte! Alina? Er spürte eine Hand in seinem Gesicht. Lachen! Kreischen! Lachen!

Und dann …

***

»Corinnas aufgerissenen Augen … der Schlag … ihre Schreie … das Geräusch unter dem Auto, das verfolgt mich bis zu meinem Lebensende.« Pfarrer Hellers Augen waren eingesunken und seine Haut wirkte pergamentartig. »Ich weiß nicht, ob sie mich damals erkannt hat oder nicht. Manchmal glaube ich es.«

»Das denke ich auch«, meinte Pfeiffer. »Sie hatte ihre Aussage geändert und den roten Wagen ins Spiel gebracht. Somit waren Sie bei den Ermittlungen aus der Schusslinie.«

Die Tür ging auf, Alfred Baumann betrat den Raum. Mit dem Zeigefinger an den Lippen signalisierte er Pfeiffer, ihn nicht zu beachten. Er setzte sich auf den Stuhl, der sonst für den Wachtmeister vorgesehen war.

Sebastian Heller nickte. »Aber nicht aus Cocos. Wie konnte sie nur all die Jahre mit dem Menschen zusammenleben, der Schuld an ihrem Unglück trägt?«

»Ihre Schwester hat es sie spüren lassen, oder nicht?«

Sebastian Heller zog grübelnd die Stirn in Falten. »Aber gesagt hat sie nie etwas«, fasste er die letzten dreiundzwanzig Jahre zusammen. »Und nun glauben Sie, Corinna hat das nicht mehr gereicht? Sie musste sich auch an den anderen rächen? Das wäre entsetzlich.«

Pfeiffer schüttelte den Kopf. Er hatte einen anderen Verdacht. »Wer ist in der Nacht nach vorne geklettert?«

»Das weiß ich nicht. Ich habe ja nur Rücken und Gesäß gesehen. Außerdem ging alles so verdammt schnell.«

»Haben es die andern nie gesagt?«

»Nein, keiner. Sie waren bekifft und erinnerten sich nur noch vage, was vor dem Unfall passiert ist.«

»Oder sie wollten sich nicht erinnern«, gab Nina zu bedenken. »Was passierte dann?«

»Frank wohnte damals in der Nähe der Turmstraße, im Hinterhof einer Bäckerei. Nur einige Minuten vom Unfallort entfernt. Er schlug vor, das Auto dort unterzustellen. Er wollte den Schaden reparieren, damit es keinem auffiel. Aber wie durch ein Wunder war der Wagen nicht beschädigt. Während sie das Auto versteckten und reinigten, rief Alina von einer Telefonzelle aus den Notarzt an und ich lief zurück zum Unfallort. Ich höre heute noch ihre Schreie und wache nachts davon auf.«

»Heute noch?«

»Ja. Ich dachte, wenn ich Buße tue, wenn Gott sieht, dass ich meinen Mitmenschen diene um zu sühnen – dann wird es besser. Doch Gott lässt mich leiden. Jede Nacht lässt er mich den Unfall wieder und wieder im Traum erleben.«

»Heißt es nicht, ›Gottes Wege sind unergründlich‹?«, warf Pfeiffer ein.

Sebastian Heller nickte müde. »Ja, Gott bestraft mich für meine Eitelkeit. Ich habe alles in diesem einen Moment verloren.«

Alfred Baumann fragte von seinem Platz aus: »Kennen Sie mich noch?«

Es dauerte einen Moment, bis der Pfarrer registrierte, dass er gemeint war und sich umdrehte. Er musterte Baumann genau. »Nein.«

»Sie waren damals bereits auf dem Priesterseminar in München und baten mich während einem Ihrer Urlaube, die Sache auf sich beruhen zu lassen. Es würde Ihre Schwester nicht wieder lebendig machen und der anderen die Beine nicht zurückgeben.«

»Sie waren der junge Polizist«, erinnerte sich nun Pfarrer Heller. »Ja, jetzt kann ich mich erinnern.«

Pfeiffer sah zu Baumann. Das ist es also gewesen.

Als würde Baumann seine Gedanken lesen, hob er abwehrend die Hand. »Moment. Ich bin noch nicht fertig. Das alleine hätte ich nie akzeptiert. Wir haben damals auch Sie, Hochwürden, überprüft. Doch ich fand nichts. Das Auto stand in der Straße ihrer Freundin und es befanden sich keine Spuren eines Unfalls daran. Das Einzige, was mir komisch vorkam, war, dass es, entgegen Ihrer Aussage, bei uns auf Anhieb ansprang. Aber wir kennen das ja von den Zahnschmerzen beim Arzt: Ist man erst dort, hören meistens die Schmerzen auf. Und Sie hatten weder ein Motiv, noch waren Sie betrunken.

Dann änderte Corinna ihre Aussage und sprach von einem roten Wagen.

Fast zeitgleich bat mich dann auch Corinna, die Ermittlungen einzustellen. Sie war so jung und unschuldig und saß wie ein Stück Elend im Rollstuhl.« Baumann schluckte mühevoll, um weitersprechen zu können. »Sie hätte mit dem Täter

Frieden geschlossen und die Chance, ihn zu finden, wäre sowieso gleich null. Damals hatte ich den Eindruck, sie wollte sich nicht mehr erinnern. Mir fehlte jede Spur. Zu meinen Besuchen brachte ich immer auf Verdacht Fotos mit, damit ich ihr Hoffnung gab …« Baumanns Stimme klang brüchig. »Es wurde ihr zu viel. Es hat nichts mehr gebracht. Ihr damaliger Anblick hat mich zerfressen.« Baumann sah Pfeiffer an. »Mir war kein Fehler unterlaufen. Wir kamen sowieso nicht weiter, also schloss ich den Fall ab.«

Noch während er sprach, vibrierte Pfeiffers Handy in seiner Hosentasche. Er wollte es erst wegdrücken, bis er Ellens Nummer erkannte. »Hallo Ellen, wir sind gerade im Verhör.«

Keine Antwort.

Pfeiffer sah in die Runde. »Ellen?«

Dann hörte er eine entfernte Stimme, die sich seltsam betrunken und nicht wie Ellen anhörte. »Leben Sie auf Havanna! Och essen ich zu spät!«

Pfeiffers Nackenhaare richteten sich auf. Er stellte auf Lautsprecher und legte das Handy auf den Tisch neben das Aufnahmegerät. Baumann stellte sich dazu.

Eine Frauenstimme lachte auf. »Sie haben doch überhaupt keinen Plan!«

Wer war das? Was machte sie mit Ellens Handy? »Ellen?! Was ist bei dir los?«

Wieder Lachen und seltsame Schreie.

»Peter! Hannah ist hier in meiner …«

Ein Aufschrei, Stille, Geraschel, dann wurde die Verbindung gekappt.

Sie sahen sich an.

Dann sprach Heller aus, was alle dachten. »Das war Hannah.«

Pfeiffers Hand umkrampfte die Tischkante. »Und sie ist in Ellens Wohnung.«

***

Ellen öffnete die Augen. Nein, es war ein Auge. Das rechte war wie zugeklebt. Lichtblitze entluden sich im Kopf. Sofort schloss sie es wieder. Der Kopf dröhnte.

Sie hörte Stimmen, entfernt, leise. Dann lauter. »Beeile dich. Sonst …« Jemand lachte schrill.

Der Geruch von frisch gebrühtem Kaffee stieg ihr in die Nase. Wo war sie? Der Kopf lag auf etwas Weichem. Ein Kissen? Der Rest ihres Körpers lag auf einem harten, kühlen Untergrund.

Langsam, Millimeter für Millimeter hob sie erneut das Augenlid, erkannte einen bunten Zottelteppich. Lag sie im Wohnzimmer? Wie kam sie hierher? War sie gestürzt?

Ellen erinnerte sich nicht.

Der Kaffee … der würde ihr guttun, vielleicht auch die Kopfschmerzen dämpfen.

Sie wollte sich aufrichten und nach ihrem schmerzenden Kopf greifen. Aber … sie konnte die Arme nicht bewegen. Ihre Hände waren auf dem Rücken …

Gefesselt!

Sie wollte schreien und registrierte den Knebel in ihrem Mund. Panik überschwemmte sie.

»Pst!«

Geschirr klapperte.

»Pst!«

Was war das? Sie nahm alle Kraft zusammen und öffnete erneut das linke Auge. Erneutes Lichtgewitter entlud sich im Kopf. Sie zwang sich dazu, das Auge offenzulassen. Langsam nahmen die Konturen Gestalt an. Da war das Fenster mit heruntergelassenem Rollladen und blauem Vorhang, die geschwungenen Holzbeine des Couchtisches und … ein Fahrrad.

Was machte ein Fahrrad in ihrer Wohnung?

»Pst!«

Ellens Blick folgte dem Geräusch.

Kein Fahrrad! Ein Rollstuhl!

Jetzt fiel es ihr wieder ein. Hannahs Besuch mit Corinna. Corinnas Schrei und der Schlag.

Oh Gott! Gabrielle? Hoffentlich ist sie nicht nach Hause gekommen. Ellen wollte sich befreien, doch das Band schnitt in ihr Fleisch. Mit was war sie da gefesselt? Sie sah zu Corinnas Rollstuhl. Das Schlüsselband daran fehlte und der Schlüsselbund samt Nagelknipser lag eine Armlänge von ihr entfernt. So nah und trotzdem unerreichbar.

Corinna legte beschwörend den Zeigefinger an die Lippen. »Ruhig«, flüsterte sie. »Am Schlüssel ist ein …« Sie brach ab und kippte seitlich weg. Ihr Blick wurde starr.

Eine Stimme hinter Ellen wurde lauter. Deutlicher. Es war Hannahs Stimme. »Ich komme nicht drüber hinweg! Du hast all die Jahre gewusst, dass er gefahren ist! Und mich hast du im Glauben gelassen, dein Bruder würde leiden«, sagte sie schneidend.

Es dauert, bis Corinna antwortete. »War das gerade Basti? Basti … leidet … auch.« Eben noch deutlich sprechend, schien Corinna plötzlich wieder sediert zu sein.

Perfekt! Sie lässt Hannah im Glauben, immer noch hilflos zu sein.

»Na klar, deshalb hast du ihn auch immer so angegiftet.« Hannah stellte sich vor den Rollstuhl. »Ja, ich habe ihn angerufen.«

Das war ihre Chance. Vorsichtig bewegte sie die Arme; versuchte, das Band um ihre Handgelenke zu lockern. Sie hob die Lider so weit, dass sie Hannahs Fußstellung beobachten konnte und hoffte, dass sie nicht den Kopf in ihre Richtung drehte.

Corinna lallte: »Das verstehst du nicht.«

»Natürlich nicht, Ihr habt ja ein so tolles Verhältnis.« Hannahs Stimme triefte vor Sarkasmus. »Da komme ich als Pfarrhaushälterin nicht mit.«

»Du liebst ihn genauso wie ich.« Corinna machte eine Pause. »Nein! Du liebst ihn noch mehr. Du hast ihn immer schon geliebt.«

Ellen stöhnte innerlich. Corinna hatte sich in Rage geredet und immer mehr ihr Lallen vergessen. Doch Hannah schien es nicht zu bemerken. Solange Hannah abgelenkt war, konnte sie versuchen, die Fesseln zu lockern.

»Schweig!«

Wenn sie nur wüsste, wie lange sie schon hier lag. Das SEK benötigte von Nürnberg mindestens sechzig Minuten; vorausgesetzt, auf der A3 gab es keinen Stau. Und das war eher unwahrscheinlich.

Pfeiffer war bestimmt hier. Doch die Jalousien waren geschlossen. Wie sollte er sehen, was in der Wohnung vor sich ging? Einen Einsatz abstimmen?

Sie musste die Hände freibekommen. Ansonsten waren Corinna und sie Hannah ausgeliefert. Doch statt sich zu lockern, schienen sich die Fesseln immer enger zusammenzuziehen. Innerlich schrie Ellen vor Wut und Frust auf. Wie hatte Hannah sie nur gefesselt? Oder schwollen ihre Gelenke an?

»Deshalb hast du Timo und Horst getötet.« Corinnas Stimme zitterte. »Ich konnte mit dem Geschehenen leben, aber du nicht. Ich sehe …«

Hannahs schrilles Lachen bohrte sich schmerzhaft durch Ellens Hirn und brachte tausend Glühbirnen darin zum Explodieren. Es kostete sie unheimlich Kraft, ein Stöhnen zu unterdrücken.

»Du Märtyrerin, du! Du konntest damit leben? Dass ich nicht lache! Drangsaliert hast du uns! Hast dir von mir den Hintern abputzen lassen. Bei dem kleinsten gepiepsten ›Aua‹ ist Basti gesprungen. Ja! Er hat gelitten! Aber unter deiner Tyrannei. Ich dachte immer, du bohrst den Finger in sein schlechtes Gewissen; nutzt ihn aus, weil er damals zu spät kam. Aber nein! Schlimmer! Er trug die ganze Schuld! Und du hast es gewusst!«

»Ja, ich wusste es. Aber deshalb hättest du sie doch nicht töten müssen!«

»Ich habe niemanden getötet. Sie haben es selbst getan.« Als würde Gott ihr widersprechen, donnerte es so gewaltig, dass die Scheiben klirrten.

»Du hast sie aber dazu gezwungen! Nur wie?«

Ellen wusste wie. Ein Foto von Gabrielle würde ausreichen. Schon die Vorstellung, dass ihre Kleine beobachtet wurde, verursachte eine derartige Panik, dass das normale Denken aussetzte. Selbst bei einer geschulten Polizistin wie ihr. Aber in erster Linie war sie Mutter.

»Glaubst du, es hat mir Spaß gemacht? Ich habe wirklich jeden Tag unseren Herrn angefleht, er solle mir den Gedanken an Rache nehmen; mir den Pfad der Vergebung weisen. Aber er hat mich nicht erhört. Er zeigte mir nur den Pfad, der zu einer tödlichen Vergebung führte. Ja! Ich habe sie in den Tod getrieben! Und wenn mir der Allmächtige diesen Weg gezeigt hat und es zuließ, dann haben sie den Tod auch verdient. Wegen denen musste ich mein Leben lang putzen und kochen! Ich hätte die angesehene Frau von Sebastian Heller, einem großen Manager, sein können. Mutter seiner Kinder!« Sie stockte und atmete heftig. »Doch sie haben mir mein Leben gestohlen! Dafür habe ich das ihrige genommen.«

»Du hättest nicht bei uns arbeiten müssen! Niemand hat dich gezwungen, bei uns zu bleiben! Wir hätten auch eine andere Köchin nehmen …«

Es klatschte. Hannah hatte Corinna eine schallende Ohrfeige verpasst. »Wag es nicht, mich Köchin zu nennen! Ich bin Pfarrhaushälterin!«

Ellen hörte Tastentöne. Sie traute sich nicht, sich zu bewegen. Wusste nicht, ob Hannah sie im Blick hatte.

»Wo bleibst du? Gleich …? Oh gut! Und Basti? … Corinna zuliebe, bring keine Polizei mit. Ich bin bewaffnet.« Sie legte auf und ihre Stimme veränderte sich schlagartig. »Na also. Wird doch. Und schön, dass du nun wieder vollständig wach bist, Coco.«

Jetzt war Ellen klar, was Hannah vorhatte. Angst schnürte ihr die Kehle zu. Trotzdem versuchte sie, weiterhin ruhig zu atmen. Auf keinen Fall durfte Hannah merken, dass sie wach war. Sie hatte sich gefragt, warum Hannah noch nicht geflohen war. Sie hätte Deutschland verlassen können und niemand wäre ihr gefolgt. Stattdessen saß sie nun in ihrer Küche und bediente sich seelenruhig an der neuen Espressomaschine.

Sie wartete auf ihren Liebsten von damals! Auf den Schuldigsten aller Schuldigen.

Das musste Ellen erst einmal verdauen.

Hannah hatte abgeschlossen. Sie wusste in diesem Augenblick, dass sie überführt wurde, es vorbei ist. Nun wollte sie sterben und den Hauptschuldigen mit in den Tod nehmen! Hätte der Pfarrer sie bisher nicht als gewöhnliche Haushälterin abgetan, wäre sie eher ins Visier der Ermittlungen geraten. Denn sie hatte ein starkes Motiv.

Aber warum ist sie mit Corinna zu mir gefahren? Was hat sie vor? Will sie uns auch umbringen?

Ellen spürte, wie sie am ganzen Körper zitterte.

Reiß dich zusammen! Beiß die Zähne zusammen! Ich darf mich nicht verraten!

Ihr musste etwas einfallen. Wenn sie doch nur mit Hannah reden könnte. Geiselnehmer zum Aufgeben bewegen, darauf war sie trainiert. Sie könnte Johannes ins Spiel bringen; Hannah fragen, was aus ihm werden sollte. Nein, das war kein Argument. Selbst wenn Hannah jetzt aufgab, würde sie für viele Jahre weggesperrt. Das wusste Hannah. Johannes hatte dann nicht nur die Eltern verloren, sondern auch seine Schwester.

Ellen stutze. Ein wirrer Gedanke blitzte auf.

Könnte es sein, dass …

Es klingelte. Und der Gedanke verschwand genauso schnell, wie er gekommen war.

Ellen biss die Zähne zusammen. Hoffentlich nicht Gabrielle!

Dreimal.

Sie atmete auf. Nein, das war sie nicht. Außerdem hätte Pfeiffer Gabrielle draußen abgefangen.

Oh Gabrielle! Ich bin schon ganz wirr vor lauter Angst.

War Pfeiffer überhaupt schon da? Sie hatte jegliches Zeitgefühl verloren.

»Tja, wer macht jetzt die Tür auf?«

Ellen bekam einen Tritt an den Po und dankte Gott, dass sie nicht zusammenzuckte.

»Die pennt immer noch. So arg war der Schlag doch gar nicht. Also ich gehe zur Tür und du bist still. Wenn du einen Muckser machst, bringe ich dich als Nächstes um.«

»Bitte leg das Messer weg.« Corinna fing an zu weinen.

»Mein Gott, jetzt heult sie wieder. Bleib sitzen, dann passiert dir nichts.« Hannah lachte über ihren Witz. »Sorry Coco, ich vergaß: Du kannst ja ohne Prothesen gar nicht laufen.« Lachend stampfte sie in den Flur, wie um zu zeigen, wie es ist, wenn man laufen kann.

Kaum war sie aus dem Wohnzimmer verschwunden, endete Corinnas Weinen.

Ellen öffnete die Augen. Corinna sprang fast aus dem Rollstuhl. Sie setzte sich neben Ellen, drehte sie mühsam um und zerrte an den Handfesseln.

»Mmm«, stöhnte Ellen. Das Schlüsselband schnitt immer mehr in das Fleisch. Dann ließ der Druck nach.

Corinna legte Ellen das Pfefferspray von ihrem Rollstuhl in die Hände und griff nach der Wasserflasche auf dem Tisch. Sie hörten, wie die Kette vorgelegt wurde. Hannah kam mit dem Pfarrer zurück, bevor es Corinna in den Rollstuhl schaffte.

»Du bist so ungehorsam!«

»Ich habe Durst«, sagte Corinna.

»Das soll ich dir abkaufen?«

»Das ist mir egal, du siehst ja, ich komme nicht weit.«

Hannahs Lachen hatte etwas Quietschendes an sich. »Dass du Humor hast, hab ich all die Jahre übersehen.«

Corinna zog sich mühsam auf den Rollstuhl. Sie öffnete die Wasserflasche und trank, als wäre nichts gewesen.

»Was ist mit der Frau Kommissarin?«, hörte Ellen besorgt Sebastian Heller fragen.

»Ach, die ist nur bewusstlos. Die wird schon wieder.«

»Bist du dir sicher? Darf ich mal nach ihr schauen? Und leg bitte das Messer weg.«

Ellen hörte, wie jemand hinter ihr gegen den Esstisch stieß.

»Nein. Du spielst jetzt nicht mehr den Uneigennützigen. Bleib hier sitzen, du bist in meiner Gewalt.« Jemand rückte einen Stuhl. »Und du weißt, was dir jetzt bevorsteht.«

»Ich kann es mir denken«, sagte er bedrückt.

»Und dennoch bist du gekommen? Ja, bekreuzige dich nur. Der Heilige Basti!«

»Ich bin gekommen, um dich um Vergebung zu bitten.«

»Das kommt dreiundzwanzig Jahre zu spät.«

»Das dachte ich mir.« Er atmete hörbar ein. »Ich will nur wissen, ob Johannes wirklich mein Sohn ist.«

»Wer zum Teufel …!«

»Der Kommissar ist schlauer, als du angenommen hast. Hast du mir wirklich meinen Sohn all die Jahre vorenthalten? Warum hast du es mir nicht gesagt?«

»Du warst so blind. Du hast nicht gesehen, wie ihr euch gleicht!« Hannah schnaubte abfällig. »Ich habe es dir sogar einmal erzählt. Damals, als du mich beim Tod meiner Eltern getröstet hast. Aber du hast nicht zugehört. Du hast nie zugehört … und dennoch habe ich dich geliebt. Ich habe dich …« Hannahs Stimme brach. Sie räusperte sich. »Aber jetzt ist Schluss. Das ist meine Vergebung an dich.«

»Also doch. Hast du deinen Eltern auch auf diese Weise vergeben?«

»Was, zum Teufel!« Hannah schnappte nach Luft. »Ich weiß nicht, was du meinst.«

»Doch Hannah, jetzt ergibt alles einen Sinn. Du warst minderjährig. Eine Schande für deine Eltern. Also gaben sie das Kind als das ihre aus. Glaub mir, ich fühle deinen Schmerz. Nachdem deine Eltern dir das Kind weggenommen hatten, musst du sehr zornig gewesen sein. Ich glaube, du hast gewartet, bis du volljährig warst, damit du Johannes für dich alleine hattest. Du hast versucht, mich zurückzugewinnen. Doch da war es zu spät. Meine Liebe gehörte bereits Gott.«

»Ja, dein Gott! Da hast du mich wieder enttäuscht.«

»Ich habe all die Jahre versucht, meine Schuld gegenüber Coco zu sühnen. Dass ich mich auch an dir versündigt habe, war mir nicht bewusst. Verzeih mir.« Hellers Stimme kratzte.

»Ich kann dir nicht verzeihen. Du hast mir mein Leben gestohlen. Deshalb gehst du in den gleichen sündigen Tod wie die anderen.«

»Warum sollte ich das tun?« Heller fragte es ruhig, doch die Angst schwang in seiner Stimme mit.

»Oh Basti! Was glaubst du, warum die beiden hier sind? Als Partygag?«

»Hannah, das kannst du nicht machen!«

»Da gebe ich dir Recht. Wenn du es machst, passiert ihnen nichts. Denk an die Frau Kommissarin: Sie hat eine Tochter. Was soll aus der werden, wenn die Mutter tot ist?«

»Hannah, nein!«

Nein! Ellen bekam Panik! *Verdammt! Wo bleibt nur das SEK? Wahrscheinlich standen sie im Stau.*

Krampfhaft umklammerte Ellen das Pfefferspray.

»Du bleibst da stehen!« Hannah fuchtelte mit Corinnas Messer herum. »Verdammt, die soll jetzt endlich aufwachen, damit du die Angst in ihren Augen sehen kannst!« Sie kniete sich und wälzte Ellen mit der Hand zu sich herum.

Ellen öffnete die Augen.

Hannah blickte ungläubig.

»Du …!« Weiter kam sie nicht.

Ellen sprühte das Pfefferspray in Hannahs kalte Augen.

Hannah schrie auf, ließ das Messer fallen und rieb sich die Augen. Wankend wollte sie aufstehen. Im gleichen Moment schlug Corinna ihr die Wasserflasche auf den Kopf.

Stöhnend sackte Hannah zusammen und blieb über Ellens Beinen reglos liegen.

Das war knapp. Ellen riss sich den Knebel von Mund und brüllte: »Zugriff!«

Ellen wollte Hannah von sich herunterrollen.

Im gleichen Augenblick griff Hannah nach dem Messer und starrte sie mit rot unterlaufenen, tränenden Augen an. »Du Schlampe!«, schrie sie heiser und stach zu.

Mit einem Knall splitterte die Tür.

Ellen japste, der Bauch brannte. In Zeitlupe sah sie, wie Hannah das Messer aus ihrem Bauch zog. Blut tropfte von der Klinge. Erneut hob Hannah den Arm. Ellen wollte ihn abwehren, festhalten - doch sie konnte sich nicht bewegen. Auf einmal fühlte sie sich schwerelos.

Lass es geschehen. Gleich ist es vorbei.

Aus der Ferne hörte sie Pfarrer Heller. Sein »Nein!« drang kaum an ihre Ohren. Die Konturen verschwammen.

Ein Schatten fiel schwer auf sie. Stöhnen. *Bin ich das? Gabrielle!*

»Basti! - Nein!« Corinnas Stimme.

Schüsse fielen. Ellen driftete weg.

32

Pfeiffer lauschte mit gezogener Waffe an der Tür. Schweiß lief ihm über Gesicht und Nacken. Die Kollegen konnten das Schloss nicht lautlos knacken und das Sondereinsatzkommando war noch mindestens zwanzig Minuten von Würzburg entfernt. Gott sei Dank waren wenigstens die örtlichen Einsatz-Trainer mit Rammbock vor zwei Minuten eingetroffen. Pfeiffer lauschte und wartete auf den richtigen Moment, um die Wohnung zu stürmen.

Die Kollegen warteten hinter ihm auf das Kommando. Da, ein Schrei! Ellen? Nein, das war sie nicht. Erst dann hörte er Ellen schreien: »Zugriff!«

Pfeiffer sprang zur Seite. Die Kollegen setzten den Rammbock ein. Gleich beim ersten Stoß sprang die Tür auf.

Pfeiffer stürmte in die Wohnung. Im Wohnzimmer zeigte sich ihm ein Bild des Grauens. Ellen lag am Boden, der Pfarrer reglos auf ihr.

Hannah holte zum Stoß mit einem Messer aus. Bevor Pfeiffer sie auffordern konnte, das Messer fallen zu lassen, sauste der Arm herab.

Pfeiffer schoss.

Hannahs Körper wurde nach hinten geschleudert und blieb ausgestreckt auf dem Boden liegen.

»Sanitäter! Wir brauchen Sanitäter!«, rief Pfeiffer, obwohl er ahnte, dass hier jegliche Hilfe zu spät kam, als er Hellers leblos zur Seite starrende Augen sah.

Corinna sprang aus dem Rollstuhl und klammerte sich an den Pfarrer, der quer über Ellens Bauch lag. »Hilfe! Mein Bruder! Basti, nein!«

Ellen lag mit geschlossenen Augen da.

Warum rührt sie sich nicht?

»Ellen!« Pfeiffer kniete sich neben sie. Erst dann registrierte er den Blutfleck unter dem Pfarrer. Hastig zog er Ellen darunter hervor und schob das Shirt hoch. »Sanitäter, hierher! – Ellen! Ellen! Halt durch. Ich will dich nicht verlieren! Hörst du?« Er bettete ihren Kopf auf seinem Schoß. Ellens Atem wurde flacher, ihr Gesicht wurde fahler. »Wo bleiben die Sanitäter!«, rief er lauter. »Oh nein, Ellen! So kommst du mir nicht davon! Streng dich an. Verdammt noch mal! Streng dich an. Halte durch! Wenn nicht für mich, dann für Gabrielle. Und für Andi. Hörst du! Wer soll sonst in sein Büro. Wer kann den aushalten außer dir?«

Sanitäter zogen ihn von Ellen weg, legten ihr die Atemmaske an und hoben sie auf die Trage.

Der Tag danach

In der Nacht zog die Gewitterfront weiter Richtung Westen. Es hatte abgekühlt, fünfzehn Grad und Regen. Es war, als wäre mit dem Fall Sommer auch der Sommer beendet. Das Grau am Himmel passte zu der Stimmung im Büro. Jeder schwieg, jeder war übernächtigt. Niemand hatte in der vergangenen Nacht geschlafen. Niemand sagte etwas, aus Angst, damit an die tragischen Ereignisse vergangener Nacht zu erinnern; aus Angst, das Gedankenkarussell wieder zu aktivieren.

Pfeiffer hatte die Nacht auf der Intensivstation verbracht. Am Morgen kam die erlösende Nachricht: Ellen war über dem Berg. Er war erleichtert. doch eins war ihm klar: Auch wenn Ellen genas, würde das Geschehene sie verändern. Wie würde es sein, in das Büro zu kommen und keine Ellen dort vorzufinden? Er verdrängte den Gedanken. Nein! Er musste daran glauben, dass Ellen wieder zum Dienst erschien.

Er sah zu Nina, die mit dunklen Augenringen an ihrem Schreibtisch saß und den Bericht tippte. Er hatte ihr seine Wohnungsschlüssel für die Nacht überlassen. Doch sie sah nicht so aus, als hätte sie geschlafen. Nachdem Ellen abtransportiert worden war, hatte Nina bei Corinna gekniet und mit ihr um den Pfarrer geweint.

Ninas Handy läutete. Sie schaute kurz drauf und ließ es durchläuten.

Pfeiffer runzelte die Stirn.

Das Handy läutete erneut.

»Geh dran«, sagte Pfeiffer. »Sonst verfolgt dich der Anruf ewig.«

Und mich auch.

»Es ist nicht mein Vater.«

»Umso besser.«

Nina sah aus, als atmete sie eine Portion Mut ein. Sie hielt sich das Handy ans Ohr. »Hi Angie … nein, ich wollte mich noch bei dir melden. Aber heute … ja … du hast recht gehabt … ja … Horst wurde erpresst. Ja … er war in Gefahr, aber … ich … jetzt lass mich doch mal ausreden! Hätte er uns von Anfang an informiert, hätten wir ihn schützen können. Aber so sind wegen ihm noch andere Menschen zu Tode gekommen! Und dafür habe ich kein Verständnis. Tut mir leid. … Nein, jetzt hörst du mir zu! Eine Kollegin ist gestern Abend wegen dieser ganzen Geschichte fast gestorben. Wäre dein Horst nicht zu feige gewesen, würden vier Menschen noch leben, dein Horst eingeschlossen. Ja, du hast richtig gehört. Okay, alles klar … Danke, das wünsche ich dir auch. Mach's gut.« Nina schmiss das Handy auf den Schreibtisch. »Sag nichts!«

Pfeiffer hob kapitulierend die Hände. »Ich werde mich hüten.«

Es klopfte. Andi betrat das Büro. Er sah nicht nur übernächtigt aus, sondern seine Augen waren auch gerötet, als hätte er geweint. Pfeiffer hatte ihn heute Nacht über Ellens Zustand informiert. Andi war zusammengebrochen. Wer hätte das gedacht: Der coole Typ besaß einen butterweichen Kern.

Andi zog sich einen Stuhl heran und setzte sich schweigend darauf. »Drüben ist es so einsam«, sagte er nach einer Weile.

Aufgeschreckt sah Nina zu Pfeiffer.

Pfeiffer überlegte, was er ihm Tröstendes sagen könnte. Ihm fiel nichts ein. Keine der in den Fall involvierten Personen konnte etwas Gutes aus dem Erlebten herausziehen.

Doch, einer!

Nina hatte anscheinend den gleichen Gedanken. »Ich finde es gut, dass Leo Kromczynski alles stehen und liegen gelassen hat, als du ihn angerufen hast«, sagte sie, ohne aufzuschauen. »Corinna braucht jetzt eine Schulter zum Anlehnen. Und wer ist da besser geeignet, als der Mann, der sie nicht aufgegeben hat?« Sie wischte sich eine Strähne aus dem Gesicht. »Sie tut mir so leid. Sie wird das Pfarrhaus räumen müssen. Die Gemeinde braucht einen neuen Seelsorger.«

»Das bedeutet auch für dich einen Neubeginn«, sagte Pfeiffer.

Ninas Hände schwebten über der Tastatur. »Ich weiß. Und sie muss sich wegen Falschaussage verantworten. Schließlich hat sie eine Fahrerflucht mit Todesfolge verschleiert.«

Jetzt reagierte auch Andi. »Mir tut Johannes Muthig leid. Er hat gestern zum zweiten Mal in seinem Leben Mutter und Vater verloren.«

Pfeiffer fasste sich an den Kopf. »Was für ein Fall. Dr. Brossmann hat psychologische Betreuung veranlasst.«

»Ich habe eine Idee«, warf Nina ein. »Hannah Muthig erzählte Ellen, Johannes hätte Leo als Vorbild gesehen.«

»Gut, dann rufen wir ihn noch mal an. Die können sich gegenseitig trösten.«

Andi ging zum Fenster. »Und was wird aus dem Medizinstudenten Tom?«

»Das soll auch der Haftrichter klären. Ich finde die Art von Überwachung, die er im Auftrag von Dobler unternommen hat, sehr grenzwertig,« antwortete Pfeiffer. »Nun ist unsere Arbeit getan. Alle haben gestanden.«

Pfeiffer dachte an gestern Abend. Nachdem Ellen ins Krankenhaus abtransportiert wurde, raste er wutentbrannt in die Dienststelle. Er musste bei Dobler nicht den bösen Bullen spielen - er war der böse Bulle. Bei Doblers selbstgerechtem Grinsen wäre er ihm beinahe an die Gurgel gegangen. Stellvertretend für all diejenigen, die an diesen Nachmittag in Ellens Wohnung ihr Leben gelassen hatten und nicht mehr zur Rechenschaft gezogen werden konnten. Dobler verdankte seine Unversehrtheit und er selbst den weiteren Verbleib der Polizeimarke in seinem Besitz nur dem beherzten Eingreifen von Stumpf. Es dauerte, bis Dobler realisierte, welches Ausmaß seine Erpressung angenommen und indirekt sechs Menschen dadurch den Tod gefunden hatten. Zudem war er sicher gewesen, dass ihn niemand der Erpressung überführen konnte.

Und nun das. Die Sommer hatte geredet.

Weinend gestand nun Dobler, in jener Nacht die Clique im Innenhof beobachtet zu haben. Als er Tage später von dem Autounfall mit Fahrerflucht hörte, erkannte er den Zusammenhang. Mit dem erpressten Geld wanderte er nach Thailand aus. Nach Jahren und gesundheitlich angeschlagen beschloss er, die Geldquellen von damals erneut anzuzapfen. Bei dem Versuch, mit dem Pfarrer in der Kirche Kontakt aufzunehmen, war er immer nur der Frau im Rollstuhl begegnet. Doch nachdem die beinahe hysterisch reagiert habe, hatte er Sorge, dass sie die Polizei verständigen würde, und flüchtete jedes Mal.

Andi nickte, den Blick starr auf den Parkplatz gerichtet. »Frau Sommer war heute morgen schon da gewesen. Sie ist weinend über den Flur gegangen.«

Pfeiffer schloss die Akte, die vor ihm lag. »Ich habe ihr erklärt, dass nichts auf ein Verhältnis zwischen ihrem Mann und der Domina hindeutet. Dass es den beiden nur um Freundschaft und um die Erpressung ging. Jetzt setzt die wirkliche Trauer um ihren Mann ein und die Verarbeitung des Leichenfundes. Sie macht sich Vorwürfe, dass sie ihn verlassen hat und er deshalb so lange in der Wohnung hing.«

Pfeiffer stand auf. Er hatte plötzlich das Gefühl, keine Luft mehr zu bekommen. »Ich muss mal kurz ans Auto.«

»Was ist?«

»Nichts. Hab was vergessen.«

Er eilte den Flur entlang und die Treppe hinunter. Nur schnell raus hier.

Es tröpfelte nur noch. Pfeiffer lief zum Auto und setzte sich in den Wagen. Er wischte sich die Tropfen aus dem Gesicht und atmete durch.

Wieder waren die verdammten Gedanken aufgekommen, die schwer wie Zement in seinem Bauch lagen. Sollte er jetzt ständig Probleme bekommen, wenn er an Leichen dachte? Immer Timo Sommer vor sich sehen, wie er einsam, vergessen und vergammelt vom Balken hing? Dann konnte er sein Versetzungsgesuch zur Sitte einreichen. Besser zum Einbruchsdezernat, verbesserte er sich in Erinnerung an seine Erfahrungen mit den Dominas.

Er wollte nicht einsam sterben. Er wollte ... Ellen.

Oh Gott! Hätte er sie doch nur nicht mit ins Pfarrhaus genommen!

Aber was sollte das jetzt? Das war ihr Job. Auch Nina und er konnten jederzeit in Gefahr geraten, also was machte er sich da für seltsame Vorwürfe?

Er seufzte und sein Blick fiel auf den Beifahrersitz. Dort lag der Brief seiner Mutter. Geschrieben vor zwei Jahren, als sie im Krankenhaus lag, kurz bevor ... Er hatte bereits zwei Anläufe unternommen, um ihn zu lesen. Beim ersten Mal war er wutentbrannt aus dem Haus gestürmt mit der Absicht, Kirsten zu schütteln, da sie den Brief die ganze Zeit unterschlagen hatte. Beim zweiten Mal hatte er angefangen zu zittern, weil er in einem Flash seine Mutter im Krankenbett liegen sah und ihre Stimme hörte.

Jetzt griff er erneut nach dem Brief.

›Mein lieber Peter‹, las er, und die Buchstaben verschwammen. Mit dem Handrücken wischte er sich die Augen trocken. ›Wenn du diesen Brief liest, bin ich nicht mehr hier.

Verzeih meine Handschrift. Ich habe nicht mehr viel Kraft. Du kennst meinen Befund. Ich wollte nie zugeben, wie schlecht es mir wirklich geht. Die Ärzte behaupten zwar, die OP sei gut verlaufen, aber ich weiß es besser.

Vor wenigen Minuten seid ihr gegangen. Die Kinder waren so stark und versuchten, sich ihre Angst nicht anmerken zu lassen. Sie sind dir sehr ähnlich.

Ich bin so stolz auf dich. Auch wenn es zwischen dir und Kirsten kriselt – ja, das ist mir nicht entgangen – glaube ich, dass ihr euch wieder zusammenraufen könnt. Es wäre schade, wenn ihr das, was ihr mühsam aufgebaut habt, auseinanderreißen müsst. Doch wenn es nicht gelingt, stehe ich hinter dir und akzeptiere deine Entscheidung. Ich weiß, dass du es dir nicht leicht machst.

Den Brief gebe ich einem der Kinder meiner Zimmergenossin mit. Das, was ich dir hier mitteile, kann ich dir nicht sagen, wenn du mich mit den Augen deines Vaters anblickst. Dann würde mich der Mut verlassen. Ich weiß nicht, ob du die gleiche Akzeptanz aufbringst, wenn es um mich und deinen Vater geht.‹

Pfeiffer überflog entsetzt die letzten Zeilen. Mutter hatte nach Vaters Tod einen Freund? Warum hatte sie ihm das nie erzählt? Vertraute sie ihm nicht?

Ach du liebe Güte! Was hab ich geerbt? Ein … in Marokko?

Pfeiffer verschwamm die Schrift vor seinen Augen.

»Peter!« Jemand klopfte an seine Scheibe.

Er fuhr erschrocken herum. »Saskia?« Er warf den Brief auf den Sitz und stieg aus dem Auto. »Was machst du denn hier?«

Mit der einen Hand den Regenschirm haltend, beugte sie sich zu Klein-Karl in den Buggy und zog ihm den Nuckel heraus. »Karl wollte dich mal sehen. Er hatte Sehnsucht.«

Pfeiffer hielt die Luft an und stieß sie dann lautstark aus. Was hatte er da nur mit seinem nächtlichen Besuch angerichtet? »Du … äh … ich hab dir doch schon im Bad gesagt, dass zwischen uns nichts laufen kann. Ich liebe eine Andere und du hast was Besseres verdient, als einen One-Night-Stand, mit so einen alten Knacker wie mir.«

»Ich weiß.« Das resignierte Lächeln täuschte nicht über die Traurigkeit in ihren Augen hinweg. »Er vermisst seinen Opa. Und ich vermisse …« Sie räusperte sich. »Keine Angst. Ich werde dich nicht stalken, wenn du das meinst. Dazu bist du mir zu pervers.«

»Was?«, schrie Pfeiffer.

Saskia prustete los. »Herrlich, dein Gesicht. Hast du die Zeitung noch nicht gelesen?«

»Nein!« Pfeiffer verstand gar nichts.

Sie reichte ihm die Tageszeitung. »Seite dreizehn.«

Pfeiffer blätterte und las.

›Sexualstraftäter überführt!
Zeugin identifiziert Spanner vom Friedhof.‹

Karl Ferdinand von Weiden hatte die prekäre Situation genutzt, um bei der Zeitung zu punkten. Zwar wurde sein Gesicht unkenntlich gemacht, aber es war trotzdem eine Frechheit.

»Der Scheißkerl! Der kann sich warm anziehen!«

Der Krieg war wieder eröffnet.

ENDE

IHR FEEDBACK

Vielen Dank, dass Sie bis hierhin durchgehalten haben. Ich hoffe, dieser Krimi hat Ihnen ein paar spannende Stunden beschert. Ich würde mich sehr über Ihr Feedback freuen – als Rezension bei Amazon oder als Eintrag auf meinem Gästebuch unter www.alex-s-judge.de

DANKSAGUNG

Schreiben ist eine einsame Beschäftigung, aber niemand ist wirklich allein.

Ich danke in erster Linie meinem Freund Dieter, der am meisten auf mich verzichten musste.

Ich danke meinen Probelesern Angela, Barbara, Martin, Clemens, Nicole, Ulrike und Anja für das tolle Feedback und die konstruktive Kritik.

Und zum Schluss der besten Lektorin aller Zeiten Sheila McLane, für die Geduld und ihr fundiertes Wissen; Annette Engel für das Korrektorat; Sabine Albrecht für den Buchsatz und HollandDesign für das Buchcover.

Nicht zu vergessen meine Fenster, die ich immer noch nicht geputzt habe.

Ganz herzlichen Dank euch allen!